幕が下りて

ナイオ・マーシュ　松本真一　訳

FINAL CURTAIN

Ngaio Marsh

風詠社

FINAL CURTAIN

1947

by Ngaio Marsh

目次

『幕が下りて』（原題 “FINAL CURTAIN”）

【主要登場人物】

サー・ヘンリー・アンクレッド………………アンクレトン館の当主。准男爵
トーマス・アンクレッド…………………………ヘンリー・アンクレッドの息子
ポーリーン・ケンティッシュ…ヘンリー・アンクレッドの娘。ジョン・ケンティッシュの妻
ポール・ケンティッシュ…ポーリーンの息子。ヘンリー・アンクレッドの孫
パトリシア（パンティー）・ケンティッシュ…ポーリーンの娘。ヘンリー・アンクレッドの孫
ミラマント・アンクレッド…ヘンリー・アーヴィング・アンクレッド（故人）の妻。ヘンリー・アンクレッドの義理の娘
セドリック・アンクレッド…………………………………………ミラマントの息子
ジェネッタ・アンクレッド…クロード・アンクレッド（ヘンリー・アンクレッドの息子）の妻
フェネーラ・アンクレッド……………………………………………ジェネッタの娘
ソニア・オリンコート（グラディス・クラーク）…ヘンリー・アンクレッドの愛人
キャロライン・エイブル…………………………アンクレトン館内の学校の先生
バーカー……………………………………………………アンクレトン館の執事
イザベル……………………………………………………アンクレトン館の女中
ドクター・ウィザーズ……………………………………………………………医師
ジュニパー………………………………………………………薬屋の店主。薬剤師
ラッティスボン…………………………………………………………事務弁護士
モーティマーとローム………………………………葬儀屋。死体防腐処理業者
ロデリック・アレン…………………………………………ロンドン警視庁の警部
アガサ・トロイ・アレン……………………………………アレン警部の妻。画家
フォックス警部補……………………………………………ロンドン警視庁の警部補
ドクター・カーティス…………………………………………………………警察医
ブリーム巡査…………………………………………………………………地元の巡査

第一章　トロイの奮闘

「別々に考えると」トロイは腹立たしげにアトリエへやって来た。「吹き出ものも、一ヵ月の休みも、そして、地球の裏側から帰ってくる夫も（前二作では、夫のロデリック・アレン警部はニュージーランドへ派遣され、現地で活動していた）、毒にも薬にもなりそうにないけれど、混ぜ合わせれば、まさしく何かの原料になるかしら」

　カティ・ボストックが画架からゆっくりと後ずさりして目を細め、冷静に自分の作品を見てから、口を開いた。「どういうこと？」

「先日、電話があったの。ローリー（ロデリックの愛称）が帰ってくるわ。三週間ほどで、ここへ着くわね。その頃までには、わたしの吹き出ものも治って、研究室の女性職員に戻っているわ」とトロイが言った。

「少なくとも」ミス・ボストックが、自分の作品をにらみつけるように見ながら言った。「彼が吹き出ものとご対面するようなことはないわ。吹き出ものができているのは……」

「わたしのお尻よ」

「知ってるわよ」

「でもね、カティ」トロイは友だちのそばに立った。「あなたはそれが不快なものだと認めるでしょう？　認めざるをえないもの」目を細めてミス・ボストックの絵を見ながら、トロイが言った。

「少し早く、ロンドンのアパートへ移らなきゃならないわね。それだけのことよ」

「吹き出ものとローリーとわたしの休みのタイミングが合えば——吹き出ものほうはさっさと治ってほしいけれど——二週間ほどここで過ごしたでしょうね。警視監がそうしていいと約束したのよ。ローリーからの手紙は、そのことだらけだったわ。でも、そうは言っていられないでしょう、カティ。それに、ヨーロッパはもっとひどいことになっているって、あなたが言いたそうな顔をしているものだから……」

「わかった、わかった」とミス・ボストックが穏やかに言った。「わたしが言いたいのは、あなたの配属されている研究室と、ロデリックの仕事の両方がロンドンにあるのは、とても幸運だということよ。良い面を探しなさいよ」と彼女が無遠慮に続けた。「ところで、さっきから、ポケットから出したり入れたりしているその手紙は、何なの？」

トロイは手を開いて、くしゃくしゃに丸めた便箋を見せた。「これ？」とトロイが呟《つぶや》いた。「こんないかれた話は、聞いたことがないでしょうね。読んでみて」

「真っ赤に染まっているじゃないの」

「ええ、パレットの上に落としちゃったのよ。でも幸い、赤く染まったのは裏側だけよ」

ミス・ボストックは手紙をペインティングテーブルに広げた。そのときに、青色の彼女の指紋がいくつか手紙についた。一枚きりの便箋は戦争前の時代の、分厚く真っ白なもので、頭書きの部分には紋章――先端にひだ飾りのついた十字架――が銅板で刷り込まれていた。
「まあ」とミス・ボストックが驚きの声をあげた。「アンクレトン館《やかた》からね」手紙を声に出して読む人の常で、彼女はぶつぶつと読み始めた。

ミス・アガサ・トロイ（ミセス・ロデリック・アレン）
タットラーズ　エンド　ハウス
ボシコット、バッキンガムシャー

拝啓、アガサ・トロイ様
わたしの義父のサー・ヘンリー・アンクレッドから、マクベス（『ハムレット』『オセロー』『リア王』と並ぶシェークスピアの四大悲劇の一つ）に扮《ふん》した自分の肖像画を描いてくれるように、手紙であなたに依頼するよう言《こと》づかっております。肖像画は、アンクレトン館の玄関広間に飾られる予定です。肖像画の大きさは、縦六フィート（約一・八メートル）、横四フィート（約一・二メートル）です。ヘンリー卿は健康がすぐれないため、肖像画の製作は当館で行ってほしいとのことです。そちらのご都合がよければ、十一月十七日の土曜日から肖像画が完成するまで、こちらにご滞在いただけないでしょうか？　肖像画は一週間ほどで仕上げていただきます。この取り決めがあなたに合うか、そして、このような仕事に対するあなたの謝礼について、ヘンリー卿は知りたがっています。電報でお返事をいただければ幸いです。

敬具

ミラマント・アンクレッド

「まあ、すごいじゃないの！」とミス・ボストックが言った。

トロイは苦笑いをした。「七日で、縦六フィート、横四フィートの肖像画を、わたしが巧みに逃れようとしていることにあなたは気づくでしょうね。三人の魔女と血まみれの子ども（三人の魔女と血まみれの子どもは、いずれも『マクベス』に登場する魔物と幻影）も描き込むことを、彼は期待しているのかしら」

「もう返事をしたの？」

「まだよ」とトロイが答えた。

「この手紙は、六日前に書かれているじゃないの」とミス・ボストックが声を張りあげた。

「わかってるわ。返事をしなくてはいけないことも。どんな電文にしたらいいのかしら？　誠に残念ながら、わたしは塗装職人ではございません、とか？」

がっしりとした指を紋章の上に置いたまま、カティ・ボストックが言った。「こんなことを便箋に書き連ねてくるのは、貴族だけね」

「両端が錨《いかり》のような形の十字架よ。だから、アンクレッド家の紋章に間違いないわ」

「わたしの言ったとおりね！」ミス・ボストックが、青色に染まった指で鼻をこすりながら言った。「面白いじゃないの」

「どういうこと？」

「あのマクベスの公演で、あなたは舞台セットのデザインを担当しなかったかしら？」

「したわ。それで、わたしに依頼するのを思いついたのかもしれないわね」

「そう言えば、覚えてる？」とミス・ボストックが言った。「わたしたち、彼の舞台を観たのよ。あなたとロデリックとわたしの三人で。バスゲイト家がわたしたちを招待してくれたわ。戦争が始まる前に」

「もちろん、覚えているわよ」とトロイが言った。「彼は素晴らしかったわよね？」

「そのうえ、彼は堂々としていたわ。そうだ、トロイ。あなた覚えている？　わたしたちが言ったことを……」

「ええ、覚えているわ、カティ」とトロイが言った。「まさかあなた、覚えていないなんて言うつもりじゃ……」

「違うわ。もちろん、違うわよ！　もちろん覚えているわ。正式に彼に意見したら面白いかもなんて言ったのは、まずかったわね。舞台の背景幕はあなたのデザインを基にしていたのよね。たなびく雲、黒く簡略化されたお城。そのせいで薄暗くなって、俳優の姿は隠れてしまったわ」

「あえて言えば、彼はそのことに感謝しないでしょうね。おそらく、芝居用の顔を作って、まばゆい照明のなかに登場したかったんじゃないかしら。いずれにしても、電報を送らないと。あー、もう！」とトロイがため息をついた。「なんとかなればいいんだけど」

ミス・ボストックは、考え込んだ様子でトロイを見つめた。軍隊での四年間の集中的な絵画調査に続き、ＵＮＲＲＡ（連合国救済復興機関。第二次世界大戦の被災地救済のために、一九四三年に設置。のちにＷＨＯなどに引き継がれた）でも同じような、むしろ、さらに厳しい仕事をこなしたことで、トロイはかなり腕を上げたようだ。トロイはほっそりしているうえに、少し神経質だ。絵地図の製作をどんなに精密に仕上げても、それは芸術作品にはならないとミス・ボストックは考えていたので、純粋に芸術に向き合うとき、トロイはもっとよい仕事をするだろうと、ミス・ボストックは思った。この四年間、トロイは絵らしいものをほとんど描いてこなかったし、夫もそばにいなかったのだから。（でも、わたしは違うわ。わたしはうまくやっているもの）と、ミス・ボストックが心のなかで呟いた。

「もしロデリックが三週間後にロンドンへ着くなら、今はどのあたりかしら？」とトロイが尋ねた。「ニューヨークにいるかもしれないわね。でも、ニューヨークにいるなら、電報を打ってきそうなものだけど。最後の手紙は、相変わらずニュージーランドからだったわ。そして、電報も」

「あなたの仕事をしたら？」

「わたしの仕事？」とトロイが漠然と尋ねた。「ええ、もちろん電報を打つわよ」トロイはドアのほうへ行きかけてから、手紙を取りに戻ってきた。「縦六フィートに、横四フィートよ。想像してみてよ！」

「ミスター・トーマス・アンクレッドですって？」手のなかの名刺を見ながら、トロイが言った。

「ねえ、カティ、どういうこと？　今、この人がここに来ているのよ」

活気あふれる絵をほとんど仕あげていたカティは、絵筆を置いて言った。「これがあなたの電報への回答ね。あなたに頼み込むために来たのよ。彼は何者なの？」

「サー・ヘンリー・アンクレッドの息子だと思うわ。演劇の演出家じゃなかったかしら？　キャスト一覧の最後に、『演出：トーマス・アンクレッド』と書いてあるのを見たことがあるわ。そうよ、彼よ。ユニコーン・シアターで上演した『マクベス』の演出をした人よ。名刺にユニコーン・シアターと書き足してあるもの。彼の夕食を用意しなければならないわね。夜の九時まで列車はないもの。また出費がかさむわ。なんてことかしら」とトロイが言った。

「彼は、長居するつもりはないんじゃない。パブ（もともとは、酒の提供だけでなく、簡易宿泊所や雑貨屋の機能も備えていた）だってあるし。無駄足になることを覚悟して来たのなら」

「彼がどんな人か見てみるわ」

「まず、仕事着を脱いだらどうなの？」とカティが言った。

「いいえ、このままのほうがいいわ」トロイは曖昧《あいまい》に言うと、アトリエから家のほうへ歩きだした。かなり寒い午後だった。葉っぱを落とした裸木《はだかぎ》が北風に揺れ、鉛色の雲が空を駆け抜けていく。（ひょっとすると、ローリーかもしれないわ。こっそり帰ってきて、書斎で待っていたりして。そして、暖炉に火をつけて、再会の準備をしていたりして。緊張のあまり、少し顔をこわばらせているかもしれないわね）彼女はたくましい想像力で、すみやかに空想を作りあげて暖かな気持ちになった。たくましくなった想像が、行動にも表れた。鼓動が速まり、書斎のドアを開けたときは、手がわずかに震えていた。

だが、暖炉に火はついておらず、背の高い男が少しかがんで暖炉の前に立っていた。髪の毛は綿毛のようで、子どもの髪の毛のようだ。眼鏡をかけた目で、まばたきしながらトロイを見ていた。

「こんにちは、トーマス・アンクレッドと申します。ですが、すでに名刺で、僕のことはご存じですね。突然の訪問をお許しください。僕自身は気が進まなかったのですが、家の者がどうしてもと言い張るものですから」

彼が手を差し出したので、トロイはその手を取ったが、彼はじっとしたままだった。それで、トロイは彼の手を少し強く握りしめ、振りほどかなければならなかった。

「パパの肖像画については、ご無礼をいたしました。ああ、僕たちは彼のことをパパと読んでいるんです。べたべたしすぎているという人もいますが、そういうものなのです。さて、話を肖像画の件に戻しましょう。あなたの電報を受け取ったとき、家の者はみな、大変ショックを受けました。そして、僕に電話してきて、あなたは誤解していると言うのです。それで、ご説明するために、僕がここへやって来ました」

トロイは暖炉に火をつけた。「まずは暖炉の前にお座りください。凍えそうじゃないですか。わたしが誤解しているというのは、どういうことですか?」

「まず、パパの肖像画を描くことはとても名誉なことです。ですが、もしあなたが充分な説明を受けずに同意していたら、むしろ行き違いが生じたかもしれません。ありがとう。座らせてもらいます。駅からけっこう歩いたものですから。おかげで、踵《かかと》に水膨《みずぶく》れができたようです。見てもかまいませんか？　少し気になるものですから」

「わたしは横を向いています」

「そうしてください」そう言うと、しばらくして、「やっぱり水膨れになっている。とりあえず、つま先だけ靴のなかに入れておくのをお許しください。そうすれば、痛みも治まるでしょう。さて、ご存じのとおり、父はイギリス演劇界の大御所《おおごしょ》と呼ばれています。ですから、父のことを詳しく説明する必要はないでしょう。ところで、父の演技を素晴らしいと思いますか？」

「とても素晴らしいと思います」とトロイは答えた。彼女は本当の気持ちを伝えたつもりだが、この奇妙な男は、うまく言い逃れたと思ったかもしれない。

「本当ですか？」と彼が言った。「それはよかった。年も年ですから、ときおり危なっかしいときもありますが、まだまだ健在です。ですが、マンネリ化というか、型にはまっているのは否《いな》めません。感情的な部分では、かなり大きく息を吸わないともちませんし。ですが、父は本当に、偉大なミセス・ビートン（イザベラ・メアリー・ビートン。一八三六～六五年。ビートン夫人として知られた作家であり、料理著作家）と同じように素晴らしいのです。多彩なレシピを、最高の材料で使いこなします」

「ミスター・アンクレッド、何がおっしゃりたいのですか？」とトロイが尋ねた。

「これは話の種ですよ。あなたに、違う角度から物事を見てもらいたいのです。偉大なイギリスの俳優の肖像画を、偉大なイギリスの画家が描く。いかがですか。それに、あなたはアンクレトン館があまりお好きではないかもしれませんが、見ておいて損はないと思います。なかなか立派な建物です。特別な照明のもと、肖像画は吟遊詩人の画廊に飾られます。謝礼については、いくらでもお支払いするつもりです。父の七十五歳の誕生日を祝うための肖像画ですから。父が言うには、国が父にそのような肖像画を寄贈してしかるべきだと考えているようですが、国はやりそうもないので、自分で贈ることにしたようです。そして、後世に名を残すために」脱いだ靴のなかへ慎重に足の指を滑り込ませながら、トーマスが付け加えた。

「引き受けてもいいという別の画家を紹介してほしいというのであれば……」

「水膨れを刺す人もいますが、僕はやりません」とトーマスが言った。「いいえ、けっこうです。二番目の人に興味はありません。アンクレトン館について、少しお話ししましょう。ビクトリア朝（ビクトリア女王がイギリスを統治していた一八三七年から一九〇一年）の本の挿絵で、お城や広間を描いた鋼板版画をご覧になったことはありますか？　小塔や、月夜に飛び交うフクロウも？　それがアンクレトン館です。僕の曾祖父《そうそふ》が建てました。彼は素敵なアン女王様式の屋敷を取り壊し、アンクレトン館を造りました。堀《ほり》がありましたが、人々がジフテリアにかかってしまったので埋め戻され、今ではそこで野菜が栽培されています。自分たちで育てた野菜ですから、食べ物がとにかくおいしいんです。そして、パパは戦時中に東側の大きな雑木林を伐採して、薪《まき》を蓄えました。ですから、今でもたき火ができます」

トーマスがトロイにぎこちなく微笑んだ。「これがアンクレトン館です。鼻持ちならないとお思いかもしれません。でも、笑えるでしょう？」

「笑うなんて、とんでもありません……」トロイがためらいがちに答えた。

だが、トーマスはかまわずに続けた。「もちろん、家族もいます。パパにミラマントにポーリーン、そしてパンティーも。感情の面で、あなたは鋭いですか？」

「おっしゃっている意味が、よくわかりませんが……」

「僕の家族はみな、感情が豊かです。何事も深く味わいます。感性が鋭いのです。人間はたいてい、自分より繊細な人間はいないと考えるものですが、一族の者にとって、それは深刻な問題なのです」トーマスは眼鏡を外すと、無邪気なまなざしでトロイを見つめた。「自分たちがほかの誰よりも感性が鋭いと思って満足していることを除けば。あなたは、そのことに興味を抱くかもしれません」

「ミスター・トーマス・アンクレッド。わたしは今、休暇中なのです。実は、体調があまりすぐれないので……」

「まさか？　お元気そうに見えますが。どこがお悪いのですか？」

「吹き出ものができているんです」トロイは腹立たしげに言った。

「本当ですか？」とトーマスは舌打ちした。「どんな具合なんですか？」

「いずれにしても、体調が万全ではありません。あなたの義理のお姉さんの手紙に書かれているような依頼は、少なくとも三週間ほどの集中的な作業が必要です。ですが、手紙では、一週間で仕上げるようにとのことです」

「あなたの休暇はいつまでですか？」

トロイは唇を噛みしめた。「そういう問題ではありません。問題は……」

「僕も以前、吹き出ものに悩まされたことがあります。ですが、そういうときこそ仕事をされたほうがいいですよ。落ち込まずに済みますから。僕の吹き出ものはお尻にできました。確かに、厄介ですよね」彼は尋ねるようにトロイを見た。いつもの習慣で、トロイは暖炉の前の絨毯《じゅうたん》に座っていた。「おそらく、あなたの吹き出ものも……」

「ええ、お尻にできています」

「それなら……」

「そのことが問題ではないのです、ミスター・アンクレッド。わたしはこの依頼を受けることはできません。もうすぐ、夫が三年ぶりに帰ってくるのです。ですから……」

「いつご主人は帰ってくるのですか?」すぐさま、トーマスが尋ねた。

「三週間後の予定です。ですが、早まるかもしれません」そう言いながらもトロイは、もし自分が顔色一つ変えずに訪問客に嘘をつける人間であったなら、と考えていた。

「ご主人の帰国が早まれば、ロンドン警視庁はそのことをあなたに連絡するでしょう。なぜなら、彼は地位が高いから。たとえあなたがアンクレトン館にいたとしても、ロンドンにいるのと同じように、あなたに連絡してくるでしょう」

「問題は……」半ば叫ぶように、トロイが言った。「マクベスに扮したあなたのお父さんの肖像画を描きたくないのです。あからさまな言い方をしてしまってごめんなさい。ですが、率直に申しあげたほうがいいと思って……」

「僕も、あなたは気が進まないだろうと言ったのですよ」トーマスはしたり顔で答えた。バスゲイト家の人たちはあなたのことをよくご存じですね」

「バスゲイト家ですって？　ナイジェル・バスゲイトとアンジェラ・バスゲイトのことをおっしゃっているのですか？」

「ほかに誰がいるというのですか？　ナイジェルと僕は古くからの友人です。家族が父の肖像画をあなたに描いてもらおうと考えたとき、僕は彼に会いにいって、あなたがどう思うか、彼に尋ねたんです。ナイジェルは、あなたが休暇中であることを知っていました。そして、依頼を引き受けることは、あなたにとってよいことだと言いました」

「なんて無責任なことを」

「あなたはちょっと変わった人たちと会うのが好きだ、と彼は言いました。あなたはパパを描くこと、そして、彼との会話を大いに楽しむだろうとも。われわれがいかに友人を理解していないか、おわかりでしょう？」

「ええ、そのようですね」とトロイが言った。

「ただ、あなたがパンティーのことをどう思うのか心配です」

このときまでトロイは、トーマス・アンクレッドにいかなる質問もしないつもりだった。だから、自分の声を耳にしたときには、自分自身に強い怒りを覚えた。「パンティーって言いましたか？」

「パトリシアです。姪《めい》です。姉のポーリーンの娘です。彼女のブルーマー（袋のように足首のところですぼめた女子用のズボン）はいつもずり落ちそうなので、パンティーって呼ばれています。彼女は少し手の焼ける子なんです。彼女の学校――そういった扱いにくい子どもたちの学校です――が、アンクレトン館へ疎開してきたんです。子どもたちはアンクレトン館の西の塔で宿泊していて、キャロライン・エイブルという素晴らしい人が面倒をみています。パンティーはなかなか厄介な子です」

トーマスは何か意見を求めているようだったけれど、トロイは「まあ」と言っただけだった。

「パンティーは確かに気難しい子ですが、僕は好きなんです。髪は二つに分けてお下げにして、いたずらっぽい顔をしています。こんな感じです」

トーマスは長い人差し指をそれぞれ頭に直角に当てると、顔をしかめて頬を膨らませた。だが、彼の目は生き生きとしていた。意に反して、トロイはパンティーの顔をまざまざと思い浮かべ、思わず笑ってしまった。トーマスが両手をこすり合わせた。「もしここでパンティーがやることなすことお話ししたら、あなたは目を剝《む》くでしょう。ソニアのベッドにサボテンを忍ばせておいたりといった具合です。でも、パンティーはパパのお気に入りなんです。ほとんど手に負えない状態ですけど。もちろん、怒るとき以外は彼女に手をあげてはいけません。児童心理学的に適切ではありませんので」

トーマスは物思いにふけった様子で火を見つめた。「それから、ポーリーンです。僕の姉です。姉はとても有能です。そして、ミリー。義理の姉です。彼女は何でもないようなことでもしょっちゅう笑っています。二番目の兄のヘンリー・アーヴィングの妻でしたが、兄が亡くなってから、パパの身の回りの世話をしていますわ、あなたのお父さん」

「ヘ、ヘ、ヘ、ヘンリー・アーヴィング！」トロイは警戒するように、突然大声を出した。「明らかにおかしいわ、あなたのお父さん」

「ヘンリー・アーヴィング・アンクレッドです。パパはアーヴィングに惚れ込んでいて、彼をパパの精神的な後継者と見なしていました。アーヴィングにちなんで、兄のことをハルと呼んでいました。そして、ソニアです。彼女はパパの愛人です」トーマスが咳ばらいした。「聖書みたいな話になってきましたね。ダビデ王とシュナミ人《びと》のアビシャグ（晩年のダビデ王の夜伽《よとぎ》のため探し出された美少女）の話を思い出しませんか？　しかし、家の者はみな、ソニアを嫌っています。ソニアは下手くそな女優です。僕の話は退屈ですか？」

　実際には退屈ではなかったけれど、そう認めるのに気が進まないトロイは、ぼそぼそと「いいえ、まったく」と言い、トーマスに飲み物を勧めた。

「ありがとう。もう少しいただけますか？」

　トロイは飲み物を取りに、その場を立ち去った。そのあいだに、トーマスに対する自分の対応を整理したいと思った。カティ・ボストックが食堂にいた。

「お願い、カティ。わたしと一緒に来てちょうだい。面倒な人に捕まっちゃったのよ」

「夕食を食べていくの？」

「まだ訊いてないわ。だけど、考えておかなくちゃならないかもしれないわ。そうなると、ローリーの缶詰を一つ開けなければならないわね」

「もう、あの人のところへ戻ったほうがいいんじゃない？」

「一緒に来てよ。なんだか、ああいう人は苦手なのよ。自分の家族を一人ひとり紹介するんだもの。そして、わたしが彼らと知り合いになること以上の望みはないと思っているわ。だけど危険なのは、彼の話が恐ろしいくらい魅力的なのよ。有能なポーリーン、愛人のソニア、扱いにくいパンティー、そして、何でもないことでもしょっちゅう笑っているミリー――あの手紙を書いてきたミラマントよ。そして、国が寄贈してくれないので、自分で自分に肖像画を贈ろうとしている偉大なパパのヘンリー卿」

「それでも、依頼を受けるとは言わないつもりなのね！」

「言わないわよ。とにかく、気が変になりそうなの。だから、わたしから目を離さないでちょうだい、カティ」とトロイが言った。


トーマスは夕食の招待を受けた。そして、自分に割り当てられたニュージーランドのエビの缶詰を喜んで受け取った。

「われわれもニュージーランドに知り合いがいます。そして、アメリカにも」とトーマスが言った。「ですが残念なことに、缶詰の魚を食べると、パパが胃腸炎を起こすんです。われわれが缶詰の魚を食べようとすると、パパはそれを食べたがるので、ミリーが缶詰の魚は出さないんです。僕がアンクレトン館を訪れると、アパートへ持って帰れるように、ミリーが缶詰をいくつか渡してくれます」

「あなたはアンクレトン館に住んでいないのですか？」とトロイが尋ねた。

「僕はロンドンで働いていますので。週末にときどき顔を見せにいく程度です。パパはわれわれに来てもらいたがっています。もうすぐ父の誕生日パーティーがありますので、ポーリーンの息子のポール――彼は脚にけがをしています。ミラマントの息子のセドリック――彼は服飾デザイナーです――も集まってきます。あなたはセドリックを気に入らないかもしれませんね。そして、妹のデスデモーナ。妹は現在、失業中ですが、クレセント劇場の新しい芝居で、何か役をもらえるように頑張っています。もう一人の義理の姉のジェネッタも、娘のフェネーラと一緒に来るはずです。ジェネッタの夫は僕の長兄のクロードで、駐留軍の大佐です。ですから、今回はやって来ません」

「ずいぶんと大家族なんですね」とカティが言った。「楽しそうだこと」

「ですから、悶着《もんちゃく》もけっこうあります。アンクレッドの人間が二、三人集まれば、決まって互いの感情を傷つけ合う何かしらが起こります。だから、僕のようなのが役に立つんです。僕は彼らに無関心です。ですから、僕にはお互いのことを話すんです。今は、ソニアの話はしなくてもいいでしょう。いずれあなたも、ソニアの話を耳にすることになるでしょうから。この機会にパパの肖像画をぜひとも披露したいのです」トーマスが熱いまなざしでトロイを見つめた。「これこそがパーティーの目玉なんですよ」

　トロイは聞き取れない言葉を口ごもった。

「先週、パパはマクベスの衣装を点検していて、満足そうでした。彼の衣装をご存じでしょう？

モトリーが私たちのためにやってくれました。パオロ・ヴェロネーゼ（一五二八～八八年。ルネサンス期のイタリアで活躍したイタリア人画家）風の、暗いですが鮮《あざ》やかな赤のマントです。少し暗い感じの赤色ですが、鮮やかな色です。アンクレトン館には小さな劇場がありますが、ある場面の背景を持ち込んで、その衣装をそこに吊るしました。あの舞台のデザインを手がけたのがあなただったなんて、ものすごい偶然でしょう？　もちろん、どの場面のことを言っているのかおわかりですね。大胆に歪《ゆが》んだシルエットが浮かび上がるお城の背景です。父はそのお城の前に立ちました。両刃の太刀に体を預けて、聞き耳を立てているかのように、少し前かがみになって。

「日中の善きものはうとうとと眠りにつき……」（『マクベス』第三幕第二場）思い出せますか？」

トロイはその台詞をはっきりと覚えていた。そして、トーマスがその台詞を思い出したのが不思議だった。というのも、嵐の日の朝に、夜勤明けの巡査がその台詞をどのように暗唱してみせたか話すのが、ロデリックは好きだったからだ。トーマスは俳優の感覚で話しているのだろうけど、夫の話し方に似ていて、彼女の思考は夫の声の記憶でいっぱいになった。

「父はときおり体調を崩したりして、すっかり元気をなくしています。しかし、肖像画を描いてもらうという思いが、父を支えてきました。そして、父はあなたに描いてもらおうと決めたのです。あなたは父の憎きライバルの肖像画を描きましたね」

「サー・ベンジャミン・コーポラルのことですか？」トロイがカティを見ながら、呟いた。

「ええ、あなたは絵画的に気に入った題材でなければ描かないと、ベンジャミン卿から聞きました。そして、あなたは絵画的題材としてベンジャミン卿を気に入ったのだとも。自分こそ、あなたが描きたいと思う唯一の役者だと」

「逆です」トロイは語気を荒らげて言った。「あれは、彼の生まれ故郷のハッダーズフィールドからの依頼だったからです。まったく、あの見栄っ張りの爺さんったら」

「パパがあなたに依頼しても断られるだろうと、ベンジャミン卿はパパに言いました。それで、あなたの電報が届いたとき、パパは喜んでマクベスの衣装を身につけたんです。そして、こう言いました。『ミス・トロイ、いや、ミセス・アレンと言うべきか。彼女はこのポーズを気に入るだろうか？』そう言ったときの父は、とても生き生きとしていました。そして、あなたの電文を読みました。読み終わるとミリーへ電報を渡して、言ったんです。『この衣装を着るべきではなかったな。『マクベス』はいつも不幸を呼ぶ。私は無為な老いた道化だ』そして、その場を去って着替えると、胃潰瘍の発作を起こしたんです。さて、時間だ。そろそろ駅へ戻らなければなりません」

「車でお送りします」とトロイが言った。

　トーマスは丁寧に断ったが、トロイは聞き入れなかった。そして、彼女の車のほうへ向かった。トーマスはカティ・ボストックと丁寧に辞去の挨拶を交わした。

「あなたは頭がいいわね、ミスター・アンクレッド」とカティが微笑みながら言った。

「そう思いますか？」目をぱちくりさせて、トーマスが言った。「いやぁ、そんなことはないですよ、頭がいいなんて。おやすみなさい。あなたにお会いできてよかったです」

　三十分ほど経って、トロイの車が戻ってくる音が聞こえてきた。玄関のドアが開いて、トロイが家のなかへ入ってきた。彼女は白いコートを着ていた。短い黒髪が額にかかり、両手はコートのポケットに突っ込まれていた。目の端でカティを見ながら、トロイは照れくさそうに部屋へ入ってきた。

「厄介事《やっかいごと》は片づいたの？」とカティが尋ねた。

トロイは咳ばらいをした。「彼は口を閉ざしたままだったわ」

「そうなの」とカティ・ボストックが言った。しばらくしてから、カティが言葉を継いだ。「それで、アンクレトン館へは、いつ出発するの？」

「明日よ」とトロイは短く答えた。

第二章　出発

トーマス・アンクレッドが「さようなら」を言ってくれたら、出発のひと時を味わえたのにと、トロイは思った。トロイは列車の旅が好きだった。そして、こういうときだからこそ、不快感にはさっさと消え去ってほしかった。だが、トーマスはユーストン駅のホームに突っ立って、黙ったままだった。そして、このような場面ではよくあることだが、明らかに、彼は退屈そうだった。

「なぜ彼は帽子を脱いで、別れの挨拶もしないのかしら？」トロイはいらいらした。だが、彼が心配そうに微笑んでいるのを見たとき、トロイは彼を安心させなければと思った。

「あなたが、僕の家族を嫌うのではないかと心配です」とトーマスが言った。

「いずれにしても、仕事はするわ」

「そうですね」とトーマスがほっとしたように言った。「僕も多くの俳優が嫌いですが、彼らと一緒に仕事をしてみると、彼らを好きになることもあります。もちろん、彼らが僕の言うことを聞いてくれたらですけど」

「今朝は、仕事を抜け出してきたの？」駅で見送りをする人たちの暮らしの、なんと非現実的なことかと彼女は思った。

「ええ、最初のリハーサル中です」

「もう行ってちょうだい」彼女が四度繰り返した言葉に、彼もまた四度言葉を返して応じた。

「見送りますよ」そう言って、トーマスは腕時計を見た。

列車のドアが閉まった。トロイは窓から身を乗り出した。が、ついに車内に戻った。すると、客車を次から次へと覗《のぞ》き込んでいる制服姿の男が、トロイのほうへ近づいてきた。「ナイジェル！ナイジェルじゃないの！」とトロイが叫んだ。

「やっと見つけた。ここにいたのか！」とナイジェル・バスゲイトが言った。

「こんにちは、トーマス。それから、トロイ。あまり話している時間はないだろうから、手紙を書いたんだ」彼は分厚い封筒をトロイに差し出した。出発を告げる笛の音が聞こえる。列車が動きだした。

「さようなら。家の者は、みんな喜ぶと思います」トーマスが帽子を振りながら言った。

ナイジェルは列車のあとを追うように歩き始めた。「なんと言うか！ 笑っちゃいますね」とナイジェルが言った。

「これは小説なの？」封筒を持ち上げながら、トロイが尋ねた。

「そんなようなものです。ロデリックは、いつ戻ってくるのですか？」今や、ナイジェルは駆け足になっていた。

「もうすぐよ！ 三週間後！」とトロイが声を張りあげた。

「さようなら。もう走れない」そう言って、ナイジェルは立ち止まった。

トロイは席に着いた。若い男が通路に現れた。男は客室を覗き込んでから、すでにかなり混み合っている客室に入ってきた。何か小声で呟きながら、男はドアを背にして、ひっくり返したスーツケースの上に腰かけた。そして、挿絵入り新聞を広げた。男は人差し指にひすいの指輪をはめて、とりわけ明るい緑色の帽子をかぶり、スエードの靴を履いていた。ほかの乗客たちもぼんやりと、新聞を読んでいる。家の裏庭やがれきの山などが、ときおり車窓から見えた。これから描く絵のことを考えると、夫の帰国を待っているほうがどれほど気楽かしらとため息をついてつかの間の空想にふけってから、トロイはようやくナイジェルの手紙を開いた。

びっしりと書かれた三枚のレポート用紙と、緑色のインクで書かれたメモが出てきた。メモには、こう書いてあった。

英国標準時十三時。ナイジェルが記す。トロイ、あなたを訪れていたトーマス・アンクレッドが、二時間前に、意気揚々と僕に電話をかけてきました。あなたはアンクレトン館へ行くことにしたようですが、大御所は肖像画の題材として申し分ないでしょう。前からアンクレッド家について書きたいと熱望していましたが、名誉毀損の訴訟を起こされたくないのでやめていました。だから、同封の注意書きはとても楽しく取り組むことができました。あなたの旅のお供になれば幸いです。注意して《N.B.》くだい。ナイジェル・バスゲイトより。（N.B.には、注意せよ、という意味と、ナイジェル・バスゲイトの略の二通りの意味があると思われる）

レポート用紙には、見出しがついていた。〝准男爵サー・ヘンリー・アンクレッドと、彼の身近な人物についての注意〟

「これを読んでおいたほうがいいのかしら?」とトロイは自分に問いかけた。「ナイジェルがわざわざ書いてくれたけれど、アンクレッド家に滞在するのは一週間だし、トーマスの家族の説明で、彼らの様子はだいたいわかったもの」トロイは手紙を膝の上に置いた。そのとき、スーツケースに座っていた若い男も新聞を下げて、トロイを見つめた。トロイは嫌な感じを抱いた。じっと見つめられて、失礼だと思ったのだ。上唇に生やした髭《ひげ》の下に見える彼の口はあまりにもなれなれしく、そして、小さな白い顎《あご》の上に突き出ていた。全体的に世慣れしている感じがして、おまけに、すべてがあまりにも露骨なプレイボーイタイプのように思えた。男は相変わらずトロイを見つめていた。（このまま見つめ合っていたら、なんやかんや尋ねてきそうな気配ね。冗談じゃないわ）トロイはナイジェルの手紙を再び手に取って、読み始めた。

アンクレッド家の人たちは、一人を除いて、とにかく感情に訴えがちです。彼らの行動について説明しようと思ったら、まずこのことを頭に入れておかなくてはなりません。なぜなら、感情に訴えることなしに彼らは存在しえないからです。とりわけ、サー・ヘンリー・アンクレッドは、もっともその傾向が強いです――なんと言っても、彼は俳優ですから。それで、彼の友人たちも、このことを彼の持ち前の気質として受け入れています。彼の前で恥ずかしい思いをすることはあっても、彼を気遣うことはめったにないでしょう。彼が今は亡き妻に惹かれたのは、彼女の性格に自分と似た特徴があることに気づいたからなのか、あるいは、結婚生活を通じて、レディー・アンクレッドは夫と同じように感情を表現する術《すべ》を学んだのか、今となってはわかりませんが、彼女がそのように振る舞い、そして亡くなったという記録だけが残っています。

夫妻の娘たち、ポーリーン（一八九六年、『リヨンの貴婦人』に出演）、デズデモーナ（一九〇九年、『オセロー』に出演）、そして息子たちのヘンリー・アーヴィング・アンクレッド（『鐘』に端役《はやく》で出演）と、クロード（彼とポーリーンは双子です）は、その感情の部分において、いずれもが受け継いでいます。クロード（彼とポーリーンは双子です）だけが受け継いでいません。トーマス（トーマスが生まれた一九〇四年は、ヘンリー卿は休養中でした）だけが受け継いでいません。トーマスは穏やかな性格です。おそらくこのため、父親であるヘンリー卿も兄弟姉妹たちも、自分たちが感情を害すると、トーマスに打ち明けるのでしょう。彼らはいつも悲壮な面持ちで、決まって週に二、三回トーマスと会っています。

　ポーリーン、クロード、そしてデズデモーナは、名を上げた順番に父親の仕事を継ぎました。ポーリーンは北部のレパートリー劇団（一つの劇場に専属し、レパートリーのなかから一定数の芝居を一定期間次々と上演する劇団）に所属し、地元の資産家ジョン・ケンティッシュと結婚しました。そして、女優を続けるよりも、長続きする地方での豊かな暮らしを選んで、引退しました。そして、ポールが生まれました。その十二年後の一九三六年に、パトリシア――パンティーです――が生まれました。トーマスを除くアンクレッド家のほかの子どもたちと同様、ポーリーンも美しい顔立ちをしています。そして、美しい容姿を保つことに余念がありません。

　クロードはポーリーンと双子です。オリエル・カレッジに入学後、オックスフォード大学演劇協会に入り、その後、父の後ろ盾を得て、恋愛劇の若手俳優として売り出しました。彼はザ・ホン・ミス・ジェネッタ・ケアンズと結婚しました。彼女はかなりの資産家でしたが、自分を理解してくれたことはなかったと、彼はよくこぼしていました。ジェネッタは頭のいい女性です。二人のあいだに、フェネーラという娘がいます。

デズデモーナはヘンリー卿の四番目の子どもで、これを書いている時点では三十六歳です。彼女は感情表現に優れた女優ですが、その美しさにまいってしまったウエストエンドの劇場のマネージャーがときおり彼女に与える脆《もろ》くて儚《はかな》げな役を演じるこつを身につけて以来、家のなかでの立場が難しくなりました。彼女はとある〝グループ〟に出入りしており、二人のシュールレアリストによって書かれた作品に登場し、発する台詞は彼女自身にとっても重要な意味を持っているかのように、とても痛々しくて切なく聞こえます。彼女は未婚で、二つの不幸な恋愛に悩まされています。

一番年上の息子のヘンリー・アーヴィング・アンクレッドは端役の俳優です。そして、ミルドレッド・クーパーと結婚しましたが、彼の父親であるヘンリー卿が彼女の名をすぐにミラマントと改名させました。当時ヘンリー卿は『世の習い』（英国の劇作家ウィリアム・コングリーヴによる劇。ミラベルとミラマントという二人の恋人の物語）の再上演に携《たずさ》わっていたからです。彼女はその名を受け入れ、夫が死ぬ前にセドリックという息子を授かりました。セドリックについては、多くを語らないほうがいいでしょう。

あなたの友人、トーマスは未婚です。二つ、三つ舞台に立ちましたが、自分は大した役者ではないことに気づき、独学で演出家を目指しました。その甲斐《かい》あって、成功しています。今や、株式会社プレイハウス、ユニコーン・シアターの支配人です。彼は、リハーサルで腹を立てるようなことはないと言われています。ですが、ときおり劇場の一階席で、両手で頭を抱えて歩き回っているのを目撃されています。そして、ウェストミンスターの独身男性用のアパートに住んでいます。

ポーリーン、クロード、デズデモーナ、トーマス、義理の姉のミラマント、そして、彼らの子どもたちは、いずれも細部のようなもので、中心的存在はヘンリー卿自身です。彼は演劇界の大御所ですが、同時に、家族に対して並々ならぬ愛着を持っていると言われています。それは彼の伝説の一部であり、その信念は事実に基づいているかもしれません。さらに言えば、特定の人物を溺愛していると言っても過言ではないかもしれません。まずは奥さんです。二人は、一度たりともけんかをしたことがなく、また、家族のなかの若者が感情的に傷つけ合ったときには、二人そろってどちらの味方もしないのが常《つね》でした。トーマスは例外です。アンクレッド家に適用されるほかのことにおいても、彼は同様に例外です。

「トミー坊主め」とヘンリー卿は言うでしょう。「困った奴だ！　おまえはいったいどちらの味方なのだ、タッ！」このなんとも表記しがたい「タッ！」という音は、アンクレッド家の人々(むろんトーマスは除きます)が、何かに失望したときに漏らす口癖のようなものです。高い声で、非常に特徴的に発せられます。

ヘンリー卿は俳優として爵位を与えられた芝居がかった騎士などではなく、とても裕福な二番目のいとこから晩年になって爵位を受け継いだ准男爵です。その爵位はまったく無名のもので、完全に真正のものであるにもかかわらず、信じがたくもありました。これはおそらく、彼自身が爵位に大変感銘を受けており、まるでライシーアム劇場（ロンドン、ストランド街の劇場。一七七一年建設。シェークスピア劇の上演で有名）の配役表から選んだかのように聞こえる名前のノルマン人の祖先、ムッシュー・ダンクレについて好んで語りたがるからでしょう。また、彼は何にでも紋章を刻んでいます。ヘンリー卿の着付け師がよく言うように、彼の銀色の髪、鉤鼻《かぎばな》、青い目など、すべてが貴族階級の人のように見えます。数年前まで、彼は応接間喜劇に出演し、魅力的な、あるいは短気な老人の役を絶妙に演じていました。ときどき台詞を忘れることもありましたが、かの有名な身振り手振りを駆使して、観客には別の役者が間違えたかのように見せかけていました。彼がシェークスピアの劇を演じたのは、六十八歳のときにエイボンの詩聖（シェークスピアを指す。彼の出生地がストラトフォード・アポン・エイボンであることから）の誕生記念の舞台で、マクベスを演じたのが最後でした。その後、慢性的な胃の病を患い、舞台を退いて、家族が住むアンクレトン館へ退きました。その豪華絢爛な屋敷のなかで、彼はダンシネイン（スコットランド中東部、ダンディーの西方にある丘。頂上の要塞跡はマクベスの城とされる）に思いを馳せているのかもしれません。

現在は、ミラマントがヘンリー卿の世話をしています。ミラマントは夫の死後、義父のために家を守ってきました。それは繊細な彼女の息子のセドリックのために、アンクレッド家を居心地のいい場所にしようとしていると、アンクレッド家の人たちに思われているようです。セドリックのことが話題になると、トーマスを除いて、アンクレッド家の人たちは苦い顔で笑います。そして、ミラマントの大御所の世話について批判的です。ミラマントは屈託のない女性ですので、そんなアンクレッド家の人たちを逆に笑い飛ばしていますけど。仮に姉妹の誰かがヘンリー卿のお世話をしてくれたら、自分は喜んでこのことから手を引くと、かつてトーマスに話したことがありました。アンクレッド家の人たちはちょくちょくアンクレトン館を訪れますが、いつも数日後には傷ついた感情を抱えて去っていきます。

しかし、ときとして彼らは結束を固めます。まさしく今がそのときで、七十五歳の父親の火遊びの相手である大根役者ミス・ソニア・オリンコートを、一致団結して排除しようとしています。この驚くべき老人は、彼女をアンクレトン館へ呼び寄せました。彼女はそこに居座ろうとします。彼女はかつてコーラス団の一員で、ユニコーン・シアターで代役を務めていました。これは革命的な出来事でした。ユニコーン・シアターはクラブで言えばブードルズのような、演劇界での超一流の場所です。ミス・オリンコート以前にミュージカル・コメディのキャストがその楽屋の出入り口をくぐったことは一度もありませんでした。ヘンリー卿がリハーサルを見ていました。三週間後、ミス・オリンコートは代役として使えないと見切りをつけられ、トーマスによって解雇されます。その後、彼女はトーマスの父を追いかけ、父親の胴着を涙で濡らし、そして、アンクレトン館における現在の役どころに返り咲いたのです。彼女は金髪の美人です。彼女は結婚を視野に入れてご老体にいやいやつきまとっていると、ポーリーンやデズデモーナは言っています。トーマスは、彼女はもっと愛想よくしていると考えています。中東のクロードからは、言葉を選びながらも、彼の怒りの感情が伝わってくるような電報が送られてきました。クロードの妻のジェネッタは抜け目がありませんが面白い女性で、アンクレッド家とは距離をおいて接していますす。クロードが不在のため、今回のヘンリー卿の誕生日パーティーに呼ばれています。彼女の娘のフェネーラは、今のところポーリーンの娘のパンティーの次にヘンリー卿のお気に入りですが、もし彼が結婚したら、立場が弱くなるかもしれません。陽気なミラマントでさえ動揺しています。彼女の息子のセドリックは年長の孫ですが、ヘンリー卿は最近、老いぼれにもまだ寿命はあるなどと当惑させるようなことを言っています。

以上が、アンクレトン館の概要です。いずれも、僕がときどきアンクレトン館を訪れたときに仕入れた、または、トーマスから聞いた話です。ご存じのように、トーマスは話好きで、言葉を慎むことを知りません。

こんな感じで、僕はこれまで書こうとしなかった小説を書き始めてみました。最後にもうひと言だけ。あなたはマクベスに扮したヘンリー卿を描くために招かれるのですが、ポーリーンの娘のパンティーがアンクレトン館にいれば、あなたはそこで、血まみれの子どもに出くわすことになるかもしれませんよ。

タイプ打ちの原稿を折りたたむとトロイは、手紙を封筒に戻した。ナイジェルのしっかりとした筆跡で、封筒にはトロイの名前が書かれていた。スーツケースに座っている若い男が、封筒を見つめている。彼女は封筒を裏返し、膝の上に置いた。彼の読んでいた挿絵入りの新聞は、彼の膝の上に開かれたままになっている。自分の写真がそこに刷られていたことに、彼女は戸惑いを覚えた。

彼が何をしようとしているのかわかった。彼は彼女が誰だか知っていた。おそらく彼は自分でもちょっとした絵を描くのだろう。どうも、それらしい風体をしている。もしアンクレトン館駅に着く前にほかの乗客がみな降りたら、彼は自己紹介を始め、わたしの素敵な列車の旅は台無しになるのだ。（あーあ、なんてことかしら！）

　車窓から見える景色は、生け垣や曲がりくねった道や裸の木々へと変わっていった。トロイは窓の外を満足そうに眺めた。半ば騙《だま》されるかたちで今回の依頼を引き受けたため、彼女の感情は宙ぶらりんになっていたのである。しかし、夫がもうすぐ帰ってくるのがわかって本当によかった。夫の三年間の不在によって、カーテンのようなものが下りてきて、お互いの理解を妨げるのではないかという恐怖を抱くことは一度だってなかった。夫が帰国する二日前にトロイに知らせると、ロンドン警視庁の警視監が約束してくれたのだ。一方で、列車はトロイを見知らぬ人々が待ちうける仕事場へと運んでいく。しかも、そこの人たちは一筋縄ではいかないようだ。いずれにしても、アンクレッド家の騒動のせいで、年老いた坊やがおとなしく座っていられないようなことにならなければいいのだけれど、とトロイは願った。そんなことになったら面倒だ。

　列車が分岐駅に到着した。多くの乗客は下車し始めたけれど、スーツケースに座っている男はそのままで、こちらに声をかけようとしている。トロイが恐れていたことだ。彼女はお弁当を開き、さらに、本を読み始めた。（お弁当を食べながら本を読んでいれば、この男はわたしを放っておいてくれるかしら）そのとき、列車のなかで食事をとる人々にモーパッサンが投げかけた皮肉を、彼女は思い出した。

　二人の視線は途切れ、トロイはサンドイッチにかぶりつきながら、マクベスの出だしの場面を読んだ。ここ以外ではエミリー・ブロンテ（一八一八～四八年。イギリスの小説家）の作品でしか見つからないようなあの不気味な世界を、いつか再訪しようと思っていたのだ。この思いつきに気をよくした彼女は、『嵐が丘』の物語のなかの呪わしきヒースの野に立つヒースクリフとキャサリンの亡霊や、または、『嵐が丘』へと続く荒野を行くフランセスのことをしばらく考えた。マクベスに扮した人物の肖像画を描くのであれば、読まなければならないと思った。そして、久しぶりに再会した友人の最初の声の抑揚を聞いてその友人のことを思い出すように、その冒頭の言い回しによって、忘れていたと思っていたマクベスの芝居がすっかりよみがえってきた。

「少しお邪魔しますよ」甲高《かんだか》い声が聞こえてきた。「ずっと声をかけようかどうしようか、迷っていたんです。魔法のような偶然ですね」

例の若い男が向かいの席に座っていた。愛嬌をふりまこうとするかのように頭を片方に傾けて、トロイに微笑みかけた。「どうか、何か企んでいて声をかけてきたなんて思わないでください。非常通報用のコードを引かないでくださいね」

「そんなことは思っていません」とトロイが答えた。

「あなたはアガサ・トロイさんですよね？」と若い男が恐る恐る続けた。「僕が間違うはずがない。ようするに、すごい偶然だということです。僕も新聞を読んでいて、まさしく、あなたの写真を見つけたんです。びっくりしたな。不思議なこともあるもんです。そして、まだほんのわずかな疑問が残っていたとしても、あなたが読んでいる注目すべき本のおかげで確信が持てました」

トロイは本から目を離して、若者を見た。「『マクベス』のことかしら？　あなたが何を言いたいのかわからないわ」

「決定的なヒントだと思うけどなあ。でも、まだ自己紹介をしていませんでしたね。僕はセドリック・アンクレッドです」

「まあ」とトロイは声をあげた。「意味がわかったわ」

「封筒に書かれていたあなたの名前で、あなたがアガサ・トロイだとわかってはいたのですが。すみません、盗み見するようなことをして。しかし、あなたがご老体の肖像画を描くなんてわくわくします。祖父の衣装がどんなものか、想像もできないでしょう！　そして、兜《かぶと》も！　怪力無双の男が彼のために鋼鉄を叩きあげて作ったものです。ご存じのとおり、彼は僕の祖父です。僕の母はミラマント・アンクレッドです。どうか誰にも言わないと約束してほしいのですが、父はヘンリー・アーヴィング・アンクレッドです」

このまくしたてに対してとくに返す言葉も思いつかなかったので、トロイは無言でサンドイッチをもう一口食べた。

「僕の話をもう少しさせてください」とセドリックが愛想よく続けた。「あなたの作品には、いつも感銘を受けています。そして、実際にあなたにお会いできるなんて、とても光栄です」

「だけど、わたしがヘンリー卿の肖像画を描くことを、どうして知っているの？」とトロイが尋ねた。

「昨晩、トーマスおじさんに電話したら、おじさんが話してくれました。僕もアンクレトン館へ来るように言われましたが、そのときは断りました。ですが、すぐに考えを変えたんです」そう言ったセドリックの子どもっぽい率直さに、トロイはうんざりしていた。「僕も絵を描こうとしています。そして、デザインもします。もちろん、今の時代は何もかもが厳しく、報われないことがほとんどです。しかし、どうにかよろよろと歩みを進めています」

彼のスーツの色はシルバーグレイで、シャツは薄緑色。プルオーバー（頭からかぶって着る衣服）は濃い緑色で、ネクタイはオレンジ色だった。目はかなり小さくて、柔らかそうな丸い顎の真ん中あたりに、へこみがあった。

「あなたの作品について言わせてもらえるなら、ものすごく訴えるものがあると思います。うまく言えませんが、デザインがいつも主題と一致しているんです。実際の画風は対象に対して恣意《しい》的《てき》に押しつけられたものではなくて、必然的な結果として得られたものです。常に誠実なんです。僕は的外《まとはず》れなことを言っているでしょうか？」

セドリックが言ったことは的外れではなかった。トロイはそのことをしぶしぶ認めた。トロイが自分の作品について話し合いたいと思う人物は、ほとんどいない。セドリックはしばらくトロイを見つめていた。トロイが嫌っていることにセドリックは気づいていることがわかって、トロイは落ち着かなかった。彼の次の行動が予測できなかった。セドリックが髪の毛を掻きあげた。ウエーブのかかった湿った感じの金髪だった。「よく言うじゃありませんか。あなたのように切り抜けられたらと。おお、神よ！　なぜ人生とは、かくも終わりのない苦しみに満ちているのか」

「知らないわよ」トロイはそう考えて、バスケットを閉じた。相変わらず、セドリックはトロイをじっと見つめていた。明らかに、トロイが何か言うのを期待していた。

「人生の一般的なことについては、あまり得意じゃないのよ」

「もちろん、そうでしょう！」そう言って、セドリックは深く頷《うなず》いた。「あなたのおっしゃることに、同意します」

トロイは気づかれないように腕時計を見た。あと三十分もすればアンクレトン館駅に着く。そして、彼もついてくる。

「あなたを退屈させてしまったようですね」とセドリックが言った。「いいえ、否定することはありません。僕はあなたを退屈させたんです。タッ！」

「こういった会話をどのように続けたらいいのかわからないのよ」とトロイが応じた。

セドリックが再び頷いた。

「あなたは本を読んでいましたね？　僕が邪魔をしてしまった。誰であれ、そんなことはするべきではない。そのような行為は聖霊に対する侮辱です」

「そんなばかげた話は聞いたことがありません」トロイは笑みを浮かべながら言った。

セドリックが声を殺して笑った。「続けてください！　あなたの〝呪わしきヒースの野〟にお戻りください。個人的な意見ですが、あなたが読んでいた劇は最悪の部類です。ですが、どうぞ読むのを続けてください」

だが、数インチ離れたところから腕組みしたセドリックにじっと見つめられていたのでは、読むのは簡単ではなかった。それでも、トロイはなんとか読み進めていった。一、二分経って、セドリックがため息をつき始めた。彼は、まがいのウミガメ（ルイス・キャロルの『不思議の国のアリス』に登場する不思議な生き物）みたいなため息をつくのね。頭がおかしいのかも、とトロイは考えた。そしてとうとう、笑い声が聞こえてきた。トロイは思わず顔を上げた。またもや、セドリックは彼女をじっと見ていた。そして、ひすいのシガレットケースを開いた。

「たばこはいかがですか？」とセドリックが尋ねた。

断ったりしたらさらに面倒なことになりそうなので、トロイはたばこを受け取った。彼は黙ってたばこに火をつけると、自分の席へ戻った。

いずれにしても彼と同行することになると思い、トロイが尋ねた。「スタイル画について適切なことを言うのは、とても技巧的なことだと思わないかしら。昔はこうだった、と言う人ばかりでしょう！　商業芸術についてもしかり……」

「金目当ての売春ですよ」とセドリックは噛みついた。「まさにそれです。初めての罪が気にならなければ、とても面白いです」

「あなたは劇場で働いているのですか？」

「ようやく、僕に興味を持ってくれましたね」とセドリックがとげとげしく答えた。「そうです。トーマスおじさんがときどき僕を使ってくれます。実は、そのことに夢中なんです。ご老体の後ろ盾があれば、この世界で道が開けるとお思いでしょう。残念ながら、彼の後ろ盾はありません、実に不愉快なことに。僕は幼い怪物に排除されたのです」彼は少し自嘲気味に言った。「もちろん、最年長の孫であることは、いくらか慰めになります。楽観的なことを言えば、ヘンリー卿が僕を彼の遺言から完全に外すはずがないと考えています。僕の最悪の悪夢は、アンクレトン館を相続した夢を見ることです。叫び声をあげて、目が覚めます。もちろん、ソニアも外せないでしょう。何があってもおかしくありません。ソニアのことは聞いていますか？」

トロイがためらっていると、セドリックが話を続けた。「彼女はご老体のお飾りみたいなものです。彼女が信じられないようなばかなのかどうか、判断しかねています。おそらく、ばかではないでしょう。ほかの連中はみな彼女と必死に戦おうとしています。ですが、僕は彼女に気に入られるようにするつもりです。ヘンリー卿が彼女と結婚した場合に備えて。何を考えているのですか？」

見ず知らずの人にここまで自分たちの内証事《ないしょごと》を打ち明けるのが、アンクレッド家の男たちの特徴なのだろうか、とトロイは不思議に思った。だが、アンクレッド家の男たちみんなが、セドリックのようなわけではないだろう。やはり、ナイジェル・バスゲイトが言ったように、セドリックは要注意だ。セドリックと比べると、トーマスの人柄のよさが際立つ。

「ですが」とセドリックが話を続けた。「どのようにヘンリー卿を描くつもりですか？　高圧的に、真っ黒にですか？　まあ、どのように描いても、あなたなら素晴らしい作品になるでしょう。こっそりと事前に見せてもらえませんか？　でも、あなたはそういったことは嫌がるでしょうね？」

「嫌です」とトロイが答えた。

「そうだと思いました」そう言って、セドリックは窓の外を見た。そして、すぐさま額を抑えた。「来ますよ」とセドリックが言った。「向かい合おうと気を引きしめるたびに、頭痛に襲われる。僕を連れていってくれる列車があるなら、一目散にロンドンへ戻りたいくらいだ。もうすぐ見えますよ。ああ、耐えられない。あんな恐怖に立ち向かわなければならないなんて」

「いったい、どうしたっていうの？」

「見てください！」手で目を覆いながら、セドリックが叫んだ。「見て！　恐怖の城です！」

トロイは窓から外を覗《のぞ》いた。二マイル（約四キロメートル）ほど先の丘の頂上に、アンクレトン館がそびえ立っていた。

第三章　アンクレトン館

それは、まさしく驚くような建物だった。ビクトリア朝のある建築家はその時代のアンクレッド家から支援を受け、アン女王様式（十八世紀初期のイギリス、アン女王の時代の建築様式。流麗な曲線や装飾を有しつつも、簡素で実用的な様式）の家を取り壊して、その瓦礫《がれき》から彼が想像しうるもっとも魅力的な建物を造りあげた。アンクレトン館は、どの様式や時代にも固執することはなかった。建物の正面は、ノルマン、ゴシック、バロック、そしてロココなどの各様式で彩《いろど》られていた。それぞれの隅には小塔が建ち並び、塔も幾重にもそびえている。矢狭間《やはざま》（壁などに設けられた、矢を射るための隙間）からは気づかれないように出窓を覗くことができる。張り巡らされたタイルは万華鏡のようで、そこからさまざまな煙突が林立している。建物全体は空に対してではなく、常緑樹の森を背景にしてそびえているように見える。建物の背後に、針葉樹が生い茂る急峻《きゅうしゅん》な丘陵地帯が広がっているからだ。初期のアンクレッド家の人たちはいろいろ想像をたくましくすることで力尽きてしまったのかもしれない。ジョン・イーヴリン（一六二〇～一七〇六年。イギリスの造園家）の伝統に従って整備されたひな壇式庭園やよく茂った雑木林などは、ほとんど手つかずのまま残されていた。これらはその完全性を維持しながら、見る者の目を家のなかへと導き、その不道徳を黙認しているような雰囲気を醸《かも》し出していた。

木々が邪魔になって、トロイが初めて目にしたアンクレトン館はすぐに見えなくなった。しばらくして、列車は小さなアンクレトン館駅にゆっくり止まった。

「さて、いよいよご対面ですよ」とセドリックが呟いた。二人は冬の陽光のあふれる車外へ降りたった。

駅のホームにいたのは二人だけだった。一人は少尉の制服を着た若い男で、もう一人は背の高い女だった。二人は美男美女で、しかもどことなく似ていた――青い目、黒い髪、そして、二人とも痩《や》せている。二人が前に進み出た。若い男は足を引きずっていた。そして、杖を使っていた。

「おやおや！　たった二人だけのお出迎えとは」セドリックが不満そうに呟いた。

「こんにちは、セドリック」二人はあまり気乗りしない様子で言った。そして、女のほうはすぐさまトロイのほうを向くと、敬意を込めて見つめた。

「いとこのフェネーラ・アンクレッドです」セドリックが物憂《ものう》げに説明した。「そして兵士のほうが、もう一人のいとこのポール・ケンティッシュです。こちらはミス・アガサ・トロイ、あるいは、ミセス・アレンと呼ぶべきか。ややこしいな」

「あなたに来ていただいて、光栄です」とフェネーラ・アンクレッドが言った。「祖父がとても興奮しているんです。まるで、十歳も若返ったようです。まあ、荷物がこんなに多いんですか？　そうでしたら、二回に分けて運ぶか、丘の上まで歩いてもらってもかまいませんか？　軽二輪馬車しかないものですから。それに、ロシナンテは少し年寄りなので」

「歩くだって！」セドリックが声を荒らげた。「フェネーラ、おまえ、気は確かか？　たとえこのウマの最後の意識のある行為だったとしても、ロシナンテは僕を丘の上まで乗せていくだろうよ」（わたしトロイは、この動物の命名は鼻持ちならない気まぐれだと思っていることを、括弧書きで述べておきます）（注：ロシナンテは、ドン・キホーテの老いぼれたウマの名前）

「荷物はスーツケースが二つと絵を描く道具一式ですので、かなり重いでしょう」とトロイが言った。

「何ができるか見てきましょう」ポール・ケンティッシュが、セドリックを嫌悪の目で見ながら言った。「来るんだ、フェン」

トロイの画架と重い荷物はいったんコテージに預けて、夕方に運送業者に運んでもらうことになった。しかし、彼らはトロイの使い古した手荷物とセドリックの緑色がかったスーツケースを軽二輪馬車に積み込んで、それらの荷物の上に乗った。太った白色のポニーが狭い小道をゆっくりと歩き始めた。

「門まで一マイル（約二キロメートル）です」とポール・ケンティッシュが言った。「そして、さらに一マイル進むと屋敷に着きます。われわれは門のところで降りよう、フェン」

「わたしは歩きたいわ」とトロイが言った。

「それなら、セドリックが御者をやればいいわ」とフェネーラが満足そうに言った。

「どうもウマの扱いは苦手でね」とセドリックが異議を唱えた。「ウマは座り込んだり、向きを変えて僕に噛みついたりするかもしれない。ウマの扱いは、あなたのほうが上手でしょう？」

「ばかなこと言わないで」とフェネーラが言った。「ロシナンテは、ただ屋敷へ向かって進むだけじゃないの」

「誰がいるんですか？」とセドリックが尋ねた。

「いつもどおりよ」とフェネーラが答えた。「ママのジェネッタがこの週末にやって来るわ。わたしは二週間の休暇中なの。ほかには、ミラマントおばさん、そして、ポーリーンおばさん。ミラマントおばさんはセドリックのお母さんで、ポーリーンおばさんはポールのお母さんよ」フェネーラは後半の部分をトロイに説明した。「初めは混乱しちゃいますよね。ポーリーンおばさんはミセス・ケンティシュで、わたしのママはミセス・クロード・アンクレッドなの。そして、ミラマントおばさんがミセス・ヘンリー・アンクレッド」

「ミセス・ヘンリー・アーヴィング・アンクレッドだ。間違えるな」とセドリックが口を挟んだ。

「僕の父です。亡くなりましたが……」

「わたしたちのほうは以上よ。もちろん、パンティー（セドリックがうめき声をあげた）――パトリシア・ケンティッシュのことよ――や、屋敷の西の塔へ引っ越してきた学校の世話をしているキャロライン・エイブルもいるわ。ポーリーンおばさんが手伝ってくれているけど、とにかく人手が足りないの。以上よ」

「以上だって？　ソニアは出ていったのか？」とセドリックが尋ねた。

「いいえ、彼女はいるわ。忘れてたの」とフェネーラがぶっきらぼうに言った。

「羨《うらや》ましくなるほど、フェネーラは忘れるのが得意だな。次は、みんなソニアと仲直りしているとでも言うんだろう」

「そのことを、ここで言う必要がありますか？」とポール・ケンティッシュが冷ややかに言った。

「いずれにしても、アンクレトンの屋敷の火種であることは間違いないだろう？」とセドリックが応じた。「個人的には、とても興味をそそられるんだ。列車のなかで、僕はそのことをミセス・アレンにすでに話したよ」

「なんですって、セドリック！　ミセス・アレンに話したですって！」ポールとフェネーラが一緒に言った。

セドリックが甲高い笑い声を発した。気まずい沈黙が訪れた。静寂に耐えられなくなって、トロイがポール・ケンティッシュに話しかけた。彼は真面目だけれど、人当たりがよくて、感じのいい青年だと思った。ポールは彼の軍務について話し始めた。彼はイタリアでの軍事作戦中に足を負傷し、今も治療を続けていた。除隊したときに何をしようと思ったか、トロイはポールに尋ねた。すると驚いたことに、彼は恥ずかしそうに頬を染めた。

「実は、警官を考えました」とポールが答えた。

「なんとまあ」セドリックが口を挟んだ。

「ポールだけが、劇場に関係したがらないんです」とフェネーラが説明した。

「軍隊に入りたかったのです」とポールが続けた。「ですが、今は無理です。よく知りませんが、おそらく、警察もだめでしょう」

「夫が戻ってきたら、相談するといいわ」夫がそのような相談に応じるだろうかと思いながら、トロイは言った。

「ぜひとも！」とポールが言った。「そうできたら、本当に素晴らしいです」

「あなたが足を引きずっていることで何か違いが生じるかどうか、夫はあなたに教えてくれるでしょう」

「僕の十二指腸潰瘍にとっても、嬉しい知らせだ！」とセドリックが言った。「これで勇敢でありたいとか、力強くありたいといったふりをしなくて済みます。間違いなく、僕はヘンリー卿の気質を受け継いでいる」

「あなたも舞台に立つのですか？」トロイがフェネーラに尋ねた。

「戦争が終わったら、そうしたいと思っています。当分は運転手をしています」

「フェネーラ、あなたは異国情緒のある役をやるといいでしょう。あなたのために、素敵な衣装をデザインしてあげますよ。かなり面白いものになるでしょう」と言って、セドリックが続けた。

「もし僕がアンクレトン館を相続したら、われわれの劇場を富裕層向けの劇場にするのも面白いかもしれません。問題は、ソニアが准男爵未亡人になっているかもしれないということです。その場合、彼女はすべての主役を演じることを主張するかもしれません。ああ、お金がほしくてたまらない。何かいい方法はないかい、フェネーラ？　ヘンリー卿を口説こうか、それとも、ソニアの機嫌をとろうか？　ポール、あなたはそれとなくほのめかす方法についてよくご存じです。何か助言はありませんか？」

「あなたが、われわれの倍は収入を得ていることを考えると！」

「何を言ってるんだ！　ただの噂だよ。僕の収入なんて、たかが知れてる」

　アンクレトン館の門へと続く小道へ向かって、白いポニーはゆっくりと進んでいった。アンクレトン館は今、その荘厳《そうごん》なたたずまいを見せていた。幅の広い歩道が門からまっすぐ伸びていて、いくつものテラス（椅子を置いてくつろいだり食事したりできる、舗装、または、芝生を植えた庭の一部）を横切り、階段を上ると屋敷の前に辿《たど》り着く。馬車道は左へ折れると、木々に隠れて見えなくなった。これだけのものを維持できるほど、この一家はものすごく裕福なんだ、とトロイは思った。そして、トロイの思いに応えるかのように、フェネーラが言った。「ここからでは、花園をどれほど通りすぎたか想像できないでしょうね」

「問題の子どもたちはどうしてるんだ？」とセドリックが尋ねた。

「連中は陽気にいい仕事をしていますよ」とポールが話に加わった。「今年は二番目のテラスがすべてジャガイモで埋まりました。もうすぐ見ることができます」二番目のテラスでうごめいている多くの小さな人影に、トロイはすでに気がついていた。

「おやまあ、ジャガイモとはね」とセドリックがぼやいた。

「まずは食べてみてよ」フェネーラがぶっきらぼうに言った。

「さて、着きました。ミセス・アレン。歩きますか？　もし歩かれるのであれば、われわれがお供します。そして、セドリックが荷物を馬車で運びます」

　トロイとポールとフェネーラが馬車から降りた。ポールが精緻な作りの鉄の門を開け、小屋は今、野菜の貯蔵庫として使われていると説明した。セドリックは嫌悪感をあらわにしながら手綱を握り、左のほうへゆっくりと姿を消していった。ほかの三人はテラスの坂を上り始めた。子どもたちの甲高い歌声が、秋の空気を震わせて聞こえてきた。

それから、声を出して歌って、
海を越えて行こう。
よく知っている女の子がたくさんいるから。
サクラメントの岸辺に。

三人が二番目の階段を上るにつれて、指示をしているきびきびした女性の声が聞こえてきた。

下ろして、蹴って、持ち上げて、そして、戻して。
下ろして、蹴って、持ち上げて。

二番目のテラスでは、三十人ほどの男の子や女の子たちが声を揃《そろ》えて土を掘っていた。セーターにズボンというでたちの赤毛の若い女が、息を合わせるように号令をかけていた。一番後ろの列の男の子が、そばにいた女の子の首にシャベルの土をわざと入れたのをトロイは目にした。すると、女の子は男の子を捕まえて、持っていたシャベルで男の子のお尻を叩《たた》いて仕返しした。「下ろして、蹴って、持ち上げて、そして、戻して」若い女が号令をかけながら、ポールとフェネーラのほうへ手を振った。

「こっちへいらっしゃいよ！」フェネーラが声を張りあげた。若い女は作業を続けさせたまま、三人のほうへ歩きだした。子どもたちのかけ声は続いていたけれど、心なしか元気がなかった。若い女はとてもかわいらしかった。フェネーラが若い女を紹介した。「ミス・キャロライン・エイブルよ」彼女はトロイとしっかり握手を交わした。先ほどの女の子は今や男の子に馬乗りになって、男の子の頭に土をかけ始めていることにトロイは気づいた。こうするために、女の子はあらかじめ男の子の白い帽子を取り外していた。そして、ほかの子どもたちは、同じような帽子をかぶっていることにトロイは気がついた

「子どもたちに気合を入れていますね、キャロル」とフェネーラが言った。

「あと五分で終わります。こういった作業が大事なんです。子どもたちは、何か役に立つことをやっていると感じています。何か社会の役に立つことを」ミス・エイブルが生き生きと答えた。「あのような子どもたちが、とくに内向的な子どもたちがこういった作業をできるようになれば、しめたものです」

ポールとフェネーラは子どもたちを背にしていたが、厳《おごそ》かに頷いた。女の子をやり返した男の子が、女の子の左足のふくらはぎに噛みつこうとしていた。

「子どもたちの頭というか、白癬《はくせん》（白癬菌が皮膚に寄生することによって起こる皮膚病）のほうは大丈夫ですか？」ポールが真面目に尋ねた。ミス・エイブルは肩をすくめて言った。「治療を受けています。明日、お医者さんがまた来ます」

先ほどの女の子が叫び声をあげたので、トロイも思わず悲鳴をあげた。女の子の声が耳をつん

ざくような鋭い声だったので、すぐさま子どもたちの作業が中断した。

「様子を見にいったほうがいいんじゃないの？」とトロイが言った。ミス・エイブルが女の子のところへ様子を見にいくと、女の子は男の子を猛然と蹴ろうとしていた。それでもなお、男の子は女の子のふくらはぎに噛みついていた。「放しなさいよ！」女の子が金切り声をあげた。

「パトリシア！　デービッド！」ミス・エイブルが厳しい声を発しながら、二人に近づいていった。ほかの子どもたちは作業の手を止めて、黙って見ていた。二人の子どもたちはお互いをつかみ合って、言い争っていた。

「どうしてけんかになったの？」ミス・エイブルが二人に関心を示しながら明るく尋ねた。二人はののしり合った。ミス・エイブルは二人を理解しているようだ。そしてトロイが驚いたことに、ミス・エイブルは腕時計をちらっと見ながら、一つ、二つメモを書き留めた。

「さて」ミス・エイブルはさらに明るい調子で言った。「あなたたちはずっと気分がよくなるわよ。あなたたちはただ怒っていて、それを発散したかったんでしょう？　だけど、けんかよりも、もっと楽しいことを思いついたのよ」

「嘘よ」と女の子がすぐさま答えた。そして、相手の男の子のほうをすごい剣幕でにらんだ。

「殺してやるから」そう言うと、男の子ともつれるように倒れた。

「みんなでシャベルを掲《かか》げて、陽気な行進曲を歌ったらどうかしら？」ミス・エイブルは二人の子どもの悲鳴をよそに、心底明るく言った。

女の子は転がるように男の子から離れると、一握りの土をシャベルですくってミス・エイブルめがけて投げつけた。男の子もほかの子どもたちも、これを見て大笑いした。ミス・エイブルは呆然としていたけれど、しばらくして子どもたちと一緒に笑った。

「まったく、どうしようもないな」とポールが言った。

「違うのよ」とフェネーラが言った。「こういったやり方なのよ」

「どう？　面白い格好になったでしょう？　さあ、二人の組と三人の組でそれぞれ相手を選んで、みんなもやってみて！」ミス・エイブルが上機嫌に言った。

子どもたちはそれぞれの組に分かれていった。そして、キャロラインは顔の土を払いのけながら、トロイたちのところへ戻ってきた。

「相変わらずパンティーには手を焼きますね」とポールが言った。

「でも、彼女ははっきりと反応してくれるから助かるわ」とミス・エイブルが答えた。「七時間半ぶりのけんかよ。そして、デービッドのほうが始めたの。むしろ、デービッドの扱いのほうが難しいわ」

トロイとフェネーラとポールはミス・エイブルを残して、先を進んだ。四番目のテラスで、背の高いきれいな女性と出会った。女性はツイードを着てフェルト帽をかぶり、分厚い長手袋をはめていた。

「僕の母です」とポール・ケンティッシュが言った。

ミセス・ケンティッシュがトロイにかなりおぼつかない様子で挨拶した。「あなたは父の絵を描きにきたんですよね？　くつろいでもらえるといいんだけど。このところ少しごたごたしているものだから……でも、芸術家として、自由奔放に生きる人を、むしろ気になさらないかもしれませんね……」ポーリーンの声が次第に消えていった。そして、息子のほうを向いた。「ポール、こんな階段を歩くなんて！　あなたは足が悪いのよ。フェネーラ、あなたがついていながら、なんてことなの」

「このほうが足にいいんですよ、母さん」

やれやれというように頭を振って、ミセス・ケンティッシュは彼女をにらみつけている息子をぼんやりと見つめた。「まったくもう。言うことを聞かないんだから」ポーリーンの声は温かかったけれど、少し震えていた。そして、夫人の目には涙があふれているのを見て、トロイは困惑した。「あの老いぼれウマのせいね？　そうでしょう、フェネーラ？」とポーリーンが呟いた。

フェネーラが居心地悪そうに笑った。ポールは慌てて後ずさりして、大声で尋ねた。「どこへ行くんですか？」

「ミス・エイブルに、子どもたちを屋内へ戻す時間だと伝えにいくんです。子どもたちに、かなりの重労働を強いているような気がして。わたしは古い考えの人間なんです、ミセス・アレン。やはり、母親が一番よくわかっていると思うんです」

「でも母さん。パンティーを、どうにかしなければならなかったでしょう？　実際、彼女はなかなかどうして厄介な子です」とポールが反論した。

「かわいそうなパンティー」とポーリーンが呟いた。

「そろそろ行きましょう、ポーリーンおばさん」とフェネーラが言った。「セドリックがそろそろ着く頃ですから。そして、彼は荷物を下ろしたりしていないでしょうから」

「セドリックですって！」とミセス・ケンティッシュが繰り返した。「タッ！」

彼女はトロイに鷹揚《おうよう》に微笑んでから、三人を残して去っていった。

「母は」ポールが居心地悪そうに言った。「ちょっとしたことでも動揺するんです。そうだろう、フェン？」とポールが尋ねた。

「確かに」とフェネーラが言った。「あの世代の人たちは、みんなそうよ。パパだって、すぐに感情的になって騒ぐわ。デッシーおばさんも、すぐにあたふたするし。みんな、祖父の血を引いているのよ。そう思わない？」

「トーマスを除いてね」とポール。

「そうね。トーマスだけ例外ね。ある世代がかなり情熱的であったり、感情的であったりすると、次の世代には逆の傾向が表れると思いませんか、ミセス・アレン？　ポールとわたしは、自分を抑えようとします。そうでしょう、ポール？」

トロイはポールを見た。彼はいとこをじっと見つめていた。彼は黒い眉を寄せ、唇を固く結んでいた。恐ろしいほど厳粛な雰囲気を漂わせ、ポールはフェネーラの問いには答えなかった。

（ポールはフェネーラのことが好きなのね）と、トロイは思った。

アンクレトン館の内部は、その巨大な建物の正面に勝るとも劣らなかった。〝素晴らしい〟という形容詞が、アンクレトン館では日常的な言葉であることを、トロイは知った。素晴らしい雑木林があって、素晴らしい画廊があって、そして、素晴らしい塔がある。今は干上がって耕作地として使われている堀に架かっている素晴らしい跳ね橋を渡って、トロイとポールとフェネーラは素晴らしい玄関広間へと入っていった。

ここでは、建築家のたゆまぬ創意工夫により、エリザベス朝時代のさまざまなアイデアが盛り込まれていた。派手な彫刻や、アンクレッドの紋章をあしらったステンドグラスがところ狭しと展示され、さらにクオータリング（盾形の四分割紋章。縁のつながった他家の紋章を自家の紋章に組み合わせること）もあった。神話と紋章学がすたれても、ときおり、こういった神話上の動物たちのあいだで、教会は忘れられていなかった。アンクレッドの小十字が、セントピーター教会やエルサレムの聖ヨハネの十字架と穏やかな混乱のうちに密接に結びついていたからだ。

玄関に面した玄関広間の裏には吟遊詩人の画廊があり、間隔をおいて紋章旗が掲げられていた。紋章旗の下には、多くの渦巻き模様や浮き出し模様が表面を成している壁があり、ここに肖像画が掛けられることになると、フェネーラが説明した。昼間ならステンドグラスの紋章が反射して、壁一面が格子模様のようになり、ジグソーパズルの様相を呈するだろう、とトロイはすぐに気がついた。夜間は、特別に備え付けられた四つのランプで下から照らされる、とポールが説明した。

玄関広間には、すでに多くの肖像画が掛かっていた。暖炉の上に掛かっている、十八世紀の船乗り姿のアンクレッドを描いた巨大な画布に、トロイは目をみはった。その人物は自分自身に酔っているかのように、カトラス（船乗りが好んで使った、厚くて重い反り身の片刃の短剣）をジグザグの稲光に向けていた。そして、この作品の下にある大きな肘掛け椅子に、暖炉の火にあたりながらセドリックが座っていた。

「あなた方の荷物は使用人が見ています」セドリックがゆっくりと立ち上がって言った。「そして、ウマは厩舎へ連れていかれました。ミセス・アレンの絵の道具一式は、手の届かないところへ運ばせました。どうぞお座りください、ミセス・アレン。お疲れになったでしょう。ママはこちらへ向かっているところです。ヘンリー卿は午後八時三十分にやって来るでしょう。それまでくつろぎましょう。昔なら、飲み物でもお出しするのですが。家族を代表して申しあげます。アンクレトン館へようこそ」

「初めに、ご自分のお部屋をご覧になりますか？」とフェネーラが尋ねた。

「おいおいフェネーラ」とセドリックが付け加えた。「ミセス・アレンをこれ以上歩かせるつもりかい？　ミセス・アレンの部屋はどこなんだ？」

「シドンズ（サラ・シドンズ。一七五五～一八三一年。イギリスの女優。シェークスピアの悲劇『マクベス』に登場するマクベス夫人のキャラクターを自ら考案したことで知られる）の部屋よ」

「あまり共感できませんが、もちろん、その選択は適切です。マクベス夫人の役を演じた、筋骨たくましい女優の鋼《はがね》の彫刻が、洗面台にぶら下がっています。そうだろう、フェネーラ？　僕はギャリック（デービッド・ギャリック。一七一七～七九年。イギリスの俳優・劇作家。シェークスピア悲劇の革新的な演技・演出を行った）の部屋です。けっこう賑《にぎ》やかですよ。とくにネズミの出る季節は。時代がかっているでしょう？　極地の探検に出かける前に、別れの杯を交わしましょう」

かなり年老いた執事が、飲み物のトレイを持って玄関広間を通って現れた。「バーカー。おまえが来るのを待っていたよ」とセドリックが弱々しく言った。

「お待たせしました、セドリック様」と老執事が言った。「ヘンリー卿からの感謝の気持ちでございます。そして、皆さまを、夕食にご招待したいとのことでございます。とくにミセス・アレンにおかれましては、長旅でお疲れのことでしょうと申しておりました」

トロイは快適な旅だったことを伝えたうえで、正式な感謝の言葉を返すべきかどうか迷った。セドリックは今まで見せたことがないほど、精力的に飲み物を混ぜ始めた。「アンクレトン館には異議を唱えることのできない場所があって、それが地下貯蔵室です」とセドリックが言った。

「ありがとう、バーカー。ガニメデ（ギリシャ神話に出てくる美少年。神々のコップにワインを注ぐ給仕）でも、おまえより上手には注げないよ」

「セドリック、言っておきたいことがあります」老執事が立ち去ると、ポールが口を開いた。

「あなたがバーカーを茶化しても、少しも面白くありません」

「おいおいポール！　これはまた、ずいぶんと手厳しいな」

「バーカーは、もういい年なのよ」とフェネーラがすぐさま口を挟んだ。「若いときのようにはいかないわ」

セドリックは、意地の悪いまなざしでフェネーラをにらんだ。「ノ、ブレス・オ、ブリ、ー、ジ、ュ、（貴族や上流階級の人間は、社会に対して果たすべき責任が重く、高潔な振る舞いと、恵まれない人への慈愛の心が求められるという格言）だ。決まってるだろ！」

このやりとりのとき、トロイはむしろくつろいでいた。そのとき、太った女が笑みを浮かべて通用口の一つからやって来た。その女の背後に、大きくて立派な応接間が垣間《かいま》見《み》えた。

「ママです」手で指し示しながら、セドリックが言った。

ミセス・ヘンリー・アーヴィング・アンクレッドは色白で、がっちりした体格だった。夫人の色褪《いろあ》せた髪は丁寧に手入れされ、まるでかつらのような髪形だった。静かだけれど、とても高価な寄宿舎か学校を経営しているかのように見える。声は思いがけず深くて、手足もかなり大きかった。息子と違って大きな口をしているが、目と顎は息子のセドリックと似ていた。そして、実用的なブラウスとカーディガンを着て、黒いスカートをはいていた。夫人はトロイと愛想よく握手を交わした。

（なかなかのやり手だわ）、とトロイは思った。

「来てくださる決心をしていただいたことを、嬉しく思っています」と夫人が言った。「義父が大変喜んでおります。あなたに肖像画を描いてもらうことで義父は奮い立ち、以前よりも元気にしております」

「母さん！」セドリックは金切り声をあげると、トロイに向かって苦悶の表情を浮かべた。

「あら、言ってはいけないようなことを、何か言ったかしら？」そして、夫人は愛想よく笑った。

「もちろん、あなたはおっしゃってませんよ」セドリックを無視して、トロイは慌てて口を挟んだ。「わたしとしては、座っているだけでヘンリー卿がお疲れにならないことを願うばかりです」

「ご心配には及びません。もしお疲れになったら、ヘンリー卿はすぐにあなたへ伝えるでしょうから」とミラマント・アンクレッドが応じた。疲れたらためらうことなくそう言ってくる人物の肖像画を、縦六フィート、横四フィートの画布に一週間で仕上げなければならないことを思うと、トロイは憂鬱だった。

「いずれにしても」とセドリックが声を張りあげた。「まずは、飲みましょう！」

一同は暖炉の周りに輪のようになって座った。ポールとフェネーラはソファに、トロイは二人の向かい側のソファに、そして、ミラマントはトロイと向き合うように、背の高い椅子に座った。セドリックは、クッションの付いた低い椅子を母親のそばへ引っ張ってきて座った。そして、母親の膝の上に腕を置いた。ポールとフェネーラはそれを見て、嫌悪感を隠そうとしなかった。

「何をしていたの？」ミラマントが息子に尋ねた。そして、がっしりとした白い手を息子の肩に置いた。

「退屈な仕事をあれこれとね」頬を手でこすりながら、セドリックが答えた。「もうすぐ何が始まるのか教えてよ。陽気で刺激的なことだといいな。ミセス・アレンのためのパーティーとか！あなたはパーティーがお好きでしょう？」トロイに訴えるように、セドリックが尋ねた。「そう言ってください」

「ですが、わたしは仕事をしに来ましたので」とトロイが答えた。セドリックの言葉に挑発されてとっさに応じてしまったが、それさえも、彼の申し出を真剣に受け止めているようで、トロイは不愉快だった。

しかし、ミラマントが鷹揚に笑った。「ヘンリー卿の誕生日のために、ミセス・アレンはわたしたちと一緒にいるでしょう。あなたのほうはどうなの？　十日ほどいられるの？」

「ああ、大丈夫だよ」セドリックがいらいらしたように答えた。「うんざりするような仕事を持ってきているけどね。だけど、ヘンリー卿の誕生日とは、気が滅入るなぁ！　次の誕生日が迎えられるとは思えないからね」

「言葉に気をつけなさい」ミラマントがしわがれ声で言った。

「もう一杯飲みましょう」とポールが大きな声で言った。

「誰が飲み物についておしゃべりしてるの？」姿は見えず、声だけが吟遊詩人の画廊から聞こえてきた。「いいわねぇ！」

「おお」セドリックが囁《ささや》いた。「ソニア！」

玄関広間はすでに暗くなっていた。そして、画廊の向こう側から階段を落ち着かない様子で下りてきた白っぽい幽霊というのが、ミス・ソニア・オリンコートに対するトロイの第一印象だった。ソニアが玄関広間を通り抜けて姿を現したとき、今なお注目に値する音楽の祭典の第二幕の衣装を着ていることに、トロイは気づいた。（確か、部屋着だったはずよ）
「まあ」ミス・オリンコートが甲高い声で言った。「誰が来たのかと思えば、セドリックじゃないの！」ソニアが両手を差し出すと、セドリックはその両手を握りしめた。
「素晴らしい衣装じゃないか、ソニア」とセドリックが言った。「どこで手に入れたんだい？」
「何言ってるのよ、大昔のものじゃない。ところで……」ミス・オリンコートがトロイのほうを向いた。「以前にお会いしていないですね……」

ミラマントがソニアをトロイに堅苦しく紹介した。フェネーラとポールがソファから移動すると、ミス・オリンコートがソファに座った。彼女は腕を伸ばし、指をもてあそんだ。「急いで！　急いで！　急いで！」ソニアが赤ん坊のように叫んだ。「ソニアは飲み物がほしいの」

ソニアの髪の毛は白っぽかった。そして、前髪は額のところで切り揃えられ、絹のカーテンのような髪が肩まで達していた。目は皿のように丸く、黒いまつげに縁どられている。微笑むと短い上唇が平らになり、口の両端が下がる。そして、顎にかけて翳《かげ》りが生じた。ソニアは肌も白かった。そして、ツバキの花びらのように厚い。彼女は大いに人目を惹く魅力的な女性だ。けれど、あまり賢いようには見えなかった。(でも、裸のモデルとしてなら申し分ないわね。モデルをやっていたのかしら。そういうふうに見えるけど) とトロイは思った。

ミス・オリンコートとセドリックは、現実離れした会話をしていた。フェネーラとポールはすでに立ち去ってしまったけれど、トロイはミラマントと一緒に残った。ミラマントは家事が大変であることを話し始めた。ミラマントが話せば話すほど、巧みな言葉遣いや脚色で、トロイは洗脳されるような気がした。どこまでが事実で、どこからが作り話なのかわからなかった。ときどきミラマントは話を中断しては、自己満足に浸《ひた》っているようだった。彼女の声は単調で一本調子だ。

「わたしは幸せ者だと思うわ」とミラマントが言った。「料理人が一人、女中が五人、そして、執事のバーカーがいるのだから。でも、みんな年寄りなのよね。それに、異なる家系の出身だし。義理の姉のポーリーンは疎開で自分の家を手放しちゃって、二人の女中と一緒にアンクレトン館に住んでいるのよ。デズデモーナも同じ。そして、アンクレトン館を彼女の好きにしているわ。年寄りのナニー（ナニーには、ばあやの意味もある）を連れてきたりして。執事のバーカーとほかの使用人たちは、昔から一緒だけど。おまけに、西の塔なんか学校みたいになっちゃたし。でも、うまくいくのかしら。もちろん昔は」ミラマントが自己満足するように言った。「もっと多くの人間がいたわ」

「うまくやっていたんですか？」とトロイがそれとなく尋ねた。トロイはセドリックとミス・オリンコートを見ていた。明らかに、セドリックは彼女のご機嫌をとることにしたようだ。とってつけたようにいちゃいちゃし始めた。二人はなにやら囁き合っていた。

「いいえ」とミラマントが答えた。「けんかが絶えなかったわ」そして、予想に反して付け加えた。「この主人にして、この従僕あり、といった具合にね」トロイはミラマントを見た。ミラマントは歯をむき出すように、にっこりと笑った。答えのない発言ばかりするのが、ここの人たちの特徴だ、とトロイは思った。

ポーリーン・アンクレッドがやって来て、息子のポールとフェネーラと一緒になった。ポーリーンはある種の決意のようなものを漂わせていた。そして、フェネーラへの笑みは、なおざりだった。「ポール、あなたを探していたのよ」とポーリーンが言った。フェネーラがすぐさまポールのそばを離れた。ポーリーンはコングリーヴ（ウィリアム・コングリーヴ。一六七〇～一七二九年。イギリスの劇作家）の劇のような芝居がかった手つきで柄付き眼鏡を持ち上げると、眼鏡越しにミス・オリンコートを見つめた。彼女は長々とソファにもたれかかっていた。セドリックは彼女の近くのソファの腕に腰かけていた。

「椅子を持ってくるよ、母さん」とポールが慌てて言った。

「ありがとう、ポール」ミラマントとちらっと視線を交わして、ポーリーンが言った。「座りたいわ。いいえ、ミセス・アレン。どうぞ、そのままで。お優しいんですね。ありがとう、ポール」

「ノッディーとあたしは、とても楽しい時間を過ごしていたのに。古い宝石をいくつか見ていたのよ」そう明るく言って、ミス・オリンコートは両手を頭の上に伸ばして、上品にあくびをした。

「ノッディーですって？」とトロイが言った。「ノッディーって、誰のことですか？」少し間《ま》を置いてから、ミス・オリンコートが答えた。「彼は写真を撮られて、すっかり腹を立てちゃって。大丈夫かしら？」

ポーリーンは凛《りん》とした態度で、ミラマントのほうを向いた。「今日の午後、お父さんに会いましたか、ミラマント？」父を気遣ってというよりは、共通の敵に相対するといった感じで、ポーリーンが尋ねた。

「何か用事はないかと、いつものように午後四時に二階へ上がったわよ」とミラマントが答えた。

彼女はミス・オリンコートをちらっと見た。「お父さんは電話中だったわ」

「タッ！」そう言って、ポーリーンは両手を組んで、親指をそれぞれ回し始めた。ミラマントは意味ありげに笑みを浮かべると、トロイのほうを向いた。

「義父のヘンリー卿の肖像画について、トーマスがどのように説明したか知らないけれど」とミラマントが陽気に言った。「ヘンリー卿はこの屋敷にある小劇場で描いてもらいたがっているのよ。背景となる幕も、すでに掛けられているわ。そして、照明については、ポールが調整します。パパは明日の午前十一時から始めたいの。そして、気分が乗ってくれば、毎日午前と午後と一時間ずつモデルを務めるつもりよ」

「ノッディーがウマに乗っている肖像画なんて、わくわくしそうね」とミス・オリンコートが言った。

「ヘンリー卿はポーズを決めているでしょう」ミラマントがソニアを見ないで言った。

「ですが、ミリーおばさん」とポールが顔を赤くして言った。「ミセス・アレンが、そのう……何と言うか……」

「そうよ、ミリーおばさん」とフェネーラも口を揃えた。

「確かにそうですよ、母さん」とセドリックが言った。「僕も同感です。母さん、ポーリーンおばさん、そしてソニア。ミセス・アレンの意向を聞かないことには……」

「ヘンリー卿のお考えを聞いてみたいと思います」とトロイが答えた。

「そうね、それがいいわ」とポーリーンが言った。「それと、あなたに言うのを忘れていたけれど、ミラマント、デッシーから連絡があって、ヘンリー卿の誕生日にやって来るそうよ」

「教えていただいて、ありがとうございます」とミラマントは冷ややかに言った。

「ジェネッタは来るのかしら？」とポーリーンが尋ねた。「ジェネッタがこの屋敷に来てから、二年は経っているわ。わたしたちのやり方に慣れてくれていればいいいんだけど」

「ジェネッタおばさんは二部屋続きのアパートに住んでいることを考えると、どんな部屋がいいのかしら?」フェネーラが熱く言ったことに気づいて、自制した。「多くの部屋は望まないと言っていたわ」

「わたしがベルナール（サラ・ベルナール。一八四四〜一九二三年。フランスの舞台女優。シェークスピアのハムレットなど、男役も演じた）の部屋から、ブレイスガードル（アン・ブレイスガードル。一六七一〜一七四八年。イギリスの女優。シェークスピアの『ベニスの商人』のポーシャ役を演じた最初の女優と言われている）の部屋へ移ろうかしら」とポーリーンが申し出た。

「そんなつもりはないでしょう、ポーリーン」とミラマントが言った。「ブレイスガードルの部屋は、とにかく寒いもの。それに、天井は水漏れするし、ネズミだっているのよ。デズデモーナがこの前その部屋に泊ったとき、ネズミについて手厳しく文句を言っていたわ。わたしはバーカーにネズミ捕りの毒を仕かけるように命じたのに、毒をなくしちゃったらしいのよ。いずれにしても、ネズミ退治が終わるまでは、あの部屋には住めないわよ」

「ママとわたしで、ドゥーゼ（エレオノーラ・ドゥーゼ。一八五八〜一九二四年。イタリアの女優。シェークスピアやイプセンの作品を演じ、優れた心理的表現により名声を得る）の部屋を一緒に使うのはどうかしら。わたしたち、あの部屋が気に入ってるの。暖炉の火も節約できるし」

「だめよ、だめ」ポーリーンとミラマントが同時に言った。

「ミセス・アレン」とフェネーラが大きな声で言った。「わたしは着替えに行きます。あなたのお部屋へご案内しましょうか？」

「ありがとう」トロイが待ってましたと聞こえないように、注意しながら言った。「ありがとう。「お願いするわ」

階段を上って、静まり返って、果てしなく続くかのような画廊と二つの長い廊下を通りすぎると、危険なほど急な上りの螺旋《らせん》階段が現れた。螺旋階段を上ると、シドンズと書かれた木製の飾り板がぶら下がっているドアの前に着いた。フェネーラがドアを開けた。白く塗られた壁に据えつけられた灯りの炎が揺らめいている。小さな花飾りのある白いダマスク織のカーテン、羊の皮をなめした絨毯《じゅうたん》、低いベッド、ビクトリア朝の洗面台には、サラ・シドンズの彫刻が掛けられている。そして、トロイの絵の道具一式は、隅のほうに積まれていた。

「素敵なお部屋ね」とトロイが言った。

「気に入っていただいて、光栄です」とフェネーラが押し殺した声で言った。フェネーラが怒っているので、トロイは驚いた。

「家の者のさまざまな無礼をお許しください」とフェネーラが震え声で言った。

「どういうこと？」とトロイが尋ねた。

「あなたが来てくれたことがどれほど素晴らしいことなのか、あの人たちはわかっていないんです！　ヘンリー卿の肖像画を描くとあなたが決心してくれたことが、どれほどの幸運なのか、あの人たちにはわからないんです！　ものすごくずうずうしいんです。あのまぬけなセドリックでさえ恥じていました」

「まあまあ！」とトロイが言った。「珍しいことじゃないわ。人は肖像画について、とかく思い入れがあるから」

「わたしはあの人たちが嫌いです！　そして、わたしの母がやって来ると知ると、あの人たちがどれほど意地の悪いことを言ったかお聞きになったでしょう？　女も年をとると、いろいろ鼻につくようになるものね。そして、あのふしだらなソニアが、それらをすべて吸収しているわ。ポールとわたしは恥ずかしくて、いたたまれない気持ちになります」

フェネーラは足音を立てて歩くと、暖炉の前に跪《ひざまず》いて泣きだした。「ごめんなさい」フェネーラが口ごもった。「こんな話をするわたしは、あの人たちよりもひどいわね。でも、もううんざり！　本当は、ここへは来たくなかったんです。このアンクレトン館が大嫌いです。ここがどんなところか知っていれば、あなたもそう思うでしょう」

「ねえ」トロイが優しく声をかけた。「あなたは、わたしにこのような話をしたいのかしら？」

「初対面の人にするような話ではないことは、わかっています。でも、言わずにはいられないんです。もしあなたの祖父が忌《い》まわしい若い女を家に連れてきたとしたら、どうですか？　あなたはどう思いますか？」

すでに亡くなった祖父を、トロイは少しのあいだ思い出した。厳格で、いささか気難しい人だった。

「誰もが、ヘンリー卿のことを笑っています」フェネーラがすすり泣いた。「でも、わたしはへンリー卿がとても好きでした。今は、ちょっとおばかさんみたいですが。ばかで好色な老人です。本当に、ごめんなさい。こんな話を聞かされて、退屈ですよね？」

トロイは暖炉のそばの低い椅子に腰かけて、考え込んだ様子でフェネーラを見た。彼女は、まさしく気が動転しているようだった。それで、アンクレッド家の喜怒哀楽について尋ねてみようと思った。「気にしないでちょうだい。少しも退屈じゃないから。あなたは今、動揺しているわ。だから正気に戻ったときに、自分を責めたくなるようなことだけは言わないでちょうだい」

「わかりました」フェネーラが立ち上がった。彼女は泣いたときに魅力的に見せる恵まれたこつを持っている、とトロイは気づいた。今やフェネーラは頭を持ち上げ、唇を噛みしめて、自分自身を取り戻したようだ。（この子はいい役者になりそうね）だが、トロイは改めてフェネーラを見つめた。（確かに、彼女はひどく苦しんでいるのに、見た目ほど悩んでいるようには見えないのはなぜかしら？　あまり彼女に共感できないわ）トロイはフェネーラの腕に触れた。そして、いつものトロイならおよそやらないことだが、すぐさまフェネーラがトロイの手を握ると、フェネーラの手を握り返した。

「今日の午後」とトロイが言った。「アンクレッド家のなかで、あなた方の世代は、自分を抑えようとすると言っていましたね」

「ええ、そう心がけています」とフェネーラが言った。「そう言えたのは、あなたがとても素敵な人だったからです。ですが、もう言いません」

「わたしはあまり役に立たないかもしれないわね。わたしは神経質な雌《めす》ウマのように感情を敬遠する、と夫は言うわ。でも、ストレスを発散したいときは、そうしてもらってかまいませんよ」とトロイが言った。

「そうするようにします」とフェネーラが真面目な顔で答えた。「とてもお優しいんですね。夕食は午後八時半です。夕食を告げる鐘が鳴ります」フェネーラがドアのほうを向いた。「それでもやはり、この屋敷で何か恐ろしいことが起こりそうで怖いんです」

本能的に出口の場所がわかっているかのように、フェネーラは後ずさりして、静かにドアを閉めた。

第四章　ヘンリー卿

フェネーラは興奮していて、内部の案内についてもなおざりだった。一番近い浴室はもう一つの塔の最上階かしら、それとも、果てしなく続く廊下の突き当たりかしら、とトロイは思った。（刺繍《ししゅう》飾りのある鐘の取っ手を引っぱって、年老いた女中に階段を上らせるなんてできないわ！）トロイはお風呂を諦《あきら》めて、自分の部屋の洗面台と、そばに置いてあったビクトリア朝のお湯のバケツを使うことにした。

夕食までに一時間ある。配給の薪《まき》を気にせずに、贅沢《ぜいたく》に薪を使って燃え盛る炎の前でのんびりと身支度《みじたく》を整えられることが、トロイは嬉しかった。そのことを存分に楽しみながら、トロイは昼間の出来事を思い返していた。そして、アンクレッド家の人たちの印象を整理した。若いポールとフェネーラの二人は感じがいいけれど、やはりトーマスに好感が持てる。（ポールとフェネーラはお互いを好き合っているのかしら？　そして、ヘンリー卿はそのことに反対なのかしら？　フェネーラの不満の爆発は、そのことが原因かしら？）ポーリーンは個人的に侮辱を受けたと感じているようだったし、ミラマントは未知数だけど、息子のセドリックはいやな感じだ。そして、ソニア！　トロイは、にやっと笑った。彼女は確かにくせ者だ。

寒々としたどこかで、午後八時を告げる鐘の深い響きが聞こえた。薪はすでに燃え尽きていた。

そろそろ玄関広間へ向かったほうがよさそうだ。螺旋階段を下りながら、踊り場のドアの向こうには、誰の部屋があるのだろう、とトロイは思った。彼女は方向がわからなくなっていた。最初の長い廊下に突き当たったとき、トロイは左右どちらに曲がったらいいのかまったくわからなかった。一方は、奥まで深紅色の絨毯が敷きつめられていて、ところどころで年代物の枝付き燭台が廊下を照らしている。「素晴らしいわ」とトロイは思った。そして、右へ曲がった。四つのドアを通りすぎるとき、それぞれの木製の飾り板に書かれた伝説の人物の名前を読んだ。ドゥーゼ（フェネーラの部屋ね）、ベルナール（ポーリーンの部屋）、テリー（エレン・テリー。一八四七～一九二八年。イギリスの舞台女優）、レディー・バンクロフト（マリー・エフィー・ウィルトン、レディー・バンクロフト。一八三九～一九二一年。イギリスの女優であり、劇場支配人）、そして、廊下の突き当たりに近いところに、あまり評判のよくないブレイスガードル。自分の部屋がある塔へ向かう途中で、これらの名前を見なかったことを、トロイは思い出した。「しまった！　道を間違えたわ」それでも、不確かながら、先へと歩き続けた。廊下は直角に別の廊下へとつながっていて、その奥には、彼女の塔と同じような階段の足元が見えた。自分の塔へ行くとき、同じような光景を見たことを思い出した。（逆だったのね）外からは、屋敷は四角形の建物のように見えて、真ん中と両翼の端に塔があるのだろう。（それなら、このまま左へ曲がっていけば、画廊のところへ戻ってくるのではないかしら？）

トロイがためらっていると、階段の足元の近くのドアが静かに開いた。そして、堂々としたネコが廊下へ姿を現した。

白いトラネコは、毛足が長く、琥珀色《こはくいろ》の目をしていた。トラネコは立ち止まると、トロイを見つめた。それから、しっぽをかすかに振りながら、トロイのほうへゆっくりと近づいてきた。トロイはかがんで、トラネコを迎えた。ネコはなにやら思案するかのように立ち止まったけれど、再びトロイに近づくと、彼女の手をじっと見つめてから、鼻先を手に押しつけた。その後、深紅色の絨毯の真ん中を歩いて去っていった。相変わらず、しっぽを優雅に振っている。

「そして、もう一つ」甲高い声が、開いたドア越しに聞こえてきた。「あたしがよけい者のようにここでぶらぶらしていると考えているなら、あなたは考え直すでしょう」

太い声がなにやら告げた。

「そのことについては承知しています。どちらでもかまいません。あたしが洗練されていないなんて言う人は、一人もいません。そういったことが身についている人物として、あたしは扱われるんです。あたしが気にしていることを知られたくないので、自分を抑えていました。あの人たちは自分たちをどう思っているのでしょう？　頭のおかしいギャングとでも名付けられるべき年老いた人たちと子どもと一緒に、壮大な墓のなかで暮らしているとでも？」

再び太い声が呟いた。

「わかってます、わかってます、わかってますよ。みんな笑い死にしないのが不思議なくらい、ここは明るくて陽気です。もしあなたがあたしのことを考えてくれているなら、自尊心を持てるようにあたしを扱ってほしいわ。あなたにはそうする義務があるのよ。結局、あたしがあなたに尽くして、あたしは惨めなだけだわ……こうなったら、警告します。ノッディー、もう少し用心してちょうだい」
トロイはその場に釘づけになってスカートをたくし上げると、長い廊下を急いで引き返していった。

今度はトロイは画廊に着いた。そして、階段を下りていった。玄関広間で、バーカーに会った。執事は巨大な応接間をトロイに見せた。応接間はまるでビクトリア女王の時代の一場面を想起させるもののようだった。色は深紅色、白色、金色を、織物はダマスク織とビロードを基調としていて、壁には、マクワーター（ジョン・マクワーター。一八三九〜一九一一年。スコットランドの画家）の巨大な複数の油絵が掛けられている。テーブルや飾り戸棚には、それぞれ王族や舞台の写真が銀枠で縁どられていた。ヘンリー卿の違う舞台の写真も三枚あった。法服姿のヘンリー卿の写真も、一枚ある。法服を着た一枚には、自分は少し間が抜けているといったいつもの雰囲気はなく、ヘンリー卿は別の役柄に取り組んでいるかのようだ。彼の紛れもない本物のウインザーコートが、トロイに真実を悟らせた。「間違いなく」トロイは写真を見て呟いた。「ヘンリー卿は頭がいいわね」

トロイは応接間のなかを見て回り、お気に入りのものをいろいろ見つけた。骨董品のテーブルにはガラスの蓋《ふた》がついていて、その下には、さまざまな芸術的価値のある装飾品があった。御前上演（国王や大統領など、地位・身分の高い人の前で行う演劇）のときの署名入りプログラムに、装飾を施した子ウシの革で装丁され、装飾模様が彫られたアンティーク調の小さな本。トロイは本が置いてあると思わず手に取ってみたくなる。ガラスの蓋には、鍵がかかっていなかった。トロイは蓋を持ち上げると、小さな本を開いた。題名はかなりかすれていた。トロイは読もうとしてかがんだ。

『死体防腐処理についての古代の方法。それに加えて、死体を保存するための流体の概念についての考察』ウィリアム・ハーステ著　医術教授、ロンドン

かなりどぎつい内容だ。最初の章には、死者を生き生きとした状態で保存するための、さまざまな処理方法が書かれていた。

しかし、おそらくはすぐに別れることになる死者の肉体にいろいろ手を加えることを、平然と、ましてや喜びを持って思い描くことなどできるだろうか、とトロイは思った。（ヘンリー卿はこの本を読んだのかしら？　読んだとしたら、ヘンリー卿はこのことについて想像をたくましくしたかしら？　それとも、まるで無関心だったのかしら？　だけど、なぜわたしはこんな恐ろしい本を読み続けているのだろう？）

トロイは玄関広間で声を聞いた。それで、罪の意識を感じて慌てて本を閉じると、ガラスの蓋を元に戻した。ミラマントが応接間へ入ってきた。これといった特徴はないものの、こぎれいなイブニングドレスを着ていた。

「探検していたところです」とトロイが言った。

「まあ、探検ですって?」ミラマントが曖昧に笑いながら繰り返した。

「ガラスケースのなかに、不気味な小さな本を見つけました。本を見つけると、我慢できなくなるんです。それで、ガラスの蓋を開けて、本を手に取ってしまいました。お許しください」

「ええ、もちろんかまいませんよ」そう言って、ミラマントはケースを覗き込んだ。「何の本ですか?」

「死体の防腐処理についてです。とても古いものです。おそらく、かなりの価値があると思います」

「そうでしょうね」とミラマントが言った。「それでミス・オリンコートが、とても興味を示していたのね」

ミラマントは暖炉のほうへ向かった。少し腹を立てているようだ。

「ミス・オリンコートが?」とトロイが繰り返した。

「先日、わたしがこの応接間に入ってきたとき、彼女が小さな本を読んでいました。彼女は慌てて本を閉じると、割れたんじゃないかと思うくらい大きな音を立てて、ガラスの蓋を元に戻しました。おそらく、先ほどあなたが読んでいた本でしょう」

「そうですね」ミス・ソニア・オリンコートについて考え直しながら、トロイは答えた。「おそらくそうでしょう」

「今夜」とミラマントが言った。「パパはあまり体調がすぐれませんが、のちほど下りてまいります。体調が悪いときは、自室で食事をします」

「座っていることは、ヘンリー卿のお体にさわりませんか？」とトロイが尋ねた。

「父はみんなに会うのを楽しみにしています。一家のつながりを保ち続けたいのです。実際、最近はずいぶんと元気になりました。ときおり、少し取り乱すこともありますが」とミラマントが曖昧に言った。「父は感性が豊かで繊細です。アンクレッド家の人間は、みなあのような感じです。トーマスを除いては。息子のセドリックも、残念ながら、そのような気質を受け継いでいます」

トロイは、このことについては何も答えなかった。ポール・ケンティッシュと彼の母親が、さらにフェネーラが応接間に入ってきたので、トロイはほっとした。バーカーがシェリー酒を載せたトレイを持ってきた。そのとき、玄関広間で鐘の音が鳴り響いた。

「誰かセドリックを見なかった？」と母親のミラマントが尋ねた。「遅れることなんかないのに」

「十分前に僕が入ろうとしたら、彼はまだ風呂に入っていましたよ」とポールが答えた。

「まあ」とミラマント。

ミス・オリンコートは驚くような身なりをして、不機嫌そうでもあり、勝ち誇ったようでもあり、あるいは反抗的でもあるような顔つきをして、応接間に入ってきた。トロイは押し殺したような驚きの声を聞いた。そして、ミス・オリンコートの胸に目を奪われているアンクレッド家の人たちを見た。

ソニアの胸には、大きなダイヤモンドの宝石が輝いていた。

「ミリー、あれは……」とポーリーンが呟いた。

「わたしも、同じものを見ているわ」ミラマントが囁《ささや》くように答えた。

ミス・オリンコートは暖炉へ移動すると、片腕をマントルピースに預けた。「ノッディーが遅れなければいいんだけど。お腹すいちゃった」ソニアは彼女の深紅色の爪をじっくりと見てから、ダイヤモンドの宝石に触った。「何か飲みたいわ」とソニアが言った。

誰もこの発言に反応しなかった。それでも、ポールが居心地悪そうに咳払いした。そのとき、杖を突く音が玄関広間に聞こえてきた。

「パパよ」ポーリーンが神経質そうに言うと、全員が少し体をこわばらせた。王族との食事を待っているかのような、緊張した期待の雰囲気が漂っていた。

バーカーがドアを開けた。そして、ヘンリー卿がゆっくりと入ってきた。そのあとに、白いネコが続いた。


ヘンリー卿についてまず言えることは、彼が当惑させるほどの名人芸で自分の役割を果たしたということだ。ヘンリー卿は驚くほどハンサムだった。髪の毛は銀髪で、濃い眉毛の下の目は深く青い。鼻は高く、鼻の下には雪で覆われたような口ひげがあって、役者としての口元を引き立てている。顎は四角く突き出ていて、顎ひげで覆われている。まるで芸術作品のお披露目のために、特別にデザインされたかのようだ。ビロードの略式夜会服を着て、昔ながらに襟を立て、幅の広いクラバット（現在のネクタイの起源となるもの）をつけて、片眼鏡をかけていた。本物のサー・ヘンリー・アンクレッドが目の前にいる、とトロイは思った。ヘンリー卿は杖を突きながらゆっくりと進んできたけれど、杖に寄りかかるようなことはなかった。杖は歩くときの補助的なものらしい、とトロイは思った。ヘンリー卿は背が高く、腰も曲がってはいなかった。

「ミセス・アレンよ、パパ」とポーリーンが言った。

「おお」とヘンリー卿が応じた。

トロイは前へ歩み出た。このとき、あやうく膝を折り曲げてお辞儀しそうになったことを、後日、トロイはアレン警部に告げた。

「こちらが、有名な画家のミセス・アレンですね？」ヘンリー卿がトロイの手を取った。「お会いできて光栄です」

ヘンリー卿は握手をしながら、トロイを見つめた。若き日のヘンリー卿が女性たちをじっと見つめて、どれほど彼女たちを魅了してきたことだろう、とトロイは想像した。「お会いできて光栄です」とヘンリー卿が繰り返した。彼の声には、トロイが無事に到着したことだけでなく、彼女の容姿にも喜びを感じていることが巧みに表れていた。「ちょっとお待ちください」と言って、トロイは手を離した。「あなたが、その気持ちを持ち続けてくれることを願っています」とトロイは丁寧に言った。

ヘンリー卿が頭を下げた。「そのように心がけましょう」とヘンリー卿が言った。「そのように心がけます」ヘンリー卿は繰り返して言う癖があることを、トロイは知った。

ポールが椅子をヘンリー卿のそばへ持ってくると、ヘンリー卿が暖炉と向き合うように椅子に座った。トロイと家族が、ヘンリー卿の両脇に弧を描くように並んだ。

ヘンリー卿は足を組むと、左腕を椅子の肘掛けに預けて左手を優雅にぶらぶらさせた。まさしく、チャールズ二世（一六三〇〜八五年。スチュアート朝のイングランド、スコットランド、アイルランドの王）のポーズだった。伝統的なスパニエル犬の代わりに、白いネコが彼の膝の上で優雅に跳びはねて揉《も》みまわったあと、膝の上に寝そべった。

「おお、カラバ！」ヘンリー卿はしばらく家族とトロイを優雅に見回してから、声をあげた。「こいつは愉快だ」ヘンリー卿は気取った仕草で言った。しばらく、ヘンリー卿はミス・オリンコートの胸のダイヤモンドの宝石を見つめていた。「なんと素晴らしいんだ」と卿が言った。「話の種だ。さあ、シェリー酒で乾杯しよう！」

ポールとフェネーラがシェリー酒を配った。ヘンリー卿が巧みに導きながら、さまざまな会話が交わされた。「セドリックはわれわれと合流するはずだが……どうなんだ、ミラマント……」「すみません、息子は遅れます。パパ」とミラマントが言った。「息子は大事な手紙を書いているんです。それで、鐘の音が聞こえなかったんでしょう」

「そうなのか？　セドリックはどこにいるんだ？」

「ギャリックの部屋です、パパ」

「それなら、鐘の音は聞こえたはずだが……」

バーカーが入ってきて、夕食の準備が整ったことを告げた。

「セドリックを待つとしよう」とヘンリー卿が言った。そして、ネコ――名前はカラバというらしい――を膝の上からどかすと、立ち上がった。一同も、ヘンリー卿と共に立ち上がった。「ミセス・アレン、ご案内してもよろしいでしょうか?」とヘンリー卿が言った。

「もちろんです」トロイは、ヘンリー卿が彼女のために曲げた腕を取った。そして、まるでトロイの子どもの頃の応接間喜劇の台詞を思い出したかのように、二人でドアへ向かう途中、彼女はヘンリー卿と言葉を交わした。だが、二人がドアへ辿り着く前に、玄関広間を走る足音が聞こえてきた。白い花を飾った略式夜会服を着たセドリックが、慌てふためいて応接間に駆け込んできた。

「ヘンリー卿」セドリックは髪を振り乱して叫んだ。「遅れてしまって、申し訳ありません。これ以上悔いることはありません」

「こんばんは、セドリック」とヘンリー卿が冷ややかに言った。「まずは、ミセス・アレンにお詫びするべきだろう。きっと、彼女は許してくれると思うが」

トロイは、公爵夫人のようにセドリックに微笑んだ。そして、チェシャーキャット(『不思議の国のアリス』に登場するネコ)のようにひそかににやりと笑った。

「天にも昇る気持ちです」とセドリックがすぐさま答えた。そして、一同の後ろに下がった。セドリックが加わったことで、一同の列が少し広がった。セドリックはミス・オリンコートと顔を合わせた。彼がソニアにはっきりしないものの、奇妙な叫び声のようなものを発したのを、トロイは聞いた。わざとらしくはないが、不本意のように聞こえた。いつもとは違うセドリックの様子に、トロイは思わず彼のほうを見た。彼の小さな口が半ば開いていた。彼の色の薄い目が、ミス・オリンコートの胸のダイヤモンドの宝石をぽかんと見つめている。そして、信じられないというように、セドリックは家族を一人ひとり見回した。

「でも……」とセドリックは口ごもった。「何と言うか……」

「セドリック」と母親が囁いた。

「やめなさい、セドリック」と祖父であるヘンリー卿が命令するように言った。

だが、セドリックは奇妙なほど自然な口調で話し続けた。そして、ダイヤモンドの宝石を指して、大声をあげた。「だけど、あれは高祖母の形見《かたみ》じゃないか！」

「素敵でしょう?」ミス・オリンコートも、同じように大きな声で答えた。「ぞくぞくしちゃうわ」

「お見苦しいところをお見せして、申し訳ない」ヘンリー卿は穏やかな口調で言うと、腕をトロイに貸したままドアから出ていった。「有名な訪問者に敬意を表したいと思っていても、なかなか叶《かな》いません！『貧しき小宴』とは、キャプレット翁（ロミオとジュリエットのキャプレット家）の言葉ですが。さて、参りましょう」

貧しき小宴は、少なくとも、自治領とアメリカ合衆国におけるヘンリー卿の崇拝者たちの熱意への賛辞だった。ここ数年、トロイはこのような晩餐会を見たことがなかった。ヘンリー卿はなかなかの大食漢であることに、トロイは気づいた。会話はあらかじめ慎重に決められていたかのように、当たり障りのない言葉が交わされた。そのようななかで、ミス・オリンコートの胸のダイヤモンドを見ないでいることは難しかった。それは視覚的な失態のようなもので、いくら非難されない世間話をしたところで取り繕えるものではなかった。トロイが観察していると、アンクレッド家の人たちは、いずれもダイヤモンドを絶えずこそこそと見ていた。ヘンリー卿はといえば、相変わらず洗練されていて、人当たりがよかった。そして、トロイに対しては優雅に振舞った。トロイが異を唱えるのが難しいような巧みな賛辞を、ヘンリー卿は送った。ヘンリー卿は彼女の作品に言及し、自画像を描いたことがあるかどうか尋ねた。「モデルを雇う余裕がなかった画学生の頃に」とトロイは答えた。「あなたにとっては不本意だったでしょうね。今こそ、完璧な題材の完璧な絵を提供してください」とヘンリー卿が言った。

「まあ！」とトロイが言った。

一同はリューデスハイマー（ドイツのライン川沿いの町リューデスハイムで作られる白ワイン）を飲んだ。バーカーがヘンリー卿のそばをうろついて、今日は特別な日であることを告げると、ヘンリー卿は「グラスに半分だけ飲む」と言った。すると、ミラマントとポーリーンが心配そうにヘンリー卿を見た。

「パパ」とポーリーンが言った。「まさか……？」そして、ミラマントも呟いた。「そうよ、パパ。まさか……？」

「まさか、何だ？」そう言って、ヘンリー卿は二人をにらみつけた。

「ワインよ」二人が恐る恐る答えた。「ドクター・ウィザーズから……」

「グラスにワインを注いでくれ、バーカー」ヘンリー卿が大きな声で命じた。ポーリーンとミラマントが大きくため息をついた。

夕食は慎重に、しかし、堅苦しくなく進んだ。ポールとフェネーラは口数が少なかった。トロイの右側に座ったセドリックは、彼の話を聞くのであれば誰とでも精力的に会話した。ヘンリー卿の賛辞は衰えることなく続き、トロイはうんざりした。ミス・オリンコートがはっきりと敵対心を示し始めた。彼女はヘンリー卿の左側に座っていて、ポールは彼女のもう一方の側にいる。ソニアはポールととても壮大な話を始め、ポールが不快感を示しているにもかかわらず、ソニアは声を低くすると、ポールに意味ありげな目配せをして、彼の素っ気ない返事にむやみに笑った。ホスト役のヘンリー卿の気が重そうなことがわかったので、トロイはセドリックと話す機会をうかがい始めていた。

「ノッディー」とすぐさまミス・オリンコートが言った。「明日、あたしたちは何をするの？」

「何をするかだって？」ヘンリー卿が繰り返した。しばらくためらってから、ヘンリー卿がいたずらっぽく言った。「おまえは何をしたいんだ？」

ミス・オリンコートは両手を頭の上に伸ばした。「彼女は何かが起こることを望んでるわ」と彼女はうっとりするような表情を浮かべて言った。「何か素敵なことが！」

「そうか。もし彼女がお行儀よくしていたら、とても素晴らしい絵を少しだけ見せてあげよう」とヘンリー卿が言った。

トロイは、このやりとりをうんざりした気分で聞いていた。

「ほかには？」ミス・オリンコートがあまり気乗りしない様子でトロイをちらっとみてから、赤ちゃんぽく尋ねた。

「さあて」とヘンリー卿が心配そうに言った。

「だけど、ノッディー」

「ミセス・アレン」ミラマントがテーブルの末席から言った。「行きましょうか……」

そして、ミラマントは一同を食堂から連れ出した。

その後は、夜が静かに更けていった。ヘンリー卿は、演劇の写真のアルバムを三冊トロイに見せた。これにはトロイも喜んだ。エリザベス朝の衣装の流行が、演劇の世界ではどのように変わったのかを見るのは楽しかった。ビクトリア朝時代の若いヘンリー・アンクレッドはとがった感じで、襟を立て、ビロードとリボンと革で包まれていた。最近の老練なヘンリー・アンクレッドは風景画を彷彿させるような様式化された簡素な衣装を身に着けている。そして、どちらもバッキンガム公爵に扮していた。

ミス・オリンコートは、この気晴らしに少しいらいらしていた。ヘンリー卿の椅子の腕に腰かけると、闇市場を彷彿させるような独特の雰囲気を放って、初期の写真ではなおざりに笑ったり、その後の写真ではあくびをしたりしていた。「ねえ、ヘンリー卿。台所の流し以外は、すべて身につけてるわね！」ヘンリー卿がリチャード二世を演じたときの写真を見て、ソニアが言った。セドリックはそれを聞いてくすくす笑ったが、すぐに怯えたような表情をした。ポーリーンが口を挟んだ。「パパ、衣装を正確に選ぶあなたの才能は、ほかの誰にもまねできないでしょう」

「ポーリーン、ありがとう」とヘンリー卿が答えた。「それは着方にこつがあるんだ」そして、ミス・オリンコートの手を軽く叩いた。「おまえは着やすいドレスをとても上手に着る。だが、エレン・テリーのように、おまえが舞台で二フィート（約六〇センチ）もある重いビロードを着て、女王のように階段を下りるように言われたらどうするかな？　ころんで、そのかわいらしい鼻をぶつけるだろう」

ヘンリー卿は間違いなく虚栄心の強い男だ。それにもかかわらず、尊敬の念を欠いているミス・オリンコートにヘンリー卿がまったく動じないのはおかしい。それで、ダビデ王とシュナミ人《びと》のアビシャグについてのトーマスの言葉を思い出し、ヘンリー卿はミス・オリンコートを溺愛しているのだ、とトロイは不愉快な結論に辿り着いた。

十時に、グロッグ酒（ラム酒を水で割ったもの）のトレイが運ばれてきた。ヘンリー卿は大麦湯《バーリーウォーター》を飲んで、家族の女性たちからのおやすみのキスを受け、ポールとセドリックに頷き、そして、トロイを激しく動揺させたが、彼女の手にキスした。「また明日」とヘンリー卿が低い声で言った。「午前十一時に。私は運がいい」

ヘンリー卿は堂々とした態度で退場していった。そして十分後、大きなあくびをして、ミス・オリンコートも去っていった。

彼女の退場を合図に、アンクレッド家の人たちのあいだでざわめきが起こった。

「実際のところ、自分の目が信じられません！　ミリー、そして、ポーリーンおばさん」とセドリックが言った。「サンバーストですよ！　高祖母の形見ですよ！」

「ねえ、ミラマント」とポーリーンが言った。「このアンクレトン館で何が起こっているのか、自分の目で目の当たりにしたような気がしたわ」

「わたしが説明したところで、あなたは信じないでしょうね、ポーリーン」とミラマントが応じた。「あなたがここへ来て一ヵ月よね。でも、あんたは信じられないでしょうね……」

「あのダイヤモンドの宝石を、ヘンリー卿はソニアに与えたのですか？」とセドリックが尋ねた。

「いいえ、与えていません」とポーリーンが答えた。「さらに言えば、与えたりはしないでしょう。でも、もし……」ポーリーンは口をつぐむと、ポールのほうを向いた。「もしヘンリー卿があの宝石をソニアに与えたのなら、彼女と結婚するつもりよ。それだけのことです」

　トロイはこの場を去ろうと無駄な努力をしていたが、ポーリーンがしゃべり終えて静かになった機会をとらえて言った。「よろしければ、わたしはこれで……」

「ミセス・アレン。そつなく辞去せずに、どうかそのままいて聞いていてください」とセドリックが言った。

「なぜミセス・アレンに聞いてもらう必要があるんですか？」とポールが尋ねた。

「ポール、ミセス・アレンはすでにご存じです。わたしが話しましたから」とフェネーラが言った。

　ポーリーンが突然、トロイに丁寧に話しかけた。「ご迷惑でしょう？」ポーリーンはトロイを気遣うように言った。「実際、どうなってるの？　パパのやり方はあまりに無茶苦茶で、心配だわ。何が起こっているかより、何かが起こるかもしれないことのほうが恐ろしいもの。よりによってサンバーストだなんて。あれは、わが家の家宝とも言うべき宝石なのよ」

「ときの君主から、高祖母のホノリア・アンクレッドが賜《たまわ》ったものです」とセドリックが口を挟んだ。「歴史的だけでなく、歴史は繰り返されるのです。あれを見て、僕は震えましたよ、ポーリーンおばさん。高祖母の形見は、僕のところへ来るものだとずっと思っていましたから」

「あなたの娘さんのパンティーのところへ行くかもしれません」とポールが言った。「要するに、机上の空論です」

「どうしてそのように考えるのか理解できないな」とセドリックが言った。「何が起こってもおかしくないだろう」軽蔑するように少し頭を反らせて、セドリックが言った。

ポールがむっとして、眉毛を吊り上げた。

「本当なの、ポーリーン」とミラマントが言った。「本当に、ポール！」

「ポール、セドリックをからかうのはやめなさい」とポーリーンがたしなめるように言った。

「いずれにしても」とフェネーラが言った。「わたしは、ポーリーンおばさんの言うことが正しいと思うわ。ヘンリー卿は結婚するつもりなのよ。そして、そうなったら、わたしは二度とこの屋敷に足を踏み入れることはないでしょうね。二度と！」

「ミス・オリンコートのことを何と呼べばいいんですか、ポーリーンおばさん？　愛称で呼ぶんですか？」とセドリックが横柄な態度で尋ねた。

「やるべきことは一つしかないわ」とポーリーンが言った。「パパに立ち向かわなければならないわ。すでに、ジェネッタとデッシーには話してあります。二人とも、もうすぐやって来ます。トーマスも来るはずよ。クロードが不在のときは、トーマスが代役を務めるのが役目だもの」

「ヘンリー卿を待ち伏せして、迎え撃つんですね、ポーリーンおばさん？」とセドリック。

「セドリック、ヘンリー卿にわたしたちみんなと話をするように申し入れようと思うの」とポーリーンが言った。

「そうよ、それがいいわ。わたしも、そう言いたかったのよ、ポーリーン」ミラマントが含み笑いをしながら言った。

「ミラマント、アンクレッド家を離れたわたしたちでも、どれほど痛切にこの恐ろしい出来事を心配しているか想像できるかしら？　古い名前に対するパパの深い自尊心とともに、パパがとても混乱しているようですので！　ミセス・アレン、お恥ずかしいところをお見せして、申し訳ありません」とポーリーンが言った。

「ポーリーン、あなたはアンクレッド家の人間ではないと言ったけれど、パパは高貴な血筋であると同時に、血気盛んな熱血漢なんです。そのうえ、頑固で虚栄心も強いわ。パパは、はつらつとした若い妻をめとる自分に酔いしれているのよ」とミラマントが言った。

「確かに、若い」とセドリックが言った。

ポーリーンは両手を握りしめて、家族を一人ひとり見回してから口を開いた。「わたしに考えがあるの！　みんな、聞いてちょうだい。この問題について、わたしは率直であると同時に、感情的にはならないつもりよ。わたしは母親よ。だけど、そのことがわたしの妨《さまた》げにはならないわ。パンティーよ！」

「パンティーがどうかしたの、母さん？」とポールが神経質そうに尋ねた。

「あなたのおじいさまは子どもが大好きでしょう。そして、パンティーが子どもじみたことをほのめかしたとしたら……」

「あなたが言いたいことは」とセドリックが言った。「パンティーにヘンリー卿を言いくるめさせようということですか？　彼女にそんなことができるとは思えないな」

「ヘンリー卿はパンティーを気に入っているわ」とポーリーンが言い張った。「ヘンリー卿がパンティーと一緒のときは、まさに大きな少年のようだもの。二人が一緒にいるのを見ると、涙が出そうになるわ。そうでしょう、ミラマント？」

「確かにそうね、ポーリーン」とミラマント。

「だけど、母さん。パンティーはヘンリー卿におべっかを使いますよ」とポールがぶっきらぼうに言った。

「いずれにしても」とセドリックが口を挟んだ。「パンティーじゃ、ソニアの相手にならないでしょう？」

「たまたまわかったんだけど」とミラマントが言った。「先週の日曜日、ミス・オリンコートはパンティーをそそのかして、わたしにちょっかいを出させたわ」

「パンティーが何をしたんですか？」とセドリックが尋ねた。

フェネーラがくすくす笑った。

「教会へ行く途中、わたしのコートの背中にばかげた貼り紙をピンで留めたのよ」ミラマントが不機嫌そうに言った。

「何て書いてあったんですか、ミリー？」セドリックが興味津々で尋ねた。

「樽《たる》を伸ばして、広げなさい」とフェネーラが答えた。

「何のことか、さっぱりわからないわ」とミラマント。

「あのう」とトロイが慌てて口を挟んだ。「そろそろ失礼します……」

ようやく、トロイは立ち去ることができた。アンクレッド家の人たちは心ここにあらずといった様子で、トロイにおやすみの挨拶をした。トロイは部屋まで送るという申し出を断った。そして、彼らが再びおしゃべりを始める前に応接間のドアを閉めた。

玄関広間は明かりが一つともっているだけで、静まり返っていた。暖炉の火はすでに燃え尽きていて、寒かった。階段を上っているとき、トロイは今までに感じたことのない感覚をこの大きな家に感じた。それは家の個性とでもいうべきものだ。それは彼女の四方へ広がり、未発見の領域だった。そこにはアンクレッド家の奇抜さだけでなく、彼らの深い考えや先人たちの考えも内に秘めていた。トロイは画廊に辿り着いた。画廊も薄暗かった。応接間からは、かなり遠ざかったと思った。今、トロイが通りすぎた平凡な自画像と暗い風景画の列は、薄暗い照明のなかで独自の生命を持っていて、彼女の歩みを興味なさそうに眺めているようだった。ようやく、トロイは自分の部屋のある塔への階段に辿り着いた。一息ついてから、トロイは階段を上り始めた。

（気のせいかしら?）頭上で、どこかのドアが静かに閉まったような気がした。（おそらく、わたしの下の部屋に誰かいるんだわ）そして、その考えが彼女をなんとなく不愉快にした。（ばかばかしい！）そう思って、トロイは階段の上り口の明かりをつけた。最初の螺旋階段の先は見えなかったけれど、明かりが湾曲した壁をぼんやりと浮かび上がらせた。

自室の暖炉には、まだ火が残っていることを期待して、トロイは足早に階段を上った。螺旋階段を上りながら、トロイは右手で長いドレスをたくし上げ、左手を階段の手すりに伸ばした。

手すりはべとべとしていた。

トロイは思わず手を離すと、自分の手を見つめた。手のひらが黒ずんでいた。暗がりのなかにいることに気づいて、明るいほうへ移動した。明かりの下で、改めて手を見た。手のひらが赤く染まっていた。

しばらくしてから、手のひらの汚れは絵の具だと、トロイは理解した。

第五章　血まみれの子ども

翌朝の十時半に、トロイは絵の具箱と丸めた画布、そして木枠を持って、小劇場へ向かった。ポールとセドリックが案内してくれた。二人は画架を運んだ。長い廊下を進んで、玄関広間の外へ出た。ベーズ（フェルトに似た緑色の生地）生地の緑色のドアを右に曲がった。「このドアの向こうで」とセドリックが言った。「問題のある子どもたちがやりたい放題さ」そして、さらに屋敷の裏側へと向かって進んだ。小さな居間のようなところを通りすぎるとき、ドアが勢いよく開いて、背の低いぽっちゃりした男が現れると、トロイたちに背を向けたまま声を荒らげて言った。「私の治療法を信用していないのでしたら、あなたははっきりした解決策をお持ちなのでしょう、ヘンリー卿。気難しい病人とその孫娘に処方するという報われない仕事から、私は解放されます」トロイは気にかけずに歩き続けようとしたが、セドリックに妨げられた。画架を持ったままセドリックが足を止め、興味をそそられたように聞き耳を立てたのだ。

「まあまあ、落ち着け」ヘンリー卿の声だけが部屋のなかから轟《とどろ》いた。「あなたとの関係を絶つつもりです」と別の声が訴えた。「いいや、そうはならないだろう。言葉を慎んだほうがいいぞ、ウィザーズ。おまえは私の世話をして、少し正直に批判するくらいでちょうどいいんだ」「とんでもありません」そう言った別の声は、諦めたような口調だった。「私は正式にこの件から手を引きます。これが最後だとお受け取りください」沈黙が訪れた。このあいだに、進むようにポールはセドリックを促したが、うまくいかなかった。「私はそれを受け入れるつもりはない」とヘンリー卿がようやく口を開いた。「まずは落ち着くんだ、ウィザーズ。おまえは理解しなければいけない。私には、試してみたいことがいろいろあるんだ。年寄りの癇癪《かんしゃく》をがまんしてくれないか？　後悔はさせないよ。さあ、あのドアを閉めて、私の話を聞いてくれ」振り返らずに、ウィザーズはゆっくりとドアを閉めた。

「これで」とセドリックが囁いた。「ドクター・ウィザーズは、遺言で配慮されることを伝えてもらえるでしょう」

「もう行こう」とポールが言った。三人は再び小劇場へ向かった。

三十分後、トロイは画架を据《す》えて画布を伸ばし、下描きの準備を始めた。劇場は、小さいながらも舞台を備えた立派なものだった。マクベスの背景幕は、簡素ながら鮮やかで素晴らしかった。背景画家は、トロイが描いたスケッチを忠実に再現していた。背景幕の前に、立体的な一つの形が浮かび上がっているが、まさに残すべきところと省くべきところが適材適所に配されていた。トロイは、どの場所から描くか考えた。実際に、背景を描こうとは思わなかった。それは、いわゆる舞台装置なのだから。（ロープをぶら下げたら、よくなるかしら。でも、あの人たちは、そういうのは好みじゃないわね。ヘンリー卿が立ってくれさえすればいいんだけど！）

セドリックとポールは、照明の具合をトロイに見せ始めた。トロイは楽しんでいた。画布や糊《のり》の匂い、そして、多くの人が働いているこのような場所の雰囲気が好きだった。小劇場では、セドリックの振る舞いもよくなった。彼は知識が豊富であり、トロイの提案にも素早く応じた。そして、セットをあふれんばかりの照明で照らしたいというポールの要望を確認しながら、彼を適切な場所に立たせた。一方、セドリック自身はスポットライトの焦点を自分に合わせた。「背景幕は慎重に見極めなくては」とセドリックが言った。「今度は舞台を照らしてみよう」そして、すぐにまばゆい光が現れて、トロイを喜ばせた。

「だけど、どうやって見るつもりだ？」とセドリックが心ここにあらずという様子で尋ねた。

「標準のスポットライトを伸ばします」とポールが答えた。「あるいは、窓の覆いを取り外してもいい」

セドリックは尋ねるようにトロイを見つめた。「だけど、窓からの光は浸透するだろう？」

「試してみましょう」

間仕切りを上手に使って、ようやくトロイは画布の上に陽光を取り込み、舞台もよく見えるようになった。

中央の塔の大きな時計が、午前十一時を告げた。楽屋のどこかでドアが開いて閉まった。それが合図であるかのように、マクベスに扮したヘンリー卿が照明に照らされたセットに現れた。

「まあ！」とトロイが呟いた。「なんとまあ！」

「驚くほど凝った衣装ですが」とセドリックがトロイに囁いた。「そのばかばかしさがかえって刺激的でしょう？　凝りすぎですか？」

「いいえ、わたしには凝りすぎじゃないわ」とトロイが勢いよく答えた。そして、ヘンリー卿に挨拶するため通路へ歩み出た。

正午になって、トロイは髪の毛を掻きあげながら、大きな木炭のスケッチを舞台の正面に据えると、通路のほうへ下がった。ヘンリー卿は兜《かぶと》を脱ぐと、少しうめくような声を発した。そして、舞台の袖《そで》の椅子のほうへ用心深く移動した。

「少し休憩したいのですね」トロイはうわの空で言うと、親指を噛みながら自分のスケッチを見つめた。

「少し疲れた」とヘンリー卿が答えた。実際、ヘンリー卿はかなり疲れているようだった。ヘンリー卿はモデルを務めるにあたって、念入りに化粧をしていた。目の周りに濃い影を描き、口ひげや顎ひげを染めていた。さらに、髪の毛に長いつけ毛を付けている。そして、ドーランやかつらの下の顔は少したるんで、頭も垂れ下がっていた。

「今日はこれくらいにしましょう」とトロイが言った。「無理は禁物です。人は忘れます」

「人は、また覚えてもいる」とヘンリー卿が言った。「最初にマクベスを演じたのは一九〇四年だが、そのときの台詞をまだ覚えている」

トロイは素早く見上げると、にわかに彼のことが好きになった。

「素晴らしい役だった」とヘンリー卿が言った。「本当に素晴らしかった」

「五年前にあなたのマクベスを観て、とても感動しました」とトロイが言った。

「私は六回マクベスを演じたが、いつも大盛況だった。だから、私にとっては、不運な作品ではなかった」

「マクベスの迷信を聞いたことがあります。劇中の台詞を引用してはならないと」トロイは何かを思い出したかのようにスケッチに近づくと、強すぎる線を親指で消し始めた。「迷信を信じますか？」とトロイが漠然と尋ねた。

「ほかの俳優たちにとっては」とヘンリー卿が真面目に答えた。「上演中の舞台裏は、重苦しい雰囲気に包まれている。みんな神経質になっているんだ」

「それは迷信を信じているからではないでしょうか？」

「そうかもしれない」とヘンリー卿が言った。「誰もが、あの感覚から逃れることができない。だが、私にとっては、決して不運な作品などではなかった」疲れていたヘンリー卿の声が、元気を取り戻したようだ。「そうでなければ、私は肖像画にマクベスを選ばなかっただろう。間違いなく。ところで」おちゃめな雰囲気と威厳を少し取り戻して、ヘンリー卿が尋ねた。「立ち去る前に、少しだけ見てもいいかな？」

ヘンリー卿に見られることに、トロイはあまり神経質になってはいなかったので、スケッチを持つと少し通路のほうへ下がって、スケッチを彼のほうへ向けた。「見ても、どんなものになるのか、まだわからないでしょう。わたしが描こうとしていることの構想に過ぎませんから」

「かまわんよ！」ヘンリー卿は衣装に手を突っ込むと、金縁のパンセネ（ばねで鼻に固定する、つるのない眼鏡）を取り出して鼻の上に載せると、厳かに自分の自画像を見つめた。「なるほど」とヘンリー卿が言った。「賢い女性だ！」トロイはスケッチを片づけた。そして、彼はゆっくりと立ち上がった。「着替えなければ」ヘンリー卿は慣れた手つきで外套を直してすっくと立ちあがると、スポットライトのほうへ進み、短剣で大きな何も描かれていない画布を指した。そして、この日のために用意されたかのようなヘンリー卿の声が、空っぽの劇場に響き渡った。

「神の恵みが、あなたとともにありますように！」マクベスの台詞を思い出して、トロイは言った。ヘンリー卿は胸の前で十字を切ると、くすりと笑い、石柱のあいだを通って舞台の後ろのドアへ向かった。ドアが閉まると、トロイは一人だった。

すぐに、トロイは大きな画布に向かって、ヘンリー卿の自画像の大まかな配置を決め始めた。これ以上の仮のデッサンは必要ないだろう。しばらくして、何を望んでいるのかわかった。ぴんと張った画布と向き合い、手を差し出して初めて触れるとき、これに匹敵する瞬間などほかにはないだろう。そして、息を深く吸い込むと、トロイは木炭を画布に走らせた。木炭が画布にこすれる音が聞こえる。「さあ、始めるわよ」

五十分ほど経った。大まかな輪郭ができあがった。トロイは行ったり来たりしながら、木炭の先で鋭いアクセントをつけたり、画布の布目に沿って木炭を走らせたりしていた。今や、トロイの細い指はすっかり黒くなっていた。ようやく、トロイは立ち止まった。スケッチから少し離れ、しばらくしてから、たばこに火をつけた。それから、ちり払いを手に取り、スケッチを払い始めた。木炭の粉がはたき落とされていく。

「気に入らないの？」鋭い声が背後から聞こえた。

トロイはびっくりして振り返った。テラスでけんかしていた小さな女の子が、通路に立っていた。両手をエプロンドレスのポケットに突っ込んで、女の子は仁王立ちのように突っ立っていた。

「どこから入ってきたの？」とトロイが尋ねた。

「奥のドアから。入ることを許されていないから、そっと入ってきたの。なんでこすり落としてるの？　気に入らないの？」

「こすり落としているんじゃないの。ちゃんと残っているのよ。これは余分な木炭を取り除いているの。そうしないと、絵の具と混ざってしまうから」とトロイが素っ気なく言った。

「ノッディーがおかしな格好をするの？」

ミス・オリンコートの専売特許だと思っていた名前が使われたので、トロイは驚いた。

「あたしはあの人のことをノッディーって呼ぶのよ」まるでトロイの考えていることを読んでいたかのように、子どもが答えた。「そして、ソニアもね。彼女はあたしのまねをするの。大きくなったら、あたしもソニアのようになりたいわ」

「なんとまあ」そう言って、トロイは絵の具箱を開け、なかを引っ掻き回した。

「あなたの絵の具？」

「ええ」トロイは子どもをじっと見ながら言った。「わたしのよ！」

「あたしは、パトリシア・クロディア・エレン・アンクレッド・ケンティッシュ」

「そうだと思ったわ」

「本当は、そんなこと思ってなかったくせに。ミス・エイブルを除いて、みんなあたしのことをパンティーって呼ぶもの。あたしは気にしないけど」そして、彼女はスツールの一つによじ登り、腕で足を押さえつけた。「体がとても柔らかいの」そう言って、後ろへのけぞると、頭を下のほうへ垂らした。

「首の骨を折っても知らないわよ」とトロイが言った。

パンティーは耳障りな音を立てた。

「ここへ入ることが許されてないなら」とトロイが続けた。「早く出ていったほうがいいんじゃないの？」

「いやよ」とパンティーが言った。

トロイは絵の具板に鉛白《えんぱく》（塩基性炭酸鉛を成分とする白色顔料）を絞り出した。（これ以上この子にかまわなければ、飽きて立ち去るかもしれないわ）

そして黄色を、次に緑色を絞り出した。（なんてきれいな絵の具板でしょう！）

「こういった絵の具を使って、あたしが描くわ」パンティーがトロイのすぐそばで言った。

「あなたには無理よ」とトロイが言った。

「できるわよ」パンティーが突然、長い絵筆をつかもうとした。しかし、トロイはこの動きを予想していた。

「ねえ、聞いてちょうだい、パンティー」トロイは絵の具箱を閉じて、パンティーと向き合った。

「おとなしくしないなら、あなたをここからつまみ出して、あなたのいるべきところへ連れ戻すわよ。あなただって、自分のゲームに人が割り込んでくるのは好きじゃないでしょう？　これはわたしのゲームなの。そして、あなたが割り込んできたら、わたしは進められないわ」

「殺してやるから」とパンティーが言った。

「ばかなこと言わないで」とトロイが穏やかに言った。

パンティーは朱色の絵の具をすくい取ると、乱暴にトロイの顔を目がけて投げつけた。それから、甲高い笑い声をあげた。

「あたしを叩くことはできないわよ。あたしは、ここのやり方で育てられているんだもの」とパンティーが金切り声をあげた。

「ええ、できないわね！」とトロイが応じた。「ここのやり方があってもなくても……」実際、このときトロイは、パンティーをひっぱたいてやりたくてたまらなかった。パンティーは悪意のこもった表情で、トロイと対峙していた。パンティーの頬は膨らみ、しわのよった鼻は上を向いていた。口を固く閉じていたので、ネコのひげのようなしわが口元から広がっている。お下げの髪が垂直に垂れ下がり、パンティーは恐ろしいまでに顔をしかめていた。まるで激怒したボレアス（ギリシャ神話。北風、北風の神）のようだ。

トロイは座ってぼろ切れに手を伸ばすと、顔を拭いた。「まあ、パンティー。あなたはおじさんのトーマスにそっくりね」

パンティーは再び投げつける格好をした。「やめなさい」とトロイが言った。「これ以上赤い絵の具で汚さないで、お願いよ。あなたと取引をしましょう。無断で絵の具を投げつけないと約束できるなら、絵の具板と絵筆を貸してあげて、ちゃんと絵を描かせてあげるわよ」

パンティーはトロイを見つめていた。「いつ？」と用心して尋ねた。

「一緒に、あなたのお母さんか、ミス・エイブルに訊いてみましょう。だから」トロイはあてずっぽうで言ってみた。「わたしの部屋から絵の具を持ち出して、階段の手すりに絞《しぼ》り出すのはやめてちょうだい」

パンティーがぼんやりとトロイを見つめた。「何の話をしているのかわからないわ」とパンティーが臆することなく言った。「ねえ、いつ絵を描けるの？　今、描きたいわ」

「そうね。でも、まずこれを片づけなくっちゃ。昨晩は、夕食の前に何をしたの？」

「わからないわ。いいえ、思い出した。ドクター・ウィザーズが来たの。彼はあたしたち全員の体重をはかるの。あの人はあたしの頭の毛を剃《そ》ろうとするのよ。白癬《はくせん》にかかっているからって。だから、この帽子をかぶってるの。あたしの白癬を見てみたい？」

「いいえ、遠慮しとくわ」

「あたしが最初にかかったの。そして、ほかにも十六人がかかったわ」

「わたしの部屋に入って、絵の具をいじり回した？」

「しないわ」

「正直に言ってちょうだい、パンティー」

「正直に何を？　だって、あなたの部屋がどこだか知らないもの。いつ描けるの？」

「絵の具でいたずらしないって、約束できたら……」

「ばかなの！」パンティーが怒り狂ったように言った。「本当のことを話しているのがわからないの」

を覗いた。

トロイは混乱した。（ひょっとすると、彼女は本当にやっていないのかしら）

トロイがあれこれと考えを巡らせていると、一階席の後ろのドアが開いて、セドリックがなかを覗いた。

「つましいながら、昼食の用意ができましたよ。おや、パ、パ、パンティー！」パンティーを見て、セドリックは甲高い声をあげた。「こんなところで何してるんだ！　西の塔へ戻れ！　それに、どうやって入り込んだ？」

パンティーは残忍な笑みを浮かべて、セドリックを見た。「こんにちは、セドリック」

「動くな」とセドリックが言った。「ヘンリー卿に来てもらうまで、じっとしているんだ。卿は、おまえをどうするかな？」

「どうして？」とパンティーが尋ねた。

「どうしてだって！　おまえが聞くのか！　まったく！　おまえの指は、ドーラン（芝居の役者が化粧に用いる油性の白粉）だらけじゃないか」

パンティーとトロイはこの言葉に呆然《ぼうぜん》とした。パンティーは自分の手をちらっと見た。「彼女の絵の具よ」パンティーは、頭をぐいとトロイのほうへ向けて言った。「ドーランじゃないわ」

「屁理屈を言うな」セドリックが指をパンティーに向かって振りながら、食いさがった。「ヘンリー卿がミセス・アレンのモデルを務めているあいだ、彼の楽屋へ入り込んで、鏡にいたずら書きなどしていないと言うのか？　ネコのカラバに赤い頬ひげも描いていないと？」

「何の話をしているのかわからないわ。あたしはやってない」パンティーが先ほどと同じ返事をしたので、トロイは先ほどの彼女の言葉は本当だったのではと当惑した。

「正直にヘンリー卿に話すんだ」とセドリックが面白そうに言った。「あの人がおまえの話を信じるかどうかはわからないけど」

「ノッディーはあたしのことが好きだもの」とパンティーが気を取り直して言い返した。「家族のなかで、あたしのことが一番好きなのよ。ノッディーはあなたを恐ろしいと思ってるわ。あなたはへらへら笑っているうぬぼれ屋だって言ってたわ」

「ねえ、少し話を整理しましょうよ」トロイが慌てて口を挟んだ。「パンティーがヘンリー卿の鏡にドーランでいたずら書きをしたって言うのね、セドリック？　パンティーは何て書いたの？」

セドリックが咳払いした。「ミセス・アレン、あなたを動揺させるようなことを口にするのは、はばかられます……」

「わたしは動揺などしません」とトロイが言った。「鏡には、何て書いてあったのですか？」

「ママがすでに拭き取ったでしょう。ママはヘンリー卿の部屋を整えていて、それを見つけました。ママはぼろ切れを探し回りましたが、このとき、ヘンリー卿が部屋のなかへ入ってきて、いたずら書きを見てしまったんです。そして、怒鳴り散らしました」

「だから、いったい何て書いてあったの？」

「〝祖父は、血の気の多い、老いぼれのばかだ〟」とセドリックが言った。パンティーがくすくす笑っている。「ほら！　今のを見たでしょう？」とセドリックが言った。「間違いなく、彼女が書いたんです。そして、ネコのほうにもいたずら書きをしたんだ」

「やってないわ。あたしはやってないわよ」子どもが大人をまごつかせるときに見せる表情を浮かべてパンティーは顔をしかめると、いきなり、しかし及び腰でセドリックの脛《すね》を蹴とばした。そして、泣きだした。

「まったく鼻持ちならない子だ！」とセドリックが吐き捨てた。

パンティーは突っ伏すと、金切り声をあげ、両手の拳《こぶし》で床を叩いた。「みんな、あたしのことが嫌いなのよ」パンティーがむせび泣いた。「あたしなんか、死んだほうがいいのよ」

「ほら、始まった」とセドリックが言った。「その手には乗らないぞ。すぐにだだをこねるんだから」

このとき、ポール・ケンティッシュがやって来た。足を引きずりながらも急いで通路をやって来ると、妹を立たせようとして、服をつかんでまるで子ネコのように引っぱりあげた。パンティーは自分の足で立とうとはせず、ポールに引っぱりあげられたままぶら下がっている。パンティーが息を詰まらせるかもしれないと、トロイは思った。「ふざけるな、パンティー。ちゃんと立つんだ」とポールが言った。

「ちょっと待って」とトロイが言った。「彼女はやってないかもしれないわ。あなたが考えているようには。少し整理しましょう」

ポールがパンティーを放した。彼女は床に座り込んで、すすり泣いた。

「わかったわ」とトロイが言った。「あなたはやっていないわ、パンティー。そして、まだ描きたいのなら、描けるわよ」

「パンティーは、学校を抜け出したりしてはいけないのです」とポールが言った。「キャロライン・エイブルが、もうすぐここへ来ます」

「それはなによりだ」とセドリックが言った。

それからすぐに、ミス・エイブルがやって来た。彼女はパンティーに職業的だけど、堅苦しくない一瞥《いちべつ》を投げかけると、昼食の時間だと告げた。トロイには理解できないまなざしで、パンティーはトロイを見た。そして、パンティーは立ち上がった。

「ところで……」とトロイが言った。

「何ですか?」とミス・エイブルが陽気に応じた。

「鏡の件だけど、パンティーはやってないんじゃないかしら」

「今度、彼女が同じようなことをやりそうになったら、わたしたちはもう少し分別のある対応を考えましょう。ね、パトリシア?」

「そうですね。でも、彼女はやっていないと思います」とトロイ。

「わたしたちは愚かなとき、自分たちが犯したおかしなことを直視できるようになってきているでしょう、パトリシア? けれど、理由を見つけて、忘れてしまうのが最善です」とミス・エイブル。

「でも……」

「昼食の時間です!」ミス・エイブルが、明るいけれど確固たる口調で告げた。そして、騒ぎを起こすことなく、彼女はパンティーを連れ去った。

「ミセス・アレン」セドリックが、トロイに手を振りながら声をかけた。「ヘンリー卿の鏡にいたずら書きをしたのはパンティーではないと、なぜあなたは思うのですか？」

「彼女はヘンリー卿を〝祖父〟と呼んだことがありますか？」

「いいえ、ありません」とポールが言った。「そんなふうに呼んだことはありません」

「そのうえ……」トロイが話すのを中断した。セドリックが、彼女の画材道具を置いてあるテーブルに近づいたのだ。セドリックはぼろ切れを拾い上げると、指の爪を拭《ぬぐ》った。セドリックがトロイに振った右手の人差し指の爪が赤く汚れていたことに、トロイはそのとき気づいた。

セドリックはトロイと目が合うと、きまり悪そうにぼろ切れを元の場所へ戻した。

「ポールが」とセドリックが言った。「僕の指をあなたの絵の具のなかに浸《つ》けたんですよ」

しかし、トロイの絵の具板には、赤色の絵の具など出ていなかった。

「さて、お昼を食べにいきましょうか？」とセドリックが言った。


懐中電灯を使って、トロイは彼女の塔の階段の手すりを調べた。絵の具は拭き取られていなくて、今でも粘り気があった。そして、トロイは手すりに自分の手の跡が残っているのがわかった。その上には、絵の具がそのまま残っていた。絵の具は絞り出されたのではなく、表面を絵筆で塗ってあった。そして、手すりの少し上の石壁に、誰かの赤い二本の指の跡がかすかについている。（こんなことをしているわたしを見たら、ローリーは笑うでしょうね）赤い指の跡を見ながら、トロイが思った。二本の指の跡は小さいけれど、子どもの指ほど小さくはないとトロイは思った。（女中の誰かが手すりに触って、それから壁に触ったのかしら？）しかし、トロイが触った跡のほかには、手すりに触った跡は残っていなかった。（ローリーなら、こういうとき写真を撮るだろう。けれど、これらのことから何がわかるかしら？　石壁の表面がでこぼこで、指の跡はかなりぼやけているもの。スケッチさえ描けそうもないわ）トロイが立ち去ろうとしたとき、階段と石壁のあいだに挟まっているものを、懐中電灯の光が照らし出した。さらに近づいてよく見ると、彼女の絵筆の一本だった。調べてみると、絵筆には生乾きの赤色が付着していた。

トロイは踊り場へ下りた。昨晩、彼女が床に就こうとしたとき、閉まった音が聞こえたような気がしたドアが、目の前にあった。今、ドアは完全に閉まってはいなかった。それで、トロイは軽くドアを押してみた。ドアは静かに内側へ動いた。トロイの目の前に、ビクトリア朝の浴室が現れた。

「まあ」トロイは、浴室を探して歩き回ったことを思い出した。「わたしの部屋にも浴室が付いているって、フェネーラが言っていたかも」

トロイの指は絵筆で汚れていたので、指を洗うために浴室へ入った。だが、大理石でできた洗面台の石鹸は、すでに赤く染まっていた。この家はおかしい、とトロイは思った。

その日の午後、ヘンリー卿は一時間ほどモデルを務めた。明日、日曜日の朝は、家族のほとんどがアンクレトン館の教会に集まる。トロイも参列する予定だ。だけど午後は、一時間ほど自由にできる時間がある。トロイはやることを決めていた。作品のための全体的な計画を立てていた。

乾いていない影や鋭いはっきりしたアクセントをつけることを考えるとわくわくした。このことは、ヘンリー卿がいなくてもできる。トロイは絵の具で描き始めた。彼女が恐れるどぎつさはない。彼女は何度も劇を思い返した。劇中の恐怖のような雰囲気が、彼女の作品への重要な要素だった。作品の方向性というのは、画家とすべてが一体となったときに生まれてくる。うまくいけば、こう言えるだろうと思った。「わたしのような愚か者が、これを描いたのかしら?」

四回目のモデルを務めたとき、ヘンリー卿は過去の演技を振り返って、トロイがすでに何度も読んだ台詞をいきなりしゃべり始めた。

光は濃くなり、カラスがミヤマガラスの多い木へとはばたく。

驚いたトロイは、絵筆を持つ手が止まった。それで、びっくりさせられたことを不快に思いながらも、ヘンリー卿の台詞が終わるのを待った。ヘンリー卿の予期せぬこの振る舞いに、トロイは応じることができなかった。だが、トロイがなんらかの刺激を受けていると、ヘンリー卿は感じているようだった。

しばらくして、トロイは再び描き始め、順調に筆が進んだ。トロイは熟慮した画家だ。だから、頭が恐ろしいまでの速さで働く。一時間ほど経って、トロイはこれ以上描くべきではないと思った。疲れきっていた。「今日はこれくらいにしましょう」とトロイが言った。そして、ヘンリー卿はこのことに驚いてはいないと感じた。

ヘンリー卿は立ち去らずに、劇場の正面へやって来た。そして、トロイが描いたものを見た。長時間座ってくれた被写体に、トロイは感謝していた。しかし、描いたものについて何か言われたくなかったので、急いでパンティーについて話し始めた。

「パンティーは赤色のウシや緑色の飛行機など、活気のある絵を描くんです」

「タッ！」ヘンリー卿は物憂い様子で答えた。

「彼女は、描いたものを自分であなたに見せたがっています」

「私はパトリシアにひどく傷つけられた」とヘンリー卿が言った。「ひどく」

「それは、彼女があなたの鏡にいたずら書きをしたことですか？」とトロイが居心地悪そうに言った。

「私は彼女の仕業《しわざ》だと思っている。ときどき、目に余ることをやってくれる」とヘンリー卿が言った。「鏡にいたずら書きするだけでなく、化粧台の引き出しを開けて、書類を引っ張り出したりと。もしあの子がそこにあった二つの文書を読むことができたら、おそらく、不安を感じただろう。それらは彼女自身に深くかかわることなのだから。そして、このようないまいましい悪ふざけをほかにもするようなら」ヘンリー卿は口を閉ざすと、もったいぶって顔をしかめた。「私もいつまでも我慢できないことを、あの子の母親に理解させせなければならない。そして、私のネコだ！」彼は大きな声をあげた。「あの子は私のネコにも手を出した。ネコの頬ひげには、まだドーランが残っている」とヘンリー卿は怒気を込めて言った。「バターでも、取り除けなかった。私をばかにするにもほどがある……」

「ですが、彼女はやっていないと思います。彼女がそのことで叱られているとき、わたしはここにいました。彼女はそのことについて、何も知らなかったと確信しています」

「タッ！」

「いいえ、間違いありません……」（セドリックの指の爪が赤く汚れていたことを話すべきかしら？　いいえ、話すべきじゃないわ。だけど、すでにおせっかいを焼いてしまった）それで、トロイはすぐさま続けた。「パンティーは自分のいたずらを自慢します。彼女は悪ふざけを、わたしに話しました。そして、あなたのことを祖父とは呼びませんが、文字としては書きます――つづりは間違っていますけど。彼女が書いたお話を、たまたま読んだんです。そして、何度もその言葉が出てきます。おそらく、パンティーはあなたのことが大好きなあまり、ばかなことや意地の悪いことをするんです」トロイは事実を話しているのではないかと思いながら続けた。

「自分の子どものように、私はあの子を愛しているんだ」ヘンリー卿は、役者らしい大げさな口調で言った。「いつもあの子を〝小さな最愛の人〟と呼んでいる。自分の好みを隠したことなどない。私がいなくなったら……」トロイの動揺にはおかまいなしに、ヘンリー卿が続けた。「いや、あの子はすでにわかっているんだ」彼は大きなため息をついた。トロイは何と答えたらいいのかわからず、絵の具板をきれいにした。覆いを外した窓から差し込んでいた光は、弱まってきていた。ヘンリー卿が舞台の照明を消した。それで、小劇場は暗闇に包まれた。どこからか隙間風が吹き込んできて、二人は落ち着かない気分だった。そして、ロープの端が背景幕を叩いた。

「あなたは死体防腐処理について何かご存じですか？」ヘンリー卿が低い声で問いかけてきたの

で、トロイは飛び上がった。

「いいえ」とトロイは答えた。

「私は勉強しました」とヘンリー卿が言った。「それも、かなり詳しく」

「そういえば」しばらくしてから、トロイは口を開いた。「それについての小さな本を、応接間で見つけました。確か、骨董品のテーブルに入っていました」

「そのとおり。アンクレトン館を再建した私の先祖が所有していたものです。その人物自身も防腐処理が施されています。さらに、代々の先祖も。アンクレッド家の慣習なんです。当家の貴重品保管室は、そういう訳で注目に値する。もし私がそこに横たわれば——国民には、別の願いがあるかもしれないが、私が推測することではありません——もし私がそこに横たわれば、死体防腐処理が施されるでしょう。私は明確にそのことを指示するつもりです」

「わたしは願っています。あなたがこのようなことをしないようにと」トロイは曖昧に呟いた。

「そうですね！」そう重々しく言って、ヘンリー卿は立ち去り始めた。だが、舞台へ上がる階段の前で立ち止まった。（ヘンリー卿は、さらに何かを打ち明けようとしているのかしら）トロイはもっと陽気な話であってほしいと思った。

「いとこ同士の結婚について、あなたはどう思いますか？」とヘンリー卿が尋ねた。

「さあ、何とも言えません」そう答えてから、トロイは必死に機転を働かせようとした。「現代の医学の見解では、必ずしも否定していないですよね。でも、そのことについて、わたしはほとんど知識がありませんので……」

「私は反対です」とヘンリー卿がきっぱりと言った。「私は認めません。ハプスブルグ家（ドイツ系の貴族。中世から二十世紀初頭まで、ヨーロッパで強大な勢力を誇る）を見てごらんなさい！　そして、ロマノフ家（ロシア帝国を統治していた貴族）を！」ヘンリー卿の声は次第に弱くなっていった。

話題を変えようと、トロイが話し始めた。「ところで、パンティーは……」

「タッ！　パンティーか。医者たちは、パトリシアの頭皮のことを何もわかっておらん。よくある、子どもの病気だ。そして、ドクター・ウィザーズは治療らしいことを何もせず、この数週間を無為に過ごしてきたが、今になって、彼女に脱毛剤を処方している。なんてことだ！　私は彼女の母親にそのことを話してしまったが、言わないほうがよかった。誰が老人に注意を払うというのだ？　誰も払わない。われわれは昔から続く家柄です、ミセス・アレン。祖先は征服王（ノルマン征服を果たした、イングランド王ウィリアム一世のこと）のおそばで、武器を手にして戦いました。そして、その前も、また、その前も。誇りに思う家柄です。私のつつましい行為で、家名を汚しているとは思いません。ですが、私が亡くなったら、どうなるでしょう？　私は後継者を探しています。そして、何を見つけるでしょうか？　それには、うぬぼれ屋を排除しなければ！」

セドリックについてのこの供述に、ヘンリー卿は明らかになんらかの反応を期待していた。だが、トロイは何も答えられなかった。

「アンクレッド家の最後の生き残りです！」ヘンリー卿が、トロイをにらみつけながら言った。

「征服王とともにやって来た家柄がなくなる……」

「ですが」とトロイが言った。「彼は結婚するかもしれません」

「そして、子どもが生まれる！」

「おそらく、ミスター・トーマス・アンクレッドは……」

「トーマスだと！　だめだ！　トーマスにはすでに話した。あいつは理解していない。あいつは独身のまま死ぬだろう。そして、クロードの妻は過去の人だ。いずれにしても、私が亡くなる前に、安心して任せられる人物を探したいものだ」

「ですが、あなたはこの状況をあまりに悲観的にとらえすぎています」とトロイは答えた。「頭に五〇ポンド（約二五キログラム）もの兜をかぶって、一時間もポーズをとることができるとは大したものです。何か刺激的なことが起こるのを見るかもしれません」

それを聞いて、ヘンリー卿がすぐさま肩を怒らせ、再びやる気を見せたのには、驚くべきというよりも、むしろ警戒すべきかもしれない。「そう思うか？」そう言って、ヘンリー卿はマントに手を伸ばし、器用に持ち上げた。「なるほど。おそらく、あなたの言うとおりなのだろう。賢い人だ！　確かに、刺激的なことを見るかもしれない。そのうえ……」ヘンリー卿は口をつぐむと、奇妙な笑い声をあげた。「そのうえ、ほかの連中も見るかもしれない」

ヘンリー卿がこの予言めいた言葉を詳しく説明するつもりだったとしても、トロイは知るよしもなかった。そのとき観客席の通用口が開け放たれて、ミス・オリンコートが小劇場へ入ってきたからだ。

「ノッディー！」いくぶん怒気を含んだ声で、ソニアが言った。「来てちょうだい。そのおかしな衣装を脱いで、あたしを守ってよ。あなたの恐ろしい家族に、耐えられるだけ耐えてきたのよ。あの人たちかあたしか、どっちなの！」

彼女は通路を進んでくると、両手を腰に当てて、ヘンリー卿と向き合った。

ヘンリー卿は驚いているというよりも、心配そうにソニアを見た。そして、なだめ始めた。

「やめてちょうだい」とソニアが言った。「そして、早く来て、なんとかしてちょうだい。みんな、図書室にいるわ。テーブルを囲んで丸く座ってるの。あたしを追い出そうと、何か企んでるのよ。あたしが図書室に入ると、ポーリーンが女同士の口げんかであるかのように装ったけれど、どうやってあたしを追い出すか相談してたんだわ」

「まあまあ、落ち着きなさい。おまえの聞き間違いだよ」とヘンリー卿。

「あたしがばかだって言うの？　あの人たちの話を聞いたのよ。あの人たちはみんな、あたしを追い出したがってるわ。このことは前にも言ったわよね。そして、もう一度だけ言うわ。これが最後よ。あの人たちはあたしを陥《おとしい》れようとしてるのよ。自分が何を話しているのかわかってるつもりよ。あたしにぬれぎぬを着せようとしてるのよ。あの人たちのせいで、あたしはいつだってびくびくしてるわ、ノッディー。もう耐えられない」

ヘンリー卿はソニアをやるせなさそうに見つめると、ためらってから、彼女の肘を取った。ソニアは口をあんぐりと開けて、ヘンリー卿を悲しそうに見ている。「ここでは、あたしは独りぼっちなのよ、ノッディー」と彼女が言った。「ノッディー、あたし、怖いわ」

即座に表れたソニアの優しい表情を見るのは滑稽だった。そして、トロイにとっては、痛々しいほど感動的だった。

「おいで」ヘンリー卿が、衣装を着たままソニアの上にかかんで言った。「一緒に来るんだ。私から、あの子たちに話をしよう」

小劇場は、東の塔の北側のはずれにあった。トロイは片づけると、ドアから外を見た。弱々しい日差しが、まだアンクレトン館に降り注いでいる。ひと仕事を終えて、トロイは少し気詰まりな感じを抱いていた。葉を落とした裸の木々のなかを通る馬車道が、彼女を誘っているかのようだ。トロイはコートを着ると、頭に何もかぶらずに外へ出た。凍るような冷たい空気にさらされて目から涙がこぼれ、歩くたびに、地面が乾いた音を立てる。トロイはなんとなくうきうきした気分になって、走りだした。髪の毛が後ろへなびき、冷たい空気が顔をなで、耳が凍《い》てつくほど赤く染まった。(走るのって、こんなにも楽しかったの)トロイは息を切らせながら思った。走る速度を緩めていくにつれて、トロイは肖像画について、いろいろと計画を練り始めた。(頭部は残しておこう)あと二日ほどで、絵が乾いてくるだろう。明日は、ヘンリー卿の手と手の周りのゆったりとした襞《ひだ》に取りかかろう。そして、ヘンリー卿が引きあげてから、さらに一時間かそこらで背景を描こう。ひと筆ひと筆がそれぞれ思考や筋肉を奮い立たせ、内なる思いが形となってくるに違いない。

馬車道は枯れ葉が敷きつめられた土手のあいだを抜けて、弧を描いていた。頭上の裸の枝が、風を受けて音を立てる。彼女の足元には、門が見えてきた。太陽はすでに沈み、渓谷から霧が立ち込め始めた。（門まで行って、テラスへ戻ってこようかしら）そのとき、木々のなかから、ひづめとかすかな車輪の音が聞こえてきた。木々のあいだから、老いぼれウマのロシナンテと軽二輪馬車が現れた。そして、手袋をはめ、毛皮のコートを着て、落ち着きを取り戻したように見えるミス・オリンコートが、手綱を握っていた。

トロイは彼女を待っていた。そして、ソニアが馬車を止めた。「村へ行くところなの」とソニアが言った。「一緒に来る？　薬屋へ行かなくちゃならないんだけど、見張っていないと、このウマ、どこかへ行ってしまうんですもの」

トロイが馬車に乗り込んだ。「馬車を扱える？」とミス・オリンコートが尋ねた。「扱えるなら、やってちょうだい。あたしは嫌いなの」そう言って、ソニアは手綱をトロイに手渡した。そして、すぐさまみごとな毛皮のコートのポケットを手探りして、シガレットケースを取り出した。

「さっきは気味が悪かったわ」とソニアが続けた。「食事をしに、みんな隣の死体安置所のような食堂へ行ったのよ。隣よ！　どれだけ離れていると思ってるの。セドリックにポールにポーリーンよ。なんてことかしら！　いそいそと尻尾を振って。あたしがどれだけ腹を立てたかわかるかしら？　そして、ノッディーも」ソニアがくすくす笑った。「あなたに見せたかったわ。頭には兜をつけて、衣装も着たままで、ヘンリー卿が家族みんなを図書室に集めて言ったのよ。『あの女性――あなたのことよ――は、私の客人だ。心しておくように』って。そして、もっといろいろ言ったわ。見ものだったわよ！　ポーリーンとミリーは顔色をなくすし、セドリックは哀れっぽい声を出して、手をせわしなく動かしていたわ。ヘンリー卿が彼らに謝らせたの」ソニアがため息をついた。「とにかく、何かが起こっていたのよ。この家にとって最悪となる何かが。でも、何も起こらない。何もすることがないから、一日中、無為に過ごすのよ。一ヵ月前に言われていたら、こんな前時代的な乗り物であちこち回るなんてうんざりしていたわ。あの人たちは、頭がおかしくなったんだと思ったわ。でも、軍隊はもっとひどかったでしょうね」

「軍隊にいたことがあるの？」

「あたしは繊細なの」とミス・オリンコートが満足そうに言った。「気管支喘息なのよ。慰安奉公会（第二次世界大戦中に、軍隊に娯楽を提供したイギリスの組織）にいたけど、あたしが咳き込むもんだから、オーケストラの楽員たちが自分たちの演奏が聞こえないって言い始めたのよ。それで、退団したわ。そして、ユニコーンで代役を務めるようになったの。それがウエストエンドの舞台だったわ。そこで、ノッディーがあたしを見つけたのよ」

「気管支喘息はよくなったの？」とトロイが尋ねた。

「そう思いませんでしたか？　自問してみてください。彼のような立場の人間。頂上にいる男。ノッディーは優しいわ。あたしは彼に夢中なの、ある意味で。でも、自分の面倒は自分で見なくちゃね？　この世界で、自分で自分の面倒を見なかったら、誰も見ちゃくれないもの。あなたとあたしの関係は微妙ね、ミセス・アレン。自分に未来がないなら、こんな雰囲気のなかで、女の子は頑張らないでしょう？　自覚していないなら、わからないけれど」

ミス・オリンコートは息を深く吸い込んだ。そして、不機嫌な音を立てた。「もう、うんざりなのよ」トロイが何か批判的なことを言おうとしているると気づいたかのように、ソニアが言葉を継いだ。「ノッディーは、あたしに何もしてくれないなどと言うつもりはないわ。この毛皮のコートは、かなり上等でしょう？　これはイギリス海軍婦人部隊員だった人のものなの。宣伝用で、その女性は一度も着なかったらしいわ」

二人は黙ったまま進んだ。老いぼれウマのロシナンテのひづめの音だけが聞こえた。鉄道の小さな駅があった。そして、低い丘が連なる向こうに、アンクレトンの村の屋根が見えた。

「ノッディーと一緒にここへ来るとき」とミス・オリンコートが話し始めた。「あたしは何に巻き込まれているのかわからなかった。表面的には、勝者のように見えたわ。いい気分よ。そして、お医者さんは、あたしの胸は元気なはずだって言うわ。それでいて、やることはさほどなかった。あたしの声は熱を帯びることもないし、以前のように踊ることもないし、〝正しいことを言う人〟はあたしに苦痛を与えるわ。あなたはどうなの？」

アンクレトン館へ来てからというもの、答えに窮してしまったトロイはこう答えた。「レンガやモルタルに慣れてしまうと、田舎はちょっと奇妙な感じがするわ」

「はっきり言って、死が近づいてきているような気がするわ。週末のパーティーには、昔の仲間がやって来て、わいわい楽しむわ。でも、アンクレッド家の人は誰も来ない。セドリックのことは気にしてないの。彼はアンクレッド家の一人だけど、あの人たちはあの人たちのやり方でうまくやってるわ。あたしはあたしで、なんとかやってるし。何かするべきでしょう？　計画を立てるとか。でも、あたしがパーティーを開いても、アンクレッド家の人は誰も来ないわ。賭けてもいいわよ、誰も来ないから」

「ヘンリー卿は？」とトロイが尋ねた。

「後々のことを考えればね」とミス・オリンコートが言った。「あたしの言う意味がわかるでしょう」

「まあ、あきれた！」とトロイ。

「言ったように、あたしはノッディーが好きよ。でも、古い世界の住人だから。とにかく、誰かと話をするのはいいことよね。アンクレッド家の人たち以外の人と。あたしはセドリックが信用でき*な*い*の*。だって、彼は遺産の相続人よ。そして、物事をあたしのようには見ないかもしれないわ」

「おそらく、見ないでしょうね」とトロイ。

「見ないでしょうね。彼はあたしによくしてくれるけれど」ミス・オリンコートの声がこわばった。「でも、心配ないわ。彼はお金に困ってるもの。そして、あたしの影響力を使いたがってるわ。あたしの立場が固まるまで、彼は待たなくちゃならないの。あたしは自分の立場さえしっかりすれば、どっちでもかまわないんだけど」

二人は軽二輪馬車上で見つめ合った。トロイは美しく化粧したソニアの顔を見た。その背後には、霧に覆われた木々がぼんやりと見える。暗い背景に浮かびあがった、シュールレアリストが付けた仮面だったのかもしれない、とトロイは思った。

震えるようなか細い声が、凍てついた空気のなかを聞こえてきた。「どこかでネコが鳴いているわ」馬車を止めながら、トロイが言った。

「そうね！」そう言って、ミス・オリンコートが笑ってから咳き込んだ。「ネコが鳴いてる！それはあたしの胸よ。日が沈んだこの寒さは、あたしにはこたえるわ。早く行きましょう」

トロイはロシナンテを急がせ、二人はアンクレトンの村の一本の道をゆっくりと進んでいき、小さな薬屋で馬車を止めた。その店は雑貨屋も兼ねているようだ。

「何を買ってくればいいの？」とトロイが尋ねた。

「役に立ちそうなものはありそうもないわ。香水がないのよ。子どもの白癬の薬をお願い。医者がそれを注文したの。もう用意できてるはずよ」

年配の赤ら顔の薬剤師が、トロイに束ねられた二つの瓶を手渡してくれた。一つのほうには、封筒が添えられている。「お屋敷の子どもたちのためですね？」とトロイが尋ねた。「そうです。そして小さいほうはヘンリー卿のです」と薬剤師が答えた。トロイが軽二輪馬車へ戻ったとき、薬剤師が追いかけてきて、まばたきしながら舗道に立っていることに気がついた。「それぞれにラベルが貼ってあります」薬剤師が慌ただしく説明した。「同封されている取扱説明書をよく読んでください。薬の用量については、患者の体重によって変わります。ドクター・ウィザーズから、ミス・エイブルにくれぐれも注意するよう申し伝えてほしいと言われています。特別な処方なのです。酢酸《さくさん》タリウムです。そうです、どちらにもラベルが貼られています。充分気をつけてくださいい……包みもせず、瓶ごとお渡しして申し訳ありません。お大事に」薬剤師は少し咳き込みながら含み笑いをこぼすと、急いで店のなかへ姿を消した。トロイがロシナンテの向きを変えようとしたとき、ミス・オリンコートが「少し待って」と言うと、あっという間に馬車を降りて店のなかへ入っていった。しばらくして、彼女のポケットを膨らませて戻ってきた。

「目についたものがあったの」とソニアが言った。二人が戻る途中、ソニアは子どもの白癬について何度も話した。そして、口元まで毛皮のコートの襟を引っぱりあげた。それで、彼女の声がくぐもって聞こえた。「大変かしら？　あのパンティーって子の頭は。でも、髪の毛は、あの子のたった一つの美しさかもしれないわ」

「あなたとパンティーは仲がいいみたいね」とトロイが言った。

「あの子は手に負えないわ。あの子のやったことを知ってるでしょう！　ノッディーの鏡にドーランでいたずら書きしたのよ。それから、階段の手すりにあなたの絵の具を塗りたくったわよね」

トロイがソニアを見つめた。「どうしてそのことを知っているの？」

ソニアが激しく咳き込んだ。「こんな霧の日に外出するなんて、ばかなことをしたわ」ソニアがくぐもった声であえぎながら言った。

「パンティーがあなたに話したの？」とトロイが食いさがった。「わ、わ、わたしは誰にも話してないわ。彼女がやったと、あなたに話したの？」

激しい発作に襲われて、ミス・オリンコートは話すことができなかった。それでも、彼女の大きくて美しい目がトロイを見据えていた。そして、相変わらず口元を覆うように毛皮のコートの襟を握りしめて、彼女は三回頷いた。

「信じないわよ」とトロイがゆっくりと言った。「信じないから」

ミス・オリンコートの肩が震えていた。（まるで笑っているようだわ）とトロイは思った。

第六章　絵の具

その日の晩、激しい口論が起こった。一つはポールとフェネーラのあいだで。もう一つは、トロイとヘンリー卿のあいだで。ヘンリー卿とトロイは、バックギャモン（ボードゲームの一種）に興じていた。ヘンリー卿は、トロイにこのゲームがいかに複雑で熱くさせるものか力説していた。相手が大変な負けず嫌いで、ごく早い段階で、トロイのいわゆるビギナーズラックが相手をひどく打ち負かしたりしなければ、トロイはもっとゲームを楽しめただろう。ヘンリー卿はトロイに一組のサイコロの組み合わせの可能性を説明しようとして、自分はこれを完全に把握していると得意げに語った。トロイは彼の説明をまったく理解できなかった。トロイはゲームに勝とうとするよりも、ボード上のパターンをある程度考慮して、楽しそうにコマを動かしていた。そして、思いがけない成功を得たりした。ヘンリー卿は礼儀正しくゲームに参加していたが、トロイの指を叩いたりとちょっかいを出し始め、やがて憂鬱な面持ちになった。ヘンリー卿の気難しさを知っている家族たちは、ゲームの行方《ゆくえ》をひやひやしながら見守っていた。トロイは大胆にコマを動かした。ヘンリー卿は猛然とサイコロを振った。トロイが気を抜いたことで、潮目が変わった。トロイはしくじってしまった。それで、彼女が顔を上げると、ポールとフェネーラが心配そうにトロイを見つめていた。ヘンリー卿がにわかに色めき立った。そして、ポールとフェネーラは視線を交わし合った。フェネーラは頷くと、顔色を失った。

「勝ったぞ！」とヘンリー卿が勝ち誇った声で言った。「このサイコロの一投で勝ちだ！」

ヘンリー卿は体を椅子の背に預けて、嬉しそうに笑った。このとき、暖炉の前の絨毯の上にフェネーラと一緒に立っていたポールが、フェネーラに腕を回すと、真心を込めてキスして、意を決したような表情をした。「フェネーラと僕は」ポールが大きな声で言った。「結婚します」

その後しばらくのあいだ、沈黙が続いた。

ヘンリー卿はバックギャモンのゲーム盤を拾い上げると、応接間の驚くほど遠くへ投げつけた。

「癇癪《かんしゃく》を起しても、誰も得をしません」とポールがいくぶん青ざめて言った。

ミス・オリンコートが長い口笛を吹いた。ミラマントがコマを膝の上に落として、慌てて拾い始めた。

ポーリーン・ケンティッシュは、息子のポールを何か恐ろしいものでも見るかのように見つめた。そして、しどろもどろにしゃべりだした。「何を言ってるの、ポール！　ばかなことを言わないで。フェネーラも、落ち着いてちょうだい！」

セドリックは口をぽかんと開けたまま、目だけをぎらぎらと輝かせて手をこすり合わせて、耳障りな音を立てた。それでも、彼も恐怖にとらわれた顔をしていた。

そして、アンクレッド家の人たちがみな揃って、目の端でヘンリー卿を見つめていた。

ヘンリー卿は怒りをあらわにした。もしヘンリー卿が老人でなかったら、誰も心配はしなかっただろう。少なくとも、彼の怒りは哀れを誘うようなものではなかったのだから。ヘンリー卿の唇がわなわなと震えていた。目には激しい感情を宿していたが、涙でかすんでいた。両手も怒りでぎこちなく震えていた。我慢できないという感情の表れにほかならなかった。

トロイは立ち上がると、目立たないようにドアのほうへ退散しようとした。

「戻ってくるんだ」ヘンリー卿が荒々しく叫んだ。トロイは諦めて戻った。「この者たちが、私に恥をかかせようとしたのを聞いていただろう。戻ってくるんだ」トロイは近くにあった椅子に腰かけた。

「パパ！」ポーリーンが弱々しく囁《ささや》いた。「パパ！」ミラマントもサイコロをもてあそびながら繰り返した。「興奮すると、体に障《さわ》るわよ！　落ち着いてちょうだい！」

ヘンリー卿は身ぶりで二人を黙らせると、立ち上がった。ポールはフェネーラに腕を回したまま、祖父のヘンリー卿が自分の前に来るまでじっと立っていた。それから、早口にしゃべりだした。「フェネーラと二人で騒ぎを起こしてしまって、申し訳ありません。こうするしかないって、僕がフェンを説き伏せたんです。僕たちはあなたとうちわで話し合ってきました、おじいさん。そして、あなたの考えを伺《うかが》いました。僕たちは同意できません。やはり、これは僕たち二人の問題です。それで、僕たちは決心しました。僕たちは駆け落ちして、二人だけで結婚します。でも、僕たちのどちらも、そのことを望んではいません。それで、考えたんです……」

「わたしたちは考えました」フェネーラがかなり息を弾ませて言った。「二人で公表しようと……」

「なぜなら」とポールが続けた。「すでに新聞社にこのことを伝えています。ですから、あなたがそれを読む前に、話したかったんです」

「だけどポール、おまえ……」母親が消え入りそうな声で言った。

「おまえは大ばか者だな」ヘンリー卿が荒々しい声を出した。「おまえのその得意顔でたわ言を私に話すとは、何様のつもりだ」

「ポーリーンおばさん」とフェネーラが言った。「ごめんなさい。とても気分のいいものじゃありませんけど……」

「しー！　黙って」とポーリーンが言った。

「母は喜んでくれています」とポールが言った。「ねっ、母さん？」

「しー！」ポーリーンが取り乱した声で繰り返した。

「黙れ！」とヘンリー卿が叫んだ。今、ヘンリー卿は暖炉の前の絨毯の真ん中に立っていた。ヘンリー卿の横暴とも思える振る舞いは、不安を煽《あお》るというよりは芝居がかったもののように、トロイには思えた。ヘンリー卿はマントルピースに片方の肘を載せると、指でまぶたを押さえてからゆっくりと指を離して目を閉じ、痛みであるかのように顔をしかめた。やがて深いため息をつくと、大きく目を見開いた。

「私は老人だ」ヘンリー卿は途切れ途切れに言った。「私は年寄りだから、私を傷つけることはたやすい。とてもたやすい。おまえは強烈な一撃を私に食らわせた。だが、気にしなくていい。私を苦しめるがいい。なぜやらないんだ？　長くはかからないだろう。長くはないんだ。さあ」

「パパ、やめて」そう言って、ポーリーンはヘンリー卿に駆け寄ると、彼の手を握りしめた。

「パパは、わたしたちを惨めな気持ちにしているわ。あんな言い方をしないで、お願い。わたしの息子は、あなたを一瞬たりとも不幸にさせたりはしません。わたしがこの子たちに言い聞かせます。パパ、ねっ、そうさせて」

「これはピネロ（サー・アーサー・ウィング・ピネロ。一八五五〜一九三四年。イギリスの劇作家）の劇だ」その言葉を聞いて、トロイは飛びあがった。セドリックは動揺した家族の後ろへ回り込むと、今はポーリーンの椅子の背に身を乗り出していた。「ポーリーンは『第二のタンカレー夫人』（ピネロの戯曲。過去を持った女が社会に受け入れられない悲劇を描いた）の再上演で、タンカレー夫人を演じたからな」とヘンリー卿が言った。

「無駄だよ、ポーリーン。二人の好きにさせよう」とヘンリー卿が続けた。「彼らは私の望みをわかっていた。それなのに、二人はもっとも残酷なやり方を選んだ。二人の運命に身を委《ゆだ》ねさせよう」ヘンリー卿はむしろ楽しんでいるかのように言った。

「ありがとう、おじいさま」と言ったフェネーラの声は晴れやかだったけれど、いくぶん震えていた。「これがわたしたちの運命です。そして、喜んで運命を受け入れます」

ヘンリー卿の顔はまだらに紅潮していた。「このようなことは我慢できない」と彼が叫んだ。フェネーラが不安な気持ちで笑った。「だが、おまえたちは未成年だ」とヘンリー卿が言い放った。「おまえたちは二人とも、未成年だ。ポーリーン、もしおまえが父親の望みをわずかでも気にかけるなら、この目に余る行為を禁じるだろう。私はおまえの母親と話し、父親へは電報を打つだろう、フェネーラ」

「母は気にかけないでしょう」とフェネーラが言った。

「なぜ私がこのばかげた話を認められないのか、おまえは理由をよくわかっているはずだ」

「それは、わたしたちがいとこ同士だからでしょう、おじいさま」とフェネーラが言った。「頭のおかしな子ができるかもしれないと。だけど、現代医学の見解では、そのような可能性はきわめて低いと言われているわ」

「黙れ！　少しは礼儀正しくしたらどうだ……」

「いいえ、黙りません」ほかの役者の台詞に勝るものとして役者のあいだで知られている技を巧みに使って、フェネーラが言った。「そして、もし礼儀正しいことについて話すなら、おじいさま。愛し合っていて、結婚を約束している若い二人は、自分自身を誇示しようとしている老人よりも礼儀正しいと言えるのではないでしょうか……」

「フェネーラ！」ポーリーンとミラマントが声を合わせて叫んだ。

「……そして、自分よりも五十歳も年下の金髪の女に溺れ、おまけに、女のほうは恥知らずな金目当てときては」

フェネーラが突然泣きだすと、部屋を飛び出した。すぐさま、ポールがあとを追った。

トロイはもう一度この場を逃れようとしていたが、フェネーラがドアの外で泣きじゃくったまま、その場に留まっていることに気がついた。ほかのアンクレッド家の人たちは、すぐに話し始めた。装飾品が打ち震えるほど激しく、ヘンリー卿がマントルピースを叩いた。そして、大声で叫んだ。「なんということだ。もはやあの子を同じ屋根の下に置いておくことはできない！　なんということだ！」ポーリーンとミラマントはヘンリー卿の両脇で気もそぞろに突っ立っていたけれど、われに返って両手を握りしめると、哀れな泣き声をあげた。セドリックはソファの後ろで何やら話し始めた。ソファには、ミス・オリンコートがそのまま座っていた。彼女は立ち上がると、両手を腰に当てて一同と向かい合った。

「侮辱されるために、ここにいるつもりはありません」とミス・オリンコートが鋭い目つきで言った。「あたしのような微妙な立場で自尊心のある女性が耐えられないような発言が、この部屋ではありました。ノッディー！」

ミス・オリンコートが話しているあいだもマントルピースを叩いていたヘンリー卿が手を止めて、少し緊張した面持ちで彼女を見つめた。

「発表することがあるのだから、あたしたちもその線で何か言うべきことがあるんじゃない、ノッディー？」とミス・オリンコートが不気味な口調で言った。

ミス・オリンコートがたたずんで、愛らしく見えた。色や姿、そして、輪郭と質感によるみごとなまでの愛らしさだった。その姿があまりにも素晴らしいので、そこに性格や下品さを持ち込むことは不適切なことのように思われた。ソニアは彼女なりに完璧だった。「どうなの、ノッディー？」と彼女が言った。

ヘンリー卿がソニアを見つめてチョッキを直すと、背筋を伸ばして彼女の手を取った。「おまえが好きなときにいつでも」とヘンリー卿が言った。

ポーリーンとミラマントが後ずさりした。セドリックは息を深く吸い込むと、口ひげを触った。

驚いたことに、彼の手は震えていた。

「このことについては、私の誕生日パーティーの席上で発表するつもりだった。だが、私の家族が私の幸せについて少しも関心がなく、何も気にかけていないことがわかったからには……」

「パパ、パパ！」とポーリーンが訴えるように声をあげた。「……私は気にかけてくれる人に目を向けるわ」

「うんうん」とミス・オリンコートが同意した。

先ほどのように振る舞ったものの、ヘンリー卿は思いのほか落ち着きを失ってはいなかった。

「この女性は、私の妻になることに同意している」とヘンリー卿は大きな声で言った。

彼らの感情を考慮すると、アンクレッド家の人たちは驚くほど冷静だとトロイは思った。実際、ポーリーンとミラマントは静かにしていた。しかし、セドリックは駆け寄ると、ヘンリー卿の手をつかんだ。

「おじいさん、これ以上の喜びはありません。素晴らしいです。ソニア、おめでとう」そう言って、セドリックはソニアにキスした。

「パパ」ミラマントが息子のセドリックに続いて話しかけたが、ミス・オリンコートにはキスしなかった。「わたしたち誰もが驚きはしないわ。パパが幸せなら、それでいいの」

ポーリーンはもう少し感情的になっていた。「パパ」ポーリーンは父親の手を取り、潤んだ目で顔を見つめて言った。「わたしの願いはお父さんの幸せだけよ。信じてちょうだい」

ヘンリー卿がうなだれるように頭を下げたので、ポーリーンが彼の口ひげを押し上げてしまった。「おお、ポーリーン」とヘンリー卿が悲壮感を漂わせて言った。「私は傷ついた、ポーリーン！　ひどく傷ついたよ！」

「違うわ」とポーリーンが叫んだ。「違うのよ！」

「いや、そうだ」とヘンリー卿がため息をついて言った。「そうに違いない」

ポーリーンはヘンリー卿からやみくもに向きを変えると、ミス・オリンコートへ手を差し出した。「父をよろしく。わたしたちみんなからのお願いよ。父をよろしくお願いします」とポーリーンは途切れ途切れに言った。

無言の抗議を示すかのようにヘンリー卿は顔を背けると、応接間を横切って、今まで空いていた肘掛け椅子に腰かけた。そのとたん、不快な音が派手に響き渡った。

ヘンリー卿が顔を真っ赤にして立ち上がった。そして、ぐにゃりとした物をひったくるようにつかむと、膨らんだ袋のような物を掲げた。そこには〝音の出るおもちゃ。大きな音を立てて、パーティーなどを盛り上げるもの〟と書かれていた。ヘンリー卿がもう一度それを握った。隠れた穴から、おならのような音が出た。ヘンリー卿がそれを暖炉のなかへ放り込むと、ゴムの燃える悪臭が応接間に充満した。

「楽しいことは、楽しいんでしょうけど。でも、あの子のやり方はどうかと思うわ」とミス・オリンコートが言った。

ヘンリー卿は黙ってドアのほうへ歩いていった。そして、決定的な言葉を発した。「ミラマント、明日の朝、私の事務弁護士を呼んでおいてくれ」

ドアが音を立てて閉まった。誰も口を開かなかった。トロイは、ようやく応接間から抜け出すことができた。

翌朝、ヘンリー卿は気分がすぐれないということで現れなかったけれど、トロイはさほど驚かなかった。それでも、午後はいつもどおりモデルを務めたいとのことだ。このことが何かの役に立てるなら、セドリックが衣装を着て、喜んでポーズをとると書かれたメモが、トロイに運ばれてきたお茶のトレイに載っていた。トロイはそれでもいいかもしれないと思った。その場合、緋色のマントを合わせ直さなければならないだろう。トロイはこの家族は崩壊してしまうのではないか、少なくとも、ポールとフェネーラは失踪してしまうのではないかと半ば考えていた。けれども、身内で反目し合っているなかで、アンクレッド家の人たちの回復力というものを学ばなければならなかった。朝食のとき、二人は姿を現した。フェネーラは青白い顔をして黙っていた。ポールは赤い顔をして黙っていた。ポーリーンが少し遅れてやって来た。彼女の息子に接する態度は、息子は何らかの病《やまい》にかかっていることをほのめかせていた。フェネーラについては明らかに毛嫌いしていて、一言も口を利かなかった。ミラマントがこの場を仕切った。彼女はいつもより元気がないように見えたけれど、たとえ心配事があっても取り繕うだろう、とトロイは見抜いた。ミラマントはポーリーンを気遣うような態度を見せたが、ポーリーンはそのことを快く思ってはいないようだ。

「ねえ、ミリー」長い沈黙のあと、ポーリーンが言った。「新たな家族構成のもとで、あなたは自分の役割を続けるつもり？」

「あなたが芝居がかった言い方をするとき、わたしはいつも戸惑うのよね、ポーリーン」

「新しい女主人のために家事をするつもりなの？」

「そんなことは期待しないでちょうだいね」

「まあ、ミリー」とポーリーンが言った。「結局、あなたはやると思うわ」

「そうは思わないわ。セドリックとわたしは、ロンドンに仮の住居を持つつもりよ」

「それがいいわね」とポーリーンがすぐさま同意した。「そうなると、セドリックも少しは節約しなくちゃならないわね」

「おそらく、ポールとフェネーラは、わたしに彼らの世話をしてもらおうと考えているんじゃないかしら」その朝、初めて笑いながら、ミラマントが言った。そして、本気であるかのように、ミラマントはポールとフェネーラのほうを向いた。「あなた方二人は、身の回りの世話をどうするつもりなの？」

「お金のない多くの夫婦のように、自分たちのことは自分たちでやります」とフェネーラが答えた。「ポールは恩給を受けているし、わたしは仕事をしています。二人で働くつもりです」

「なるほど。結局、あなた方のおじいさんは……」とミラマントが心地よさそうに言った。

「僕たちは祖父に何かしてもらおうとは思っていません、ミリーおばさん」とポールがすぐさま答えた。「もちろん、祖父は何もするつもりはないでしょう。しかし、僕たち自身が祖父には何も望んでいませんから」

「まあ、なんということを」とポールの母親であるポーリーンが言った。「そんな口の利き方をするあなたを知りません。何が……」嫌悪感をあらわにフェネーラをちらっと見て、ポーリーンが続けた。「何があなたをそんなふうに変えてしまったのかしら」

「パンティーはどこ？」とミラマントが明るく尋ねた。

「学校以外にどこにいるっていうの？」とポーリーンが威厳のある態度で答えた。「あの子は、われわれと一緒には朝食を食べないでしょう、ミリー？」

「あなたは知らないでしょうけど」とミラマントが言った。「あの子は、よくあちこち歩き回るでしょう？　ところで、ポーリーン。わたしはパンティーに文句があるのよ。誰かがわたしの、わ、わたしの仕事を邪魔するの。刺繍の大部分がわざとほどかれていたわ。わたしが応接間に置きっぱなしにしていたら……」

「パンティーはそこへは行かないわ」とポーリーンが大きな声をあげた。

「そうかしら？　たとえば、昨晩、夕食のあいだ、あの子は応接間にいたに違いないわ」

「どうしてそう思うの？」

「なぜなら、パンティーが夕食の前にあの椅子に座っていたと、ソニア――わたしたちは彼女をそう呼ばなくてはならないのでしょう――が言っているもの、ポーリーン。そして、少しも不自然ではなかったそうよ」

「そんなはずないわ、ミリー。パンティーが昨晩の夕食の時間に応接間へは行かなかった、はっきりとした理由があるんだから。パンティーとほかの子どもたちはその時刻に薬を与えられて、早々に寝かしつけられたもの。あなたが自分で言ってたじゃないの、ミリー。ミス・エイブルが花の部屋で薬を見つけると、すぐさまドクター・ウィザーズのところへ持っていって、子どもたちに飲ませてもらったって」

「そうね」とミラマントが言った。「あのちょっと変わったソニアが薬をミス・エイブルのところへ持っていったり、父の薬瓶をわたしのところへ届けたりわざわざしないでしょう？」とミラマントが鼻を鳴らして言った。「彼女のために運び込まれたような蘭の花がある花の部屋へ行っただけで、ソニアはそこに薬を置き忘れてくるのよ。ミス・エイブルがあちこち探し回って、ようやく薬を花の部屋で見つけたんだわ。わたしも一緒に」

「タッ」とポーリーンが言った。

「それでも、僕はパンティーに賭けてもかまいませんよ」とポールが言った。

「でも、パンティーがやったという証拠はないのよ、あの……」ポーリーンが確信よりも願望を込めて口を挟んだ。

「〝音の出るおもちゃ〟のこと？」とポールがにやっと笑いながら言った。「母さん、パンティーがやったに決まってるよ」

「でも、信じることのできる理由があるのよ……」とポーリーンが話し始めた。

「いいや、パンティーの仕業《しわざ》だよ、母さん。今までの彼女の行動を見てごらんよ」とポール。

「だけど、あの子はどこで〝音の出るおもちゃ〟を手に入れたの？　わたしはあの子にそんなものを与えていないわ」

「あの子が自分で買ったのでなければ、ほかの子があげたんじゃないかな。子どもたちが村のお店にいるのを見たことがある。そうだろう、フェン？　子どもたちはゴム製品の売り場へ行くんだろうな、と思ったことを覚えているよ」

「パンティーと話したのよ」とポーリーンがかたくなに言った。「そして、〝音の出るおもちゃ〟のことは知らないと誓うって、あの子は言ったわ。子どもが本当のことを話しているときって、母親ならわかるでしょう、ミリー」

「確かに、母さん！」とポールが言った。

「誰が何と言おうと気にしないけれど……」ポーリーンが話し始めたけれど、セドリックがやって来たので中断した。セドリックは優雅に、そしていくぶん気取った雰囲気で現れた。

「おはようございます、ミセス・アレン。そして、皆さん、おはよう。二組の結婚式の計画を考えるのがとても楽しみだ。少し複雑ですけど。フェネーラの父親であるクロードおじさんが不在にもかかわらず、ヘンリー卿はフェネーラを手放さなければならない。一方で、自分は一人目の花婿になる。僕は花婿の付添人として加わるかもしれません。そして、ポールは二人目の花婿であるとともに、ソニアの父親役になることもありえる。かなり複雑なバレエのようなものです。トーマスおじさんは花嫁の付添人、そして、パンティーがフラワーガール（結婚式で花を持って花嫁に付き添う少女）だ。彼女には、物を投げるいい機会だ。そして、母さんやすべてのおばさん方は、次期未亡人候補です」

「ふざけないで」とミラマントが言った。

「いいや、ふざけてなんかいないよ」セドリックが、自分の平皿をテーブルへ運びながら続けた。「あなた方お二人は、事態への対処がお上手だとは思えませんので」

「チャンスが巡ってきたからといって」とポールが冷ややかに言った。「僕たちみんなが、あなたのように機《き》を見るに敏《びん》というわけにはいきません」

「まあ、自分でも抜け目のないほうだとは思うけどね」とセドリックがあっさりと認めた。「ソニアが嫁入り衣装を僕に任せるそうです。少なくとも僕が、家族の気持ちを代弁していると、ヘンリー卿が言っています。だけど、そうなるとパンティーが取り返しのつかないほど立場が弱くなるんじゃないかと心配してるんですよ、ポーリーンおばさん」

「パンティーは〝音の出るおもちゃ〟にかかわっていないと信じるに足る理由があると、あなたのお母さんに話してありますよ、セドリック」とポーリーンが言った。

「これはまた」とセドリックが言った。「人をほろりとさせるような台詞ですね」

「それに、ヘンリー卿の鏡へのいたずら書きも」とポーリーン。

セドリックはトロイに思わせぶりな目配せをして言った。「パンティーには、別の擁護者がいるからね」

ポーリーンがトロイのほうを素早く向いた。トロイは一階席から舞台へ上がろうとしていたが、呟いた。「パンティーは、ヘンリー卿の鏡にいたずら書きをしていないと思うわ。彼女の言っていることは本当よ」

「そうですとも！」とポーリーンが興奮した口ぶりで言った。そして、トロイのほうへ手を差し出した。「ありがとう、ミセス・アレン。パンティーを信じてくださって」

　だが、トロイのパンティー・ケンティッシュに対する信頼はすでにいくぶん揺らいでいたが、さらに揺らぐことになった。

　トロイは食堂から小劇場へ向かった。彼女がしておいたままに、画布が壁に面して立てかけられていた。画布を引っ張り出して隅のほうへ持っていくと、画架に載せてから後ずさりして眺めた。目と鼻のところに、何者かが大きな眼鏡を黒の絵の具で描いていた。

　怒りがこみ上げてきたけれど、少し落ち着いてから、トロイは顔の部分に触った。すっかり乾いていた。しかし、黒い眼鏡はまだ乾いていない。吐き気を催すほどの安堵感で、トロイはぼろ切れに油を染みこませて、恐る恐る眼鏡を拭きとった。それから座って、震える両手を抑えた。トロイがヘンリー卿の目の下に描いた青みがかった影はしみにもなっていないし、にじんでもいない。そして、独特のピンク色のベールに包まれたような卿の顔も汚れていなかった。「よかった！」とトロイが囁いた。「神さま、感謝します！　これなら大丈夫！」

「おはよう」パンティーが通用口から入ってきて言った。「また絵を描いていいって。今度はもっと絵の具を使って描きたいわ。見て、ウシと飛行機の絵を描いたのよ。上手に描けてない？」

　パンティーは彼女の画板を床に置いて画架の脚に立てかけると、トロイのまねをして少し後ろへ下がり、両手を背中で組んで見つめた。パンティーの絵は、エメラルドグリーン色の牧草地のなかの三匹の赤色のウシだった。それらの上には青空が広がり、黒い爆弾を放っている緑色の飛行機が描かれていた。

「いいでしょう?」とパンティーが言った。パンティーは自分の絵から目を離すと、トロイの絵を見た。

「それもいいわね」とパンティーが言った。「とてもいいわ。なんだか、いい気分にしてくれるもの。いい絵を描くわ」

「眼鏡を描いたら、もっとよくなるかしら」トロイがパンティーを見ながら言った。

「それはかなりばかげているわね」とパンティーが言った。「王さまは眼鏡なんかかけないもの。それが王さまってものでしょう」

「誰の仕業にせよ、顔に眼鏡が描いてあったわ」

「もし誰かがあたしのウシに眼鏡なんか描いたら、殺してやるわ」とパンティーが言った。

「そのようなことをしたのは誰だと思う?」

「知らないわ」パンティーはあまり興味なさそうに言った。「ノッディーかしら?」

「そうは思えないわ」

「ノッディーの鏡にいたずら書きをした人よ。いずれにしても、あたしじゃないわ。さあ、また絵を描かせてくれるの? もっと絵の具を使って。ミス・エイブルはあたしが絵を描くのが好きなの」

「わたしの部屋へ行って、戸棚の小さな画板を一つ持ってらっしゃい」

「あなたの部屋がどこなのかわからないわ」

トロイはできるだけ丁寧に教えた。「ありがとう」とパンティーが言った。「でも、もし見つけられなかったら、誰か来るまで大声で叫ぶわ」

パンティーはとぼとぼと通用口のほうへ向かった。「ところで」トロイが背後から呼びかけた。「〝音の出るおもちゃ〟を知っているかしら？」

「知ってるわよ」とパンティーが興味ありそうに答えた。

「わたしが言っているのは、その上に座ったとき、派手な音が出るゴム製の物なんだけど」

「どんな音が出るの？」

「いいえ、今のは忘れてちょうだい」とトロイが疲れたように言った。

「おかしな人ね」パンティーはきっぱり言うと、出ていった。

「もしわたしの頭がおかしくないなら、この家の誰かがおかしいのよ」とトロイが呟いた。

午前中をとおして、トロイは背景を精力的に描いた。午後はヘンリー卿が二回の休憩を取りながら、一時間半ポーズをとった。何も言わないが、ときおり大きなため息をつく。トロイはヘンリー卿の手に取り組んだ。ヘンリー卿はじっとしていられない様子で、神経質そうにしょっちゅう手を動かすので、トロイは手の大まかな色調と形を整えるだけにした。ヘンリー卿のモデルとしての務めが終わったちょうどそのとき、ミラマントがやって来た。そして、詫びの言葉を発しながらヘンリー卿のもとへ行くと、聞き取れないほどの小声で何やら囁いた。「だめだ、だめだ」ヘンリー卿の声には、怒気が含まれていた。「明日でなければだめだ。もう一度電話して、連中にそのように伝えろ」

「明日は都合が悪いそうです」

「とんでもない。もう一度電話するんだ」

「わかったわ、パパ」ミラマントが従った。

ミラマントが去っていった。相変わらず落ち着きのないヘンリー卿をトロイは見ていたが、今日はこれでおしまいにすることを告げて、セドリックがマントを身に着けたモデルを務めてもいいことを申し出てきたことを伝えた。ヘンリー卿は明らかにほっとして去っていった。トロイはやるせない声で呟くと、両手をこすってきれいにして、再び背景に取りかかった。ある意味で、様式化された背景だ。ミヤマガラスの多い木々、力強い縁取りのある、まだ乾いていないマッス（画面のなかの、光や色合いが均一に近い大きな部分）、そして、冷え冷えとしながらも明るい夜空。中景はマッスと連動するように均一に広く描く。トロイは大きな絵筆を画布の上に走らせた。痛みを伴う思考を一筆一筆描くうちに、自然と形を成してきた。背景はトロイとして満足のいくものだが、アンクレッド家の人たち――おそらく、セドリックとパンティーを除いて――は、奇妙で未完成と思うかもしれない。トロイがこのような結論に達したとき、セドリックがこってりと、不必要とさえ思えるほどの化粧をして、はつらつとした歩き方で意気揚々と舞台へ上がってきた。そして、祖父、ヘンリー卿の緋色のマントを大事そうにしていた。

「お待たせしました」とセドリックが言った。「僕のちっぽけな両肩に偉大なマントをかけて、身の引き締まる思いです。さて、どのようなポーズをとればいいですか？」

だが、セドリックに示す必要はなかった。彼はゆったりとした襞《ひだ》を掻きあげると、ひるがえって絶妙に右側のほうへ放り上げた。トロイはそれを見て少し気持ちが高ぶり、鮮やかな色の絵の具を絵の具板に広げた。

セドリックは優秀なモデルだった。マントの襞は深い折り目のなかにきちんとしまわれている。トロイは何も言わず一時間ほど描き続けた。しばしば息を止めていたので、鼻が詰まるような気がした。

「ミセス・アレン」とセドリックが消え入りそうな声で言った。「少し脚が痛むんですが」

「あら、ごめんなさい！」とトロイが言った。「素晴らしかったわ。少し休憩にしましょう」

セドリックが観客席へ下りてきた。少し足を引きずっていたけれど、まだ元気な様子で画布の前へやって来た。

「素晴らしい。とても刺激的です！　ヘンリー卿とあのエイボンの詩聖がうまく調和して、とても雄弁に物語ります。身震いしそうだ」

セドリックは近くの一階席に腰かけると、背中のほうへマントを広げて、手で自分をあおいだ。「僕がモデルを務めているあいだ、どれほどおしゃべりしたかったかあなたにはわからないでしょう。この家は陰謀であふれています」

トロイもかなり疲れていた。たばこに火をつけて座った。そして、彼女の作品を眺めた。彼女もセドリックの話に興味を抱いて聴いた。

「まず、話さなければならないのは」とセドリックが始めた。「ヘンリー卿が彼の事務弁護士を呼んだことです。想像してみてください！　地ならしと考えるべきでしょう！　十七世紀のローマ教皇の選出を思い起こさせます。まずは、婚姻継承財産設定です。ソニアは最低限、何を定めたと思いますか？　哀れを装って、僕は彼女からそのことを聞きだそうとしましたが、彼女はなかなかの秘密主義のうえに、今や大御所的な立場になってしまった。もちろん、多くのものが彼女に与えられるはずです。パンティーが、一番のお気に入りとして知られていました。彼女が大人になったときのために、ヘンリー卿はかなりの金額を残しています。しかし、悪ふざけで、彼女はそれを失ってしまったでしょう。それで、ソニアがその分も得るわけです。そして、自分たちを磨き上げてきたポールとフェネーラがいます。僕も、なんらかを得られるのではないかと期待していい
ます」セドリックは控えめに忍び笑いをしながらも、目には鋭い光が宿っていた。「そして、それが正しいと思っています。しかし、ヘンリー卿は僕をひどく嫌っています。その結果は、ばかばかしいほど滑稽です。何者かが何年も前に壊したこのひどい家を、僕は手に入れるだけかもしれません。そして、維持するためのものは何もありません。だから、僕はソニアを味方につけたんです」

セドリックは口ひげに触れ、まつげに付いた化粧品の小さな粒を取り除いた。「トーマスと妹のデッシーとジェネッタは金曜の夜に合流します。誕生日パーティーは土曜日です。一方で美食のし過ぎによって、他方では飲み過ぎによって、ヘンリー卿は日曜日はベッドで過ごすことになるでしょう。そして、家族は間違いなくお互いを非難し合って過ごすでしょう。そして、誕生日パーティーの最大の注目は、新しい遺言の発表でしょう」

「なんとまあ……」とトロイが言った。セドリックが続けた。「まず、間違いありません。卿は常に新たな遺言を公開してきました。そして、劇的な演出を邪魔させません」

「だけど、ヘンリー卿は何回遺言を書き換えるの？」

「数えられないですね」しばらくしてから、セドリックが答えた。「おおよそ、二年に一回くらいかな。でも、パンティーが一番のお気に入りになってからは、三年ほど変えていないですね。彼女がまだ赤ん坊のような話し方をして、たまにここへ来るあいだは、ヘンリー卿は彼女を溺愛していました。そして、彼女も彼に夢中でした。ポーリーンは、学校をアンクレトン館へ移設したことを悔やむでしょうね。最後に、僕もひどく不人気で、それこそ必要最低限のものに甘んじていました。トーマスおじさんはパンティーに次ぐ二番目のお気に入りで、結婚して息子をもうけるといった一般的な希望を持っています。僕は独身で、アンクレトン館という重荷を背負っています。わが家は、一筋縄ではいかないでしょう？」

　セドリックがやったことや話したことにトロイが心底反対しなかったことはほとんどなかったけれど、それでも退屈はしなかった。トロイはセドリックの話を注意深く聞いた。パンティーの失脚を喜んでいるようなセドリックの態度に、いら立ちを覚えたけれど。

「だけど」とトロイが言った。「パンティーは祖父のヘンリー卿へのいたずらをやっていないわ」セドリックはそのことに激しく抗議した。が、トロイは自分の主張を変えなかった。「わたしはそのことについてあの子と話したの。わたしの印象では、嘘をついているようには思えなかった。明らかに、彼女は昨晩の出来事について何も知らなかったもの。それに、〝音の出るおもちゃ〟

も知らなかったわ」

「あの子は」セドリックが悪意に満ちた声で言った。「恐ろしいくらいずる賢いんです。何の見返りも求めないような子ではありません。彼女は行動します。状況に応じて、行動するんです」

「信じられないわ。そのうえ、彼女はわたしの部屋への行き方も知らなかったのよ」

セドリックは爪を嚙んだまま、トロイを見つめた。かなりの間があいてから、セドリックが話し始めた。「あなたの部屋への行き方を知らなかったですって？　ですが、ミセス・アレン。それが何の関係があるんですか？」

階段の手すりに塗られた絵の具のことが、トロイは喉まで出かかった。「もしあなたが……」トロイはそう言いかけて、すねたように口を尖らせ、薄い色の目をしたセドリックの顔を見て気が変わった。「何でもないわ。納得しないでしょうから、気にしないで」

「ミセス・アレン」セドリックはマントを引っぱりあげながら、忍び笑いをした。「あなたは、なかなかとらえどころのない人ですね。あなたは僕を信用していないと、誰もが思うでしょう」

第七章　誕生日パーティー

　アンクレトン館に着いてから一週間後の金曜日、今まで鍵をかけていた保管室からトロイは画布を引っ張り出して、画布を見つめた。さまざまな思いがこみ上げてきたけれど、とりわけ驚きの思いが強かった。(いったいどうやって描いたのかしら？　あと二日で仕上がりそうね）明日の夜、ヘンリー卿はいがみ合っている祝賀者を小劇場へ招き入れるだろう。そして、人々がトロイの絵について話しているあいだ、彼女は手持ち無沙汰のように背景を背にして立っている。彼らはがっかりするだろうか？　描いた背景はフォレス城の前の荒れ地ではなく、これを模《も》した劇場用の布であり、マクベス本人ではなく、役づくりについて過去を振り返っている老俳優であることに、彼らはすぐに気づくだろうか？　諦《あきら》めにも似た雰囲気を感じ取ってしまうだろうか？

　肖像画は完成していた。慎重に全体との調和を見ながら、さらにもう少し絵筆を加えるつもりだけれど。トロイは夫にこの絵を見せたい欲求に駆られた。彼女が自分の作品を見せたいと思っている少ない人々のなかで、夫が真っ先に頭に浮かんだことに、トロイは満足していた。夫は口数が少ないけれど、黙っていることが恥ずかしい人間ではない。

　仕事が終わりに近づくにつれて、トロイは落ち着きを失っていき、アンクレッド家の人たちが再び顔を合わせるのを恐れた。トロイは、アンクレッド家の女性たちが話していた言葉を思い出した。『最初の関係が続くことはありません』『再び会ったとき、わたしたちは見知らぬ人同士です』『同じではありません』『特別なのです。われわれは恥ずかしがり屋で、お互いに話すことは何もありません』トロイ自身も、夫との再会にはとまどっていた。（わたしは器用に振る舞えるほうじゃないから。わたしは夫婦のやりとりが苦手だから。わたしの生来の器用さは、わたしの絵に表れるのよ。でも、夫のロデリックなら何と言えばいいかわかっているでしょうね。アンクレッド家の人たちのことを、彼にすぐに話してあげたいわ）

フェネーラがロンドンから電話がかかってきていることを告げに来たとき、トロイは絵の具板をきれいにしていた。

電話は、ロンドン警視庁の警視監からだった。はやる気持ちを抑えて、トロイは警視監の話に熱心に耳を傾けた。月曜日にロンドンへやって来るように言われたら嬉しいだろう、と警視監は持って回ったように伝えた。そして、月曜日に一泊すれば、火曜日の朝に、何か面白いものをお見せしようと続けた。月曜日の朝早くに、警察車がアンクレトン館駅経由でやって来るので、喜んで乗せてあげようとのことだ。「ありがとうございます」とトロイが声を震わせて言った。「お待ちしています。ええ、とても楽しみですわ」

トロイは自室へ駆け込んだ。息を切らせてベッドに腰かけたとき、気のふれた女のように階段を駆け上がってきたことに気がついた。（肖像画が完成していてよかったわ。今の気持ちで、パンティーの気持ちに迫れたらしめたものね）

夫との出会いを、トロイは心ここにあらずといった様子で想像した。（だけど、夫の顔を見られないわ。声も覚えていないもの。夫を忘れてしまったわ）とトロイは少し取り乱した。

何かしなければという衝動と、どうしようもない無気力に、トロイは交互に襲われた。アンクレッド家の人たちのばかげた出来事が、次々とよみがえる。「ロデリックにこのことを伝えることを忘れないようにしなくちゃ」だが、思い返してみると、アンクレッド家の人たちはおかしいのではないかと思う。火曜日のことをカティ・ボストックに知らせなくては、とトロイは思った。そうすれば、アレン家の古くからの使用人にロンドンへ行って、アパートを開けておくように連絡してくれるだろう。

「すぐにカティ・ボストックに知らせるべきよ」トロイは階下へ戻った。玄関広間の小さな電話室で、電話がつながるのをいらいらしながら待っているあいだ、トロイは私道で車の音や人々の話し声を聞いた。そして、その騒ぎが玄関広間に達した。うっとりさせるような声が陽気に聞こえてきた。「ミリー、どこにいるの？　出てきてちょうだい。デッシーとトーマスとわたしよ。デッシーが大佐と会ったの。大佐は車を持っていたから、わたしたちみんな、乗せてもらってきたのよ」

「ジェネッタ！」画廊から、ミラマントの声だけが聞こえてきた。さらに遠くから、ポーリーンの声が聞こえてきた。「ジェネッタ！」

トロイが静かに電話室のドアを閉めたとき、動揺しているわけではないものの、なんとなくとげとげしい響きが挨拶に含まれていなかったかしら、とトロイは思った。

ジェネッタ――ザ・ホン・ミセス・クロード・アンクレッド――はミラマントと違って、義理の人間関係に無頓着だった。彼女はなかなかの美人で、陽気な声の持ち主だ。服装も洗練されていて、知的な顔立ちをしている。そして、何事も楽しむような雰囲気を漂わせていた。彼女の会話は強調されないものの、歯切れがいい。もし彼女が内輪もめを感じていたとしても、そのようなそぶりを見せることはなく、一族の各人と近づきすぎることも、離れすぎることもないような接し方をするように思える。

一方、デズデモーナはアンクレッド家のなかではヘンリー卿以来、もっとも役者に向いていた。彼女はとびきりの美人のうえに、豊満な体つきをしている。そして、最高潮の場面の重要な台詞を、温かくて高く響く声で発するだろう。彼女の周りには多くの取り巻き連中がいなければならなそうだ。秘書や作家や代理人や溺愛する演出家といった人たちだ。彼女は豊かで温かみのあるオーラを放っていて、自分が心地よく動けるような雰囲気にほかの人たちも巻き込む術《すべ》を身につけていた。一杯飲んだあとの大佐は本来の目的地へ車を走らせた。彼の耳には、間違いなくデッシーの壮大な感謝の言葉が響いていた。電話室から出たトロイは、新たに到着した来客たちと対面した。そして、すでに面識のある、髪の毛が薄くなり、柔和な笑みを浮かべたトーマスと再会したことを喜んだ。「やあ、またお会いしましたね！」トーマスがトロイにまばたきしながら言った。「吹き出ものの具合はいかがですか？」

「治ったみたいです」とトロイ。

「みんなで、パパの婚約の話をしていたんです」とトーマスが言った。「こちらは義理の姉のミセス・クロード・アンクレッドです。そして、妹のデズデモーナです。ミリーとポーリーンは、部屋の手配をしているのでしょう。いい絵が描けましたか？」

「悪くはないわよ。素晴らしい劇を製作しているんですか？」とトロイ。

「かなりいい出来栄えです。ありがとうございます」とトーマスが澄ました口調で言った。

「ねえ、トミー」とデズデモーナが言った。「あの女性でどのように良くすることができるっていうの？　何を考えて配役をしてるのかしら！」

「おまえがあの役をほしがっていることを、経営側に話しておいたよ、デッシー」

「別にほしくはないわよ。もちろん、あの役はできるわよ。でも、ほしくはないわ」

「それなら、誰もが喜ぶはずだ」とトーマスが穏やかに言った。「あなたはポールとフェネーラが気がかりでしょう、ジェネッタ？」とトーマスが続けた。「パパの婚約で彼らの婚約がかすんでしまったと、あなたは思うかもしれません。ヘンリー卿がポールとフェネーラに腹を立てているように、あなたは二人に腹を立てていませんか？」

「わたしは別に腹を立てていませんよ」そう言ってから、ジェネッタはトロイを見て微笑んだ。

「わたしはポールが好きです。彼と話がしたいわ」

「それがいいわ」とデッシーがそわそわして言った。「だけど、爆弾を破裂させたのはポールとフェネーラだと、ミリーが言っていたわ」

「まあ、いずれにしても爆発していただろうけど」とトーマスが気楽に言った。「ところで、ミスター・ラッティスボンが新しい遺言の作成のために呼ばれたというのは知っていましたか？

明日の誕生日パーティーの晩餐会で、パパはそのことについてわれわれに話すつもりでしょう。今回は除外されるかな、デッシー？」

「兄さん」ソファに深々と座って背もたれに腕を回しながら、デズデモーナが叫んだ。「オリンコートのことをわたしがどう思っているかは、何度も何度も言ったので、パパはそうするよりしかたないでしょう。気にしてもしかたないわよ、トミー。もしわたしから祝福の言葉をパパが期待しているなら、これ以上の間違いはないわね。それはないもの。わたしには、恐ろしいまでのショックよ。わたしは傷ついたわ」彼女は白い拳を人目を惹く胸に打ちつけて言った。「わたしの敬意も愛も理想も、すべて砕かれたわ」デズデモーナはジェネッタを見た。「あなたは、わたしが大げさだと思っているでしょう、ジェン。あなたはいいわよ。あなたは簡単に取り乱さないから」

「おやおや」とジェネッタが軽い調子で言った。「わたしはまだミス・オリンコートに会っていないので」

「ヘンリー卿はあなたの父親じゃないわ」とデッシーが感情的に言った。

「それはそうね」とジェネッタ。

「タッ！」とデッシーが辛辣《しんらつ》に言った。

フェネーラがやって来て、このやりとりは妨げられた。フェネーラは階段を下りて玄関広間を通り抜けると、言葉にならない悲鳴をあげながら母親の腕に飛びこんだ。

「いったいどうしたの？」しばらくフェネーラを抱きしめて、ジェネッタが優しく尋ねた。

「母さん、怒らない？　怒らないって言って！」

「わたしが怒っているように見える？　ポールはどこなの？」

「図書室にいるわ。来てちょうだい、母さん。母さんだけが救いだわ」

「落ち着きなさい、フェネーラ。そして、デッシーおばさんとトーマスおじさんには？」

フェネーラが、トーマスとデズデモーナのほうを向いて挨拶した。トーマスがフェネーラに用心深くキスした。「ご機嫌うるわしく」と彼が言った。「医学百科事典で、遺伝的特徴を調べたことがあります。両方の家族に共通して著しい精神障害がなければ、近親者は一般的に正常であると言われています」

「トミー！」とデズデモーナが言った。「あ、あ、あなたらしいわ！」

「いずれにしても、確かめましょう」とジェネッタ・アンクレッドが言った。「フェン、わたしをポールに会わせてちょうだい」

三人は連れ立って出ていった。ミラマントとポーリーンが階下へ下りてきた。「嫌になっちゃうわ」とミラマントが言った。「まったくどうしたらいいかわからないわ」

「部屋のことを話しているなら、ミリー」とデズデモーナが言った。「ネズミをなんとかしてくれない限り、ブレイスガードルの部屋へは行かないわよ」

「そんなこと言ったって、デッシー……」とポーリーンが話し始めた。

「ネズミをなんとかしてくれたの？」

「執事のバーカーがヒ素をなくしてしまったのよ」とミラマントが浮かない顔をして言った。

「少し前に、ミス・オリンコートの部屋に使ったんだと思うわ。その後、殺鼠剤《さっそざい》の缶が見当たらないのよ」

「おやおや」とトーマスがぽつりと言った。

「どうせなら、ソニアの歯磨き用のコップに少し入れておけばよかったのに」とデズデモーナが恐ろしいことを口にした。

「エレン・テリーの部屋はどうなの？」

「その部屋はジェネッタに割り当てたわ」

「わたしと一緒にベルナールの部屋に泊りなさいよ、デッシー」とポーリーンが勢い込んで持ちかけた。「あなたとならいいわ。いろいろおしゃべりもできるし。そうしましょう」

「だけど、一つ問題があるわ」とミラマントが眉間にしわを寄せて言った。「パパがジャコビアン様式の多くの品々をあの部屋に詰め込んだものだから、二つもベッドを置けないもの。わたしの部屋なら、もう一つベッドを置けるわよ、デズデモーナ。レディ・バンクロフトの部屋だけど、どうかしら？　かなり広々としているから、あなたの荷物も置けるわ」

「それであなたがかまわないなら、ミリー……」

「かまわないわよ」とミラマントが素っ気なく言った。

「それに、わたしともおしゃべりできるわよ」とポーリーンが言った。「わたしの部屋は隣なの」

金曜日の夜は天気が荒れた。どしゃぶりの雨が、アンクレトン館の屋根を容赦なく叩いた。土曜日の朝、トロイはいつもの鐘が鳴り響く音で目が覚めた。

浴室へ行く途中、トロイは階段手前の床に置いてあった洗面器に危うくつまずきそうになった。屋根に広がるしみから水滴が、断続的にそのなかへ落ちている。一日中、雨が降っていた。まだ午後三時だというのに、小劇場のなかは絵が描けないほど暗くなった。だが、トロイは午前中に作業を終えていた。画布に最後の一筆を加えると、画布から離れて座った。絵を描きあげたあとにやって来る一種の虚脱感を感じていた。とにかく終わったのだ。アンクレッド家の人たちと、彼らの企みは現実のものとは思えなかった。それらはとんでもなく壮大な舞台で、身ぶり手ぶりを交える二次元の人物だった。この反応は、トロイがアンクレトン館で過ごした最後の二日間のすべての記憶を彩《いろど》った。それまでは記憶がぼやけていたり、ありふれた出来事に幻想的な色合いを加えたりで、しばらくして正確に語ることが必要になったとき、自分の記憶が正しいのか疑っていた。

ヘンリー卿が誕生日パーティーの晩餐会に備えて一日中休んでいることを思い出し、この巨大な屋敷のなかで、何かを期待している雰囲気があることを、トロイは感じることになる。そして、ヘンリー卿への贈り物は図書室に並べられた。東の塔の暗い図書室に卿の家族が頻繁に訪れて、お互いの贈り物を興味津々で見ていた。トロイ自身も、パンティーのかわいらしくて楽しいスケッチを用意していて、ほかの贈り物と一緒にスケッチを並べた。しかし、パンティーの没落を考えると、これはあまりふさわしくないかもしれない。スケッチは、パンティー自身と彼女の母親に好意的に受け取られた。セドリックはこれをパンティーの性格についての辛辣なコメントと見なしたけれど、セドリック以外の人たちは好意的に見てくれた。

トロイは持ってきたロングドレスを見て、この場にふさわしい豪華さがないと判断したことをあとになって思い出した。夜が更けるにつれて、お祝いの雰囲気が高まっていった。執事のバーカーと年長の女中たちが慌ただしく動き回っている。それでも信じられないことだが、この家のなかに何か差し迫った緊張感というか、何かが終わりに向かっているような感覚にトロイは襲われた。「だって、夫のローリーが帰ってくるのだから。それに、わたしは大仕事をやり遂げたし」とトロイは思わず呟いた。だが思い返してみると、このような答えには説得力がなく、悪意のある何者かの考えが、不安を薄い霧のように漂わせているのではないかとトロイは思った。

トロイは絵の具板をきれいにし、使い切ったチューブがいくつもある絵の具箱の蓋を閉め、アンクレトン館での最後の作業として絵筆を洗った。肖像画は舞台の上に据えられ、深紅色のビロードのカーテンに縁どられていた。「春だったら、庭の花の花綱《はなづな》で飾るんだけど」とトロイが呟いた。アクトドロップ（幕あいに舞台を閉じるために下ろす幕）が肖像画の前に下ろされている。薄暗い舞台の上で、そのまま夕方の式典を待つのだ。彼女は夕方の式典を見ることができないような気がした。その式典に参加することができないような気がした。トロイはそわそわと落ち着かなかった。晩餐会は午後九時の予定だ。まだ三時間ほどある。（本でも持って、広い屋敷内をあてもなくぶらぶらしようかしら）だが、どこへ行っても、アンクレッド家の人たちが密談をしているようだった。ポールとフェネーラが書斎でしっかりと抱き合っているのを目撃した。そして、デズデモーナとポーリーンが応接間で相談しているのを邪魔した。そして、腹を立てているように見えるミラマントが階段の下でバーカーと交渉しているのを妨げた。それで、図書室の隣の〝大きな婦人の間《ま》〟と言われている部屋へ、トロイは向かった。（小さな婦人の間が階上にあったわ）これまでの出会いには驚かされてきたので、トロイは部屋の前で立ち止まって、耳を澄ませた。部屋は静かだった。トロイがドアを押し開くと、セドリックとミス・オリンコートに直面した。二人はソファに並んで座り、声を出さずに笑い合って我を忘れ、寄り添っていた。

二人がトロイに気がつく前に、トロイは部屋に入っていた。二人は明らかに不意を突かれて、気まずい雰囲気だった。二人は口をぽかんと開けたまま、トロイを見つめた。まるでトロイが消し去ったかのように、二人の顔から笑いがなくなった。セドリックは怒りで顔を真っ赤にした。ミス・オリンコートの目は、青いガラス大理石のような硬質な色を帯びていた。彼女が先に口を開いた。

「叫び声をあげる前に」とソニアが抑揚のない声で言った。「誰がここにいるのか見なくちゃ」

「ミセス・アレン。お入りください」とセドリックが息を弾ませて言った。「あらゆることについて笑うしかないですよ。誕生日パーティーといい、あらゆる厄介事やその他もろもろのことといい、われわれに加わりなさい。それとも、あなたは公明正大だとでもおっしゃいますか？」

「せっかくですが、わたしは入りません」とトロイが答えた。「階上へ行く途中なので」

彼らが沈黙しているなかで、トロイはドアを閉めて立ち去った。

トロイが玄関広間へ行くと、初めて見る初老の紳士が暖炉の前で新聞を読んでいた。男はしゃれた衣装を身につけている。伝統的なウイングカラー（正装用紳士の白シャツの立ち襟で、襟の角が下へ折り曲げてある）に、細い黒のネクタイ。顔は細く、両手は血管が青く浮き出ていて、節くれだっていた。男はトロイを見ると新聞を読むのをやめて、パンセネを取り出し、すばやく立ち上がった。

「誰かを待っていらっしゃるのですか？」とトロイが尋ねた。

「ありがとう。でも、そうではありません」と初老の紳士がすぐさま答えた。「自己紹介させてください。私はラッティスボンといいます」

「まあ、あなたが……」とトロイが言った。「あなたが来ることは伺っています。はじめまして」トロイも自己紹介した。

ミスター・ラッティスボンは唇のあいだで舌先を震わせ、両手を揉み合わせた。「はじめまして」彼は早口で話した。「お会いできて光栄です。私は職業上の用事で、こちらへ伺っています」

「わたしもそうです」とトロイが言った。「こちらで仕事をしています」

トロイが着たままだった仕事着を、ラッティスボンがちらっと見た。「なるほど。あなたがミセス・アレンですね？」

「そうです」

「あなたのご主人を存じあげています」とミスター・ラッティスボンが説明した。「職能団体（医師や弁護士などの専門職に従事する人たちの交流や研究を目的とした団体）で二度、お会いしました」

「本当ですか？」とトロイがすぐに嬉しそうに言った。「ロデリックをご存じなのですね？　どうぞお座りください」

ミスター・ラッティスボンは息を吸い込むと、苦しそうな音を立てた。二人は暖炉の前に座った。彼は足を組んで、節くれだった手を揃えた。クルックシャンク（一七九二〜一八七八年。イギリスの風刺画家・挿絵画家）のスケッチみたいな人だ、とトロイは思った。トロイは夫のことを話し始めた。トロイが一連の陳述でもするかのように、初老の男は熱心に聞いていた。まるで書記官を呼んで、立ち会わせそうな雰囲気だった。トロイはこの静かな出会いを鮮明に思い出すことになった。そして、トロイはおしゃべりの途中で中断して、申し訳なさそうにこう言ったのだ。「でも、ロデリックについてこのような話を聞かされて、退屈ではありませんか？」

「退屈ですって？」と彼が言った。「とんでもありません。私に声をかけたのも、そのほうが好都合だと考えられたからではないかと、いくらかの不安を抱いて考えていました。以前より素晴らしい才能の持ち主だと尊敬していた女性に、私が思いもかけず魅力的に受けとめてもらえているようで、とても光栄です！」とラッティスボンが言った。

このとき、ポーリーンとデズデモーナが玄関広間に現れて、すぐさまミスター・ラッティスボンに近づいた。

「ごめんなさいね。あなたを長く待たせてしまって」とポーリーンが言った。「パパに話したところです——少し動揺してしまって。もちろん、重大な日ですから。もう二、三分で、パパはあなたと会う用意ができるでしょう、ミスター・ラッティスボン。それまで、よろしければ、デッシーとわたしでお話したいことがあるのですが……」

トロイは、すでにその場を離れ始めていた。トロイが聞こえる距離からいなくなるのを、彼らは待っていた。

デズデモーナの豊かな声が聞こえてきた。「大したお話ではありません、ミスター・ラッティスボン。あなたに注意を申しあげるだけです」突然、彼は体をこわばらせた。「そのようにお望みでしたら、かしこまりました」

「だけど」トロイは通路を重い足取りで歩きながら呟いた。「あの二人は、ミスター・ラッティスボンからあまり多くの変化は引き出せないわね」

「映画の脚本でいうところの見せ場ね」トロイはテーブルを見渡して言った。「そして、わたしはさしずめ端役《はやく》の女といったところかしら」このようなたとえはしかたなかった。オーブリー・スミス（一八六三～一九四八年。イギリスのクリケット選手および俳優）がこのようなテーブルの上座に座らないことなどあるだろうか？　銀幕以外のどこに、このような豪華さがあるだろうか？　あれほど多種多様な花が飾られ、エドワード朝時代の贅沢なエパーン（食卓の中央に置く飾り皿。花や果物やお菓子などを置く）があり、これほどふさわしいおしゃべりができるところが、ほかにあるだろうか？　これほどまでのみごとな配役など、映画スタジオ以外のどこにあるだろうか？　隣の大地主と牧師は、一人は痩せていて片眼鏡をかけ、もう一人は赤ら顔でつやつやしているが、二人とも毎年この行事に参加しているようだけれど、慎重に選ばれた顔見せ程度の役どころといったところだ。そして、ミスター・ラッティスボンは？　彼はこの家の顧問事務弁護士だ。アンクレッド家の人たちはどうかというと、お互いをちらっと見たり、注意深く気を遣った笑い声や、美しく言葉巧みな世間話を聞いたりすると、これぞアンクレッド家と思わざるをえなかった。トロイはこの誕生日パーティーの題名を考えた。〝ヘンリー卿への敬意〟あるいは〝驚くべきアンクレッド家〟。

「これまでのところはうまくいっていると思いませんか?」トーマスがトロイの左側から言った。トーマスが左側にいたのに、トロイはトーマスのことをうっかり忘れていた。トロイの右側にいるセドリックが、彼女や、彼の仲間であるデズデモーナにかなり熱のこもった激しい発言を続けていたからだ。すべて祖父のヘンリー卿の耳に入るように、セドリックは話しているかのようだ。ようやく、トーマスもしゃべらせてもらえたといったところだろう。

「そうね、素晴らしいわ」とトロイはすぐさま同意した。

「ですが」トーマスが声を低くして続けた。「誰もが遺言のことをどれほど気にしているか、あなたは知るよしもないでしょう。僕を除いて、みんなそうです。おそらく、セドリックも……」

「しー!」とトロイが言った。「あなたは気にしていないの?」

「それというのも、われわれは家庭内行事の最中です。舞台と同じです。まさしく、呉越同舟《ごえつどうしゅう》です。外部の人から見れば、滑稽でしょうね」トーマスはスープ用のスプーンを置いて、トロイを穏やかに見つめた。「アンクレッド家の人たちを、あなたはどう思いますか?」

「何か夢中にさせるものを感じます」とトロイ。

「そう言ってもらえると、嬉しいです。あなたは父の肖像画のために来てくれましたが、陰謀や戦いも待ちうけています。晩餐会のあと、何が始まるかご存じですか？」そして、トロイの返事を待たずに続けた。「パパは君主の健康を祝して乾杯の音頭をとります。そして、僕がパパの健康を祝して乾杯の音頭をとるんです。今は僕が最年長なので、僕がやるんです。でも、残念なことです。クロードのほうが、僕よりもうまくできるでしょう。去年は、パンティーがその役に抜擢されたんです。僕が作法を教えました。そして、とても上手にやり遂げました。パパは涙を流していましたよ。白癬を患ったり悪ふざけをしたために、今年は招かれていませんけど」トロイは肩越しに出されたお皿を取った。「それはニュージーランド産のイセエビではありません！」とトーマスが続けた。「ミラマントがパンティーを招かないことに決めていたようです。パパは知っているのかな？　もし知っていたら、ひと悶着起こりそうだけど」

トーマスは正しかった。この料理が差し出されたとき、ヘンリー卿はミラマントをにらみつけるように見てから、料理を取った。テーブルが沈黙に包まれた。ミラマントの向かい側に座っていたトロイは、ミラマントが非難するように顔をしかめてポーリーンを見るのを見逃さなかった。ポーリーンはテーブルの末席から眉毛を吊り上げて応えていた。

「彼が言い張ったのよ」ミラマントが左側のポールに囁いた。

「何をだ？」ヘンリー卿が大きな声で尋ねた。

「何でもないわ、パパ」とミラマントが言った。

「これはイセエビです」ヘンリー卿がミスター・ラッティスボンに話しかけた。「私の足よりもロブスター（はさみのある食用の大エビ）に似ていない。地球の裏側の甲殻類です」

家族の人たちが、人目を忍ぶようにヘンリー卿を見た。ヘンリー卿は口いっぱいにイセエビを頬張ると、同時に自分のグラスを指して言った。「エビのときは、何か飲まずにはいられない。今日は決まりを破ろう。バーカー、シャンパンを注いでくれ」

バーカーは唇をすぼめながら、ヘンリー卿のグラスを満たした。

「それでいいのよ」ミス・オリンコートが満足そうに言った。一瞬、緊迫した空気が流れてから、家族は再び互いに談笑を始めた。

「ほらね」トーマスが少し勝ち誇ったように言った。「僕が言ったとおりでしょう？　シャンパンとあつあつのイセエビだ。われわれはそのことについてもっと聞くでしょう。ご期待くださ い」

「気をつけて」トロイがそわそわした様子で呟いた。それから、ヘンリー卿をちらっと見た。ヘンリー卿は、彼の左側にいるジェネッタと楽しそうに話していた。トロイは用心深く続けた。「シャンパンとイセエビは、ヘンリー卿によくないんでしょう？」

「間違いなく悪いです」とトーマスが言った。「いずれにしても、味もよくありません」とトーマスが続けた。「あなたはどう思いますか？」トロイの答えはすでに決まっていた。イセエビが危ない。

「隠しましょう」とトーマスが言った。「僕がやります。次の料理は誕生日用の七面鳥です。自作農場からです。これで食欲を満たせるでしょう」とトーマスが言った。

だが、ヘンリー卿はイセエビの料理をすっかり食べてしまった。

このような出来事はさておき、晩餐会は高揚した雰囲気のなかを進み、壮麗で鮮やかに彩られた陸軍元帥のようにヘンリー卿が立ち上がると、君主の健康を祝して乾杯の音頭をとった。

その数分後、トーマスは軽く咳ばらいをするとスピーチを述べた。

「パパ、おめでとう」とトーマスが言った。「僕が何を言おうとしているかおわかりでしょう。これがあなたの誕生日の晩餐会です。そして、万難を排して、家族一同が再びここに集まることができたのは、何よりも素晴らしいことです。クロードが来られなかったのは残念だけれど。彼は新たにいろいろ言うことを用意していただろうから」このとき、小さなざわめきがアンクレッド家の人たちのあいだで起こったようだった。「僕が言うことは一つだけです」とトーマスが続けた。「あなたの今までの功績を思い出し、これからもあなたの誕生日の晩餐会をたくさん行えることを願って、家族一同がここに集《つど》うことを誇りに思います」トーマスはしばらく考え込んでから、再び口を開いた。「以上です。おっと、忘れるところでした！　われわれはみな、あなたの結婚生活が幸せであることを願っています。それでは皆さん、パパの健康を祝して乾杯をお願いします」

人々はもっと長いスピーチに慣れっこになっていたので、トーマスの急な話の締めくくりに明らかに不意を突かれ、慌てて立ち上がった。

「パパ」とトーマスが言った。

「パパ」ジェネッタ、ミラマント、ポーリーン、そしてデズデモーナが唱和した。

「おじいさん」セドリック、ポール、そしてフェネーラが呟いた。

「ヘンリー卿」牧師が大声を発し、ミスター・ラッティスボンと大地主とトロイが続いた。

「ノッディーに乾杯！」とミス・オリンコートが甲高い声で言った。

ヘンリー卿は昔ながらの作法にのっとって祝福を受けた。そして、グラスを握ると、彼の料理をまじまじと見つめてからトーマスをちらっと見て、ようやく非難するように片手を上げてから下ろした。激しいながらも、抑制した感情の表れだ。一同が席に着くと、ヘンリー卿が立ち上がった。トロイはヘンリー卿の朗々と響き渡るスピーチを聞こうと、居住まいを正した。現在の家族の雰囲気を考慮して、感動させるような純粋さや心に迫る感情に対して、彼女は準備できていなかった。スピーチはヘンリー卿らしいものだった。男らしい力強いものだった。これまでの人生を通じて、彼は役者として多くの喝采に答え、多くの聴衆に感謝の念を述べた。しかし、このようなさまざまな機会を得ても、彼自身の親族一同や信頼できる数少ない友人ほど、年老いた男にとって身近で大切な聴衆はいない。ヘンリー卿とトーマスは、この点でよく似ていた。気持ちを素直に表すのが苦手なのだ。それにもかかわらず、二人は以前と変わらなかった。（ポーリーンとデズデモーナと牧師が熱心に黙認しているような声を出した）ヘンリー卿は少し間を置いて、ポールを見た。それからフェネーラを。ヘンリー卿は、熟慮してきた変更をこの場で発表するつもりでいた。しかし、内輪の出来事によって、いささか彼の意に反して行動せざるをえなくなった。そして、一同は彼の幸運に気がついていた。（大地主と牧師は愕然《がくぜん》としていたようなので、明らかに気づいていなかった）だが、祝うべき小さな儀式が一つあった。

ヘンリー卿はポケットから小さなモロッコ革（ヤギのなめし革）でできた箱を出して開くと、

まばゆいばかりの指輪を取り出した。そして、ミス・オリンコートを立たせると、彼女の薬指に指輪をはめ、その指にキスした。ミス・オリンコートはうっとりした目で指輪を見つめると、ヘンリー卿を熱烈に抱きしめた。一同は拍手を送った。そのなかで、セドリックが呟いた。「作り直した王妃の一つ嵌《は》めの宝石だ。間違いないよ」

ヘンリー卿はいささか断固とした態度で婚約者と一緒に座ると、スピーチを再び始めた。アンクレッド家では、当主は二度結婚するのが慣習だった。ヘンリー・アンクレッド卿はしばらく家系図についてしゃべり続けた。トロイは困惑が退屈に変わっていくのを感じた。彼女の関心は別のところへ向けられた。このような機会をとらえて、ヘンリー卿がアンクレッドの家をどのように整えてきたのかを家族に話すのが、習わしだった。(ミスター・ラッティスボンが眉毛を吊り上げて、喉の奥で震えるような音を出した)今の時代にはそぐわないだろうけど、シェークスピア風の慣例だ。彼は苦しんでいる娘たちをちらっと見たが、そのことを顧みなかった。この伝統的慣習を支持すると言った。「そして今日、私の遺言を発表するつもりだ。古くからの友人のミスター・ラッティスボンが、私の言い回しが正しくなければ正してくれるだろう」とヘンリー卿が言った。(ミスター・ラッティスボンが聞きとれない言葉を呟いた)「小さな簡潔な書類だ。先祖からの精神が受け継がれている」テーブルでざわめきが起こった。先祖についてのヘンリー卿の話は、比較的短かった。咳ばらいすると、聖職者のような厳粛な声で、ヘンリー卿は遺言の概要を一同に伝えた。

テーブルに座っているほかのアンクレッド家の人たちを、トロイは見ないようにした。ヘンリー卿の話が終わったとき、トロイは目の前のエパーンをじっと見つめた。彼女の生涯において、ヘンリー・アンクレッド卿の遺言を語るたびに、太った銀のキューピッド像を思い出すだろう。その像はエネルギーに満ちた無邪気なポーズをとって、足の親指だけを残して中央の球体から飛び出すと、右腕を曲げ、人差し指の先で、自分の三倍はあろうかという蘭の花が垂れ下がっている豊穣の角《つの》（ギリシャ神話。ゼウスに授乳したヤギの角）を支えていた。

ヘンリー卿は遺産について話していた。五千ポンドは献身的な義理の娘であるミラマントへ。さらに五千ポンドを娘のデズデモーナへ。医者のドクター・ウィザーズと使用人たち、そして、狩猟クラブや教会へは、広大な荘園の遺産が充《あ》てられた。トロイの注意はさまよっていたが、ヘンリー卿が自分とモーゼの五書（旧約聖書の初めの五書：創世記、出エジプト記、レビ記、民数記、申命記）の家長を比較しているようで、再び注意を惹いた。「残りは三分割する」とヘンリー卿が言った。彼の花嫁になるミス・オリンコート、トーマス、そしてセドリックへ、それぞれ彼の遺産の残りが三分割される。この基金の資金は信託され、最終的にはヘンリー・アンクレッド記念館の名で、歴史的な演劇博物館として寄付され、保存される。

「やれやれ、よかった」セドリックがトロイのそばで言った。「僕としては大喜びです。もっとひどいことになっていたかもしれませんから」

ヘンリー卿は、今は、遺産の残りについて話していた。ヘンリー卿はいくぶんジェネッタのほうを向いてから、息子のクロードは、母方の祖母から充分なものを相続した。そして、これを元手に彼自身の才覚によって、妻や娘（ヘンリー卿はほんの一瞬、フェネーラのほうを見た）のために運用することもできた。ヘンリー卿の娘であるポーリーンは、彼女が結婚したとき、すでにふさわしく財産を与えられていて、さらに、亡き夫からも充分な援助を受けていた。（ポーリーンがしどろもどろの音を出したのを、トロイは聞いた）ポーリーンは子どもの養育について独自の考えを持ち、そのことを実行できた。「ポールとパンティーにとって、割を食ったのはどっちだろう？」とセドリックが面白そうに呟いた。

「しーっ！」デズデモーナが彼の反対側で言った。

家族が団結することの美徳と、たとえどれほどの誘惑があろうとも、そのことをすっかり忘れることなどできないという、いささか漠然とした話をヘンリー卿がした。最後のほうは、トロイの注意は散漫になっていたけれど、自分の名前を呼ばれてわれに返った。「ミセス・アガサ・トロイ・アレン。もしよければ、肖像画を見せてもらえないかね……」

トロイはびっくりした。肖像画が国に寄贈されることになっていることを思い出した。

「お金じゃないのよ、ミリー。お金のことじゃないのよ、デッシー」ポーリーンが応接間でうめき声をあげた。「お金のことは気にしていないわ、ジェン。残酷よ。わたしの愛への残酷な仕打ちだわ。だから、わたしは傷つくのよ」

「わたしなら、少しはお金のことを考えるわね」とミラマントが笑って言った。

ミス・オリンコートは彼女の習慣に従って、お色直しのため、すでにその場を去っていた。女性陣は二組に分かれた――遺産を充分に分け与えられた人たちと、そうでない人たちに。デッシーは遺産受取人というわけではないけれど、両陣営を支援した。「いまいましいわね」とデズデモーナが言った。「でも、あのオリンコートのことをあれだけ言ったあとに何かしらもらえて、わたしはよしとしなくちゃ。彼女をどう思う、ジェン？」

「彼女は本物なんでしょう？」とジェネッタが考えこんだ様子で言った。「ひょっとすると、彼女は着飾って、言葉づかいも何もかも含めて悪ふざけしている人なのかしらと思ったりしたんだけど。人はそこまでみごとに型にはまるとは思わないもの。でも、彼女は悪ふざけしても、かわいいから憎めないのよね」

「かわいいですって！」とデズデモーナが声を荒らげた。「コーラスの三列目にいるような、どこにでもいる子よ、ジェン！」

「でも、近頃では、コーラスの子たちはけっこうかわいいわよ。そうでしょう、フェネーラ？」

フェネーラはこの話し合いに加わっていなかった。だが、みんながフェネーラのほうを一斉に見たので、彼女も参加せざるをえなかった。ジェネッタとデズデモーナの熱い視線を頬骨に感じた。

「わたしが言いたいのは」フェネーラは大声で、けれど声を震わせて話し始めた。「ごめんなさい、ポーリーンおばさん、そしてママ。ポールとわたしのせいで、二人には恥ずかしい思いをさせてしまって。自分たちのことはいいの。ヘンリー卿の話のあと、わたしたちはどちらも彼のお金についてまったく話題にしていません。ですが、あなた方やパンティーのことは気の毒だと思っています」

「ねえ、フェネーラ」母親のジェネッタがフェネーラに腕を回して言った。「あなたとポールはそれでいいんでしょうけど、お願いだから、これ以上語らないでちょうだい」

「わかりました、ママ。でも……」

「あなた方の二つの家族は、あなたとポールが幸せになれるかとても心配なのよ。そうでしょう、ポーリーン？」

「当然よ、ジェネッタ。言うまでもないわ。でも……」

「わかったでしょう、フェン」とジェネッタが言った。「言うまでもなく、あなたとポールのことが心配なのよ」

ポーリーンはかなりいらいらしていたが、デズデモーナと一緒に応接間の隅へ退いた。

ジェネッタがトロイにたばこを勧めた。そして、親しげに言った。「先ほどのは、あまりわたしらしくない発言でしたが、実を言うと、これらの生々しい心の傷をかなり悲観的に見ています。ミスター・ラッティスボンによれば、あなたのご主人が戻ってこられるとか。あなたにとっては楽しみでしょうね」

「ええ。楽しみにしています」とトロイが言った。

「ほかのことはすべて曖昧で二次元的に、つまり絵画のように思えますか？　わたしにはそうです」とジェネッタが言った。

「ええ、わたしもそうです。とてもまごついています」とトロイ。

「アンクレッド家の人たちも、必要とあらば二次元の側にいます。とくにヘンリー卿などは。彼を描くのは簡単でしたか？　それとも難しくなりましたか？」

トロイがこの愉快な質問に答える前に、セドリックが紅潮した顔でにやにや笑いながらドアを開けた。そして、ハンカチを優雅に振りながら、ドアを背にして立った。

「やあ、皆さん、お揃いで。さて、ミセス・アレン。あなたを小劇場へお招きします。あなたとヘンリー卿は一緒に祝福されるべきです。金色の翼の小さなハトの群れが巧みに空から下りてきて、かわいらしい身ぶりで、あなたに月桂樹の冠をかぶせます。トーマスおじさんが準備しています。そして、コリフェ（小群舞の主役バレエダンサー）のようなパンティーも見ものですよ。みんなで行きませんか？」

小劇場には、人々が集まっていた。照明が明るく輝き、小劇場内には、より多くの聴衆を待ち望んでいるような雰囲気が漂っていた。柔らかな音楽が正面のカーテンの後ろから聞こえてくる。カーテンはアンクレッド家の紋章で飾られている。トロイは一躍、主役に躍り出た。ヘンリー卿が通路を導いて、トロイを彼の隣に座らせた。ほかの人たちは彼らの後ろに座った。セドリックはもったいぶった雰囲気ながら、急いで舞台裏へ下がった。

ヘンリー卿は葉巻を吸っていた。彼がトロイのほうへ優しく体を寄せたとき、ヘンリー卿はブランデーを飲んでいることに気づいた。この状況には、恐ろしいまでの内輪もめを伴っていた。

「少しだけしゃべらせてもらおう」とヘンリー卿が強く言った。

確かに、ヘンリー卿は言葉少なだった。しかし、相変わらずまごつかせるような話だった。トロイが肖像画を引き受けることに消極的だったことが、やんわりと述べられた。そして、肖像画のモデルを務めたことの自身の喜びは、大いに語られた。『アテネのタイモン』（シェークスピアの戯曲）から、いくつか引用された。そして、ヘンリー卿はこう付け加えた。「だが、私はみなさんをこれ以上じらすようなことはしない」とヘンリー卿は豊かに声を張りあげた。「さあ、カーテンを開けたまえ！」

小劇場の照明が暗くなった。カーテンが上がり、同時に四つの照明から光が投げかけられた。そして、画架を覆っていた緋色の布が取り除かれ、いくぶん強すぎる照明に包まれると、ついに肖像画が現れた。

緑色のウシが赤色の翼を羽ばたかせて、澄んだ夜空を飛んでいる姿が描かれていた。

第八章　大いなる死

今回ばかりは、トロイも度肝を抜かれてうろたえた。だが、背景のこの場所はすっかり乾いていることを、トロイはすぐに思い出した。トロイは抑えきれないいら立ちを覚えた。除幕式を迎えて自然に湧き上がった拍手喝采が、空飛ぶウシを見るや次第に小さくなっていったとき、彼女は思わず呟いた。「まあ、これはいくらなんでもやりすぎだわ」

そのとき、カーテンを操作して、幕と客席前部のあいだを見回していたセドリックは、家族の反応を見つめていた。それから、向きを変えて肖像画を見た。そして、口に手を当てて叫んだ。

「おお、なんてことだ！　誰がこんなことを！」

「セ、ド、リ、ッ、ク！」母親のミラマントが後ろの列から言った。「何があったの？」

トロイの左側にいるヘンリー卿は、荒い息をしていた。そして、しわがれた唸《うな》り声を出そうとしていた。

「大丈夫です」とトロイが言った。「どうか、何もおっしゃらないで、お待ちください」

トロイは激怒しながら通路へ出ると、階段を上って舞台に立った。自分のもっともお気に入りのハンカチを台無しにしながら、トロイはウシを緑色にぼかしていった。「どこかにテレピン油の瓶があるはずよ」とトロイが大きな声で言った。「それを貸してくださらないかしら」

ポールがテレピン油の瓶を持ってやって来た。そして、自分のハンカチを差し出した。セドリックはぼろ切れを集めてきた。汚れは取り除かれた。一方、ミス・オリンコートのヒステリックな笑いや、混乱したアンクレッド家の人たちで、小劇場内は騒然とした。トロイはハンカチとぼろ切れを赤色の翼に押し当てた。そして、頬をほてらせて自分の席へ戻った。「あれほどおかしなものでなければ、腹を立てずにすんだのに」とトロイが険しい顔をして言った。

「誰の仕業かはっきりさせる」とヘンリー卿が声を張りあげた。

「パ、パ、パンティーではありません」取り乱していたポーリーンがすぐさま言った。「ミラマント、あなたにきっぱりと言ったように、パンティーはベッドのなかですから。夕方の五時から、ずっとベッドのなかなのよ。パパ、わたしは異議を申し立てます。絶対にパンティーではあ、あ、ありません」

「何をばかなこと言ってるの！」とミス・オリンコートが叫んだ。「あの子は何日も緑色のウシを描いていたわ。あたし、見たもの。いいかげんにしてちょうだい」

「パパ、わたしは真面目に話しているのよ……」

「母さん、ちょっと待って……」とポールが言った。

「いいえ、待ちません。パパ、確かな理由があるのよ……」

「ねえ、待ってくださらない」トロイが声をあげると、一同は黙った。「汚れは取り除けたわ。別に被害はありません。ですが、一つだけ言っておかなければならないことがあります。晩餐会が始まる少し前に、わたしはここへ来ました。赤色のカーテンが気になっていたんです。まだ乾いていないと思ったので。そのときは、何も異常はありませんでした。仮にパンティーがベッドに入っていて、九時十分前までそこにいたのだとしたら、彼女がやったのではありません」

ポーリーンがすぐさま口を開いた。「ありがとうございます。ありがとう、ミセス・アレン。今のを聞いたでしょう、パパ？　ミス・エイブルを呼んできてちょうだい。そうすれば、パンティーの疑いを晴らすことができるでしょうから」

「僕がキャロラインに尋ねてみましょう」とトーマスが思いがけなく言った。「キャロラインを呼びにいく必要はありません。僕が尋ねてきますよ」

トーマスが出ていった。アンクレッド家の人たちは、誰も口を開かなかった。突然、ミラマントが言った。「きっと超現実主義なのよ。何て言ったかしら。そうそう、シュールレアリスムよ」

「母さん！」と息子のセドリックが声をあげた。

「何かを象徴しているのかしら、ミリー？」とジェネッタが言った。「パパの頭の上を飛び回る下品なカモメのように振る舞う空飛ぶウシに、何か意味を読み取ったのかしら？」

「この状況で、わかるわけないでしょう」ミラマントがあやふやな表情を浮かべて笑った。

「パパは」ヘンリー卿のほうへかがんで、デズデモーナが言った。「とても怒ってるわ。ねえ、パパ。少し休んだほうが……」

「私は寝る」とヘンリー卿が言った。「実に腹立たしい。おまけに、気分が悪い。もう、休みたい」

一堂が立ち上がった。ヘンリー卿が身ぶりで制した。「一人にしてくれ」とヘンリー卿が言った。

セドリックがドアへ駆け寄った。ヘンリー卿は後ろを振り返らず、通路を歩いていった。光り輝く舞台を背にして、人影が実物よりも大きく見え、堂々と小劇場から去っていった。

残りのアンクレッド家の人たちは、さっそくおしゃべりを始めた。先ほどのパンティーの不品行や、ポーリーンがそれをやっきに否定する様子や、セドリックの小ばかにしたような笑いや、ミラマントの言うまでもないことを無神経にしゃべることに、トロイはうんざりしていた。トーマスがいささか取り乱した様子で、キャロライン・エイブルを連れて戻ってきたので、トロイはいくらか気分がよくなった。

「ミス・エイブルに来てもらいました」とトーマスが言った。「やはり本人の口から直接聞いたほうが確かですから。パンティーはほかの白癬《はくせん》を患っている子どもたちと一緒に、医務室にいたそうです。ドクター・ウィザーズが薬を処方して、経過を観察したかったからです。それで、キャロラインが、午後七時半から医務室で子どもたちに本を読んでいました。ですから、パンティーにあのようないたずらはできません」

「間違いなく、パンティーはやっていません」とミス・エイブルがきっぱりと答えた。「どうしたら、やれるというのでしょう？　不可能です」

「納得していただけましたか？」とトーマスが言った。

トロイはポールとフェネーラと一緒に小劇場に残った。ポールが照明をつけると、三人でトロイの絵の道具一式を調べた。絵の道具一式は舞台の袖に積んであった。

絵の具箱は開いていた。緑色と黒色の絵の具が搾《しぼ》り出されている。そして、大きな絵筆も使われていて、最初に緑色の絵の具に、それから黒色に浸していた。

「この絵筆に、指紋が残っているはずです」とポールが言った。それから、恥ずかしそうにトロイを見て言った。「そうでしょう？」

「そうね。夫のロデリックもそう言うでしょう」とトロイが同意した。

「絵筆に指紋が残っていたとして、さらに全員の指紋と照合することができれば、決定的な証拠となります」

「確かに。だけど、指紋というのはそれほど簡単じゃないのよ」とトロイ。

「わかります。手はあちこち動き回るでしょうから。ですが、見てください！　絵筆の柄《え》が緑色の絵の具で汚れています。みんなの指紋を取らせてもらいたいと言えば、拒否はしないでしょう」

「そうよ、ポール。やりましょうよ！」とフェネーラが言った。

「あなたはどう思いますか、ミセス・アレン？」

「過大に期待してはいけないけれど、確かに、興味深い話ね。それに、指紋の採取のやり方も少しは知っているから」

「そのことについて、少し読んだことがあります」とポールが言った。「全員から指紋を採取させてもらったらどうでしょう？　そして、絵筆や絵の具箱を、このままの状態で保管しておいたらいかがですか？」

「すぐに夫に見せるわ」とトロイ。

「素晴らしい」とポールが言った。「午前中のうちに、僕がみんなに説明しますよ。解決するはずです。何か言うことはありますか、ミセス・アレン?」

「その話に乗るわ」とトロイ。

「よかったわね、ポール! わたしも手伝うわ」とフェネーラが言った。

「よし、決まりだ」ポールが絵筆をぼろ切れに用心深く包みながら言った。「そして、絵筆と絵の具箱に鍵をかけて保管しよう」

「それらはわたしが預かるわ」とトロイ。

「本当ですか? それはいい」

彼らは肖像画を保管室へ入れて施錠し、意味ありげに「おやすみなさい」と言った。トロイはほかのアンクレッド家の人たちと会う気にはなれなかったので、ポールとフェネーラに別れを告げて、自室へ戻っていった。

トロイは眠れなかった。夜中に外で、雨が彼女の泊っている塔の壁に激しく打ちつけていた。風が煙突へ入り込み、落ち着かない様子で、再び抜け道を探しているようだ。踊り場には、洗面器に代わってバケツが置かれていた。そして、腹立たしく不規則に続く雨音が彼女の注意を惹き、カスタネットを叩くように彼女の神経を逆撫《さかな》でた。(ここもあともう一晩だけよ)そうすれば、心地よい、慣れ親しんだロンドンのアパートへ帰れる。そして、再び夫との生活が始まる。だが、ここでの生活が終わるのが、なぜか残念な気もしていた。そして、このような気分が、昼夜を問わず、アンクレトン館でのさまざまな奇妙な出来事をトロイに思い出させた。階段の手すりの絵の具。肖像画に描かれた眼鏡。ヘンリー卿の鏡のドーランによるいたずら書き。音の出るおもちゃ。空飛ぶウシ。

（もしパンティーがこれらのいたずらに関係ないのだとしたら、いったい誰かしら？）もし誰か一人の仕業だとしたら、パンティーの疑いは晴れる。しかし、階段の手すりに絵の具をつけたのがパンティーではなかったとすると、誰がやったのか？　パンティーの人物評や日頃の行動から考えると、あのようなふざけたことをやりそうに思える。トロイは、子どもの心理学をもっと勉強しておけばよかったと思った。このような行動をとる子どもというのは、自分が目立ちたいと思っていて、そしてまた、自分は虐《しいた》げられていると思っているのだろうか？　だが、絵の具でいたずらなんかしていないと言ったときのパンティーは、本当のことを言っている、とトロイは感じた。それに、ミス・エイブルがパンティーのそばで本を読んでいたというのが本当なら、パンティーがウシや爆弾が好きだったとしても、空を飛ぶウシを描くことはできない。トロイはベッドの上で不安そうに寝返りをうった。そして、雨や風の音をついて、大時計の音が聞こえたような気がした。いずれにしても、トロイの画布へのいたずらは乾いた部分だったので実害はなかったということに、何か意味があるのだろうか？　この家の誰かがこのことに気がついているだろうか？　（セドリック。セドリックが水彩絵の具で描いたのかしら）彼の美的なものへの興味は本物だ。だからこそ、このような美しいものを破壊するようなことは、無意識のうちにもしないだろう。しかし、実害が及ばないことを知っていたとしたら？　それに、セドリックに動機があるだろうか？　彼はわたしにある種の好感を持っているように感じる。そのような彼がわたしの作品を台無しにするだろうか？　このように、トロイは一人ひとり考えを巡らせては退けていき、ミス・オリンコートに行きついた。

だが、このように執拗な悪ふざけは、ミス・オリンコートの性格に合わないような気がする。ヘンリー卿がお客であるわたしを気前よくもてなすのを、彼女はなんとなく快く思っていないのではないか、とトロイはぎこちなく微笑みながら考えた。肖像画のモデルを務めることで、ヘンリー卿がより熱烈に手を叩いたり、肘を取って導いたりなど、さらなる進展を図《はか》るかもしれないと、彼女は想像するのだろうか？「まあ、夜更けになんてことを考えているのかしら！」不快なほどに身をよじって、トロイが呟いた。いいや、ありそうもない。このようなことは、年配の女中の一人が正気を失って考えるようなことだ。「それともバーカーかしら」そのようなことを考えていて、トロイは眠くなってきた。風雨の叩きつける音を聞いているうちに、トロイは幻想的な物音を聞き始めた。今、彼女は夜空から降ってくる爆弾が彼女の塔へ近づいてくる夢を見た。爆弾があわや彼女の頭上に降り注ごうかというとき、それらは緑色のウシに姿を変え、まばたきをし、爆弾を落とした。同時にセドリックのようなお調子者の体《てい》ではっきり言った。「ボトン、ボトン、ミセス・アレン」

「ミセス・アレン、ミセス・アレン。起きてください」

トロイは目を開いた。着飾ったフェネーラが、ベッドのそばに立っていた。夜明けの淡い光が差し込んでいて、フェネーラは青白い顔をしていた。両手は目的もなく開いたり閉じたりしている。そして、今にも泣きだしそうな子どものように、彼女の口の端が下がっていた。

「いったいどうしたの？」とトロイが尋ねた。

「あなたにお伝えしたほうがいいと思って。ほかには誰にも話していません。あの人たちはみんな、まともじゃないんです。ポールは母親から離れることができません。そして、ママは、ヒステリーを起しているデッシーおばさんをとめようとしています。わたしはとても怖いんです。誰かに話さずにはいられないんです」

「いったいどうしたの？　何が起こったの？」

「祖父です。執事のバーカーがお茶を持って、祖父のヘンリー卿の部屋へ行ったんです。そして、横たわっている祖父を見つけました。死んでいました」


悲しみにくれた家において、他人ほど惨めなものはない。孤独感といい、他人の悲しみに踏み込んでいるといった気まずい気持ちといい、場違いな自分はいないほうがいいのではといった感覚といい、これらすべてがトロイをいたたまれない気持ちにさせた。何も役に立てないから、このやるせない気持ちはより惨めになる。だから、フェネーラが自分と話をすることでいくらかでも慰めを見つけたように思えたのは、トロイにとってむしろありがたかった。トロイは急いで昨晩の燃えさしを使って火をおこすと、子イヌのように震えているフェネーラを暖炉のそばに座らせた。フェネーラが温まっているあいだ、トロイは入浴して着替えた。とうとうフェネーラが泣き崩れたとき、彼女と祖父とのあいだに生じた亀裂についてひっきりなしに話す彼女の雑然とした話に耳を傾けた。「ポールとわたしが、祖父を惨めな気持ちにしてしまったんだわ。わたしたちは自分たちを許せないでしょう……これからずっと」とフェネーラがすすり泣いた。

「いいですか」とトロイが言った。「そんなふうに考えるもんじゃないわ。あなたとポールは、当然のことをしただけですから」

「だけど、わたしたちは残酷なことをしました。そんなことはないと、あなたも言えないでしょう。わたしたちは祖父をひどく悲しませました。祖父がそう言っていました」

ヘンリー卿はそのようなことは何度も、おまけに強調して言っていた。悲しみよりもむしろ怒りが、ヘンリー卿を突き動かしたとはさすがに言えなかった。トロイは別の切り口を探った。

「ヘンリー卿は、そのことを乗り越えたようだったけれど」とトロイが言った。

「昨晩！」とフェネーラがうめき声をあげた。「わたしたちが祖父について言ったことを思い出していたんです。あなたが立ち去ったあとの応接間で。ママとポールを除いて、ほかのみんなが言ったことを。ミリーおばさんは祖父が発作《ほっさ》を起すだろうと言いました。そして、それが命にかかわるようなことであったとしても気にしない、とわたしは言いました。本当です！　そして、祖父はそのことを感じとっていたんです。ポーリーンおばさんとママとわたしとポールを、祖父は遺言から外しました。わたしとポールの婚約と、その発表のやり方のせいです。ですから、祖父はそのことを根に持っていました」

「遺言ね。まさに、遺言になったわね！」とトロイが言った。「ヘンリー卿はかなりのご高齢よ、フェネーラ。老い先はそれほど長くはないでしょう？　すべてが彼にとってすっかり整っているように思えるこのときに亡くなるのは、それほど悪くはないでしょう？　彼は素晴らしいパーティーを開いたわ」

「そして、どのように終わったかご覧になったでしょう？」

「まあ！　確かに見たわね」とトロイ。

「そして、おそらくそのパーティーのせいで、祖父は亡くなったんだと思います」とフェネーラが続けた。「あのイセエビです。みんな、そう思っています。ドクター・ウィザーズは祖父に注意していました。そして、誰もそばについていませんでした。祖父は自室へ引きあげて、亡くなったんです」

「ドクター・ウィザーズは？」

「ええ、医者はいました。バーカーがミリーおばさんを起すと、おばさんがドクター・ウィザーズへ電話しました。医者が言うには、胃腸炎による重度の発作だろうと。そして、ヘンリー卿が自室へ戻ってすぐに発作が起きたのだろうと。応接間で、祖父についてみんなでひどいことを言ったのを考えると怖くなります。セドリックだけは、わたしたちを満足そうに眺めていましたけれど。けだものみたいな男です。今でもほくそ笑んでいるでしょう」

　鐘の音が遠くで聞こえた。「あなたは朝食を食べにいってください」とフェネーラが言った。

「わたしはとても食べられそうにありません」

「それはだめよ。コーヒーぐらいなら飲めるでしょう」とトロイ。

　フェネーラがトロイの腕をそわそわした様子で取った。「わたしはあなたがとても好きです」

とフェネーラが言った。「あなたはわたしたちに似ていないから。わかりました。行きましょう」

悲しみに包まれたアンクレッド家は、厄介な家族だった。ポーリーン、デズデモーナ、そしてミラマントはすでに食堂にいたけれど、三人とも黒のドレスを着ていた。それを見て、トロイは自分が考えなしに緋色のセーターを着ていることに気づいた。トロイはお悔やみの言葉を述べたが、相変わらず気の利かない言葉だった。デズデモーナは手を静かに握ると、顔をそむけた。ポーリーンは突然泣きだしてトロイを唖然とさせ、トロイに衝動的にキスした。そして、青白い顔をしたミラマントが、にこりともしないのは奇妙だ。トーマスが、当惑した様子で入ってきた。

「おはようございます」とトーマスがトロイに言った。「怖くありませんか？　僕にはまったく理解できない。でも、みんなは理解できているようです。みんなは何もかも泣いていますが、僕は泣かない。かわいそうなパパ」トーマスは姉や妹たちを見た。「あなたは何も食べていないですね」と彼が言った。「何か取ってきましょうか、ポーリーン？」

「まあ、トーマス！」とポーリーンが言った。そして身ぶりで、何もいらないことを伝えた。

「僕は」とトーマスが続けた。「あとで何も食べたくなくなるでしょうけど、今はお腹がすいています」

トーマスはトロイの隣に座った。「肖像画が仕上がっていてよかったですね」と彼が言った。

「かわいそうなパパ！」

「トミー！」とポーリーンが囁いた。

「肖像画が仕上がっていてよかった」と彼が優しく主張した。「パパも、きっと喜んでくれているはずです」

ポールがやって来た。そして少し遅れて、ツイードを着たジェネッタが来た。二人ともトーマスのように独特な声で話さなかったので、トロイはほっとした。

執事のバーカーがヘンリー卿を発見したときの様子を、ミラマントが話し始めた。午前八時になると、いつものように、バーカーはミルクと水をヘンリー卿の部屋へ持っていった。部屋へ近づいていくと、ネコのカラバのうめくような鳴き声がなかから聞こえてきた。そして、バーカーがドアを開けるやいなや、ネコが飛び出してきて、そのまま廊下を走り去っていった。ヘンリー卿がネコを外に出してやるのを忘れたのだろうと、バーカーは思った。そして、ネコがヘンリー卿を起さなかったことを不思議に思った。

バーカーが部屋のなかへ入った。室内はまだ暗かった。彼は近眼だ。それでも、何者かがベッドに横たわっているのがわかった。

バーカーは明かりをつけた。そして、一目ベッドを見るなり廊下へ飛び出し、ミラマントの部屋のドアを叩いた。ミラマントとポーリーンが同時に応じたとき、部屋の外でバーカーはいくらか落ち着きを取り戻した。そして、少し動揺した声で、ミラマントに話があることを伝えた。ミラマントはドレッシングガウンを着ると、寒々とした廊下へ出てきた。

「何かが」このとき、ポーリーンが口を挟んだ。「すぐに、何かが起こったのだとわかりました」

「わたしも感じました」とミラマントが言った。「いつものバーカーと様子が違っていましたから」

「誰かに死が訪れたんだとわかったわ」とポーリーンがきっぱりと言った。

ミラマントはバーカーと一緒にヘンリー卿の部屋へ行った。彼女は執事にトーマスを起すように言いつけると、自身はドクター・ウィザーズへ電話した。そのとき医師は不在だったが、約一時間後、アンクレッド家へやって来た。医師の診断は、晩餐会のときの無分別な食事による胃腸炎の重度の発作だった。ヘンリー卿の心臓は発作に耐えられなかったようだ。卿は卒倒して、そのまま亡くなった。

「だけど、わたしが理解できないのは」とポーリーンが言った。「なぜパパはベルを鳴らさなかったの？　夜中に気分が悪くなると、いつもベルを鳴らして人を呼んでいたわ。そのために、廊下に特別なベルが設置してあるじゃないの。そうでしょう、デッシー？　そして、ベルの紐《ひも》はパパのベッドのそばに掛けてあるわ」

「パパはベルを鳴らそうとしました」とトーマスが言った。「ベルを握っていました。そして、そのまま息絶えたんです。ベルのコードが外れていました。やっぱり、今は食べないでおきます」

アンクレトン館での最後の日の大半を、トロイは自分の部屋と小劇場で過ごした。彼女は荷造りに手間取っていた。いずれにしても、荷物はかなりの量だった。ネコのカラバはトロイの部屋で過ごすことに決めたようだ。だが、ネコが夜をどこで過ごしたのかを思い出して、トロイはネコの毛に触ったとき、少し身震いした。それでも、トロイとネコは仲良くなっていった。しばらくすると、トロイはネコといることを嬉しく思った。最初、ネコはトロイを興味深そうに眺め、彼女がベッドや床に並べた衣服の上に、ときおり座ったりした。トロイがどかすと、ネコは喉をゴロゴロと鳴らした。そして、かすかにニャオーと鳴くと、鼻をトロイの手にこすりつけた。ネコの鼻は温かかった。ネコの毛が逆立っていることに、トロイは気づいた。（主人を失って不安になっているのかしら？）ネコは次第に落ち着きがなくなってきた。それで、トロイはドアを開けた。一度トロイをじっと見つめてから、ネコは出ていった。尻尾は垂れ下がっていた。ネコが再び階段で鳴いているのが聞こえた。トロイは不安そうに荷造りを再開した。だがしばしば中断しては、部屋のなかを落ち着きなく歩き回ったり、塔の窓から雨にけむる風景を眺めたりしていた。トロイはふとスケッチブックを見つけたので、何の気なしにアンクレッド家の人たちのスケッチを描き始めた。三十分経って、全員のスケッチができあがった。おどけた様子の彼らがいた。夫に見せるためのものだ。そして、ようやく荷造りが終わった。

警察車の手配がつかなければ、トーマスが鉄道でトロイの荷物を送ることを引き受けてくれた。トロイは非現実的な感覚に圧倒されていた。二つの経験のはざまで宙ぶらりんになっていることを、かつてないほど強く感じた。周りの環境だけでなく、自分自身もわからなくなっていた。彼女は両手を胸に抱き寄せると、次々と衣服を身に着けているあいだ、この二十四時間の出来事と、これから起こることをあてどなく考えていた。ここでは旅人のようなわたしは、旅行中のちょっとした出来事のようにしかアンクレッド家の悲劇を話せないだろうし、アンクレッド家の人たちと会うこともない夫のローリーは、不愉快な逸話のように聞くだろう、とトロイは落胆しながら思った。

昼食は朝食と同じように重苦しい雰囲気だった。またもや、彼らはせっぱつまったように、あまりに雄弁に悲しみを語るので、トロイはその信憑性を疑いたくはなかった。アンクレッド家の人たちの会話を、トロイは聞くとはなしに聞いていた。ミスター・ラッティスボンは牧師館へ移動していた。トーマスは電話でヘンリー卿の死亡記事を伝えていた。葬儀は火曜日に行われる予定だ。ざわめく声があちこちで聞こえる。すぐさまトロイは相談を受け、話に巻き込まれた。週間新聞がヘンリー卿の肖像画のことをかぎつけていて（ナイジェル・バスゲイトだろう、とトロイは思った）、カメラマンを派遣したいとのことだ。トロイは適切な返答と提言をしておいた。セドリックはいらいらして沈んでいたが、この話題で少し明るくなったものの、その後、なぜかまた黙り込んでしまった。一同がミス・オリンコートについて話し始めた。彼女は公の場へは顔を出さないことを表明して、自室で食事をしていた。「ソニアの朝食が彼女の部屋へ運ばれていくのを見たわ」とミラマントがかすかに笑いながら言った。「よく食べられるわね」

「タッ！」とアンクレッド家の人たちがやんわりと言った。

「ところで、彼女がいつまで結婚を申し込んでいるのか、わたしたちは教えてもらえるのかしら？」とポーリーンが尋ねた。

「遺言が有効になるまでじゃないの」とデズデモーナが言った。

「しかし」セドリックが話し始めると、みんなが彼のほうを向いた。「仮に祖父とソニアの婚姻があまりにも不適切で時期尚早だとしたら、疑問が生じるんじゃないですか？　つまり、ソニアはまだ未婚の状態なのか、それとも祖父の未亡人という立場なのか？」

張りつめた空気がその場を支配した。トーマスが平然とした顔でセドリックを見てから、沈黙を破った。「それは遺言次第でしょう。ソニアの扱いがソニア・オリンコートなのか、わが妻ソニアなのか」

ポーリーンとデズデモーナが、しばらくトーマスを見つめた。セドリックは二本の指でぎこちなく髪の毛を掻きあげた。フェネーラとポールは無反応で自分たちのお皿を見つめた。ミラマントが口を挟んだ。「わたしたちがそういう場面に対処するまで、一足飛びに、その話をしなくてもいいんじゃない」ポーリーンとデズデモーナがお互いに視線を交わした。ミラマントはあえて〝わたしたち〟と言った。

「祖父がまだ自室で横たわっているのに、祖父の遺言の話を始めるなんて、なんだか怖いわ」とフェネーラが不意に言って、唇を噛んだ。ポールが手を伸ばして、フェネーラの手を握りしめた。昼食のあいだ、ずっと静かだったジェネッタが娘のフェネーラに半ばとがめるように、半ば心配するように微笑んだ。フェネーラがアンクレッド家の人間のように振る舞うことが、ジェネッタはお気にめさないようだ、とトロイは思った。

「ねえ、フェン」とセドリックが呟いた。「あなたは祖父の遺言に対して、ずいぶんと寛大で高潔にかまえているようですね。ですが、あなたは祖父の遺言からは外されているでしょう？」

「けんかを売るようなことを言わないでください、セドリック」とポールが言った。

「みんな、食事は終わったの？」とポーリーンが慌てて尋ねた。「それなら、ミセス・アレン。

少しよろしいかしら……」

トロイは応接間での食後の集まりを断った。

トロイが玄関広間へ来たとき、外で車が止まった。バーカーは車が到着することがわかっていたようで、すでにポーチで待機していた。顔の青白い三人の男が車から出てきた。三人とも黒のスーツを着ていて、幅の広い黒のネクタイを締めていた。そして、二人は黒いスーツケースを持っていた。三人目はトロイを一目見ると、聞きとれない声で何やら呟いた。

「どうぞ、こちらへ」バーカーが、三人を玄関広間の先の小さな待合室へ案内した。「サー・セドリックをお呼びしてまいります」

三人を待合室に残して、バーカーはセドリックを呼びにいった。いつの間にかセドリックが支配的な立場になったことを、トロイは改めて認識した。彼女の視線の先にあるテーブルでは、三人のなかの年長者が慣れた手つきで名刺をもてあそんでいた。年長者の男は名刺を人差し指で少し押したので、トロイが午後の気分転換に図書室から持ってきた本の下に一部が隠れてしまった。その名刺は通常のよりも肉太で、より黒々とした書体で印字されていた。〝モーティーマー・アンド・ローム、葬儀屋……〟までは読めた。

三人の男たちがいなくなってから、トロイは本を持ち上げた。名刺の隠れていた部分が現れた。

〝……そして、死体防腐処理者〟

第九章　アレン警部登場

船の速度が変わったことで、乗船客たちは長かったこの船旅も終わりを迎えつつあることに気づいた。そして、とうとう船のエンジンが止まった。代わって、船側に打ち寄せる波の音や、カモメの鳴き声が聞こえる。そして、その先には埠頭での動きが、さらにその先には町並みが見えてきた。

早朝のロンドン港は、病弱な人が元気を取り戻しつつあるように、青白いながらも活力を帯びていた。薄い霧が倉庫街に立ちこめている。ぼんやりとした明かりが、海岸通りに沿って立ち並ぶ。屋根や車止めポール（歩行者と自動車を分離するために設けられた杭）やロープが、霜に覆われて輝いている。アレン警部は長く手すりを握っていたので、その冷たさが手袋を通して手のひらまで伝わってきていた。埠頭周辺にはいくつもの乗船客たちの集まりができていて、足早に去っていったが、まだ実生活からはほど遠いことを表していた。自分たちの息で困惑していたのは、ほとんどが男性だった。

三人の女性がいた。一人は赤い縁なしの帽子をかぶっていた。フォックス警部補が水先案内船に乗ってやって来た。アレン警部はこのような出迎えを望んではいなかったけれど、それでも心を打たれ、フォックス警部補に会えたのは嬉しかった。だが、今はフォックス警部補と話をするのは無理だった。

「奥さまは赤い縁なしの帽子をかぶっています」フォックス警部補がアレン警部の背後から言った。「差し支えなければ、私が話をしてきましょう、アレン警部。車は税関上屋《ぜいかんうわや》のすぐ後ろに待たせてあります。そこでお会いしましょう」

アレン警部がフォックス警部補に礼を言うと、警部補はきちんとコートを着込んで、仕事のときのように整然と立ち去った。

今や船と埠頭のあいだには、暗い水路があるだけだった。ベルが鋭く鳴った。男たちが車止めポールまで進み、船を見上げた。一人が手を上げ、澄んだ声で挨拶した。ロープが放り投げられ、しばらくして、船は完全に停止した。

トロイが埠頭に立っていた。そして、前に進み出た。彼女の両手はオーバーコートのポケットに突っこまれていた。トロイは甲板を見渡して少し顔をしかめてから、夫のほうへ視線が動いた。このあいだ、アレン警部はトロイが自分を見つけるのを黙って待っていた。アレン警部は自分自身がそうであるように、妻が緊張しているのがわかった。アレン警部が手を上げた。二人は見つめ合った。そして、何とも言えない愛情のこもった笑みを、トロイは浮かべた。

「三年七ヵ月と二十四日ぶりだ」その日の午後、アレン警部が呟いた。「妻がいないというか、離れている歳月は、まさに地獄だったよ、トロイ」膝を抱いて、暖炉の前の絨毯に座っているトロイを、アレン警部は見つめていた。「驚くべきことに、君は私の妻なんだが、君から離れていたことで、私自身はとんだ騒ぎになってしまった」

「わたしたちは会話が足りなくて、恥ずかしがり屋なのかしら？」とトロイが尋ねた。

「そうかもしれない」

「誰にでも、簡単に起こることかもしれませんからね」

「キプロスに到着したときの『オセロ』（シェークスピアの四大悲劇の一つ）を引用しようかどうか迷ったんだ。もし税関上屋でこんなふうに言ったら、おまえはどんな反応をするだろうと。『おお、わが美しき戦士よ！』」とアレン警部が言った。

「そんなときは、『マクベス』から引用して、うまく受け答えするべきでしょうね」

「なぜ『マクベス』からなんだ？」とアレン警部。

「それを説明するためには、貯めておいた会話をすべて使い果たすことになるわ、ローリー」

「本当かい？」

「『マクベス』とはいろいろありましたから」

トロイは額にかかった前髪から、上目遣いにアレン警部を見た。「気になさらないでください」とトロイが呟いた。「長い話ですから」

「おまえが話すなら、長くはならないだろう」とアレン警部。

トロイを見ながら、アレン警部は思った。（また、恥ずかしがり屋の面が出たな。われわれは、もう一度お互いを知り合わなければ）アレン警部の性格として、曖昧なままにはしておけなかった。ほかの男だったらむしろ無視したがるかもしれないようなことにこだわることを、アレン警部は自覚していた。家に帰るまでの長い旅路のあいだ、アレン警部は何度も自分に問いかけた。トロイと再会したとき、離れ離れだった長い歳月によって、二人のあいだに目には見えない垣根のようなものができてしまって、それを通して、愛のないままお互いに見つめ合うことを感じたりはしないだろうかと。アレン警部がトロイをもっとも愛おしく思い、いないことをもっともさみしく思ったときこそ、奇妙にも、このような考えにとらわれた。初めに彼を見ることなくトロイが埠頭を歩んできたとき、彼の肉体的な反応はとても鋭くなっていたので、先ほどの考えを払拭《ふっしょく》した。そして、繰り返されることはなかったものの、トロイが彼を愛情込めて見つめたとき、疑いもなく、アレン警部は再びトロイを愛することになると確信した。

少し奇妙ではあったけれど、慣れ親しんだ部屋でトロイがアレン警部の目の前にいるとき、アレン警部はこれから自分の気性を試されるような気分を味わった。このときのトロイの思いは、アレン警部と同じだったろうか？　同じだったと確信を持てるだろうか？　自分が不在だったあいだ、彼女はまったく別の生活を送っていたのだ。そのあいだのトロイの人間関係は、彼女が手紙に書いてきたわずかな文章からしか知ることはできない。ようやく、アレン警部はもう少しトロイの話を聞くことにした。

「さあ、こっちへおいで」とアレン警部が言った。「そして、話してごらん」

トロイはいつもの場所へ移動すると、夫の椅子にもたれかかった。アレン警部はさらに穏やかな気持ちでトロイを見つめた。だが、あまりの喜びに、彼女の話の始まりの部分を聞き逃してしまった。だが、彼はいやおうなしに人の話を聞く訓練を積んできたともいえる。そのようにして身についたものは、いざというとき力を発揮する。トロイはアンクレッド家の人たちの物語を話し始めた。

トロイの話は初めは曖昧なものだった。だが、アレン警部は興味を抱き、そのことが彼女を励ました。彼女は自分の話を楽しみ始めた。そして、アンクレトン館の自分の部屋で描いたスケッチブックを持ってきた。体に比べて顔が大きすぎるアンクレッド家の人たちのスケッチを見て、アレン警部はくすくす笑った。「昔ながらの幸せな家族といったところか」と彼が言った。根本には、ビクトリア朝と空想的な何かがある、と彼女も同意した。アンクレッド家の人たちの風変わりな様子をひととおり話すと、悪ふざけの出来事がトロイの話の中心になった。アレン警部は聞いているうちに、次第に不安になってきた。「そのひと癖ある子どもが」アレン警部が口を挟んだ。「おまえの作品を台無しにしたというのか？」

「違うのよ！　やったのはその子じゃないのよ。聞いてちょうだい」

前提を認めるならば、結論も必然的に認めざるをえないという演繹法《えんえきほう》で説明するトロイを微笑ましく思いながら、アレン警部は聞いた。「もしかしたら、その子はあるときは間違ったつづりで〝祖父〟と書き、別のときは正しいつづりで書くかもしれない。当然だ」

「それが何よりもあの子の態度なのよ。だけど、わたしの絵にいたずらをしたのは、彼女じゃないと思うの。確かに、彼女は今までも悪ふざけをしてきたわ。でも、わたしの話を最後まで聞いてちょうだい。わたしをせかさないで」

「いいだろう」とアレン警部が言って、前かがみになった。

「続けるわ」とトロイがしばらくしてから言った。そして今度は、トロイが話し終えるまで、アレン警部は口を挟まなかった。かなり奇妙な話だった。トロイはそのことに気づいているだろうか、とアレン警部は思った。

「アンクレッド家の常軌を逸した様子を、伝えられたかどうかわからないけれど」と彼女が言った。「とにかく、おかしなことがいろいろ起こるのよ。骨董品のなかに死体防腐処理についての本があったり、ネズミ用の毒がなくなったりと」

「なぜ、それらを一緒に考えるんだ？」とアレン警部。

「よくわからないけれど、どちらにもヒ素が関係しているでしょう？」

「帰国したばかりだというのに、ひょっとして、おまえは、私を毒物混入の疑いがある事件に巻き込もうとしていないかね？」

「そういうふうに考えるのね？」トロイは顔をしかめて、アレン警部を見つめた。「そして、ヘンリー卿は防腐処理されるわ。葬儀屋のモーティーマー・アンド・ローム社によって。黒い鞄を持った葬儀屋に、玄関広間で会いました。これの落とし穴は、ゆっくりと毒殺するという観点でアンクレッド家の人たちを見るのは無理があることよ。でも、そのことはあの人たちに合っているわ」

「ちょっと出来過ぎているような気もするが」少し気が進まない様子で、彼が付け加えた。「ほかにも奇妙なことがあったのかい？」とアレン警部が尋ねた。

「セドリックとオリンコートが、ソファの上で何をくすくす笑っていたのか知りたいわ。そして、軽二輪馬車で、オリンコートは咳をしていたのか、笑っていたのかも。彼女は薬屋で何を買ったのかも。そして、さらに知りたいのはミラマントについてよ。息子のセドリックを溺愛しているのは間違いないけれど、それ以外は、何を考えているのかわからないの。セドリックを思うあまり、ミラマントはパンティーに対してヘンリー卿に悪感情を抱かせたいと思っているでしょうね。だけど、パンティーには、肖像画の空飛ぶウシのいたずらについてはアリバイがあるの。パンティーのアリバイというのが、白癬を患っていて薬を処方されていたからだけど、かなり危険な薬らしいわ」

「この鼻持ちならない子どもは、タリウム（タリウムは毒性が強いため、殺鼠剤、農薬などに利用されていた）を飲んでいるのか？」

「タリウムについて知っているの？」

「聞いたことはある」

「空飛ぶウシの件のアリバイが、それで成り立つのよ」とトロイが言った。「説明したほうがいいわね」

「なるほど。それでその子は空飛ぶウシの件からは解放される」トロイの説明が終わったとき、アレン警部が同意した。

「パンティーはあれを描かなかったわ」とトロイがきっぱりと言った。「ポールとフェネーラとわたしで、ある実験をやろうとしているの」

「どんなことを？」

「あなたを巻き込むことになるわよ」そう言って、トロイはアレン警部を目の端からちらっと見た。

「もう巻き込まれてるよ！」

「確かにそうね。空飛ぶウシを描いたときに使われた絵筆を保管したの。それから、アンクレッド家の人たち全員の指紋を取らせてもらうつもり。そして、あなたに絵筆の指紋と照合してもらうのよ。協力してもらえる？」

「必要とあれば、協力を惜しまないよ」

「だけど、まだアンクレッド家の人たちの指紋を採取できてないの。死が妨げたの。ヘンリー卿が亡くなってしまったから、葬儀やらなにやらが落ち着くまでは。でも、階段の手すりに絵の具を塗りつけた人物の指紋が、手すりの上の石壁に残っていたわ。充分な期間をあけてから、アンクレトン館へ招待してくれるようにほのめかすつもり。そのとき、吸入器と墨《すみ》インクを持って、あなたも一緒に来てよ。だけど正直に言って、奇妙な話だと思わない？」

「確かに」アレン警部は鼻を掻きながら同意した。「かなり奇妙だ。ヘンリー卿の死亡については、船のラジオでわれわれも聞いたよ。まさか、おまえが関与していたとは思ってもみなかったが」

「わたしはヘンリー卿が好きだったの」しばらくしてから、トロイが言った。「自己顕示欲の強い年寄りだけど、ときおりものすごく恥ずかしがり屋な一面を見せるの。それでも、彼が好きだったし、絵を描くにはうってつけだったわ」

「肖像画はうまく描けたのか？」

「そう思うわ」

「私も、見たいものだ」

「アンクレトン館に滞在中に、見ることができるでしょう。ヘンリー卿は国に寄贈すると言っていたわ。このような状況下で、国は何ができるかしら？　テート・ブリテン（ロンドンにある国立美術館）の暗い隅にでも掛けておくのかしら？　いくつかの新聞が——ナイジェル・バスゲイトのところも——写真を撮りにくるでしょう。わたしたちも、一枚もらえるかも」

しかし、アレン警部は写真を長く待つことはなかった。その日の夜、ナイジェルの新聞がヘンリー卿の葬儀の様子を報じた。時間の許す限り多くの儀式が執り行われて、ヘンリー卿はアンクレトン館の敷地内にあるアンクレッド家の墓所に埋葬された。

「ヘンリー卿は国が埋葬してくれることを望んでいたわ」とトロイが言った。

「大修道院にでも？」

「おそらくは。かわいそうなヘンリー卿。そうだったらよかったのに」トロイは新聞を下に置きながら続けた。「わたしが知る限りでは、これでアンクレッド家の話はおしまいよ」

「さあどうだか」とアレン警部が漠然と言った。そのとき、二人はしばらくぶりに再会したというのに、アンクレッド家の長い話を聞いていることに我慢できなくなり、突然、アレン警部はトロイのほうへ手を伸ばした。

アレン警部とトロイの再会でこの話は始まったのだが、アンクレッド家についてのトロイの話が、アレン警部の態度に影響を及ぼした。もし彼が別の機会に聞いていたなら、不本意であっても、その奇妙さについてもっとじっくり考えたかもしれない。ところが、トロイとの再会と、その後のかつての二人の生活を取り戻すまでの一種の幕あいの出来事のように、彼はとらえた。そして、彼の思考から退けてしまった。

二人は三日ほど一緒に過ごしたが、ロンドン警視庁の公安課でのアレン警部と彼の上司とのいくぶん長めの面談によって打ち切られた。アレン警部は少なくとも当分のあいだ、ロンドン警視庁で彼の通常の仕事に戻ることになっていた。木曜日の朝、トロイが彼女の仕事に戻るので、アレン警部はトロイと途中まで一緒に歩いていたが、別れるとき、一抹の不安を感じた。そして、彼自身はロンドン警視庁の見慣れた部屋と、昔ながらの仲間たちのほうへ向かった。

あの殺風景な玄関広間を横切って床のリノリウムと石炭の匂いを嗅ぎ、代わり映えのしないオフィスに再び足を踏み入れると、なぜか落ち着いた。オフィスには交差した剣《つるぎ》や記念写真、そして、蹄鉄《ていてつ》を背にして警視がいて、紛れもなく満足そうにアレン警部に挨拶した。警部の部屋の座り慣れた椅子に再び腰かけ、手ごわい職務に取りかかったとき、妙にほっとした。

アレン警部は仕事にとりかかる前に、まずはフォックス警部補と軽く雑談でも交わそうと思っていたのだが、あいにくフォックス警部補は仕事で地方へ出かけていて、夕方まで戻らないとのことだ。一方で、ここにはアレン警部の古くからの知り合いがいる。一人は斜視のドノバンといわれる男だ。彼は二度の軍法会議とブロードムア（ロンドンの西方にある精神異常の犯罪者を収容する施設）での半年間の監禁からも、さらには、近くに落ちた爆弾からも生き延びていて、チェルシー（ロンドン南西部にある町）のビーチャムプレイス（ロンドンのナイツブリッジ地区にあるショッピングストリート）の鍵のかかる骨董店に、彼の手による犯行という紛れもない痕跡を残していた。アレン警部は複雑な警察機構を動員して、斜視のドノバンを盗品の故買人へ追いつめた。それから、警部は彼の仕事のファイルに取りかかった。

一連の日常的な仕事に刺激的なものは何もなかったが、このことは警部を喜ばせた。僻地《へきち》への出張や招集命令は、公安課での三年間でもう充分だった。従来の仕事への復帰は何事もないことを願っていた。

そのとき、ナイジェル・バスゲイトからアレン警部に電話がかかってきた。そして、トロイが遺言について気にかけていたかどうかを、ナイジェルが尋ねた。

「誰の遺言ですか？」とアレン警部。

「ヘンリー卿の遺言です。アンクレッド家の人たちについて、彼女はあなたに話したでしょう？」

「もちろん」

「今朝の《タイムズ》紙をご覧になりましたか？　アンクレッド家にかなりの動揺が起こるでしょう」

「ヘンリー卿は何をしたんだ？」アレン警部はそう尋ねたものの、これ以上アンクレッド家のことを聞きたくはなかった。

ナイジェルがくすくす笑ったので、アレン警部は再度尋ねた。「彼は何をしたんだ？」

「すべてを手渡しました」

「どのように？」

「すべてをオリンコートへ残しました」

ナイジェルの発言は、いささか事実を単純化しすぎていた。気は進まなかったものの、アレン警部は遺言を調べてみて、そのことに気づいた。ヘンリー卿は、セドリックへは必要最小限だけ与えた。ミラマントと彼の子どもたちとドクター・ウィザーズへは、それぞれ千ポンドを与えた。そして、残りをソニア・オリンコートへ与えたのだ。

「でも、晩餐会でのスピーチと、ほかの遺言はどうなの！」アレン警部が夕刊を見せたとき、トロイが言った。「あれは完全なものだったと思うわ。もしそうなら、ミスター・ラッティスボンがわかっていたはずよ、ローリー」とトロイが言った。「空飛ぶウシのせいよ！　ヘンリー卿は家族に心底うんざりしていたわ。だから、二階へ駆け上がると、ミスター・ラッティスボンを呼んで、そのとき、その場で新しい遺言を作ったのよ」

「だが、ヘンリー卿は、鼻持ちならないその子が空飛ぶウシの落書きをしたとは思っていないのだろう？　なぜ家族全員に償わせるんだ？」

「トーマスがミス・エイブルを呼びにいって、彼女がパンティーのアリバイを証言したわ。それで、ヘンリー卿は誰を疑えばいいのかわからなくなり、結局、家族全員を非難することになったのよ」

「だが、ミス・オリンコートは違うのだろう？」

「彼女はうまく取り計らったでしょうね」とトロイが確信を持って言った。

トロイはこの件に大いに興味を持っていた。そして、夜間にときどきアンクレッド家の人たちと接触して、彼らが板ばさみになっていることを知っていた。「セドリックはどうするかしら？　おそらく、彼の取り分はアンクレトン館を維持するための費用をあきれるほど下回るでしょう。それで、あんなことを言ったのよ。彼はアンクレトン館を国に寄贈するつもりよ。それから、連中はわたしの肖像画を割り当てられた場所に掛けると、色とりどりの光で彩りを与えるわ。誰が満足するわね。ミス・オリンコートがほくそ笑むでしょうけど」

トロイの声が次第に確信のない調子を帯びてきた。彼女の両手が落ち着きなく動いているのを、アレン警部は見ていた。トロイはアレン警部と目が合うと、目をそらせた。「アンクレッド家の人たちについて話すのはやめましょう」とトロイが言った。

「何を気にしているんだ？」とアレン警部が心配そうに尋ねた。

「何も」とトロイはすぐさま答えた。アレン警部は辛抱強く待った。しばらくして、トロイが彼のそばへやって来た。「わたしはあなたに話してほしいのよ。見たり聞いたりしたことから、アンクレッド家の人たちや、説明できない奇妙な出来事について、あなたはどう考えるかを。つまり……」トロイは顔をしかめると、握りしめた手を見つめた。「何か恐ろしいことの始まりじゃないかと心配なの」

「そんなに心配なのかね？」しばらくしてから、アレン警部が尋ねた。

「ええ、とても」とトロイ。

アレン警部は立ち上がると、背中をトロイに向けて立った。再び彼が話し始めたとき、口調が変わっていた。

「それなら、一緒に取り組んでみようじゃないか」

「なんですって?」とトロイが疑わしそうに声をあげた。「いったい、どうしたっていうの?」

「なんだかえらく滑稽だ。まず、それを取り除こう。私の気がかりを。わが家へ帰ってくるなり、妻と殺人の話をするとは想像もしていなかった。このような事件が起こったときに、それらについて話さなかったからな」

「わたしは気にしなかったわよ、ローリー」

「それは一種の潔癖さだね。いや、これは褒め言葉だよ。だが、先ほどの話は筋が通らないうえに、擁護できない。私の仕事がおまえの役にたたないようなら、それは私の仕事ではないだろう」

「あなたは空想的すぎるのよ。わたしは自分の潔癖症を克服したわ」

「おまえにそれを克服してもらいたくなかった」とアレン警部が言った。「私はそのことについて愚か者だ」

彼が聞きたいと思っていた言葉を、トロイは発した。「それで、アンクレッド家の人たちについてどう思いますか?」

「アンクレッド家をぶっ壊せ! いや、これはだめだ。さて、事態に取り組んで収拾しなければ。おまえはこのように考えているんだろう? 応接間には死体防腐処理についての本がある。ヒ素の使用を暗示している。ヘンリー卿は、自分自身をミイラにすることを吹聴していた。そして、誰もがその本を読めたかもしれない。ソニア・オリンコートは、読んでいるのを見られている。殺鼠剤《さっそざい》としてヒ素が使われ、屋敷内でなくなっている。オリンコートに便宜をはかるように遺言を書き換えて、ほどなくヘンリー卿は亡くなった。検視は行われなかった。もし今行われていたら、ヒ素は死体防腐処理に使用するためと説明がつく。そうだろう？」

「そうよ、そのとおりよ」とトロイが言った。

「そして、悪ふざけやそのほかのいたずらも、すべて仕組まれたのではないか、とおまえは考えているのだね？」

「あなたにそう言われると、可能性は低そうね」

「どうだろう」そう言って、アレン警部はすぐさまトロイのほうを向いた。「悪ふざけはヘンリー卿からお気に入りの孫を遠ざけるために、ソニアが仕組んだのではないか、というのがおまえの考えだね？」

「そうよ。あるいは、セドリックが同じ動機でね。おならのクッションや、空飛ぶウシといった悪ふざけの前まで、パンティーはとてもヘンリー卿に気に入られていたわ」

「ようするに、アンクレッド家の人たちの何者かが、とりわけセドリックかミス・オリンコートがパンティーを無力にするために、ヘンリー卿を殺害したのではないかと」

「まるで悪夢について話しているみたいだわ。そうなってくると、恐ろしいを通り越して、ばかげてくるわね」

「そのほうがいい」とアレン警部が快活に言った。「さて、もしなくなったヒ素が致死量だったとしたら、殺害は晩餐会のかなり前から計画されていたことになる。そして、ヒ素はしばらく前からなくなっていた、とミラマントが言ったんだね？」

「そうよ。もしミラマントが……」

「もしミラマント自身が殺人者であり、巧妙な隠し事をしているのでないなら……」

「わたしは、ミラマントが何を考えているかわからないと言ったのよ。だからと言って、彼女が殺人について考えていたということにはならないわ」

「もちろん、そうだ。アンクレッド家の誰かがヘンリー卿を殺害したとすれば、晩餐会での発表に基づいたものであって、ヘンリー卿がその晩に書き換えた遺言を知らなかったからだ。もしヘンリー卿がその晩に遺言を書き換えたのであればだが」

「遺産受取人の誰かが、自分たちは騙《だま》されたと思い、純粋な怒りから実行したのでなければ」

「あるいは、何も得られなかったフェネーラとポールは？　そう、それがある」

「フェネーラとポールは、そういうことをやるような人じゃないわ」とトロイがきっぱりと言った。

「さらに、デズデモーナやトーマスやジェネッタは？」

「ジェネッタとトーマスは問題外ね……」

「確かに、あのような悪ふざけは二人には合わないな。それに、初めのほうの悪ふざけについては、彼らはその場にいなかった」

「残るは、オリンコートにセドリックにミラマントに、そしてポーリーンね」

「おまえが気にかかっているのは、オリンコートとセドリックだね？」

「とくにオリンコートよ」トロイが浮かない顔で言った。

「オリンコートはどんな感じなんだ？　あのようなことを計画できるだけの頭はありそうか？　とにかく、死体防腐処理についての本を読んで、ヒ素が体内に残るということを理解できるだろうか？」

「彼女が、そういうことを理解できるとは思えないわ」とトロイが陽気に言った。「その本は長い〝s〟の文字が〝f〟のように見える、はっきりしないイタリック体で印刷されていたわ。彼女の特別な感覚で興味を覚えない限り、文学的な奇書をじっくり読むようなタイプじゃないもの」

「少しは気分がよくなってきたかな？」とアレン警部が尋ねた。

「ええ、ありがとう。実は、ほかのことを考えていたの。ヒ素は効き目が速いでしょう？　そして、味はひどいわ。ヘンリー卿は、晩餐会でヒ素を飲むことはできなかったはずよ。激怒したことは別にして、小劇場を去るとき、彼は元気だったわ。もしソニア・オリンコートが彼のオバルティン（麦芽飲料）か、あるいは、ベッドのそばの魔法瓶か何かにでもヒ素を入れたとしたら、味がおかしいことに気づかずに致死量に充分な量を飲むことなどできるかしら？」

「ありそうもないな」とアレン警部が言った。二人のあいだに、再び沈黙が訪れた。（テレパシー〈精神感応。心に思っていることが他の人に伝わること〉などということが、本当にあるのだろうか。何かほかのことを考えてみてくれ。トロイは私の考えに耳を傾けているのだろうか）とアレン警部は思った。

「ローリー、大丈夫？」とトロイが言った。

そのとき電話が鳴って、アレン警部は喜んで電話に出た。フォックス警部補がロンドン警視庁からかけてきたのだった。

「どこへ行っていたんだ、フォックス警部補？」とアレン警部が尋ねた。その場を救ってくれたことで、彼の声に心のこもった響きがあった。

「こんばんは、アレン警部」とフォックス警部補が応じた。「もしお訪ねして、警部と奥さまのお邪魔にならなければ……」

「ぜひ来たまえ！」とアレン警部が遮った。「もちろん、邪魔になどなるものか。トロイも喜ぶだろう。なあ、トロイ？　フォックス警部補からだ」

「もちろん、嬉しいですわ」とトロイが大声で言った。「彼に来るように言ってください」

「ありがとうございます。それではお伺いします」とフォックス警部補が含みのある言い方をした。「ですが、仕事のことを少しお話ししなければなりません。少し変わった状況でして、厄介な出来事です」

「滑舌《かつぜつ》がよくなったな、フォックス警部補」

「恐れ入ります。ところで、今回の仕事については、ある意味では、ミセス・アレンと相談されたほうがいいでしょう。ミセス・アレンは警部とご一緒ですね」

「どういうことですか?」とトロイがすぐさま尋ねた。「フォックス警部補、あなたの声が聞こえます。どういったことでしょう?」

「フォックス警部補。話してくれ」しばらくして、アレン警部が言った。

「故ヘンリー・アンクレッド卿に関することです、警部。お目にかかったときに説明します。匿名の手紙が来たのです」


「偶然というのは」フォックス警部補は眼鏡をかけ、膝の上の紙を伸ばしながら話し始めた。「ご存じのとおり、われわれの仕事ではよくあることです、警部」

「そのことは私も承知している!」とアレン警部が言った。「だが、これ以上議論せずに偶然を認めよう。目の前にあるのだから。まさしく、私の妻がこのアンクレトン館に滞在していたのは、まったくの偶然だ。それだけのことだ」

フォックス警部補の尊敬に値するけれど、いかめしく、張りつめたような顔を、アレン警部はちらっと見た。「すまないが、この件で私に理性的であるように求められても困る。トロイは、われわれの仕事のもっともいやな面で充分ひどい経験をした。彼女は忘れることはないだろう。そして、今、君がいる。彼女に思い出させるようなことはしたくない」

「お気持ちは察します、警部。ですが、これは……」

「わかっている、わかっているよ……」フォックス警部補を見ながら、アレン警部は自己嫌悪に陥った。

「フォックス警部補」アレン警部が突然言った。「私は自分の仕事に対する姿勢について、複雑な思いに直面している。そのことを私生活から切り離すように努力する。私はロシア人が非現実的な取り組み方と呼ぶものを採用することにした。すなわち、トロイのいる部分と、犯罪の摘発の部分は別だ。そして今、運命はこの小さな事件を大皿に載せてトロイに手渡した。トロイが体験してきた出来事のなかに何かあるとすれば、彼女は証人になるだろう」

「何もないかもしれませんよ、警部」

「充分に考えられる。この一時間ほど、トロイに言ってきたのがそのことだよ」

フォックス警部補が目を大きく開いた。

「そうなんだ」とアレン警部が言った。「アンクレトン館の祝いの催しについて、トロイはすでに事件性があると感じているんだ」

「そうなんですか?」とフォックス警部補が尋ねた。「事件性があると?」

「そのとおり。先ほどまで、妻とまさにその話をしていたんだ。君が望めば、われわれの話を君に説明できるし、妻もそうすることができる。だが、まず君の話を聞こうじゃないか。君が持っているその紙には、何が書いてあるんだ?」

フォックス警部補が紙をアレン警部に手渡した。「昨日、通常の経路を通じて、われわれのもとへ届きました。上層部が検討して、今晩、私が呼ばれました。警部はそのときすでにお帰りでしたので。ですが、あなたと相談するように言われました。白い封筒にブロック体の大文字で宛名が書かれています。〝ロンドン、ロンドン警視庁、犯罪捜査部行き〟消印はビクトリア郵便局です」

アレン警部は紙を手に取った。罫線が引かれた便箋のようだ。罫線は淡い黄色で、余白にまで引いてある。手紙の文章もブロック体の大文字で書かれていた。そして、内容はかなりあからさまだった。


ヘンリー・アンクレッド卿の死は、それによってもっとも利益を得る何者かによってもたらされたと考えるだけの理由があります。


「何もないかもしれませんが、われわれとしては警戒しないわけにはいきません。現地の警察署の署長に話しましょう。そして、ヘンリー卿の主治医にも。医師なら、この問題を疑う余地のないものにすることができるかもしれません。それで、一件落着です」

「できるならな」アレン警部は険しい顔をして言った。「医師の対応次第かもしれない」

「一方で、あなたに報告して、ミセス・アレンにも協力してもらうように、警視監が助言しました。あなたが帰国する前に、ミセス・アレンがアンクレトン館に滞在していたことを、警視監はご存じでした」

「私に報告するようにだって？　何かあったら、私に引き継いでもらいたいとでも？」

「おそらく、そのつもりでしょう。捜査官が事件について妻から最初に供述を聞くのはきわめて珍しい、と警視監は冗談めかして言っていました」

「まったく！」アレン警部は苦《にが》りきった顔で言った。

フォックス警部補は、きまり悪そうに自分の鼻を見つめていた。

「さて、それじゃあトロイを見つけようか。確か、アトリエにいるはずだ。行こう」

トロイはフォックス警部補を温かく迎えた。「あなたがおいでになったことがどういうことか理解していますわ、フォックス警部補」そう言って、トロイはフォックス警部補と握手を交わした。

「申し訳ありません……」フォックス警部補は口ごもりながら言った。

「どうかお気になさらないでください」すぐさま、トロイがアレン警部に腕を回しながら応じた。

「そのようなお気遣いは無用です。わたしが必要なら、なんなりとお尋ねください。何があったんですか？」

「まずは座ろう」とアレン警部が言った。「そして、トロイが私に話したことを、私が繰り返そう。間違っていたり、何か付け加えたくなったりしたら、口を挟んでくれ。すべてが無駄になるかもしれない。匿名の手紙の書き手は、年配の自然主義者が《ザ・タイムズ（イギリス、ロンドンの日刊紙）》に抱くのと同じような愛着を、ロンドン警視庁に抱いているのかもしれない。さて、フォックス警部補。アンクレッド家の物語を始めよう」

いくつかの出来事を相互に関連づけたり、からまった糸をほぐして物語の本質を辿《たど》ったりしながら、アレン警部はトロイの話を系統的に話してまとめあげた。

「どうだ？」話し終えたとき、アレン警部はトロイに尋ねた。まるでアレン警部が手品でもみごとにやり遂げたかのように、トロイは警部を見つめていた。

「すごいわ。完璧よ。しかも整然としていて」とトロイが言った。

「さて、フォックス警部補。どう思う？」

　フォックス警部補は顎をなでた。「多くの突然死の背後には、それらをつなぎ合わせてみると、不自然に思えるかもしれない多くの状況が潜んでいないかどうか自問していたところです。ようするに、多くの大きなお屋敷には、ネズミ用の毒物が備えられているものです。そして、ほしいからといって、普通は毒物には簡単に触れることができません。置き忘れられたのでは」

「そうだ、フォックス警部補」

「そして、死体防腐処理の本については、もしかしたら葬儀のあとで何者かが手に取り、ミセス・アレンのように気にするようになったのではないでしょうか。善良なアンクレッド家の人たちはミス・ソニア・オリンコートのことをそれほど意識してはいないようです。そして、故ヘンリー卿の遺言について腹立たしい思いを抱いています。彼らは神経が張りつめ、興奮しやすいでしょう」

「ですが、わたしならとくに神経が張りつめたり、興奮したりはしないと思うんですよ、フォックス警部補。わたしにも考えがあります」とトロイが言った。

「いつものように、よけいな口を挟んでしまったようですね」とフォックス警部補が舌打ちした。

「君が自問したほかのことも話してくれ」とアレン警部が言った。

「このような失望をして怒りを抱く人たちのなかには、彼の、あるいは、もっとありそうなのは彼女の想像力を働かせず、頭に血が上り、とっさの勢いでもって、こういった手紙を書かなかっただろうか、と考えました」

「そうすると、悪ふざけについてはどう思いますか、フォックス警部補？」とトロイが尋ねた。

「とてもばかげた、迷惑な行為です。もし小さな女の子がそれらをやったのではなく、そして、彼女にはできそうもなかったとすれば、悪意のある何者かが実行したのでしょう」フォックス警部補が厳かに付け加えた。「あなたがおっしゃるように、ヘンリー卿のその女の子についての印象をおとしめようとしたのでしょう。ですが、このことは必ずしも殺人を意味しません。なぜ殺人まで犯すのでしょう？」

「いかにも！」アレン警部がフォックス警部補の腕を取って言った。「君は、まさにわれわれが必要としていた人物だよ、フォックス警部補。三人で飲もうじゃないか」アレン警部はもう一方の手で妻の腕を取ると、三人は居間へ向かった。トロイが居間へ入ったとき、電話が鳴りだしたので、トロイが電話に出た。アレン警部はフォックス警部補を引きとめ、お互いに見つめ合った。

アレン警部とフォックス警部補が居間へ入ったとき、トロイは受話器の送話口を手で覆っていた。そして、二人のほうを振り向いた。彼女の顔色は蒼白だった。

「ローリー」とトロイが言った。「トーマス・アンクレッドからよ。あなたに会いたがってるわ。アンクレッド家の人たち全員が、匿名の手紙を受け取っているそうよ。そして、トーマスは何か見つけたようなの。それで、こちらへ伺いたいと言ってるわ。何て答えればいいの？」

「代わって、私が話そう」とアレン警部が言った。「午前中なら、ロンドン警視庁で彼と会うことができる」

第十章　トーマスからの爆弾

トーマス・アンクレッドは、約束の午前九時きっかりにやって来た。アレン警部の部屋での面談には、フォックス警部補も同席した。

トロイには画家としての正確な描写力があり、また、彼女はトーマスに好感を持っていたので、トーマスの細い髪の毛や、大きく見開かれた目や、固く引き結ばれて青白くなった小さな口、そして穏やかな声を、アレン警部は以前から知っているような気がした。

「お伺いすることを許してくださり感謝します」とトーマスが言った。「もちろん、僕は気が進みませんでした。ですが、受け入れてくださり、ありがとうございます。ミセス・アレンのことが、彼らの頭に浮かんだのです」

「彼らというのは、誰のことですか?」とアレン警部が尋ねた。

「おもにポーリーンとデズデモーナです。そして、ポールとフェネーラも賛成しました。ミセス・アレンから、わが家の人たちについてはお聞きのことと思います」

「先入観を持たないほうがよい場合もあります」とアレン警部が言った。

「つまり、かなり話を聞いているということですね?」とトーマスがため息をついて言った。

「匿名の手紙についてですか?」

「そうです、匿名の手紙です」そう言って、トーマスは自分の体のあちこちを軽く叩き始めた。「確か、ここに。もちろん、失望した後援者や怒った役者たちから、同様の手紙をいくつも受け取りました。ですが、今回の手紙はこれらとは違っていました。ええと、どこへやったかな？」トーマスは上着の片方を引っぱりあげると膨らんだポケットを疑わしそうに見て、ようやく、数枚の紙と二本の鉛筆とマッチの箱を取り出した。トーマスはアレン警部に笑いかけた。「ありました。これです」とトーマスが言った。そして、少し気持ちが高ぶったように、紙を机の上に置いた。八枚の手紙は、すでにアレン警部は見ていた――同じ種類の紙に、同じ種類のペンで書かれていた。

「封筒についてはどうですか？」とアレン警部が尋ねた。

「封筒は捨ててしまいました」とトーマスが答えた。「僕宛のものについては、何も言うつもりはありませんでした」少し間を置いてから、トーマスが続けた。「そして、ジェネッタとミリーのものについても。ですが、ほかの人たちも同様の手紙を受け取ったに違いないと考えます。そして、ポーリーン――僕の姉のポーリーン・ケンティッシュです――が大騒ぎをしたものですから、僕がこちらへお邪魔することになったのです」

「手紙は八通ですね」とアレン警部が言った。「ですが、アンクレトン館での晩餐会には、九人いたのでは？」とアレン警部が尋ねた。

「ソニアは受け取っていません。ですから、彼女こそが、手紙を書いた人物だと思われています」

「あなたもそう考えますか、ミスター・アンクレッド？」

「ええ」トーマスが大きく目を見開いて答えた。「はっきりしているように思います。ですが、僕としては」トーマスが咳き込んだ。「彼女が父を殺したとは思えません」

トーマスはアレン警部に心配そうに微笑んだ。「まさに、けだもののような所業です。ポーリーンは、ソニアの仕業という考えに飛びついています。ある意味では、デッシーも。二人はひどく動揺しています。葬儀のとき、とにかくポーリーンは気を失いました。おまけに、このような匿名の手紙のせいで、彼女は感情的にかなり不安定です。アンクレトン館がどのようになっているか、想像もできないでしょう」

「あなたにロンドン警視庁へ相談にいくように勧めたのは、ポーリーン、ミセス・ケンティッシュでしたね？」

「そして、デッシー、未婚の妹のデスデモーナです。昨日の朝食のとき、われわれは全員自分たちの手紙を開封しました。最初に、僕が開示しました。ショックでした！　火のなかへ放り込んでしまおうかと思いました。ですが、ちょうどフェネーラがやって来たので、僕は慌ててテーブルの下で小さく折りたたみました。それで、僕の手紙には多くの折り目がついているんです。ポールの手紙には、噛んだような跡があります。興奮して、思わず噛みついてしまったようです。そのとき、みんなの前に置かれた封筒は同じ種類のものであることに、僕は気がつきました。ソニアは自室で朝食を食べました。しかし、僕はバーカーに彼女宛の手紙はなかったかどうか尋ねました。そのときまでにフェネーラは自分の手紙を開けていて、奇妙な顔をしていました。

『なんとも奇妙な手紙を受け取ったわ。子どもが書いたのね』とポーリーンが言いました。『また、パンティーのしわざかしら』とミリーが言いました。それで、二人のあいだで言い争いが起こりました。ポーリーンとミリーはパンティーのことで意見が一致しませんから。それで、ほかのみんなも、自分たちも手紙を持っていると言って、お互いに見せ合いました。ポーリーンがとても興奮しました。そして、デッシーが『おお、何かのお告げだわ』と言って、興奮し始めました。ミリーは『このような手紙を書く人は、人間として最低よ』と言いました。ジェネッタ――フェネーラの母親で、僕の兄のクロードと結婚しています――も『同感よ、ミリー』と言いました。その後はご想像のとおりです。誰が手紙を書いたのか、お互いに疑い始めました。そのとき、ポールが言ったんです。ミセス・アレンはアレン警部の奥さんだ。だから……と」

　アレン警部はフォックス警部補のあきれたような顔を眺めていて、答えなかった。トーマスは、かなり顔を紅潮させて、急いで続けた。「もちろん、われわれはこのような手紙を本気にはしていません。また、『ミセス・アレンが匿名の手紙を書くなどということは、議論する余地がないほどばかげています』とフェネーラが言いました。このことで、またもや一悶着ありました。ポーリーンがそのことをほのめかして、フェネーラとポールがそれに対して異議を唱えたからです。最後に、甥《おい》のセドリック――彼は今やわが家の当主です――が、手紙はポーリーンが書いたのではないか、と言ったんです。ポーリーンがよく使う〝そう考えるだけの理由があります〟という言い回しが、手紙に書いてあったからです。セドリックの母親のミリーがあてつけがましく笑いました。それでまた争いが起こりました」

「昨晩、あなたはアンクレトン館で何かを見つけたと言いましたね。何を見つけたのですか？」

とアレン警部が尋ねた。

「ええ、まさにそのことについて話そうと思っていました。昼食のあとです。僕自身はこの話をあまり気に留めていませんでした。実際、すっかり忘れていました。そして、いかなることにも巻き込まれなくて済むようになるまで、僕はアンクレトン館には戻らないと言ったんです」

「なるほど、つまり……」とアレン警部が話し始めたが、トーマスがすぐに遮った。「待ってください。僕の話はまだ終わっていません」

　アレン警部は口をつぐんだ。

「ここからが本題です」とトーマスが言った。

「昨日の朝、全員が手紙を読み終わってから、かなり激しい争いが起こりました」とトーマスが言った。「ポールとフェネーラを除いて、誰も本当の意味での味方はいません。ジェネッタは手紙を燃やそうと言いました。ですが、手紙に何か意味があるのだろうから、保管しておくべきだ、とポーリーンとデズデモーナが言いました。そして、昼食までに気持ちが高ぶって。おわかりでしょう……」

　トーマスは話を中断すると、フォックス警部補の後ろの壁を瞑想にふけっているかのように眺めた。彼には、話の途中で中断するという奇妙な癖があるようだ。蓄音機の針が突然、理由もなくレコード盤から持ち上げられてしまったかのようだ。トーマスが突然、適切な言葉を失ってしまったのか、新しい考えを思いついたのか、あるいは、単に何を話していたのか忘れてしまったのかはわからない。どんよりとした目もさることながら、顔にも不気味なほど表情がなかった。

「それで」長い沈黙のあと、アレン警部が先を促した。

「チーズ料理で、もっともお目にかかれないものです」とトーマスが話し始めた。「ニュージーランドのチーズ料理です。パパは運がよかったんです」

「フォックス警部補、チーズ料理でめったにお目にかかれそうもないものとは何だ?」とアレン警部が穏やかに尋ねた。

フォックス警部補が答える前に、トーマスが再び話し始めた。

「デボンポート（オーストラリア、タスマニア島北部の町）のチーズ料理です。ブルーチーズでなかなかいいものです。かなり大きくて、昔はよくスティルトン・チーズ（イギリスを代表するブルーチーズ）がまるごと入っていましたが、今はずいぶんと小さな塊《かたまり》になりました。ですから、料理のお皿にかなり空《あ》きがあるんです」

「何のために?」

「セドリックが料理の蓋を持ち上げて見つけました。彼は小さな悲鳴をあげて、いらいらするのを通り越していましたが、誰もさほど注意を払わなかったんです。それで、セドリックはそれをテーブルへ持ってきて――それはいつも、応接間の骨董品のテーブルのなかにあることを言い忘れましたか?――ポーリーンの目の前で落としました。ポーリーンはとにかく神経が張りつめていましたから、それを見るなり金切り声をあげたんです」

「料理を落としたのですか？　それとも、チーズを？」

「チーズですって？　まさか」トーマスがあきれたように言った。「なんと、本だったんです！」

「何の本ですか？」とアレン警部が反射的に尋ねた。

「あなたもご存じの本です。応接間のガラスの蓋のついたテーブルのなかの本です」

「なんと、あの本だって！」とアレン警部が言った。「死体防腐処理についての？」

「そして、残りの部分はヒ素についてです。あまりに気まずくて、不適切でした。なぜなら、パパは特別な準備をしていましたから。それを見て、誰もが動揺しました。こんな険悪な雰囲気のなかで何てことをするの、と誰もが思いました。もちろん、パンティーの泣き叫ぶ声が、四方八方に響き渡りました。そして、またもやポーリーンが気を失いました。この三日のあいだで、二度目です」

「本当ですか？」

「本当です。そして、ソニアがその本を見ていたことをミリーが覚えていたんです。しかし、ソニアはそんな本を見たことがないと言いました。そのとき、セドリックがヒ素について声に出して読みあげたんです。そして、ブレイスガードルの部屋のネズミを退治するための殺鼠剤を執事のバーカーが見つけられなかったことを、みんなが思い出し始めました。ポーリーンとデズモーナが意味ありげに見つめ合ったので、ソニアは激怒して、その場ですぐにアンクレトン館を出ていくと言いました。ですが、もはや列車がありませんでした。それで、彼女は雨のなかを軽二輪馬車に乗って出かけ、今は気管支炎を患って寝ています」

「ソニアはまだアンクレトン館ですか？」

「ええ、います」トーマスが呆然とした様子で言った。そして、またもや口を閉ざしてしまった。

「そして、あなたが電話で言っていた見つけたものというのは、そのことですか？」とアレン警部が尋ねた。

「そのこと？　見つけたものですって？　いいえ、違います」とトーマスが声をあげた。「僕が電話で言ったのは、そのあと彼女の部屋で見つかったものです！」とトーマスが声を荒らげた。

「誰の部屋で、何を見つけたのですか、ミスター・アンクレッド？」

「ソニアの部屋で、ヒ素を見つけたんです」とトーマスが言った。


「セドリックと女性たちの提案で」とトーマスが言った。「ソニアが軽二輪馬車で出かけたあと、みんなで話し合いました。ソニアが父の温かい飲み物に殺鼠剤を入れたと、おそらく、誰もがあからさまに言いたくはありません。ですが、最近は、ソニアが父の温かい飲み物を用意している、とミリーが言いました。パパが言うには、使用人やミリー自身よりも、ソニアが作るのがおいしいとのことでした。ソニアが温かい飲み物を自分で作って、パパのベッドのそばに置いてくるんです。魔法瓶を持っているソニアを、セドリックが見ています。その日の晩、セドリックは自室へ向かう途中、魔法瓶を持っているソニアと廊下ですれ違ったとのことです。

「それで、誰が言いだしたかのかは忘れましたが」とトーマスが続けた。「ソニアの部屋を調べてみようということになったんです。ジェネッタとフェネーラとポールは、難色を示しました。

しかし、デッシーとセドリックとポーリーンが、強く主張しました。僕はキャロライン・エイブルに本を貸す約束をしていたので、その場を喜んで離れました。キャロライン・エイブルはパンティーを含めて、難しい子どもたちの世話をしています。パンティーが髪の毛を充分に剃っていないことを、キャロライン・エイブルは心配していました。そして、一時間ほど経ってから戻ると、セドリックが僕を待ちかまえていました。彼は今やアンクレッド家の当主ですから、彼に対して無礼な振る舞いは慎むべきだと思いました。彼は謎に満ちて、耳打ちするように言いました。『しーっ、二階へ来てくれ』と。

「セドリックはそれ以上何も言いませんでした。僕はこの件にうんざりしていたのですが、黙って彼についていきました」

「ミス・オリンコートの部屋へですか？」トーマスの目が再びかすんできたので、アレン警部が促した。

「そのとおりです。よく、わかりましたね。部屋には、ポーリーンとミリーとデッシーがいました。言っておかなければなりませんが」とトーマスが微妙な口調で言った。「パパの便宜のために、ソニアはパパの部屋の近くに続き部屋を持っています。父の部屋には、とくに役者の名前はついていません。それというのも、すでに有名な女優の名前は使い果たしてしまったからです。それで、父は〝オリンコート〟という新しい名札を付けました。そのことで、またもや家族みんなは激怒しました。なぜなら、誰が何と言おうと、ソニアはそれほど大した役者ではないからです。そもそも、役者とも呼べません。まったくひどいと言われるかもしれませんせん」

「続き部屋に、ポーリーンとミラマントとデズデモーナがいたのですか？」

「そうです。あなたの奥さまが使われていたのと同じように、ソニアの続き部屋は塔のなかにあります。ですが、ソニアがいる塔のほうが背が高いんです。それというのも、アンクレトン館を建てた建築家が風変わりな面白さを好んだものですから。そのため、ソニアの部屋の寝室は最上部に、それから浴室が続いて、最下部に私室があります。寝室はとくに風変わりで、小さなドアから階段を上ると屋根に出られます。そこには物置部屋があります。一同はこの物置部屋を歩き回って、デッシーがソニアの持ち物の一つから殺鼠剤を見つけました。ヒ素の製剤です。ラベルにそう書かれていました！」

「それをどうしましたか？」

「誰もが尻込みをして、保管しておくようにと、僕にそれを預からせたんです」とトーマスが不機嫌に言った。「何かの証拠になるかもしれないと。探偵小説を読んでいるセドリックはとくに注意を払っていて、僕のハンカチでヒ素を包みました。それで、警察で調べてもらおうと、僕はロンドンの自分の部屋へそれを持ってきたんです」

「われわれがそれを預かりましょう」アレン警部がフォックス警部補をちらっと見て言った。フォックス警部補が賛意を示す声を発した。「もし差し支えなければ、ミスター・アンクレッド」とアレン警部が続けた。「フォックス警部補か私がこれからあなたの部屋へ伺って、ヒ素の缶を回収しましょう」

「見つけられるといいのですが……」とトーマスがむっつりと言った。

「見つけられる、というのは？」

「置いた場所を思い出せないんです、数日前のことなのに……」何かに心を奪われたかのように、トーマスは呆然とした。このときは、アレン警部は辛抱強く待った。「思い出そうとしています」トーマスが大きな声で話し始めた。「あのとき、家族全員がソニアの部屋にいました。そして、僕は窓から外を見たんです。雨が降っていました。そして眼下で、ノアの方舟《はこぶね》から出てきた何かのように、軽二輪馬車が私道を走っていくのが見えました。そして、ソニアが毛皮のコートを着て、彼女のやり方で手綱を操っていました。それで案《あん》の定《じょう》、ポーリーンとデッシーとセドリックとミリーが言いました。パパを殺した女が逃げていくと」

「だが、あなたはそうは思っていないのでしょう？」とアレン警部が尋ねた。警部は八通の匿名の手紙をしまった。フォックス警部補が立ち上がると、あたかも間違って部屋に置き忘れられた未開封の大きな荷物であるかのように、トーマスをじっと見つめた。

「僕ですか？」トーマスが大きく目を見開いて繰り返した。「わかりません。どうしてわかるんですか？　ですが、そのことでどれほど不快な思いをするか、あなた方にはわからないでしょう」


トーマスの部屋へ入っていくのは、屑籠《くずかご》と作業場のなかへ入っていくようなものだった。まず目につくのは大きな丸いテーブルで、それは紙や、絵の具や、写真や、舞台装置用の模型や、衣装のデザインや、本でテーブル全体が覆われていた。窓際には、明らかに使われていない机がある。そして壁には、有名な役者の肖像画が掛けられていて、なかでもヘンリー卿の肖像画が際立っていた。

「どうぞお座りください」トーマスは二つの椅子から書類の束を床へどかしながら、椅子を勧めた。「どこへ行ってしまったのか……」トーマスはテーブルの周りを歩きながら、ぼんやりと見つめて言った。「スーツケースを持って、この部屋へ戻ってきました。それから、電話が鳴りました。手紙を見つけようと思ったのはずっとあとになってからです。あなた方にお見せしようと思って、手紙を慎重にしまったからです。そして、手紙を見つけました。ですから、荷ほどきしたはずです。それから、こう思ったことを覚えています。毒を包んだんだから、念のため、ハンカチに気をつけたほうがいいと」

　突然、トーマスは壁際の戸棚のほうへ歩いていって開いた。大量の書類が崩れ落ちてきた。トーマスは憤然としてそれらを見つめた。「はっきりと覚えています」アレン警部とフォックス警部補のほうを向きながら、トーマスが言った。口は半ば開いていた。「自分自身に言ったことをはっきりと覚えています……」だが、彼の言葉は途切れた。トーマスが不意に戸棚から崩れ落ちたものに飛びついたからだ。「それこそ、そこらじゅうを探しました」と彼が言った。「もっとも大事なものです。小切手です」

　トーマスは床に座って、散らばった書類とわれを忘れて格闘し始めた。アレン警部はしばらくテーブルの上のごちゃごちゃしたものを調べていたが、スケッチの山を持ち上げると、白い包みを見つけた。警部が上部の結び目を緩めると、汚れた缶が現れた。缶には、説明文とともに明るい赤のラベルが貼ってあって、〝ネズミ用毒物〟と書かれていた。そして、いくぶん小さめの文字で、ヒ素中毒の解毒剤と書かれていた。

「ここにありましたよ、ミスター・アンクレッド」とアレン警部が言った。

「何がですか?」と尋ねて、トーマスはアレン警部のほうを見た。「ああ、そ、れ、です。そうだ、テーブルの上に置いたんだっけ」

フォックス警部補が鞄を持って、前に進み出た。アレン警部は何事か呟くと、ハンカチを使って缶を持ち上げた。「よろしければ」とアレン警部がトーマスに言った。「われわれのほうで、これを預からせてください。受領書を書きますので」

「本当ですか?」とトーマスが穏やかに尋ねた。「それはありがたい」トーマスは警部たちが缶をしまうのを見ていた。そして、彼らが帰ろうとしたとき、トーマスが素早く立ち上がった。

「父のお気に入りのウイスキーがありますので、ぜひ、飲んでいってください」

アレン警部とフォックス警部補は、トーマスがウイスキーを探しにいくのを制した。トーマスは座ると、別れ際のアレン警部の説明を、自分ではどうすることもできないといった雰囲気で聞いた。

「ミスター・アンクレッド」とアレン警部が言った。「あなたの情報をもとに、通常の手続きに従って、できるだけこの中身をはっきりさせます。はっきりするまで、さらにいくつかお尋ねするかもしれません。ですが、世間が面白半分に騒ぎだすことがないように、できるだけ目立たないように行います。もし違法な調査の疑いが生じた場合は、内務大臣の許可を得ることになっています。それがどういうことか、ご存じですね？」

「承知しています」とトーマスが言った。「いずれにしても、けだもののような所業だ」突然、思い出したようにトーマスが言った。「僕はその場にいなければなりませんか？」

「おそらく、ヘンリー卿の身内の方に、正式な識別をお願いすることになるでしょう」

「おお！」トーマスは憂鬱《ゆううつ》な声で囁くと、親指と人差し指で下唇を挟んだ。安らぎの表情が浮かんだ。

「国がアンクレッド家という大邸宅を支持しなかったのは、良いことではありませんか？」とトーマスが言った。

第十一章　アレン警部、アンクレトン館へ行く

「われわれの仕事において」アレン警部とフォックス警部補がロンドン警視庁へ戻る車中、フォックス警部補が話し始めた。「人間の本性ともいうべきものが垣間見えたりします。私は以前にもこのことを言いましたが、事実です」

「君の言うとおりだろう」とアレン警部が応じた。

「先ほど別れたあの男は」フォックス警部補が語気を強めて続けた。「つかみどころがありません！　それでいて、仕事はできるに違いありません」

「確かに」

「彼は仕事ができます。それにもかかわらず、彼に会うと、彼は芝居も役者も演劇の世界への道も失うのではないかと思ってしまいます。そう考えると」フォックス警部補が総括した。「彼は自分が言っているほど頭が混乱しているのだろうかと、疑問に思います」

「見せかけだと言うのかね、フォックス警部補？」

「なんとも言えません」フォックス警部補が呟いた。そして、大きな手で顔を拭《ぬぐ》い、その仕草でトーマス・アンクレッドの気まぐれを払いのけようとしているようだった。「彼は、医者に診てもらったほうがいいんじゃないでしょうか？」

「私もそう思う。列車があるぞ。一時間後だ。正午までに着けるだろう。夜は、アンクレトン館の近くの村で過ごさなければならないかもしれない。ロンドン警視庁の非常持ち出し袋を持っていこう。警視監に話して、それからトロイに電話しておこう。厄介なことになりそうだ」

「放ってはおけないようですね、アレン警部？」

「私はまだ望みを捨てていないのだよ。先ほどのトーマスの話を聞く限りでは、事件はまだ起きていない。ネズミ用の毒の缶がなくなって、物置部屋で見つかった。何者かが死体防腐処理についての本を読んだ。そして、何らかの仮定に基づいて入念な計画を立てる」

「遺体解剖の命令を受けたとしましょう。そして、遺体からヒ素が見つかったとしましょう。ですが、ヒ素を使って死体防腐処理を施してあったのだとすれば、遺体からヒ素が見つかったからといって、何の証拠にもならないのではないでしょうか？」とフォックス警部補が言った。

「反対に」とアレン警部が言った。「もし遺体からヒ素が見つかったとしたら、すべてを証明するかもしれないぞ」

　フォックス警部補がゆっくりと振り返って、アレン警部を見た。「どういうことですか、警部？」とフォックス警部補が言った。

「私も確信があるわけじゃないんだ。調べなければならないだろう。この忌《い》まわしい村への道中で説明しよう」とアレン警部。

　アレン警部は警視監――彼は鑑定家のようだが――と会い、自分の妻が証人として呼ばれるかもしれない事件を、自分が担当することの妥当性を話し合った。「アレン警部、もし事件が法廷に持ち込まれ、君の奥さんが召喚されるようなことになれば、われわれの立場を再考しなければならないだろう。私が知る限り、このようなことは前例がないのだから。だが差し当たっては、ほかの人間――たとえばフォックス警部補――よりは、君の奥さんと話し合うほうが理にかなっている。現場へ行って、地元の医師と話をするんだ。そして、戻って、君がどう思うかわれわれに報告してくれ。何かあると、面倒だが。とにかく、健闘を祈る」

アレン警部は出発する際に、机から法医学に関する本の第二巻を取り出した。とくに毒についての本だ。列車のなかで、アレン警部はフォックス警部補にある項目を読むように勧めた。警部補が眼鏡をかけて眉を吊り上げて読むのを、警部は見ていた。警部補は鼻か喉に炎症でもあるかのような息遣いで読んでいたが、彼が読むときのいつもの息遣いだった。

「ええ」列車がアンクレトン館駅に着いたとき、眼鏡を外しながらフォックス警部補が言った。

「もちろん違います」

ドクター・ハーバート・ウィザーズは背が低く、かなりぽっちゃりとした、それでいて、育ちのよさをうかがわせる男だった。アレン警部たちが到着すると、医師が玄関広間に姿を現した。奥の部屋から競馬中継の音が聞こえてきた。アレン警部の名刺を一瞥《いちべつ》すると、医師は自分の診察室へ二人を案内した。そして、自分の机にきびきびとした動作で座ったが、疲れているのをなんとかこらえているようだった。

「何か問題でも?」と医師が尋ねた。

お決まりの常套句《じょうとうく》だった。ドクター・ウィザーズの口から思わず漏れたのだろう、とアレン警部は思った。

「問題がないことを望んでいます」とアレン警部が言った。「サー・ヘンリー・アンクレッドの死亡について、いくつかお尋ねしたいのですが」

ドクター・ウィザーズの眼光が鋭くなった。医師は険悪な視線をアレン警部からフォックス警部補へ移した。

「必要とあればお答えしますが、どういったことでしょう?」と医師が言った。医師はまだアレン警部の名刺を手に持ったままだった。そして、再び名刺を見た。「そういうことではないでしょう……」と医師は言いかけて、口をつぐんだ。「さて、お尋ねになりたいのは、どのようなことですか?」

「何が起こったのか、あなたに正確にお話ししたほうがいいでしょう」とアレン警部が言った。警部はポケットから匿名の手紙を取り出すと、医師に手渡した。「今朝、ミスター・トーマス・アンクレッドがこのような匿名の手紙を八通、私どものところへ持ってきました」

「くだらない。へどが出そうだ」そう言って、ドクター・ウィザーズは手紙を返した。

「私も、そうであってほしいと思います。ですが、このようなものを見せられたからには、われわれは何らかの捜査をしなければなりません」とアレン警部が答えた。

「それで?」

「あなたは死亡診断書に署名されましたね、ドクター・ウィザーズ。そして……」

「そして、もし私が死因について納得していないなら、そうするべきではありませんでした」

「確かに。ところで、これらの手紙を処理するために、ヘンリー卿の死因をわれわれにも理解できるような言葉で教えていただけませんか？」

ドクター・ウィザーズは少し思い悩んだが、ファイルのところへ向かった。そして、一枚のカルテを取り出した。

「こちらです」と医師が言った。「ヘンリー卿のカルテの最後の一枚です。私はアンクレトン館へ定期的に訪問しています。約六週間続きました」

アレン警部はカルテに目を通した。日付とともに、所見が記入されている。だが、かなり読みにくいうえに、門外漢にはよくわからなかった。だが、最後の記述はよくわかった。〝死亡。十一月二十五日、午前零時三十分から二時のあいだ〟

「内容を要約してもらえませんか？」とアレン警部が言った。

「ヘンリー卿は」と医師が腹立たしげに話し始めた。「胃潰瘍に苦しんでいました。しかも、心臓が弱っていました。彼ははなはだ極端な食事療法をとっていました。大食なうえ、シャンパンもかなり飲まれます。そして、怒りっぽい。部屋の様子から、重度の胃の発作と、それに続く心不全と診断しました。あの晩、彼がどのような過ごし方をしたのか聞いていたら、先ほどのようなことが起こっても不思議はないと思ったでしょう」

「ヘンリー卿が死ぬかもしれないと思っていたと、言うのですか？」

「およそ専門的な予見ではありません。ですが、深刻な問題を予想していました」とドクター・

ウィザーズが重々しく言った。

「ヘンリー卿は食事療法を重視されていましたか？」

「ええ、されていました。常時というわけにはいきませんでしたが、発作のときなどは」

「今までのところは、生き延びたということですか？」

「〝よせばいいのにまたもや〟というのは、まれなことではありません」

「確かに」アレン警部は再びカルテを見た。「ヘンリー卿のお部屋と死体の状況について、教えてください」

「先に私のほうからお尋ねしたいのですが、これらのばかげた匿名の手紙のほかに、この面談の理由があれば教えてもらえませんか？」と医師が言った。

「ヘンリー卿の家族に、ヒ素による毒殺の疑いがあります」

「なんですって。そんなばかな！」ドクター・ウィザーズが声を荒らげ、拳を頭上に振り上げた。「な、な、な、なんて家族だ！」

医師は密《ひそ》かに自分の感情と格闘しているようだった。「取り乱してしまって、申し訳ない。最近、私は忙しくしていて心配していたのです。そこへあなた方がやって来た。アンクレッド家は皆さん、私をかなり高く評価してくれています。しかし、なぜ彼らにヒ素による毒殺の疑いがあるのですか？」

「長い話になります」とアレン警部が慎重に言った。「そして、ネズミ用の毒の缶も関係しています。警察官の発言としてはいささか不用意ですが、ヘンリー卿の部屋の様子と死体の状況から、ヒ素中毒の疑いはないと言っていただけるととても助かるのですが」

「その種のことにはお答えできません。なぜなら、私が到着したとき、部屋はすでにきれいに掃除されていました。そして、死体の状況は、私が診た限り、重度の胃の発作と矛盾のないものでした。従って、ヒ素中毒は認められません」

「そうだろうと思っていました」とアレン警部が低くうなった。

「ですが、ヘンリー卿はどのようにして殺鼠剤《さっそざい》なんか手に入れたのですか？」医師がアレン警部に指を突きつけた。

「ヘンリー卿が手に入れたのではないでしょう。持ち込まれたのでしょう」とアレン警部が説明した。

医師が手入れの行き届いた手を強く握りしめたので、指の関節が白くなった。医師はそのまましばらく握りしめていたが、この動作を取り消すかのように手を開いて、指の爪を気にした。

「そのことは手紙にほのめかされていました」と医師が言った。「それでも、私はアンクレッド家の人たちを信じます。誰がヘンリー卿を殺さなければならないのでしょう？　ひょっとして、私ですか？」

「それはないでしょう」とアレン警部が気楽に言った。フォックス警部補が咳払いして、澄ました口調で付け加えた。「あきれた！」

「アンクレッド家の人たちが遺体解剖を迫るのですか？　それともあなた方が？」

「さらなる理由がないと、遺体解剖は難しいでしょう」とアレン警部が言った。「あなたは検視を行わなかったのですか？」

「いつ死んでもおかしくない患者の検視は行いません」

「なるほど。ところで、ドクター・ウィザーズ。われわれの立場をはっきりさせておきたいのですが、われわれの眼前には、かなり厄介な状況が立ちはだかっています。そして、われわれはこれを明らかにしなければなりません。一般に信じられていることとは裏腹に、このような場合、遺体解剖は避けられないという証拠を得ようと、警察はやっきになったりはしません。全体があまりにもばかげたことだとわかれば、原則として、遺体解剖は却下されます。ヒ素中毒について健全な議論をしてもらえれば、われわれとしてはとても助かるのです」

ドクター・ウィザーズが手を振った。「ヘンリー卿はヒ素に侵《おか》されていなかったという絶対的な証拠を、いますぐに示すことはできません。嘔吐や下痢を伴う胃の不調があった百人中九十九人の死亡者に対して、何の分析もせずに、証拠を示すことなどできないでしょう。実のところ……」

「実のところ？」とアレン警部が先を促した。

「実のところ、もし何か残っていたら、日常的な措置として簡単な分析を行って、多少なりとも医学的な良心を満足させたかもしれません。しかし、すべてがきれいに片づけられていました」

「誰の指示ですか？」

「執事のバーカーか、ポーリーンか、あるいは、ソニアか、誰かはわかりません。彼らはヘンリー卿を動かしたくありませんでした。動かすのが難しそうだったんです。ですが、硬直がかなり進んでいたおかげで、彼の死亡推定時刻の手がかりを得ることができました。私がその日の遅くにヘンリー卿に会ったときは、身なりを整えて元どおりにされており、ソニアはヒステリーが高じた状態で家のなかをうろつきながら、家人と一緒に楽しいときを過ごしたに違いありません。そして、ポーリーンが埋葬の準備をすると言ってきかなかったのです」

「なんとまあ！」とアレン警部。

「彼らはそういう人たちです。先ほど話したように、家人がヘンリー卿を見つけたときは、卿はベッドの上で体を丸めていて、部屋のなかはかなり吐き気を催す状態でした。私がヘンリー卿の部屋に着いたとき、年配の家政婦が二人バケツを持って、慌てて部屋から出ていきました。そして、部屋は石炭酸の匂いがぷんぷんしていました。寝具も交換されていました。電話で呼び出されてから、私は一時間ほど待たされて、すぐにはヘンリー卿の部屋へ入れなかったのです」

「子どもたちの白癬について……」アレン警部が話し始めた。

「そのことをご存じなのですね？　厄介な仕事です。ようやく、パンティーの白癬を退治できました」

「あなたは薬の使用に大胆だと聞いています」とアレン警部が愛想よく言った。

長い沈黙が訪れた。「私の治療について、どこからお聞きになられたのですか？」とドクター・ウィザーズが静かに尋ねた。

「トーマス・アンクレッドからです」そう言って、アレン警部は医師の顔が気色《けしき》ばむのを見つめた。

「私の患者についてのうわさ話は嫌いです。実際、この地方の薬剤師と話をされたのかと思いました。今のところ、私は彼を快く思っていません」

「あの晩、子どもたちは投薬されたのですか？　あの晩というのは、十一月十九日の月曜日のことです」

ドクター・ウィザーズはアレン警部を見つめた。「なぜそのようなことを……」と言いかけて、心変わりしたようだ。「ええ、しました。ですが、なぜそのようなことをお聞きになりたいのですか？」

「単純な理由です。あの晩、ヘンリー卿に悪ふざけが行われました。そして、パンティーという子どもが責められました。これはあなたを煩《わずら》わせるにはあまりに複雑な話です。ですが、彼女がそのような悪ふざけをできる状態にあったかどうか知りたいのです。肉体的な意味でも、精神的な意味でも。彼女はできる状態にあったと思われます」とアレン警部が答えた。

「何時ですか？」

「晩餐会のときです。パンティーは応接間を訪れたかもしれません」

「問題外です。私は午後七時三十分に到着しました。いや、ちょっと待ってください」医師は書類整理棚を探して、別のカルテを取り出した。「これをご覧ください！　私はあの子どもたちの身体測定や投薬を管理しています。そして、時刻も記録しています。その日、パンティーは午後八時に薬を飲んで、ベッドへ入りました。残りの仕事を片づけるために、私は子どもたちの大部屋の隣の部屋にいました。そして、ミス・エイブルと話をしました。もし何か起こったらすぐに私と連絡がとれるように、次の二十四時間の私の訪問先リストを彼女に渡しました。私がアンクレトン館を辞去したのが、午後九時過ぎでした。そして、パンティーは少しも動くことはありませんでした。私は子どもたちを何度となく見回りました。パンティーはぐっすり眠っていました」

「なるほど。これでパンティーについては解決です」とアレン警部が言った。

「このことは、ほかの件にも関係がありますか？」

「なんとも言えません。なんせ、ばかげた話ですから。お時間があって、聞きたいようでしたら、お話ししますよ」

「あと二十三分しかありません」ドクター・ウィザーズが腕時計をちらっと見て言った。「三十分後に往診しなければなりません。そして、行く前に競馬のレースの結果も聞きたいですし」

「十分もかかりません」

「それでは、聞かせてください。十九日月曜日に行われた悪ふざけと、二十四日土曜日の真夜中過ぎに胃腸炎で亡くなったヘンリー・アンクレッド卿を結びつける奇妙な話があれば、ぜひ聞きたいものです」

アレン警部は悪ふざけについて説明した。ドクター・ウィザーズは、ときおり信じられないなどといら立ちの言葉を発して中断した。アレン警部が空飛ぶウシの件を話し始めたとき、医師が遮った。

「パンティーはあらゆる悪ふざけをします」と医師が言った。「ですが、私が先ほど申しあげたように、おならのクッションの悪ふざけも、ミセス・なんとかの絵に空飛ぶウシを描くようなこともできなかったでしょう。この女性は？」

「私の妻です。たまたまですが」とアレン警部が言った。「話を先へ進めましょう」

「なんとまあ！　そのようなこともあるもんですね」

「この状況では、珍しいことと厄介なことの両方です」

「あの晩、パンティーは気分が悪くて、何も考えられなかったでしょう。さらに、ミス・エイブルが午後七時半からパンティーのそばで本を読んでいたと証言している、とあなたはおっしゃいました」

「確かに」とアレン警部。

「そうであれば、誰かほかのばか者、たとえばセドリックあたりがやったのかもしれません。ですが、これらの悪ふざけがヘンリー卿の死とどのように結びつくのか、私には理解できません」

「チーズ料理のなかに、死体防腐処理に関する本が入っていた出来事について聞いていませんか？」とアレン警部が尋ねた。

ドクター・ウィザーズは口をぽかんと開けた。だが、医師は何も言わなかった。それで、アレン警部が続けた。「本の主題と、ヘンリー卿が防腐処理を施されていた事実を考慮すると、この最後の企みは、悪ふざけのように見えるほかの企みと類似性があります」

「なるほど。ばか者が愚行に走りそうなヒ素について、あの本は触れています」

「さらに、ヒ素を含む殺鼠剤の缶が、ソニアの持ち物のなかから見つかっています」

「悪ふざけをやった者が、仕組んだのでしょう」と医師が言った。「間違いありません。仕組まれたのです！」

「それは見逃せない可能性ですね」とアレン警部が同意した。

「まったく、そのとおりです」とフォックス警部補が突然言った。

「私としては、何と申しあげてよいかわかりません」と医師が言った。「ですが、医療従事者でない者は、不注意によるものか、あるいは、間違ったのだろうなどと言うでしょう。そして、間違いだとしても、とても気まずいものになるでしょう。私はこの話に真実のかけらもあるとは思っていませんが、もしアンクレッド家の人たちみんながヒ素について話すつもりなら、ここでしょう！　死体防腐処理者には会いましたか？」

「いいえ。ですが、もちろん会うべきでしょう」

「私は死体防腐処理については、何も知りません」とドクター・ウィザーズが呟いた。「ですが、この時代遅れの本は、価値のないものの列挙にはならないかもしれません」

「死体処理において、防腐剤――一般的にはヒ素――が使用されます。そして、死因となる毒物の検出を妨げる可能性があります」とアレン警部が言った。

「もし遺体を解剖したら、何がわかりますか？　厳密に言えば、何もわからないでしょう」

「自分の立場がよくわかりません」とアレン警部が言った。「ですが、ヘンリー卿が毒殺されたかどうか、遺体解剖を行えばはっきりするでしょう。説明しましょう」

アレン警部とフォックス警部補は地元の生ビールを大型ジョッキで飲みながら、よく煮込まれた野ウサギのシチューを昼食に食べた。こじんまりとした、心地よいパブだった。そして、アレン警部の問い合わせに対して、お望みなら今夜の宿も提供できる、と女主人が答えた。

「彼女の言葉を鵜呑みにしても大丈夫だろう」村の通りを歩きながら、アレン警部が言った。冬の弱い日差しが降り注ぎ、周囲はうっすらと明るかった。そして、パブとドクター・ウィザーズの家のそばには、郵便局、礼拝堂、生地店、文房具店、会館、薬屋、そして、いくつかの家屋が列を成して並んでいる。丘の頂上の向こうには、アンクレトン館のゴシック様式の窓、いくつもの塔、そして、尽きることのないようなさまざまな煙突が、針葉樹の木々を背景に浮かびあがり、巨大な領主の権力が小さな村に垂れ込めるかのようだった。

「そしてここが」アレン警部が足を止めて呟いた。「ミスター・ジュニパーの薬屋だ。あの日の夕方、トロイとミス・オリンコートが軽二輪馬車でやって来た。ミスター・ジュニパーを訪ねてみよう」

だが、警部はなかへ入るのを急いではいないようだった。そして、側面の窓のそばで独り言を呟き始めた。「こぎれいな窓だな、フォックス警部補。私は昔風の着色瓶が好きなんだ。そして、便箋、櫛《くし》、インク（あのブランドは、戦時中に市場から消えてしまった）、それに咳止めドロップが見える。子ども用のカードゲームまであるぞ。ハッピーファミリーズ（同じ家族を描いた四枚一組のカードをできるだけ多く獲得する、子どものカードゲーム）だ。トロイはそうやってアンクレッド家の人たちのスケッチを描いたんだ。連中に一つ買っていこう。さあ、なかへ入ろう」

アレン警部が店のほうへ進んでいった。店のなかは、二つに仕切られていた。カウンターの一つは、小間物に充てられていた。そして、もう一方では、ミスター・ジュニパーが忙しそうに動き回っている。アレン警部が小さな呼び鈴を鳴らすと、ドアが開いた。そして、白いコートを着て、赤味がかった顔のミスター・ジュニパーが薬の匂いを漂わせて出てきた。

「いらっしゃいませ」先ほどまで動き回っていたカウンターを背にして、ミスター・ジュニパーが言った。

「おはようございます」とアレン警部が言った。「病気の小さな女の子が喜びそうなものが、何かありますか?」

ミスター・ジュニパーが小間物のところへ移動した。「そうですねぇ、ハッピーファミリーズか、風船ガムなどいかがでしょう?」

「それもいいですが」とアレン警部が軽口をたたくような調子で言った。「何か、悪ふざけに使えるようなものを買ってくるように言われているものですから。ドクター・ウィザーズ用にということで」

「本当ですか?」とミスター・ジュニパーが言った。「ですが、ご要望にお応えできるようなものはなさそうです。偽のインクのしみとかならありますが……ですが、お望みのようなものは……」

「膨《ふく》らませて、その上に座るようなものはないですか? 座ると嫌な音がするような……」とアレン警部が曖昧に呟いた。

「ああ、おならのクッションですか？」

「それです」

ミスター・ジュニパーは悲しそうに首を横に振ると、お手上げの仕草をした。

「ですが」とアレン警部が言った。「窓から、それらしい箱を見かけたのですが……」

「空っぽなんです！」とミスター・ジュニパーがため息をついた。「そのお客は箱はいらないと言うので、箱だけ残ったんです」とミスター・ジュニパーが残念そうに言った。「ほんの一週間前か、二週間前です。あなたと同じ目的でほしがったそのお客に、最後の一つを売りました。病気の小さな女の子です。たぶん、同じ女の子でしょう……」とジュニパーは思いきって言ってみた。

「おそらく、そうでしょう。パトリシア・ケンティッシュです」とアレン警部が言った。

「そうです。確か、その名前を言っていました！　アンクレトン館の人です。ですが、その女の子でしたら、すでにおならのクッションを持っていますよ」

「それなら」とアレン警部が言った。「ハッピーファミリーズをもらいましょう。君は歯磨き粉をほしがっていなかったかな、フォックス警部補？」

「ハッピーファミリーズですね」棚からハッピーファミリーズの箱を取り出しながら、店主が言った。「そして、歯磨き粉ですね？　メーカーは決まっていますか？」

「メーカーは決まっていませんが、入れ歯用です」とフォックス警部補が不愛想に言った。

「入れ歯用ですね」そう言って、店主はその場を離れた。

「あれを最初に買ったのはソニア・オリンコートだろう」アレン警部がフォックス警部補に陽気に話しかけた。

「ええ」とフォックス警部補が応じた。ミスター・ジュニパーがいたずらっぽく微笑んだ。「お客について、しかも、若い女性のお客についてぺらぺらしゃべるのは差し控えています。職業上の秘密ですよ。あはは！」

「なるほど」ハッピーファミリーズをポケットに入れながら、アレン警部が同意した。「ありがとう。ミスター・ジュニパー」

「どういたしまして。アンクレトン館の皆さんはお元気ですか？　先頃、偉大な方が亡くなりました。国家にとっても大きな損失です。子どもたちのいさかいが解決するといいのですが……」

「解決の途中です。気持ちのいい午後ですね。それでは、ごきげんよう」

「私は別に歯磨き粉などほしくはなかったのですが……」道を進みながら、フォックス警部補がぼやいた。

「あの店主の機嫌をとって、情報を引き出すためだ。経費で落としてかまわないぞ。それだけの価値はあった」

「なかったとは言えないですね」とフォックス警部補が同意した。「おならのクッションを買ったのがオリンコートなら、ほかのいたずらについても、彼女に注意を向けるべきでしょうか？」

「そうとは思わないよ、フォックス警部補。少なくとも、パンティーはミラマントおばさんのコートの背中に貼り紙をしている。だから、悪ふざけをする子どもと思われている。だが、彼女はおならのクッションと空飛ぶウシのいたずらはできなかったようだ。そして、眼鏡のいたずらや、手すりに絵の具を塗りたくったり、ヘンリー卿の鏡へのいたずら書きについて、彼女は無実だと妻のトロイが確信している。チーズ料理のなかの本については、パンティーにしてもミス・オリンコートにしても、彼女たちではないと思う」

「パンティーを考慮から外すとなると、ミス・オリンコートのほかにもう一人いることになります」

「そうなるな」

「そして、このもう一人のほうは、ヒ素とヘンリー卿を利用して、ミス・オリンコートに何か仕かけようとしているのでしょうか？」

「筋のとおった考えだ。だが、神のみぞ知る、だ」

「どこへ行くつもりですか、警部？」

「二マイル（約四キロメートル）ほど歩くつもりだ。アンクレッド家を訪ねよう」

二つ目のテラスの階段を苦労して上りながら、アレン警部が言った。「われわれは何も知らないふりをするのが望ましいとは思うが、それは叶《かな》わないだろう。トーマスがすでに家族へ電話をかけて、少なくともわれわれが気づいていることを伝えているに違いない。われわれは身分を公表して、見ることのできるものを見させてもらおう。とくに、ヘンリー卿の寝室を」

「ですが、すでに」とフォックス警部補が不機嫌に言った。「連中は、ヘンリー卿の寝室の壁紙まで貼り替えているんじゃないですか？」

「ところで、ポール・ケンティシュは電気機器に詳しいのかな？　セドリックはそうではないだろう」

「あれは何ですか？」とフォックス警部補が尋ねた。

「あれって？」

「子どもの泣き声が聞こえるでしょう、警部？」

二人は二つ目のテラスに到着していた。このテラスの両端、じゃがいも畑と森のあいだには、低木と雑木林が茂っている。彼らの左手の茂みのほうから、力のない泣き声――声は悲しみに満ちていた――が断続的に聞こえてくる。二人は戸惑いながら立ち止まって、互いを見つめ合った。泣き声がやんだ。そして静寂は、田舎でよく聞かれる小鳥のさえずりや、裸の枝のこすれ合う音に取って代わった。

「小鳥か何かだったのでしょうか？」とフォックス警部補が尋ねた。

「いや、小鳥じゃない！」アレン警部が話し始めて、口をつぐんだ。「ほら、また聞こえるぞ」か細いけれど、甲高い声だった。不規則に聞こえてくるので、さらに痛ましく聞こえる。ためらうことなく、二人はまだ霜で覆われた荒れた地面を駆けだした。二人が近づくにつれて、声ははっきりしないものの、より複雑になった。さらにもう一度聞いたとき、今までよりもはっきりした。

「歌っているようですね」とフォックス警部補が囁いた。

さようなら、かわいそうなネコ。おまえの毛はとても温かかった。
たとえ毛が生え替わっても、おまえはあたしを傷つけない。
さようなら、かわいそうなネコよ。いつまでも、いつまでも。
そして、あたしを良い子にしておくれ。アーメン

「いつまでも、いつまでも」とか細い声が歌詞を繰り返し、やがて、先ほどの悲しそうな泣き声になる。二人が低木の茂みを掻き分けたとき、泣き声がやんだ。そして、用心深く黙り込んだけれど、すぐに押し殺したようなすすり泣く声が聞こえてきた。

低木の茂みと雑木林のあいだで、二人は小さな女の子に出会った。白い帽子をかぶり、新しく積んだ土の山のそばに座っていた。子ども用の鋤《すき》がそばにあった。ゼラニウムの花が何本か土の山に不規則に差してある。そして、紙の切れ端が貼りつけられた小枝が、土の山のてっぺんに無造作に突き立てられていた。小さな女の子の手は土で汚れていた。そして、その手で目をこすったので、黒い筋が頬を伝った。彼女は地面にしゃがんで、両手をにらみつけていた。その場を離れるという本能に従うことができない動物が、地面に伏せているかのように。

「こんにちは。ちょっといいかな？　どうしたの？」もう少し気の利いた言い方はないのかと思いながら、アレン警部はドクター・ウィザーズの言葉を繰り返していた。「何か問題でも？」

小さな女の子はすすり泣きながら、少し身もだえした。アレン警部は女の子のそばにしゃがむと、紙に書かれた文字を読んだ。たどたどしい大文字が書かれていた。

愛するカラバへ
パンティーより

「あなたのネコのカラバかな？」アレン警部が思いきって尋ねた。

パンティーは警部をにらみつけると、ゆっくりと首を横に振った。

アレン警部がすぐに反応した。「いや、私としたことがうっかりしていた。あなたのおじいさんのネコでしたね？」

「この子はあたしを愛してくれたんです」パンティーが甲高い声で言った。「ノッディーを愛するよりも、あたしを愛してくれたんです。ほかの誰よりも、あたしを愛してくれたんです。この子はあたしの友だちでした」彼女の声が耳をつんざくように甲高くなった。「そして、あたしじゃない」彼女が叫ぶように言った。「あたしじゃない。あたしがやったんじゃない。あたしがこの子に白癬《はくせん》をうつしたんじゃない。ミリーおばさんなんか大嫌いよ。死んでしまえばいいのに。あの人たちは、みんな死ねばいいのよ。あたしがミリーおばさんを殺してやるわ」彼女は握りこぶしで地面を叩いた。そして、フォックス警部補をちらっと見て、警部補に向かってわめきちらした。「ここから出ていってちょうだい。ここはあたしの場所なの」フォックス警部補が慌てて後ずさった。

「ネコのカラバとあなたのことを聞いています」アレン警部が慎重に言った。「あなたは絵を描くのでしょう？　最近、また絵を描きましたか？」

「あたしはもう絵を描きたくないの」とパンティーが言った。

「それは残念だ。なぜなら、ロンドンからあなた用の絵の具を一箱、送ろうと思っていました」

パンティーがすすり泣きながら尋ねた。「誰が？」

「トロイ・アレンです」とアレン警部が答えた。「ミセス・アレンを知っていますね。彼女は私の妻です」

「ミリーおばさんの絵を描くとしたら」とパンティーが言った。「ブタのひげをつけて、裏切り者のユダのように描いてやるわ。あの人たちは、カラバが白癬にかかってるって言ったのよ。そして、あたしがカラバに白癬をうつしたって。だけど、あの人たちはみんな嘘つきよ。カラバは白癬にかかっていなかった。そして、あたしもうつさなかった。カラバは毛が抜けただけだったのに」

トロイが小劇場で目にしたように自暴自棄に振る舞って、パンティーは地面を見つめると蹴り始めた。アレン警部は彼女のそばに恐る恐るかがんで、しばらくためらったのちにパンティーを抱き上げた。少しのあいだ彼女は激しくあらがったけれど、突然諦《あきら》めたように腕を下ろして、警部の腕のなかでぐったりとした。

「気にしないで、パンティー」アレン警部が力なく言った。「君の顔を拭くとしよう」アレン警部がポケットのなかを探った。指が硬いものに触れた。「これを見てごらん」と警部が言った。「私が持っているものを見てごらん」そして、警部は小さな箱を取り出した。「ハッピーファミリーズで遊んだことはあるかな？」ハンカチで彼女の顔を拭くのもそこそこに、警部は箱を彼女の手に持たせた。「先へ進もうか」警部がフォックス警部補に言った。

アレン警部はぐったりしているパンティーを抱っこしたまま歩きだして、三つ目の階段へ到着した。ここでパンティーが身もだえし始めたので、警部は彼女を下した。

「ハッピーファミリーズで遊びたいわ」とパンティーがだみ声で言った。「ほら」パンティーはしゃがむと、ときおりしゃっくりをしてすすり泣きながら、絵札の箱を開けて、汚れた指で三つの山を作り始めた。

「座るんだ、フォックス警部補」とアレン警部が言った。「君も、ハッピーファミリーズをやるんだ」

フォックス警部補はしぶしぶ階段の二段目に座った。

パンティーはゆっくりとカードを配り始めた。それというのも、彼女は配る前にじっくりとカードを見ていたからだ。

「ルールは知っているか？」アレン警部がフォックス警部補に尋ねた。

「知っているとは言えません」眼鏡をかけながら、フォックス警部補が答えた。

「ユーカー（トランプゲームの一種）のようなものですか？」

「ちょっと違う。だけど、やっていくうちにこつをつかむよ。目的は家族を集めることだ」そして、警部はパンティーのほうを向いて言った。「仕立屋の奥さんの、ミセス・スニップスをお願いできませんか？」

「あなたは〝ください〟を言わなかったわ。だから、あたしの番よ」とパンティーが言った。「仕立屋のミスター・スニップスと、男の子のスニップスと、女の子のスニップスをください」

「どうぞ」警部はカードをそれぞれ手渡した。カードにはビクトリア朝時代（一八三七〜一九〇一年）の《パンチ》誌（イギリスの風刺漫画週刊誌。一八四一年創刊、一九九二年廃刊）から抜け出してきたようなおどけた絵が描かれていた。

　パンティーはこれらのカードを自分の下に押し込むと、その上に座った。彼女のトレードマークであるブルマーが見える。「あなたは」パンティーがフォックス警部補にかすんだ目を向けて言った。「あたしに……」

「私の番ではないのですか？」とフォックス警部補が尋ねた。

「彼女が失敗しないかぎりは」とアレン警部が言った。

「食料雑貨店の息子のグリットを……」

「彼女は〝ください〟を言いませんでしたよ」

「……ください」とパンティーが大声をあげた。「〝ください〟って言ったわよ」

　フォックス警部補がカードを渡した。

「そして、ミセス・グリットをください」とパンティーが続けた。

「私にはさっぱりわからない」とフォックス警部補が言った。「彼女は、なぜ私が持っているカードを知っているんだ」

「彼女は知っている」とアレン警部が言った。「なぜなら、彼女は見たのだから」

パンティーは耳障りな笑い声をあげた。そして、アレン警部のほうを向いて言った。「あなたは、肉屋のミスター・ブルをください」

「はずれ」とアレン警部が勝ち誇ったように言った。

「なんだかむかつくゲームですね」フォックス警部補が陰気に言った。「さあ、私の番だ」

「男の子のバンはトーマスおじさんによく似てるの」とパンティーが言った。アレン警部は想像のなかでカードに描かれている奇怪な顔を、トロイがスケッチブックに描いたアンクレッド家の人たちの顔に置き換えた。「そうだね」と警部が言った。「そして、君がそれを持っているのを知っている。役者の息子のトーマスをください」このアレン警部の反撃を、パンティーは楽しんだ。耳障りな笑い声をあげながら、彼女は近親者の名前でカードを要求し始め、ゲームを混乱させた。

「これで決着がついたね」しばらくしてから、アレン警部は鼻持ちならない自己満足に浸って言った。「楽しいゲームだった。もしわれわれを連れていってくれたら……」

「幸せな家族のもとへ」とフォックス警部補が抑揚のない声であとを続けた。

「そのとおり」とアレン警部が言った。

「なぜ?」パンティーが尋ねた。

「われわれは、そのために来たのです」

パンティーはアレン警部と向かい合って立ち上がると、警部の顔を見た。汚れた彼女の顔が、わずかに奇妙な表情を浮かべた。秘密を打ち明けようとしている普通の子どもの表情と、今まであまり見せたことのない、不安をかきたてる表情が混ざったかのようだった。

「あなたに……」とパンティーが言った。「話すわ。彼じゃなくて、あなたに」

パンティーがアレン警部から離れ、横目で見ながら、彼の首に腕をかけて警部を引き下ろした。アレン警部は耳にパンティーのあまり心地よくない息を感じながら、されるままにしていた。

「何かな?」とアレン警部が尋ねた。

囁き声は具体的ではなかったものの、思いのほかはっきりしていた。「うちの家族には、人殺しがいるの」

アレン警部が後ずさりしてパンティーを見たとき、彼女は不安そうに微笑んでいた。

第十二章　呼び鈴と本

デズデモーナ・アンクレッドが三つ目のテラスの最上段に現れたとき、アレン警部はトロイの正確で生き生きしたスケッチを思い出して、本人だと認識できた。デズデモーナはアレン警部、パンティー、そしてフォックス警部補という奇妙な集団を見下ろしていた。トロイが戯画化《ぎがか》して描いたように、デズデモーナの態度は芝居がかっていた。

「まあ、ようやくパンティーのご登場ね！」とデッシーが芝居っ気たっぷりに言った。

デズデモーナは手をパンティーに差し出すと同時に、アレン警部をぶしつけに見た。

「はじめまして」とデズデモーナが言った。「上へ向かう途中ですか？　この子があなたを呼び止めたのですか？　そう言えば、わたしの紹介がまだでしたね」

「ミス・デズデモーナ・アンクレッドですね？」とアレン警部が言った。

「この人は、ミセス・アレンの夫よ」とパンティーが言った。「あなたはお呼びじゃないの、デッシーおばさん」

デッシーがゆっくりと階段を下りてきた。彼女の笑みは顔に張りついたままだ。そして、ほんの一瞬、歩みをやめた。それからアレン警部の手を握りしめて、まごつかせるほど警部の目をまじまじと見つめた。

「お越しいただき、ありがとうございます」とデズデモーナが低い声で言った。「とてもありがたいわ！　わたしどもは大変な窮地に陥っています。弟がすでにお話ししたと思いますが」彼女は警部の手をしっかりと握りしめてから放した。それから、フォックス警部補を見た。

「フォックス警部補です」とアレン警部が紹介した。デズデモーナがばか丁寧に応じた。

三人は向きを変えて、階段を上り始めた。パンティーがうめき声をあげた。

「パンティーー！」とデズデモーナが鋭く言った。「できるだけ早く家に帰りなさい。ミス・エイブルが血眼になってあなたを探していたわよ。今まで何をしていたの？　泥まみれじゃない」

すぐさま、三人は別の場面に直面した。パンティーが今までの仕草を繰り返し、家族に対する奇妙な脅迫をわめき、ネコのカラバのことを嘆き悲しみ、自分はネコに白癬をうつしていないと言い張った。

「ばかばかしくて話にならないわ」アレン警部の隣にいたデッシーが大声で言った。「カラバはかわいそうなことをしたと思っています。かわいそうなカラバ！　父のお気に入りでもありましたから。ですが、正直に言って、われわれみんなの健康に害を及ぼすものだったのです。白癬です。疑いようがありません。毛が一握りも抜けたのよ。病気じゃなくて、なんなの。カラバを処分したことは正しかったと思っています。さあ、もう行きなさい、パンティー」

このときまでに、三人は階段の最上段に達していた。パンティーが彼らの後ろから悲しそうによたよたとついてきた。そこで、三人はミス・キャロライン・エイブルと出会った。「まあ、何の騒ぎ！」と彼女は明るく大声で言った。そして、思慮深い目でアレン警部とフォックス警部補を見た。それから、相変わらず大声で泣いているパンティーをなだめた。

「この出迎えは、あなたの役目でしょう」とデズデモーナがいらいらして言った。「正直、パンティーはまったく手に負えないわ。わたしほど子どもが好きな人はいないわ。それでも、あの子はとても厄介な性格よ。おまけに家族に悲劇が起こって、みんなの神経や情緒がひどく不安定なものだから……」

ミス・エイブルはアレン警部をじっと見つめてから、小さくお手上げだという身ぶりをして、ようやく彼らを玄関広間へ案内した。アレン警部はすばやく画廊を見渡した。しかし、まだ何もなかった。

「姉と、義理の姉に伝えてきます」とデッシーが言った。けれど、アレン警部が遮った。「よろしければ、最初にあなたとお話ししたいのですが」と警部が言った。尊大で凛《りん》としたデズデモーナの態度から、この申し出を彼女が快く思っていないことがわかる。彼女は一同を小さな居間へ案内した。そこは、ソニア・オリンコートとセドリックがソファでくすくす笑い合っているのを、トロイが目撃した場所だ。デズデモーナがそのソファに腰を下ろした。彼女はとても美しく座り、アレン警部とフォックス警部補には目もくれず、ソファにゆったりと沈み込むと、優雅に腕を背もたれに載せた。

「われわれは、あなたの弟さんから正式な捜査の依頼を受けています」とアレン警部が言った。「ですから、捜査を進めるにあたり、まずはいろいろなことをお尋ねしなければなりません」

「わかりました」デズデモーナがしかつめらしい顔をしながら答えた。「どうぞ、続けてくださ

「単刀直入にお尋ねします。　匿名の手紙に書かれていたようなことが、実際にあり得るとお考えですか？」

デズデモーナは手で目頭を入念に押さえた。「無視できるものなら、無視したわ！」

「つまり、あのような手紙を誰が書いたのかわからないということですね？」とアレン警部が尋ねた。彼女は首を横に振った。彼女が指のあいだからこちらをちらっと覗いたような気がした。

「お父さんの葬式以来、ロンドンへ行かれた方はいますか？」

「なんて恐ろしいことを！」そう言うと、デズデモーナは両手を下ろしてアレン警部を見つめた。

「わたしはこのことを恐れていました。　なんて恐ろしい！」

「何をですか？」

「われわれの誰かが、匿名の手紙を書いたと考えているのですね？　アンクレトン館の何者かが」

「ええ、まあ」アレン警部が怒りを抑えながら答えた。「まんざら、ばかげた推測でもありません」

「いいえ、それはないと思います。だけど、なんと不安にさせる考えでしょう」

「先ほどの質問に戻ります。どなたかロンドンへ行かれた方はいますか？」

「思い出してみます」デズデモーナが再び目頭を押さえて呟いた。「夕方、パパの葬儀が終わってから、弁護士のミスター・ラッティスボンが……」彼女が再びお手上げだという仕草をした。

「……遺言を発表したあとですか？」とアレン警部が先を促した。

「ええ、その日の夕方です。午後七時三十分までに、トーマスとジェネッタ――義理の姉です――とフェネーラ――ジェネッタの娘です――そしてポール――甥のポール・ケンティシュです――が、揃ってロンドンへ行きました」

「そして、いつ戻ってきましたか？」

「誰も戻ってきませんでした。ジェネッタはここに住んでいませんし、フェネーラは、母親のジェネッタと一緒にアパートで暮らしています。そして、ポールはこの人たちと一緒でしょう。兄のトーマスはご存じのとおり、ロンドンで生活しています」

「そして、ほかには誰もこの家を離れていませんか？」

ほかにもいた。次の日、ミラマントとセドリックとデズデモーナ自身が、朝の早い列車でロンドンへ向かった。いくつかの用事を片づけるためとのことだ。そして、三人は夕方に戻ってきた。その日の夕方の郵便――水曜日の夕方の郵便で、匿名の手紙がロンドン警視庁へ届いた。アレン警部は慎重に質問を重ねながら、ミラマントたちがロンドンで分かれてから、各自がそれぞれに夕方の列車に乗ったことを聞き出した。

「そして、ミス・オリンコートは？」とアレン警部が尋ねた。

「残念ながら」とデズデモーナが大げさに答えた。「ミス・オリンコートの動きについてはまったくわかりません。昨日、彼女は一日、不在でした。たぶん、ロンドンにいたのでしょう」

「彼女は今もここに滞在しているのですか？」

「驚かれるかもしれませんが、彼女はここにいます」とデズデモーナが言った。けれど、アレン警部には、驚いているようには見えなかった。「すべてが終わってからも。パパに関するもろもろの行事が終わってからも！　ありとあらゆることでわたしたちを辱《はずかし》め、傷つけてからも。家族の感情に逆らって、彼女は居続けているわ。タッ！」

「サー・セドリックは？」

「セドリックは今や当家の家長です」とデズデモーナが言った。「ですが、多くの物事に対する彼の態度は不可解で、おまけに不快であると言うことに躊躇《ちゅうちょ》しません。とくに、ソニア・オリンコート――彼女がオリンコート生まれだとは信じられません――に関係することについてです。彼は何をしようとしているのか。セドリックとソニアの二人は、何をしようとしているのか」

アレン警部は、セドリックの行動の説明をあえて求めなかった。警部はデズデモーナに魅了されていた。彼女の反対側の壁には、ジョージア様式の額縁の鏡が掛かっていた。デズデモーナが鏡に映っている自分を見つめているのを、アレン警部は見ていた。目の前で手のひらを動かしているときでさえ指は髪の毛に触れ、わずかに首をかしげて、うわの空のようで、注意深いまなざしが効果的であることを彼女は心得ている、とアレン警部は思った。そして、彼女がときおりとろけるような視線をアレン警部に送るたびに、視線を鏡に戻して、ベールに包まれたような自分の落ち着いた雰囲気を満足げに確かめていた。警部は、まるでマネキン人形を相手にしているかのような気分だった。

「ミス・ソニア・オリンコートの持ち物のなかに殺鼠剤の缶を見つけたのは、あなただと聞いています」とアレン警部が言った。

「恐ろしくありませんか？　正確に言えば、われわれ三人です。姉のポーリーン――ミセス・ケンティッシュで、義理の姉です――とセドリックとわたしの三人です。彼女の物置部屋で見つけました。旅行のラベルがべたべた貼ってある、どこにでもあるスーツケースです。わたしはトーマスに何度も言いました。あの女は手に負えない大根女優だと。いや、女優ですらありません。せいぜい、コーラスの三列目がお似合いです」

「あなた自身が殺鼠剤を使ったことはありますか？」

「ええ、わたしたち誰もが殺鼠剤を使いますよ、普通に。セドリックが缶の蓋をこじ開けようとしましたが、開きませんでした。それで、彼は缶を叩いたんです。そして、その音から判断して、缶の中身は満杯ではないと言いました」彼女は声を低くした。「中身は半分ほどだと。それで、ミリー――義理の姉で、亡くなったヘンリー・アーヴィングの妻です――が言ったんです……」デズデモーナが口をつぐんだ。

「ミラマントが何と言ったんですか？」アレン警部がこのような家系の説明にうんざりして、先を促した。

「彼女の知る限り、その缶を使ったことはない、とミリーが言ったんです」デズデモーナが少し姿勢を変えて続けた。「なぜミリーがそんなことを言ったのかわかりません。彼女は即座に答えました。もちろん、彼女は有能です。けれど、アンクレッド家の人間ではありません。ですから、わたしたちと同じようには感じないのかもしれません。率直に言って、彼女は少し進行役気取りなんです」

自分たちは高貴な血筋であることを訴えるような発言に、アレン警部は答えずに尋ねた。「スーツケースに鍵はかかっていましたか？」

「わたしたちは、壊してまで開けようとはしないでしょう」

「そうでしょうか？」とアレン警部が漠然と言った。デズデモーナは鏡を見た。「ポーリーンが壊したかもしれません」しばらくしてから、デズデモーナが認めた。

アレン警部はしばらく待ってから、フォックス警部補の目を見て立ち上がった。「さて、ミス・アンクレッド。お父さんの部屋を見せてもらえますか？」

「パパの部屋ですって？」

「よろしければ」

「わたしにはできません、パパの部屋へ案内するなど。バーカーに頼んでみます」

「彼が大まかな行き方を教えてくれれば、自分たちで見つけます」

デズデモーナが衝動的に両手を差し出した。「あなたは人の気持ちが理解でき、、、、る人です。ありがとうございます」

アレン警部は曖昧に笑みを浮かべると、デズデモーナの差し出された両手をよけてドアへと向かった。「おそらく、バーカーは部屋を教えてくれるだろう」と警部が言った。

デズデモーナが呼び鈴を鳴らすと、すぐにバーカーがやって来た。落ち着いた様子で、デズデモーナは警部たちが何をしたいのかを説明した。そして、わが家の執事であることを彼に念押しした。小さな居間は、封建主義の雰囲気がさらに色濃くなってきた。「警部さんたちは、わたしたちのために来てくださったのです、バーカー。ですから、わたしたちはこの人たちに協力しなければならないでしょう？　この人たちのお手伝いをしてちょうだい」と言って、デズデモーナは話を締めくくった。

「かしこまりました」とバーカーが言った。「こちらへどうぞ」

大きな階段や、画廊、そして、長大で重厚な額縁に囲まれた画布は死んでいるようで、トロイから聞いていたとおりだ、とアレン警部は思った。そして、匂い。ニスや絨毯やワックスや謎めいた練り粉といったビクトリア朝を思わせる匂い。トロイは黄色い匂いと言っていた。ここは最初の長い廊下で、ここからトロイが滞在していた塔への通路が分かれている。最初の晩、トロイはここで道に迷ったのだ。そして、奇妙な名前のついた部屋がいくつもある。右手には、バンクロフト、ベルナール。左手には、テリー、そして、ブレイスガードル。それから、広々としたリネン用戸棚に浴室。バーカーの上着の後ろの裾《すそ》が、アレン警部とフォックス警部補の目の前で左右に揺れていた。彼は猫背で、薄くなったグレーの髪の毛と、後ろの襟についた小さなふけが見える。ここには、画廊に通じる渡り廊下がある。そして、アレン警部とフォックス警部補は、閉じられたドアの前に案内された。ドアにはゴシック体で、〝アーヴィング〟と書かれていた。

「こちらのお部屋でございます」バーカーが息を切らして、消え入りそうな声で言った。「どうぞなかへ」

ドアが開くとなかは真っ暗で、消毒剤の匂いがした。手探りで明かりを探し、ベッドのそばのランプをつけた。明かりが、テーブルの上と深紅色のベッドカバーを照らした。バーカーが音を立てて窓のカーテンを開け、それから、ブラインドも引き上げた。

部屋のなかは、なかば強制的にとも思えるほどのおびただしい量の印刷物と写真が、壁に貼られていた。まさに壁一面に貼られていて、壁紙――壁紙の装飾用の赤い綿くずの粉末――がほとんど隠れてしまっている。次にアレン警部が気づいたのは、巨大な鏡と、ブロケード（さまざまな色の絹糸、錦糸、毛糸などを使って多彩なデザインを織り出した織物）と、ビロードの織物と、威圧するほど大きな家具だ。

ベッドの上のほうには長いコードが垂れ下がっているが、それは呼び鈴の押しボタンにつながっておらず、針金がむき出しのままであることに、アレン警部は気づいた。

「よろしいでしょうか？」とバーカーが背後から尋ねた。

「もう少しよろしいですか？　手伝ってもらいたいことがあります、バーカー」とアレン警部が言った。

執事はかなり年老いていた。目には薄い膜のようなものがかかり、よそよそしい悲しみが浮かんでいた。両手は縮み、紫色の血管が見えて震えている。しかし、このような老人の言葉は、他人の欲求に気を配るという生涯の習慣によって取り繕《つくろ》われた部分でもあった。バーカーには、まだ意欲がくすぶっていた。

「デズデモーナから、われわれがなぜここにいるのか、充分な説明は聞いていていらっしゃらないと思います」とアレン警部が言った。「ミスター・トーマス・アンクレッドの提案ですが、彼はわれわれにヘンリー卿が亡くなった原因について、さらなる調査を望んでいます」

「本当ですか?」

「ご家族の何人かの方が、死亡診断結果が性急すぎたと考えています」

「確かにそうです」

「あなた自身もこのような懸念を抱きましたか?」

バーカーは手を開いたり握ったりした。「そうとは言えません。最初は、そうではありませんでした」

「最初は、そうではなかった?」

「夕食に、ヘンリー卿が何を食べ何を飲むか、そして、すぐに感情的になられることも、さらに、そういったことを何度も何度も繰り返されることも知っています。ドクター・ウィザーズが、卿にそのことを警告されていました」

「すると、あとですか? 葬儀のあとですか? そして、今は?」

「私は何とも言えません。ポーリーン様とミラマント様とデズデモーナ様が、何度も何度も、あるなくなった品物について尋ねてきたり、使用人たちのあいだで、われわれがいろいろと噂されたりしていますが、私には何とも言えません」

「あるなくなった品物というのは、殺鼠剤の缶ですね?」

「そうです。そして、今は見つかっています」

「そして、あの人たちが解決したがっているのは、なくなる前に、缶が開けられていたかどうかですね？」

「そうだと思います。ですが、十年以上前から、そのようなものは、このお屋敷内にありました。外の物置の一つに、二缶あります。そして、そのうちの一つが開いていて中身が使われ、ほったらかしにされていました。私が言えるのは、これだけです。このことが何を意味するのか、私にはなんとも言えません。ミラマント様は、一年前は開いていなかったとおっしゃいます。料理人のミセス・ブリバントは、一部を使ったと言っています。ですが、ミラマント様はそのようにお考えになられません。私が申しあげることができるのは、これだけです」

「殺鼠剤が、ミス・オリンコートの部屋で使用されたかどうかご存じですか？」

バーカーは不愉快そうに顔をこわばらせた。「私の知る限り、使われていません」

「彼女の部屋に、ネズミはいないのですか？」

「ソニア様は、ネズミがいると苦情を申されました。それで、家政婦の一人が罠を仕かけ、何匹か捕まえました。それと言うのも、ソニア様は毒を使うのはお好きでないとおっしゃったのです。ですから、毒物は使用されませんでした」

「なるほど。ところで、バーカー。ヘンリー卿が亡くなられた朝にこの部屋に入ったときと、今は、何か違っていませんか？」

バーカーの節くれだった手が唇へと動き、震える唇を覆った。そして目から、一筋の涙がこぼれた。

「あなたには、つらいことを思い出させることになって申し訳ない」とアレン警部が言った。

「座りましょう。いえいえ、座ってください」

バーカーは少し前かがみになって、子ども用の椅子に座った。

「もし何か重大な間違いがあれば」とアレン警部が言った。「あなたは、それを正したいと思うでしょう」

バーカーは、口が固いことと苦悩の狭間《はざま》で揺れ動いているようだった。突然、重い口を開いて話し始めた。彼は古典的ともいえる反応を示した。「私は当家がスキャンダルに見舞われることは避けたいと思っています。私の父は、当家で先代の准男爵に執事として仕えてまいりました。ヘンリー卿の二番目のいとこのサー・ウィリアム・アンクレッドです。そして、私はサー・ウィリアム・アンクレッドのもとで、ナイフを揃えたり片づけたりする下働きから始めて、やがて、召使いとして仕えました。先代は演劇とは無縁でした。いずれにしても、このことは、先代にとって大きな痛手だったでしょう」

「おっしゃっているのは、ヘンリー卿の死の様相についてですか？」

「私が申しあげているのは」バーカーが唇を引き結んだ。「最近のやり方についてです」

「ミス・オリンコートですか？」

「タッ！」とバーカーが言った。これで、アンクレッド家への彼の生涯にわたっての奉仕が確立されたと言っても過言ではないだろう。

「ところで」とアレン警部が突然言った。「家族が、このことについて何を考えているかご存じですか？」

長い沈黙があって、ようやくバーカーが囁《ささや》き始めた。「私は考えたくありません。隠れてこそこそうわさ話をけしかけるようなことはしたくありませんし、私自身、そういったものに加わりたくはありません」

「わかりました」とアレン警部が言った。「それでは、この部屋について教えてください」

バーカーの話は、おおむね、すでに警部が聞いていたとおりだった。暗がりの部屋、ベッドの上にうずくまっていた人影、悪臭、雑然とした室内、そして、ちぎれた呼び鈴のコード。「まるで」とバーカーが恐ろしそうに言った。「ヘンリー卿は床へ這い下りようとしていたかのようでした」

「呼び鈴の押しボタンはどこにありましたか？」とアレン警部が尋ねた。

「ヘンリー卿の手のなかです。強く握りしめられていました。最初は見つけられませんでした」

「それを今でもお持ちですか？」

「ヘンリー卿の化粧台の引き出しのなかです。私がそこへしまいました。修理しなければなりませんので」

「ともあれ、それを分解したり、調べたりしましたか？」

「いいえ、ただ片づけただけです。そして、基板上の回路を外しました」

「わかりました！　次にヘンリー卿が床に就く前の夜についてですが、ヘンリー卿に会いましたか？」

「ええ、会いました。ヘンリー卿は、いつもどおり呼び鈴を鳴らして私を呼びました。呼び鈴が鳴ったのが午前零時でした。それで、ヘンリー卿の部屋へ階段を上っていきました。ヘンリー卿が雇っていた男がいなくなって以来、私が従者としての仕事をしてきました」

「ヘンリー卿は自分の部屋で呼び鈴を鳴らしましたか？」

「いいえ、卿はいつも玄関広間を通りすぎるときに、玄関広間で呼び鈴を鳴らします。卿がお部屋に到着する前に私が使用人の階段を上って、卿をお待ちするのです」

「ヘンリー卿はどのようでしたか？」

「ひどいありさまでした。癇癪《かんしゃく》を起こされていて、言葉も荒々しく乱暴でした」

「家族に対してですか？」

「そうだと思います」

「続けてください」

「パジャマとガウンをお着せしたのですが、そのあいだもずっと文句をおっしゃっていました。そして、消化不良の痛みにも悩まされておいででした。お薬を差しあげたのですが、そのときは飲みたくないとおっしゃいました。それで、私は水の入った瓶とグラスをベッドのそばに置いておきました。私がベッドへお連れしようとしたとき、ミスター・ラッティスボンに会わなければならないとおっしゃいました。当家の事務弁護士です。そして、ヘンリー卿の誕生日には、毎年来られています。私はヘンリー卿に面会を延期されるよう申しあげました。卿はお疲れのようでしたし、なにより、取り乱しておいででしたから。ですが、卿は私の言うことを聞こうとしません。私は卿の腕をつかんだところ、卿はそれを振り払われました。私は心配してお止めしようとしましたが、ヘンリー卿は振り切っていかれました」

二人の男がこの大きな寝室でもめている光景を、アレン警部は思い浮かべた。

「どうしようもないとわかりました」とバーカーが続けた。「それで、ヘンリー卿の言われるとおりにしました。私は、ミスター・ラッティスボンを卿のお部屋へご案内しました。卿は私を呼び止め、これまた、いつも卿のお誕生日においでいただいているキャンディー夫妻を連れてくるようにおっしゃいました。かつての当家の使用人夫婦で、今は村で、小さな商売をやっています。卿の言葉つきから、このお二人に遺言の立会人になってもらうつもりだとわかりました。私はお二人をヘンリー卿のお部屋へご案内しました。それから、卿は三十分後に温かい飲み物を持ってくるように、ミス・オリンコートへ伝えるようおっしゃいました。ヘンリー卿が下がってよいとおっしゃったので、私は卿のお部屋を辞しました」

「それで、このことを伝えにいきましたか？」

「私が呼び鈴のスイッチを切り替えますと、たとえばヘンリー卿が夜中に何か頼みたいときに呼び鈴を鳴らすと、ミラマント様の部屋の外の通路で鳴ります。このたびのような緊急事態に備えて、このように特別に手配しています。ですが、呼び鈴が鳴る前に、押しボタンは卿の手のなかで壊れたに違いありません。なぜなら、仮にミラマント様がぐっすりとお休みになられていたとしても、お部屋を一緒に使われているデズデモーナ様が音を聞いたはずですから。デズデモーナ様の眠りはとても浅いので」

「ヘンリー卿が大声をあげなかったのは、おかしくないですか？」

「おそらく、大声をあげても聞こえなかったのでしょう。お屋敷のこの部分の壁は、かなり厚いのです。もともと外壁の一部ですから。先代の准男爵が、こちらの塔を増築されました」

「なるほど。ところで、このときミス・オリンコートはどこにいましたか？」

「彼女は皆さんと別れました。皆さんは応接間へ移りましたので」

「全員ですか？」

「そうです。ミス・オリンコートとミスター・ラッティスボンを除いて。それと、ミセス・アレンも。この方はお客様ですから。残りの皆さんは応接間にいました。ソニア様は自室へ戻られたと、ポーリーン様がおっしゃいました。そして、私はそこでソニア様を見ました。ミスター・ラッティスボンは玄関広間にいました」

「温かい飲み物の言いつけというのは、どういったことですか？」

執事が丁寧に説明した。ソニア・オリンコートが存在感を増すまでは、いつもミラマントが飲み物を用意していた。そして、ミス・オリンコートがこの役目を引き継いだ。家政婦が、ミルクと魔法瓶など必要なものをソニアの部屋に置いていく。その後、家政婦は自分のベッドへ戻る。ソニアはヒーターにかけて温め、魔法瓶に入れる。そして、卿が引き下がってから三十分後に、卿の部屋へ持っていくとのことだ。卿はよく眠れないたちで、ときどき夜遅くまで飲まないこともあるとのことだ。

「魔法瓶やカップに受け皿は、どうでしたか？」

「それらはすべて下げられ、すでに洗われています。そして、それ以来ずっと使われています」

「ヘンリー卿はミルクを飲んだのですか？」

「いずれにせよ、カップに注ぎます。そして、ネコのために受け皿へも。それで、受け皿は床に置いてあります。ですが、カップと魔法瓶と薬瓶はひっくり返されていました。そして、ミルクと薬が絨毯に染み込んでいました」

「ヘンリー卿は薬は飲んだのですか？」

「グラスが汚れていました。そして、受け皿に倒れていました」

「グラスも、洗ってしまったのでしょうね？　薬瓶のほうはいかがですか？」とアレン警部が尋ねた。

「先ほど申したとおり、薬瓶もひっくり返っていました。薬瓶は新しいものでした。私はすぐさま部屋から追い出されました。ですが、少しでも部屋を片づけようとしました。何をどう片づけたのかはっきりとは覚えていませんが、汚れた食器と薬瓶と魔法瓶を階下へ持って下りました。薬瓶は放り出されていましたが、ほかの物は片づけられていました。薬の戸棚は空っぽでした。薬の戸棚は、あのドアを通り抜けた浴室のなかにあります。浴室全体が掃除されて、きれいになっていました」とバーカーが誠実に言った。

　フォックス警部補がぼそぼそと何やら呟いた。

「あの晩、あなたがミス・オリンコートへ伝えた言づてについてですが」とアレン警部が言った。

「あなたは彼女を実際に見ましたか？」

「いいえ。私はドアをノックしました。すると、ソニア様が返事をされましたので、お伝えしました」バーカーが不安そうな顔をした。

「ほかに何かありませんでしたか？」

「奇妙なことがありました……」バーカーの声が弱まっていった。

「奇妙なこととは？」

「ソニア様はお一人だったはずです」バーカーが考え込むように言った。「先ほど申しましたように、ほかの皆さまは階下にいらっしゃいました。そしてその後、私がグロッグ酒をお持ちしたとき、皆さんはそこにいらっしゃいました。ですが、私がソニア様のお部屋のドアをノックしようとしたとき、彼女は笑っていたんです」

バーカーが立ち去ると、フォックス警部補が大きくため息をついて眼鏡をかけ、いぶかしげに裸の呼び鈴のコードを見た。

「君も、気になるかね？　フォックス警部補」とアレン警部が言った。そして、警部は化粧台へ向かった。「この化粧台は、女性のものだろう」

ソニア・オリンコートの大きな写真が、化粧台の真ん中に立てかけてあった。

フォックス警部補がそばへきた。「魅力的ですね」とフォックス警部補が言った。「ですが、奇妙ですね、アレン警部。これは、いわゆるピンナップモデルです。ヘンリー卿は銀縁の額に入れていますが、これだけ違和感があります。とても魅力的です」

アレン警部は左側の一番上の引き出しを開けた。

「誰もが、最初に思いつくことですね」とフォックス警部補が言った。

アレン警部が手袋をはめて、洋ナシ形の木製の呼び鈴の押しボタンを恐る恐る取り出した。

「人はこのような哀れな予防策を講じるが、とんでもない使い方をするものだ。さて、それでは」

アレン警部は押しボタンの端のネジを外して、なかを覗き込んだ。

「ここを見てみろ、フォックス警部補。二箇所を見てくれ。何も壊れていない。ネジの一つとそのワッシャーはしっかり固定されている。針金の切れ端もない。だが、もう一つのネジとワッシャーは緩んでいる。拡大鏡を持っているか？　あのコードをもう一度見てくれ」

フォックス警部補は拡大鏡を取り出して、ベッドへ戻っていった。「針金の一本は壊れていません」と警部補がすぐに答えた。「端の部分に光沢はなく、時間が経過したように黒くなっています。ですが、もう一本のほうは違います。引きずられて、こすられたようです。そういうことが起こったに違いありません。ヘンリー卿が体重をかけたのでしょう」

「なぜ一本のネジは緩んでおらず、一本の針金だけ光沢があるのだろう？」とアレン警部が言った。「この押しボタンを保管しよう、フォックス警部補」

アレン警部はハンカチで押しボタン包んで、ポケットに入れた。そのときドアが開いて、ソニア・オリンコートがなかへ入ってきた。

彼女は黒い衣装を着ていたが、堂々としていて喪に服しているようには見えなかった。灰色がかった髪の毛とたっぷりの前髪には艶《つや》があり、まぶたは青く塗られ、まつげは驚くほど長く、肌はつやつやしていた。ダイヤモンドの指輪と腕輪をはめて、イヤリングもしていた。彼女は部屋のすぐ内側に立っていた。

「お邪魔してすみません」とソニアが言った。「そちらは警察の方ですか?」

「そうです。あなたがミス・オリンコートですね?」とアレン警部が言った。

「そういう名前です」

「はじめまして。こちらがフォックス警部補です」

「聞いてください!」きびきびとした歩き方で、ミス・オリンコートが警部たちのほうへ進んだ。「この家で何が起こっているのか知りたいのです。あたしはほかの人たちと同じように、この家に気を配る権利があります」

「確かに」とアレン警部。

「ありがとうございます。ではまず、亡くなったあたしの婚約者の部屋へ、誰があなた方を入れたのですか? そして、あなた方はここで何をしているのですか?」

「われわれはヘンリー卿のご家族の要請を受けました。そして、まさにわれわれの仕事をしています」

「仕事ですって? どのような仕事ですか? いや、待ってください。言わないでください」とミス・オリンコートが語気を荒らげて言った。「なんとなくわかります。あの人たちは、あたしを動揺させようとしてるんです。そうでしょう? あたしを追い出そうとしてるんです。仕事って何ですか？　それがあたしの知りたいことです。さあ、おっしゃってください。仕事って何ですか？」

「まず初めにお訊きしておきたいのは、われわれがここにいることをどのように知ったのですか？　そして、なぜわれわれを警察の人間だと思ったのですか？」

彼女はベッドに座ると、両手をついてのけぞった。髪の毛が真っ直ぐに垂れた。彼女の背後には、深紅色のベッドカバーが広がっている。モデルを必要としている雑誌の作り手がいるのに、彼女はなぜ女優になろうとしたのだろうと、アレン警部は思った。彼女はフォックス警部補の足元をゆったりと見た。「なぜあなた方が警察の人間だとわかったのかですって？　あなたのお仲間の靴を見てください」

「君の靴だそうだ、フォックス警部補」アレン警部は呟くと、フォックス警部補と目が合った。

フォックス警部補の靴は履き古されていて、かなりくたびれていた。

フォックス警部補が咳ばらいした。「これは参りましたな」と警部補が慎重に言った。「鋭い目をした若い女性とうまくやっていくのは、私には大変そうだ」

「さて」とミス・オリンコートが続けた。「何かわかりましたか？　あの人たちは、遺言に何かおかしなことがないか、はっきりさせようとしているのですか？　ところで、亡くなったあたしの婚約者の引き出しを開けて、あなた方は何をしているんですか？」

「あなたは状況を間違って理解しているようです」とアレン警部が答えた。「われわれは仕事中です。そして、われわれの仕事の一部は、いろいろなことを尋ねることです。今はあなたが目の前にいるので、あなたにいくつか答えていただきたいのですが、ミス・オリンコート……」

彼女はアレン警部を見た。（まるで動物か、自己を意識しない子どもが見知らぬ人を見るときのようだな）と警部は思った。気管支炎のようなロンドン訛りの彼女の声と、その怪しげな慣用句を聞くたびに、アレン警部はショックを受けた。まるで彼女本来の言葉を放棄して、いかにも映画か何かで仕入れた借り物の台詞のようだった。

「かまいませんよ！」と彼女が言った。「何を知りたいのですか？」

「たとえば、遺言についてです」

「遺言は問題ありません」と彼女がすぐさま答えた。「たとえ家捜ししてもらっても、別の遺言が見つかるなんてことはありません、と申し上げておきましょう」

「なぜ、そう言いきれるのですか？」

彼女は前腕に体を預けて、さらにのけぞった。「お答えしましょう。あの日の夜、最後にここへ来たとき、婚約者がそれをあたしに見せてくれたからです。ヘンリー卿は事務弁護士のラッティスボンと二人の立会人を同席させ、遺言に署名しました。そして、それをあたしに見せてくれました。インクがまだ乾いていませんでした。そして、卿は古い遺言をそこの暖炉で燃やしました」

「なるほど」

「それに、もし卿が別の遺言を書きたかったとしても、書けなかったはずです。なぜなら、卿はとても疲れていたうえに痛みもひどかったものですから。それで、薬を飲んで、寝るとおっしゃいました」

「あなたがヘンリー卿を訪れたとき、卿はベッドにいましたか？」

「ええ」彼女はエナメル加工した指の爪を見て、口をつぐんだ。「あたしには感情がないと思われているようですけど、あたしはとても動揺しました。本当です。ヘンリー卿はとても優しかった。若い女性が結婚を間近に控えて、すべてが素晴らしく思えているときに、このようなことが起こることは耐えがたいことです。誰が何と言おうと、あたしは気にしませんけど」

「ヘンリー卿は、とても具合が悪そうでしたか？」

「皆さん、そのことをお尋ねになります。医者もポーリーンもミリーも。次から次へと。正直、あたしは叫び声をあげそうです。ヘンリー卿はいつもの発作を起こして、気分がすぐれませんでした。あの食べっぷりにあの気性ですから、無理もありません。あたしは卿に温かい飲み物をお持ちして、おやすみのキスをしました。卿はいくらか気分がよくなったようでした。あたしが知っているのは、以上です」

「あなたが一緒にいるときに、ヘンリー卿は温かい飲み物を飲みましたか？」

彼女は優雅にアレン警部のほうを向くと、目を細めて警部を見た。「そのとおりです」と彼女が言った。「あたしの目の前で、飲みました。そして、気に入ってました」

「そして、薬も？」

「ヘンリー卿は自分で薬を注ぎました。あたしは飲むように言いました。ですが、薬を飲まなくても治まるかどうか、しばらく様子をみたいと言ったんです。それで、あたしは辞去しました」

「わかりました、ミス・オリンコート」とアレン警部が言った。そして、両手をポケットに入れたまま彼女と向き合った。「あなたはとても率直な方です。われわれがここで何をしているのか、あなたは知りたがっています。われわれもあなたに倣《なら》って、率直に申しあげましょう。あなたがなぜ一連の子どもじみた悪ふざけをサー・ヘンリー・アンクレッドに行《おこな》ったのか、そして、それらを孫娘のせいにしようとしたのかを、われわれは解明しようとしています」

彼女がとても素早く立ち上がったので、アレン警部は驚いた。彼女はアレン警部のすぐそばに立っていた。唇を尖らせ、薄くて毛深い眉をひそめている。寝室にある男性誌に登場するような漫画の絵に、彼女は似ていた。吹き出しには、彼女の唇から怪しげな台詞が発せられることを期待してしまいそうだ。

「あたしの仕業と、誰が言ったのですか?」と彼女が尋ねた。

「誰でもありません。私自身です」とアレン警部が言った。「まず、ミスター・ジュニパーのお店から話を始めましょう。そこで、あなたは音の出るおもちゃを買いました」

「だから、何だと言うのですか?」とソニアが瞑想にふけりながら言った。「なんて人でしょう! なんて紳士でしょう! 信じられません」

アレン警部はミスター・ジュニパーに対するこの酷評を無視した。「次に、階段の手すりに絵の具を塗りつけた件です」

これを聞いて、ソニアは明らかに動揺した。彼女の顔から表情が消え、無表情ながら、目はわずかに見開かれた。「それは妙ですねぇ!」と彼女が言った。

アレン警部は続きを待った。

「あなたはセドリックと話したのですか？」とソニアが尋ねた。

「いいえ」

「でしょうね」とソニアがぼそぼそと言った。そして、フォックス警部補のほうを向いた。「あなたのほうは？」

「いいえ、ミス・オリンコート」とフォックス警部補も穏やかに答えた。「私も警部も、話していません」

「警部さんですって？　まあ」

アレン警部は彼女が新たな興味を持って自分を見ていることに気づき、これから起こることを予想した。

「地位の高い方でいらっしゃるのね。お名前を伺《うかが》ってもよろしいかしら？　まだお名前をお聞きしていなかったようなので」

アレン警部が名のった。トロイとの関係がソニアには知られていないのではないかという警部の期待は、彼女が彼の名前を繰り返すうちに手で口元を覆い、「まあ、こんなこともあるのね」と言ったときに雲散霧消した。彼女は耳障りなほど笑いだした。

「失礼」とソニアがすぐさま言った。「ですが、考えてみるとおかしなものですね。あなたはそのことから逃れることができません。階段の手すりに絵の具が塗られているのを見つけたのは、奇妙にもミセス・アレンです。それで、あなたもそのことを知っているのですね」

「そして」とアレン警部が続けた。「サー・セドリック・アンクレッドと階段の手すりの絵の具とのつながりは、何ですか？」

「打ち明けるつもりはありません」とミス・オリンコートが言った。「そして、セドリックもないでしょう。でも、彼はかなりおしゃべりだから、心配だわ。あたしをがっかりさせたら、ただじゃおかないから。その前に知りたいことが山ほどあります。本の中身についてです。おかしくなったのは、あたしかしら？　それとも、この家のほかの人たちかしら？　誰かがチーズ料理に小さな汚い本を入れて、昼食に出しました。それを見つけたとき、あの人たちはどうしたと思いますか？　まるであたしがやったかのように、あたしを見たんです。ばかばかしい。まったく、なんて本でしょう！　死体防腐処理についてなんて！　気味が悪いわ。そして、あたしはチーズ料理に本なんて入れていないと言ったとき、あの人たちはどうしたと思いますか？　ポーリーンはわなわなと身を震わせ、デッシーは『あなたが、自分で自分の首を絞めるとは思わなかったわ』と言ったわ。そして、ミリーは、あたしがその本を読んでいるのをたまたま見たと言いました。そして、まるであたしはネコか何かが持ち込んできたものであるかのように、あの人たちは出ていきました。あたしは一人で座ったまま、閉じ込めておくべきなのはあたしなのか、あの人たちなのか考えていました」

「あなたは、以前にその本を見ましたか？」

「見た覚えはあります」とソニアが答えた。それから、アレン警部からフォックス警部補へと、新たに用心して視線を移した。「人目を惹かずにいるのが難しいでしょう。でも、何について書いてあるのかわからなかったんです」しばらくしてから、ぼんやりと付け加えた。「あたしはあまり本を読みませんから」

「ミス・オリンコート」とアレン警部が言った。「今話し合っている悪ふざけのほかに、あなたが個人的に関与しているものがあるかどうか、偏見なく話してくれませんか?」

「いかなる質問にも答えるつもりはありません。ここで何が行われているのか、わからないうちは。自分の身は自分で守らなければなりません。この家の人たちのなかで、一人だけ友人がいると思っていましたが、どうやら、彼はそうではなかったようです」

「サー・セドリック・アンクレッドのことを言っているのですね?」とアレン警部がげんなりしながら尋ねた。

「そうです、サー・セドリック・アンクレッドです」ミス・オリンコートが甲高い笑い声をあげて繰り返した。「准男爵です。笑ってしまって、失礼しました。ですが、正直に言えば、叫びたいほどです」彼女は警部たちのほうへ背中を向けると、ドアを開けたまま出ていった。

廊下を進む彼女の笑い声が、しばらく聞こえた。

「彼女と話して、何かわかりましたか?」とフォックス警部補が穏やかに尋ねた。

「おぼろげではあるが、見えてきたものはある」とアレン警部が不機嫌そうに答えた。「君はどう思うかわからないが、彼女の供述にはかなりの信憑性があったように思う。その種の印象はあまり当てにならないが。もし彼女がヘンリー卿の温かい飲み物にヒ素を混入させたとしたら、彼女が実行できた、ただ一つの合理的な方法ではないだろうか？　しかし、この段階では、ほかの人たちの疑いを晴らすような何かに出くわす可能性もまだ捨てきれないので、私はあえて主張しなかったのだ。われわれは捜査を続けなければならないだろう」

「どうしますか？」とフォックス警部補が尋ねた。

「差し当たって、別々に進もう。卵を抱きたがる雌鶏《めんどり》のように、私は君を連れ歩いてきた、フォックス警部補。そろそろ卵を産んでもらいたい。階下へ行って、執事のバーカーや年長の女中たちに君の得意技を発揮してもらいたいんだ。温かい飲み物のミルクについて、魔法瓶に入るまでを辿《たど》って、徹底的に調べてくれ。それから、うわさ話やおしゃべりなども。紙のごみ捨て場や瓶のごみ捨て場、それに、モップやバケツも探し出してくれ。そして、ロンドンへ戻って調べよう。魔法瓶も回収するんだ。分析しなければならないだろうが、希望が持てそうだ！　君と歩調を合わせよう、フォックス警部補。君の仕事をやってくれ」

「警部はどうされるのですか？」とフォックス警部補が尋ねた。

「私はセドリックに会いにいく」とアレン警部が答えた。

フォックス警部補が出入り口で立ち止まった。「おおむね承知しました、警部」と警部補が言った。「ところで、今の状況で、検視は行われると思いますか？」

「いずれにせよ、検視は行われるだろう。もしドクター・カーティスの都合がつけば、明日にでも」とアレン警部。

「明日ですって！」とフォックス警部補が驚いて言った。「それに、ドクター・カーティスとは？

サー・ヘンリー・アンクレッドの検視ですか?」

「いいや」とアレン警部が答えた。「ネコのカラバのだ」

第十三章　セドリックについて

アレン警部は図書室でセドリックと面談した。図書室は、これといった特徴も生活感もない部屋だった。本は、お揃いの版がガラスのドアの後ろに整然と並んでいる。たばこの匂いもしなければ火の気もなく、いつもは使用されていないのが明らかだった。

セドリックは感情をあらわにし、いらいらしていた。彼はアレン警部と向き合うと、手を打ち鳴らして、さっそくトロイについて話し始めた。「彼女は本当に素晴らしかったです。仕事中の彼女を見るのは、身震いするほどわくわくしました。近寄りがたい凄《すご》みを感じましたよ。あなたは、彼女をたいそう誇りに思っておられるでしょうね」

彼の口は開いたり閉じたりして、歯がのぞいた。色の薄い目が見つめ、声はしどろもどろに続く。彼は落ち着きもなかった。セドリックは空っぽのたばこの箱の蓋を持ち上げたり、装飾品を動かしたりして、目的もなく部屋のなかを歩き回っていた。学生時代、アレン警部の甥たちと面識があったことを、セドリックは思い出した。そして、アレン警部の仕事に並々ならぬ興味を抱いていることを隠そうとしなかった。彼は再びトロイの話へ戻った。ペリシテ人（文学や芸術などの教養的なことに興味のない人）のなかにあって、彼だけがトロイの言葉を理解することをほのめかした。これには不安を掻き立てる要素があり、アレン警部は口を挟む機会をうかがっていた。

「一つお断りしておきますが」アレン警部が口を開いた。「われわれは、決して表敬訪問に訪れたわけではありません。あなたもそのことに同意されると確信しています。妻がヘンリー卿の肖像画を描いたのは奇妙な偶然であって、目の前の問題とは何の関係もないと考えてかまわないでしょうか？　もちろん、彼女の仕事が状況に何らかの関係があることがはっきりした場合を除いてですが」

セドリックは口を半ば開いたままだった。彼は頬を紅潮させ、髪の毛に触って言った。「もちろんです。あなたがそう思うなら。親しみやすい雰囲気にしようと思っただけです……」

「お気遣いいただきありがとうございます」とアレン警部が言った。

「あなたの公式の礼儀作法のやや堅苦しい感覚が禁じるのでなければ」とセドリックが辛辣《しんらつ》に言った。「まずは、座りましょうか？」

「ありがとう」とアレン警部が静かに言った。「さらにくつろげるでしょう」

アレン警部は大きな肘掛け椅子に座って足を組むと、両手を合わせ、そしてトロイが言うところの学者のような態度でセドリックと対峙した。

「ミスター・トーマス・アンクレッドから聞いていますが、あなたも、ヘンリー卿の死については、さらなる調査が必要だとお考えだとか」

「そうです」セドリックがいら立ちながらも、同意した。「かなり厄介でしょう？　ようするに、関係し合っているすべてのことを知りたいのです。ですが、あまりいい気はしません。もっともかかわっているのが、僕であることを考えれば。僕を見てください。この恐ろしい家に、囚われの身です！　そして、その対価は微々たるものです。もろもろの税もあります。おまけに、強欲な相続税も。うちの屋敷を借りようなどと気の狂った人はいないでしょう。学校については、どれほど不便で、どれほどじめじめしているか、キャロライン・エイブルが文句を言うばかりです。戦争が終わった今、問題のある子どもたちは急いで立ち去るでしょう。ですが、ぼろ切れを着て、廊下を囁きながらさまよう子どももいるでしょう。ですから」彼は手を振りながら付け加えた。「人はむしろ不思議に思うでしょう……」

「そうなのでしょうね」

「そして、うちの人間は、僕が家長として振る舞うことを求めるでしょう。僕自身が自分の立場を理解できないうちに、第二のヘンリー卿に仕立てられそうです」

「一つ二つはっきりさせたいことがあります」とアレン警部が言った。すぐさま、セドリックがなんとも言いようのない集中した様子で身を乗り出してきた。「まずは、匿名の手紙を書いたのは誰かということです」

「僕は、書いていません」

「誰が書いたか、心当たりはありますか？」

「個人的な意見ですが、おばのポーリーンではないかと思います」

「なぜ、そう思うのですか？」

「彼女の特徴的な言い回しが使われているからです。〝なになにと考えるだけの理由があります〟

という言い回しです」

「あなたは、ミセス・ケンティッシュ、すなわちポーリーンに手紙を書いたかどうか尋ねましたか？」

「ええ、もちろんです。彼女はきっぱりと否定しました。それに、おばのデッシーです。ある意味で有能ですが、自分が疑っていることをはっきり口に出す人ですから、彼女かもしれません。ですが、なぜこのような秘密の手紙を書く必要があるのでしょうか？　残っているのは、まず、いとこのポールとフェネーラです。二人は相思相愛でそのことに夢中なので、それ以外のことには無関心です。そして、僕の母です。母は常識的な人間です。さらに、義理のおばのジェネッタ。少し厳粛すぎます。そして、古くから仕えてくれている使用人たちです。地主や牧師、それに事務弁護士のミスター・ラッティスボンを考慮に入れようと思わなければ、以上です。これほど不可解なことはありません。僕としては、ポーリーンだと思っています。彼女に会いましたか？　あの悲劇以来、彼女はマクダフ夫人（シェークスピア作『マクベス』の登場人物。夫が家族を不適切に見捨てたことに激怒する）とほとんど見分けがつきません。あるいは、歴史的なドラマの一つを通じて、丘を上ったり谷を下ったりしながら呪いを唱える、あの恐ろしいシェークスピア風の未亡人かもしれません。コンスタンスでしたっけ？　そうです。今、ポーリーンは悲劇で身動きできない状況です。デッシーもかなりまいっています。ですが、ポーリーンに会うまでは、先入観を持たないほうがいいでしょう」

「これらの匿名の手紙に使用された紙は、この家にありますか？」

「いいえ、ありません！　子どもが使う筆記帳です！　使用人たちが、わざわざそのようなものを持つことはないでしょう。ちなみに筆記帳といえば、キャロライン・エイブルが書いたかもしれないとは考えられませんか？　彼女はイド（精神の奥底にある本能的衝動の源泉）や主義に凝《こ》っています。そして、何事もエディプス・コンプレックス（子どもが異性の親に対しては性的思慕を、同性の親には反発を無意識に抱く心的傾向）に遡《さかのぼ》る傾向があります。そのようなことが彼女に跳ね返って、彼女は少しおかしくなったのではないでしょうか？　もちろん、僕の個人的な意見です。単に、一考に値するとして、持ち出しただけです」

「殺鼠剤の缶についてですが」とアレン警部が話し始めると、セドリックが甲高い声をあげて遮《さえぎ》った。

「そのことですが、想像してみてください！　ミリー――僕のママですが、いわゆる主婦です。そして、デッシーは階上で興奮していましたし、ポーリーンは大きな音を立てて歩き回っています。そして、哀れな僕は後方で息を切らせています。実際、われわれは、何を探しているのかわからなかったのです。殺鼠剤を探す一方で、人に見られたら困るような書類が見つかるかもしれません。なぜなら、ソニアはとてもかわいらしいでしょう？　本当にかわいい。だけど、ヘンリー卿では、とても適切なお相手とは言えません。そう感じずにはいられません。不変であろうと気まぐれであろうと、遺言は遺言だ、と僕は指摘しましたが、何も彼らを止められないでしょう。半ばふざけて『ソニアの持ち物のなかに、毒の小瓶でも見つかることを期待していないでしょうね？』と言いました。それで、あの人たちはソニアの持ち物を意識し始めたんです。結果、あの人たちは僕を物置部屋へ追い立てました。そしてそこで、探しているときの常套句を、われわれは使ったのです。『見つけた』と」

「あなた自身が、スーツケースから殺鼠剤の缶を取り出したのですか？」

「ええ、そうです。びっくりしました」

「どんな状態でしたか？」

「どんな状態でしたかですって？　おじのトーマスがあなた方に渡したでしょう？」

「きれいでしたか、それとも、汚れていましたか？」

「汚れていました。あの人たちは、僕に蓋を開けさせました。なかなか悪戦苦闘しましたよ。蓋を開けた拍子に殺鼠剤が跳ねて、少し僕にかかったんです。僕は怖くなりました。まだ、しみが残っています」

「誰が最初に探そうと言いだしたのですか？」

「お答えするのは難しいですね。とにかく、われわれの総意とお答えしておきましょう。チーズ料理に、例の死体防腐処理の本が入っていたのがきっかけです。言っておきますが、僕はパンティーの仕業だと思っています。あのとき、われわれは一斉に叫び声をあげました。〝殺鼠剤〟と。それが、まさに戦端を開くことになってしまいました。ポーリーンだったと思いますが、彼女が『火のないところに煙は立たない』と言ってから、『だけど、彼女はどこでヒ素を手に入れるの？』と言いました。母のミリーだったか、あるいは、僕だったかもしれませんが、殺鼠剤がなくなっていることを思い出したんです。その話が出るやいなや、ポーリーンとデッシーがソニアの部屋を探そうと騒ぎだしたんです。あなたも見ればよかったんです。ダーリン・ソニア！〝ダーリン〟というのは条件付きですが。とげとげしいピンク色のひだ飾りや、しわくちゃなサテンや、クッションの後ろから覗いていたり、電話機の上にしゃがんでいる人形などで、寝室はごったがえしています」

「スーツケースを、われわれに預けていただけませんか？」とアレン警部が言った。

「指紋でも採取するつもりですか？　もちろん、お持ちいただいてかまいません。ダーリン・ソニアに気づかれないようにですか？」

「できれば」

「僕が階上へ行って、お持ちしましょう。もしソニアがいたら、彼女に電話がかかってきていると言います」

「助かります」

「では、さっそく」セドリックが立ち上がりかけた。

「ちょっと待ってください、サー・セドリック」アレン警部が呼び止めると、セドリックは愛嬌のある仕草で不安そうにアレン警部のほうへ身を乗り出した。「なぜ、あなたはミス・ソニア・オリンコートと一緒に、一連の悪ふざけをヘンリー卿に行ったのですか？」

セドリックの顔がみるみる紅潮した。まぶたと目の下の袋が藤色になった。小鼻のそばにしわができ、さらに、色を失った唇を尖らせると、ゆっくりと広げて、嫌な笑みを浮かべた。

「何を言いだすかと思えば」とセドリックが忍び笑いをした。「ダーリン・ソニアがあなた方に打ち明けたんですね」しばらくためらってから、彼が付け加えた。「僕が思うに、これでソニアはおしまいです」

「ですが」しばらくしてから、アレン警部が口を開いた。「ミス・オリンコートは悪ふざけについて、何の供述もしていません」

「供述していないですって？」とても悲痛な叫び声だったので、セドリックが発したものとは信じがたかった。今、セドリックは頭を垂れて、彼の両足のあいだの絨毯を見つめているようだった。セドリックが両手をこすり合わせるのを、アレン警部は見ていた。「なんて無益なことを」とセドリックが言った。「古いいたずらです。昔ながらの悪ふざけですよ。僕は知らなかったけれど、先ほど、あなたが言ったじゃないですか！」セドリックが顔を上げた。顔色は元に戻っていた。そして、後悔しているような表情を見せた。「どうか、怒らないでください。子どもじみているのはわかっています。ですが、あなたにお願いしたいのです、アレン警部。どうかあなたの周りを見回してください。アンクレトン館特有の雰囲気をよく見てください。取り繕ったうわべを。やる気をなくさせるほどの不平等をよく見てください。とりわけ闇の部分に注意して」

「残念ながら、そのようなお話にお付き合いするつもりはありません」とアレン警部が言った。

「ヘンリー卿の肖像画に描かれた眼鏡や空飛ぶウシについてお話しいただけないのであれば」

「ですが、僕はやっていません！」とセドリックが語気を強めて異議を唱えた。「あれは素晴らしい肖像画です！　そのようなものに、僕が悪ふざけをするとお思いですか？」

「それでは、階段の手すりの絵の具についてはいかがですか？」

「それも、僕はやっていません。ミセス・アレンでは！　そのようなことは夢にも思っていませんが」

「ですが、少なくともあなたはそのことをご存じだったようです」

「とにかく、僕はやっていません」とセドリックが繰り返した。

「鏡やネコへのドーランのいたずらについては、いかがですか？」

　セドリックは押し殺した声で笑った。

「あなたの指の爪に、赤色のドーランがついていましたよ」

「なんと鋭い目をお持ちなんでしょう！」とセドリックが叫んだ。「ミセス・アレンですね！彼女があなたの助けになっているわけだ」

「事実、あなたがやったに……」

「ヘンリー卿は」セドリックが遮った。「典型的なロココ様式の信奉者でした。僕は我慢できませんでした。ネコも。一種の駄じゃれですよ。たかがネコのひげです！」

「それで、ヘンリー卿の椅子のおならのクッションにも、あなたは関係していますか？」

「ソニアが購入したんです。僕も止めませんでしたけど。それで、僕がヘンリー卿の椅子に置いたんです。ですが、目くじらを立てるほどのことではないでしょう。ささやかな抗議ですよ。アレン警部。このようなことが、目下のお仕事と関係あるのですか？」

「ヘンリー卿の遺言に影響を与えるために画策されたのではないかと考えています。そして、われわれはヘンリー卿の二通の遺言に関心を持っています」

「僕の鈍い頭では、さっぱりわかりません」

「あの時点で、ヘンリー卿の孫娘であるパトリシア――いや、パンティーとお呼びしたほうがいいのでしょうか――が、もっとも有力な相続人であることは、周知の事実でしょう?」

「ですが、ヘンリー卿のお気に入りは、それこそ日ごとに変わりますからね」

「もしそうであれば、そして、これらの悪ふざけが彼女によるものだとすれば、彼女の立場に大きな影響を与えるでしょう」アレン警部はしばらく黙っていたが、セドリックは何も言わなかった。「彼女の仕業だと、なぜあなたはヘンリー卿に思わせようとしたのですか?」

「あの子は」とセドリックが言った。「数えきれないほどの悪さをしても、罰を逃れています。少しこらしめてやらなければ」

アレン警部が落ち着いて続けた。「空飛ぶウシが、五つのいたずらの最後のいたずらでした。そして、われわれが知る限り、そのことが、あの晩、ヘンリー卿が遺言を書き直す決意を固める要因になったと考えます。それというのも、パンティーがやっていないことがかなり明確に証明されたので、ヘンリー卿は誰を疑えばよいのかわからなくなった。それで、家族全員に復讐しようとしたのかもしれません」

「なるほど。しかし……」

「これらの悪ふざけの当事者は、誰だったのですか?」

「少なくとも、自分で遺言から除外されるようなことをすると思いますか?」

「どのような結果になるかは予想できなかったでしょう。ですが、パンティーをおとしめることで、あなたはかつての立場に返り咲くかもしれないと考えたでしょう。晩餐会で読まれた遺言の線上にある何かに。いや、むしろそれ以上のものに。一連の悪ふざけについて、あなたとミス・オリンコートは仲間だとあなたは言いました。実際、少なくとも、あなたは悪ふざけについてすべて知っていたことを私にほのめかしました」

「僕が、一連の悪ふざけに関与しているように思われるのは不愉快です」とセドリックが早口にまくしたてた。「あなたの言いたいことを腹立たしく思うとともに、否定します。未解明であるにもかかわらず、あなたの憶測で抜き差しならない状況に僕を追い込みましたね。こうなっては、ソニアが何をしていて、なぜそうしたのか、僕は知っていたと認めるしかないでしょう。僕はそのことを楽しんだし、悲惨で恐ろしいまでに退屈な晩餐会を活気づけてくれました。パンティーはいけすかない子です。だから、彼女が疑われ、遺言から除外されても、僕は少しも残念には思いません。彼女は借り物の栄光に浸《ひた》っていたんです。それだけのことです!」

「よくわかりました」とアレン警部が言った。「これで、かなりすっきりしてきました。ところで、サー・セドリック。匿名の手紙を書いたのは誰なのかご存じないというのは、間違いありませんか?」

「間違いありません」

「そして、チーズ料理に、死体防腐処理の本を入れたのはあなたではないというのも、確かですか?」

セドリックは口をぽかんと開けて、アレン警部を見つめた。「僕が? なんで僕がそんなことを？　もちろん、違います！　ソニアが殺人犯であることが判明したなどということがないことを望んでいます。そして、もちろん僕も。ですが、知りたいとは思っています」

セドリックを見たアレン警部は、彼とミス・オリンコートとの関係をこれ以上問いつめるのは無理だろうと思った。

いずれにせよ、そのときポーリーン・ケンティッシュが図書室へ入ってきたので、セドリックとの面談を中断した。

ポーリーンは声をあげてはいなかったが、泣きながら入ってきた。こぼれそうな涙を懸命にこらえていた。アレン警部の目には、ポーリーンは妹のデズデモーナよりもかなり老けていて、ぼんやりしているように見えた。アレン警部がミセス・アレンの夫であることに感謝の意を表すといういささか違和感のある言葉を、ポーリーンは述べた。「わたしたちを助けてくれる友を得たような気持ちです」イタリック体で書くような言葉や言い回しが、彼女の会話に増えてきた。多くがパンティーについての話だった。アレン警部がとても優しかったので、その子どもは警部を大いに気に入ったとのことだ。「そして、わたしがいつも思うのは」ポーリーンがアレン警部を見つめて言った。「あの人たちは知っています」ここから、パンティーの悪ふざけについて語られた。悪ふざけについては、いずれもパンティーにはアリバイがあった、とポーリーンが供述した。「かわいそうな子どもが注意深く見守られているなかで、どうしてあのようなことができたでしょう？　ドクター・ウィザーズからも、明確な指示がありました」

「いずれにしても、彼女がやったんです。パンティーを見てごらんなさい！」とセドリックが口を挟んだ。

「ドクター・ウィザーズは信頼できる医師です、セドリック。仮にジュニパーの店のお薬があまり効かなかったとしても、先生のせいではありませんよ。そのお薬で、あなたのおじいさんは何度も助けられたのですから」

「殺鼠剤もですか？」

「ドクター・ウィザーズは、そんなものを処方していません、セドリック」とポーリーンが低い声で言った。

セドリックがにやにやと笑った。

ポーリーンはセドリックを無視して、訴えかけるようにアレン警部のほうを向いた。「アレン警部。わたしたちはどうしたらいいのでしょう？　すべてが悲惨で恐ろしいのです。不安定な状態です！　疑惑が長く残ります！　わたしたちのなかに留まっているのです！　わたしたちはどうしたらいいのでしょう？」

ヘンリー卿が亡くなった晩の、卿が小劇場を出てからの出来事について、アレン警部が尋ねた。トロイとポールとフェネーラを残して、ほかの人たちをポーリーンが自《みずか》ら応接間へ導いた、と言った。だがミス・オリンコートは、応接間にはほんの短い時間しかいなかったとのことだ。応接間では空飛ぶウシを誰が描いたのかについて激しいやりとりが行われたようだ。執事のバーカーが事務弁護士のラッティスボンと一緒に現れるまで、三人の来客がこの家族の言い争いを不快に思いながら聞いていた。地主と牧師はこの機をとらえて辞去した。ポールとフェネーラは彼らの寝室へ戻る途中に、応接間に顔を出した。トロイはすでに階上へ引きあげていた。さらにとりとめのない論争があったのち、ヘンリー卿の誕生日パーティーが散会した。

　ポーリーンとミラマントとデズデモーナが、ベルナールという女優の名前が書かれたポーリーンの部屋に集まった。そして、よもやま話をした。三人は廊下のはずれにある浴室へ向かった。途中で、ちょうどヘンリー卿の部屋から出てきたミスター・ラッティスボンに出会った。彼のことだから、ドレッシングガウン姿の三人の女性と出くわしたことが気まずいことでもあるかのようにビクトリア朝風に恥ずかしがりながら、事務弁護士は彼自身の塔へ足早に通り過ぎていっただろう、とアレン警部は想像した。三人は夜の礼拝を一緒に行い、隣り合った各自の部屋へ戻っていった。ここまで話してきて、ポーリーンの顔が苦痛にゆがみ始めた。

「もともと」とポーリーンが言った。「ベルナールの部屋とバンクロフトの部屋は、子ども部屋として、一つの大きな部屋だったようです。ですから、二つの部屋を分けている壁は薄いんです。そして、ミリーとデッシーがバンクロフトの部屋を一緒に使っています。もちろん、話し合うべきことがたくさんありましたから、いっとき、わたしも話し合いに参加しました。ミリーのベッドはわたしの部屋と壁を隔ててちょうど向かい側にあって、デッシーのベッドもかなり近いです。長い一日だったので、わたしは疲れ果てていました。ですが、二人は話し続けていました。それで、わたしは次第に眠れなくなりました。実際、二人は配慮にかけていました」

「ポーリーンおばさん。なぜ壁を叩いて、二人に静かにするように言わなかったのですか?」セドリックが不思議そうに尋ねた。

「わたしは、そういったことはしたくありません」とポーリーンが気高そうに言った。だが、すぐに矛盾したことを口にした。「結局、壁を叩いたわ。そして『もうかなり遅いんじゃないの?』って言ったのよ。デッシーが何時なのか聞いてきたわ。そうしたら、ミリーが、午前一時を過ぎてはいないはずよ、って答えたの。それで時刻について言い合いが起こって、とうとうデッシーが『だったらポーリーン。あなたの腕時計を見てよ』って言ったのよ。それで、わたしが腕時計を見ると、午前三時五分前だったわ。それでようやく二人はおしゃべりをやめて、眠りについたのよ。あなたのお母さんなんか、いびきをかいてたわよ、セドリック」

「それはどうも」

「ということは、ミリーとデッシーがおしゃべりしたり、眠ったりしているあいだに悲劇は起こったことになるわ。わたしが虫の知らせに従って、パパのところへ行っていたら……」

「お父さんのところへ行って、どうするつもりだったんですか、ポーリーンおばさん?」とセドリックが尋ねた。

ポーリーンがゆっくりと首を横に振ってから、少しためらった。「いわゆる、虫の知らせってやつよ。パパが破滅へ突き進んでいるような気がしたの」

「そして、ポールとパンティーも、同じように破滅へ向かっているように思いませんか?」とセドリックが口を挟んだ。「あなたなら、彼らのためにヘンリー卿に懇願することができたでしょうか?」

「あなたには、私利私欲のない行為なんて理解できないでしょうね、セドリック」

「できませんね」とセドリックがきっぱりと言った。「そのようなものが存在するとは思えない」

「タッ！」

「さて、警部のほうでさらにお尋ねになりたいことがないようなら、僕はそろそろおいとましたいのですが」とセドリックが言った。

「けっこうです、サー・セドリック」とアレン警部が機嫌よく言った。「これ以上お尋ねすることはありません。私の仕事をこのまま続けてもかまいませんか？」

「どうぞ続けてください。この家を、ご自分の家と思っていただいてかまいません。ともかく、夕食をご一緒しましょう。そして、もう一人の物静かなご友人もご一緒に。お名前は何でしたっけ？」

「ありがとうございます。ですが、フォックス警部補と私は外で食べます」とアレン警部が言った。

「そうですか。それなら」セドリックが図書室のドアへ向かいながら呟いた。「チーズ料理の件では、パンティーが無実であることや、匿名の手紙を彼女が書くことができなかったことをポーリーンおばさんに話してもらって、あなたの気持ちを晴れやかにしてもらいましょう」

だが、セドリックの行く手をポーリーンが遮った。あれほど素早くは動けないだろうから、おそらく、ポーリーンは少し前から毅然とした態度でそこに立っていたのだろう、とアレン警部は思った。彼女はドアに手をつき、頭をのけぞらせて立っていた。「待って！」ポーリーンは息を弾ませて言った。「待ってちょうだい！」

セドリックが笑みを浮かべて、アレン警部のほうを向いた。「ほらね。噂をすればなんとやらだ。マクダフ夫人だ。彼女の関心は、もっぱらパンティーとポールなんです。追いつめられた雌《めん》鶏《どり》です」

「アレン警部」とポーリーンが言った。「このことは誰にも言わないつもりでした。わたしたちは古くからの家柄です……」

「いったい、何を言いだすんですか、ポーリーンおばさん」とセドリックが言った。

「……それに、おそらく間違っているのでしょうけど、その古さにいくらかの誇りも持っています。今日まで、われわれの家名を汚すようなことはありませんでした。セドリックは今や一家の長です。そのことを考慮するとともに、父の思い出のためにも、彼に対して寛大に接してきました。ですが、彼がわたしを傷つけ、侮辱し、さらにわたしの子に嫌疑をかけるようなことをするのであれば、わたしにも考えがあります」何か重大なことを告白するかのように、ポーリーンは口をつぐんだ。だが、なぜかポーリーンが顔をしかめた。それを見て、アレン警部はポーリーンの娘のパンティーをすぐさま思い出した。涙がポーリーンの目に浮かんだ。「そう考えるだけの理由があります」とポーリーンが話し始めて、またもや口をつぐんだ。怯《おび》えているように見えた。

「わたしは気にしません」と彼女が言った。彼女の声は哀れな響きを帯びていた。「わたしに不親切である人たちに耐えられませんでした」そして、セドリックのほうを見た。「彼に尋ねてください」と彼女が言った。「あの晩、ソニア・オリンコートの部屋で彼がやっていたことを尋ねてください」

ポーリーンは急に泣きだすと、よろめきながら図書室から出ていった。

「なんてことだ！」セドリックは吐き捨てると、ポーリーンのあとを追って飛び出していった。

アレン警部は一人残って、やるせなさそうに口笛を吹くと、次第に寒く暗くなってきた図書室のなかを歩き回ってから窓のところへ行き、手帳にいろいろ書き留め始めた。その途中で、フォックス警部補がやって来た。

「ここだとお聞きしたものですから」とフォックス警部補が言った。「何をしていたんですか、警部？」

「巣窟を引っ掻き回せば、何か飛び出してくるかと思ったんだが。君のほうはどうだ？」

「薬瓶と封筒を三つ見つけました。そして、ミスター・バーカーの部屋で、お茶を一杯いただきました」

「それは、私が図書室で得たのより大きな成果だ」

「料理人と女中たちがやって来て、かなり話を聞くことができました。いずれも年配の女で、メアリーにイザベルにミュリエルといいます。そして、料理人はミセス・ブリバントです」

「それで、メアリーとイザベルとミュリエルは、何を話したんだ？」

「私たちは少しおしゃべりをして、ラジオを聴きました。ミセス・ブリバントが戦闘部隊にいる甥の写真を見せてくれました」

「おいおい、フォックス警部補」アレン警部がにやにやしながら言った。

「慌てないでください」とフォックス警部補が楽しんでいるように言った。「徐々に故ヘンリー卿の話になりますから」

「そうあってほしいものだ」

「まかせてください。執事のバーカーが一緒にいるあいだは、女中たちがほとんどしゃべらなかったんです。ですが、執事がいなくなってから、とたんに口が軽くなりました」

「なるほど！」

「われわれはくつろいだ雰囲気になって、女中たちも本音をしゃべるようになったんです。イザベルを除いて、彼女たちはミス・ソニア・オリンコートをずいぶんと嫌っていました。イザベルだけは、ヘンリー卿が家族との関係を変えたがっているのを責めることはできないと言っていました。イザベルはもっとも年長の女中です。そして、彼女はミス・オリンコートの部屋の世話をしていました。それで、彼女もイザベルとは親しくなったようです」

「なるほど」

「どうやら、ミス・オリンコートとイザベルは、秘密を共有するほど親しかったようです。イザベルはそのことを隠そうともせずにしゃべりました。彼女はおしゃべりな女中です。それで、ミセス・ブリバントもイザベルをあおっていました」

「温かい飲み物の経緯については、何かわかったか？」

「イザベルが冷蔵庫からミルクの入った水差しを取り出して、ソニアの部屋へ持っていきます。水差しに残ったミルクは、次の日にいろいろな用途に使われます。イザベルがミルクを持っていったとき、ソニアは軽装で部屋にいました。そして、十分も経たないうちに、ミス・オリンコートはそれをヘンリー卿のところへ持っていきました。ミルクは台所でイザベルが温めます。そして、軽食を添えます。ミス・オリンコートが持ってくることが、ヘンリー卿のお気に入りだったようです。そして、ほかは誰も自分に合うように作ってくれないと言っていたとのことです。これは、イザベルとミス・オリンコートのあいだの冗談でしょうけど」

「つまり、イザベルとソニア以外は、誰もヘンリー卿の温かい飲み物には触れないということだな？」

「軽食のほうに、何も混入していなければですが。それで、軽食を手に入れました」

「よし」

「ミス・オリンコートが薬のほうに何か混ぜたのではないかとお考えかもしれませんが、それはなさそうです。以前、ミス・デズデモーナが誤って塗布剤をヘンリー卿に渡したことがあって、それからは、ヘンリー卿は誰にも薬瓶に触らせないそうです。薬瓶は新しかった、とイザベルが言っていました。ごみ捨て場から見つけました。コルク栓がなくなっていますが、分析できるだけの量は充分残っています」

「そちらはドクター・カーティスに依頼しよう。魔法瓶のほうはどうだ？」

「きれいに洗われて殺菌され、しまわれています。魔法瓶も押収しましたが、期待はできません」

「しかたないな。そして、バケツやぼろ切れはどうだ？」

「バケツは見つかりませんでしたが、ぼろ切れの切れ端をいくつか見つけました」

「これらの物証を、どこに保管しているんだ？」

「イザベルが入れ物を見つけてくれたので、そのなかに保管してあります」とフォックス警部補が取り澄ました口調で言った。

「君がいろいろなものを入手していることを、気づかれていないか？」

「軽食だけです。警察は製造業者について疑念を抱いていて、意見は異なるかもしれない、とほのめかしてあります。彼らは私を信用していないでしょう。家族の行動から考えれば、連中も何かあったと察していると思います」

「彼らも、それほどばか者ではないということだな」

「ほかにも、二つほど役に立つかもしれないことがあります」とフォックス警部補が言った。

アレン警部は一連の出来事のはっきりとした全体像を描いた。フォックス警部補は少しずつ理解し、賛辞を述べ、冗談を言い、同情し、ほとんど質問しなかった。それにもかかわらず、次々と答えを得ていった。警部補はゲームの名人だった。彼は当たり障りのないことをほのめかして女中たちをしゃべる気にさせて、一連のうわさ話を訊き出したのだ。

「イザベルによれば、どうやらミス・オリンコートは思わせぶりな態度をとって、ヘンリー卿をたぶらかせていたようです、アレン警部」

「と言うと……」

「イザベルが言うには」とフォックス警部補が静かにゆっくりと言った。「二人のあいだに、恋愛関係はなかったようです。結婚するかしないかだったようです」

「なるほど」

「匿名の手紙の件が明るみに出る前に、ミス・オリンコートとサー・セドリックのあいだに何らかの合意があったと、イザベルは考えています」

「どのような合意なんだろう？」とアレン警部。

「ミス・オリンコートが漏らしたことから推測して、ほとぼりが冷めてからミス・オリンコートは、結局、アンクレッド夫人におさまるのだろう、とイザベルは考えたようです。小さなつまずきで失ったものを、大きな逆転で取り戻すかのように」

「よし、よくやった！」とアレン警部が言った。「上出来だ！　そうだとすれば、セドリックの首をかしげたくなるような行動の説明もつくだろう」

「ミス・オリンコートが魔法瓶にさわったとしたら、彼女が何をしようとしているのかサー・セドリックは知っていたかどうか、検討しなければならないかもしれません、アレン警部」

「そうだな」とアレン警部。

「ばかげているように思いますが」フォックス警部補が鼻をこすりながら続けた。「事件が核心に迫ってくると、私は必ず自問するんです。このような人物は殺人を犯すだろうかと。そのようなタイプがあるわけではないので、ばかげているのはわかっていますが、自問せずにはいられないのです」

「そして今、ソニア・オリンコートについてそのことを考えているのか？」

「そうです、警部」

「当然、そうすべきだろう。すべての殺人犯に共通する便利な特徴など、誰も見つけていないのだから。だが、そのようなことを言って、自分自身を鼻であしらうのはどうかと思う。こと殺人においては、男も女も考えも及ばない特徴があったりするもんだ。とにかく、立派な性格である必要はないんだ」

「執事のバーカーが、ミス・オリンコートの部屋のネズミについて話したことを覚えていますか、警部？」

「もちろん」

「ミス・オリンコートは毒物を使うことにかなり抵抗があったようで、なんとしても毒物を使いたくなかった、とバーカーは供述しています。毒物を軽々しく扱う若い女性なら、このように振る舞うでしょうか？　偶然であっても、彼女は毒物を使わないと思います。毒を怖がっていると思わせるために、そういったふりをするかもしれませんが、それもずいぶんとこじつけた考えです。そして、彼女は悪ふざけを簡単に認めたでしょうか？　彼女はほかのことを疑われることよりも、一連の悪ふざけ自体がばれたことに動揺しているような印象を受けました」

「ミス・オリンコートは、ほかのことよりも遺言が気になっていたんだ」とアレン警部が言った。

「彼女とサー・セドリックは一連の悪ふざけを通じて、ヘンリー卿に対してパンティーをおとしめようと考えた。ヘンリー卿の肖像画へのいたずらは彼女の仕業だと思う。そして、セドリックはソニアが絵の具を塗りたくるのを乾いた画布だけにするように言ったのだろう。われわれはソニアがおならのクッションを買ったことを知っている。そして、セドリックは、自分がそれを仕かけたことを認めている。ソニアが階段の手すりに絵の具を塗ったのが始まりだと思う。それから、二人でいろいろ計画を立てた。セドリックも大筋でそのことを認めた。今、ソニアの気がかりは、これらの好ましくない行為が公表されて遺言が無効になることだろう」

「それなのに……」

「そうだ。わかっている。あの呼び鈴の押しボタンだ。よし、フォックス警部補。次はミラマントに会おう」

ミラマントは、少なくとも結婚してから変わった。彼女は芝居がかっておらず、質問には率直に答え、要点を押さえていた。彼女はアレン警部とフォックス警部補と応接間で会った。実用的なブラウスとスカートを身に着け、その場にふさわしくない装いだった。話しているあいだ、トロイが恐ろしいとさえ思い、パンティーがほどいたと非難されたのと同じ、怖いぐらい複雑な刺繍《ししゅう》を縫っていた。だが、これまでに集めた証拠と矛盾することも、大きく裏づけることも、アレン警部は得られなかった。

「私がお聞きしたいのは」一、二分経ってから、アレン警部が口を挟んだ。「今回の出来事についての、あなたの意見を伺いたいのです」

「わたしの義理の父の死についてですか？　ヘンリー卿は、夕食と彼の気性のせいで亡くなったのだと考えています」

「そして、匿名の手紙が来たとき、あなたはどのように考えましたか?」

「どう考えたらいいのかわかりませんでした。今もわかりません。ですが、誰もがいたずらに興奮したり滑稽に振る舞ったりして、冷静に考えることができません」

「チーズ料理から現れた死体防腐処理の本については、いかがですか?」

ミラマントは、ガラスの蓋のついたテーブルのほうへ顔を向けた。「本はあそこにあります。誰かが元に戻しました」本はかなり傷んでいたが、元に戻されていた。

アレン警部はテーブルのほうへ向かい、蓋を持ち上げた。「よろしければ、これをわれわれに預けていただきたいのですが? ミス・オリンコートが読んでいるのを、あなたは見ましたか?」

「見ました。数週間前の夕食の前だったと思います」

「彼女の立場や行動についてお話しできますか? 彼女は孤立していましたか?」

「ええ。わたしが応接間へ入ってきたとき、ソニアはちょうど今あなたが立っているところにいました、ガラスの蓋を開けて。本を置いたまま、ページをぱらぱらとめくっているようでした。そして、わたしに気がつくと、彼女はガラスの蓋を落としたんです。蓋が割れたんじゃないかと思いました。ですが、無事でした」

アレン警部は冷たい暖炉前(暖炉の床が、部屋のなかへ張り出している部分)のほうへ移動した。両手はポケットに突っ込まれていた。「よろしければ」とミラマントが言った。「マッチで火をつけてくださいませんか? いつも午後四時三十分に暖炉に火をつけるんです」

火はありがたかった。深紅と白色の応接間は凍えるほど寒かったのと、ミラマントが思いがけず家庭的であったことが愉快だったので、アレン警部は彼女の言うとおりにした。刺繍を持って、彼女は暖炉前の椅子へ移動した。アレン警部とフォックス警部補は、彼女の両脇に一人ずつ座った。

「ミセス・アンクレッド」とアレン警部が言った。「二通目の遺言について、この家の誰かが知っていたと思いますか？」

「ミス・オリンコートは知っていました。あの晩、ヘンリー卿が彼女に見せたと言っていました」

「ミス・オリンコートのほかには？」

「ヘンリー卿は、同じようなことをほかの人にもやっていたかもしれません。卿はちょくちょく遺言を変更していました。ですが、誰も卿が変更していたことを知らなかったと思います」

「サー・セドリックも……」

ミラマントとなら、すべて率直に話せるだろうという印象はすぐさま消えた。それでも、彼女はきっぱりと答えた。「息子は何も知りません。何も」

「私が申しあげているのは、サー・ヘンリーの後継者として……」

「もしセドリックが知っていたら、わたしに話したでしょう。息子は何も知らなかったのです。このことはわたしたち二人にとって、大きなショックです。息子は」ミラマントは前をまっすぐ見て、付け加えた。「すべてをわたしに話します――すべてをです」

「素晴らしい」しばらく間を置いてから、アレン警部が呟いた。彼女の挑むような沈黙は、何かしゃべることを要求しているようだった。「私が知りたいのは、あの晩、ヘンリー卿が自分の部屋へ引きあげてから、二通目の遺言が作られたのかどうかということです。もちろん、事務弁護士のラッティスボンに確認しますが」

「そうだと思います」からし色のシルクを選びながら、ミラマントが答えた。

「ヘンリー卿の鏡に描かれたいたずらを、誰が見つけたのですか？」

「わたしです。卿の部屋がきちんと片づいているか見にいったんです。卿はとても気難しい人です。そして、女中たちは年寄りで、忘れやすいのです。部屋に入って、すぐにそれを見つけました。わたしが消し去る前に、卿が入ってきたんです。あれほど」彼女は瞑想にふけりながら言った。「腹を立てたヘンリー卿を見たことがありません。一瞬、卿はわたしがやったと思ったようです。それから、パンティーの仕業だと考えたんです」

「ですが、パンティーではなかった」とアレン警部が言った。

二十年来の経験から、捜査官はそれが本物の驚きなのか、偽りなのかを見抜くようになるということで、アレン警部とフォックス警部補は意見が一致していた。今、アレン警部は、ミラマントが本当に驚いていることを見てとった。

「何が言いたいのですか？」ようやく、ミラマントが尋ねた。「どういうことですか？」

「ヘンリー卿に仕かけた悪ふざけの一部に関与したことと、そして、すべての悪ふざけについて承知していたことを、サー・セドリックが供述しています。彼はこの件にも責任があります」

ミラマントが再び刺繍を手に取った。「息子は誰かをかばおうとしているんです」と彼女が言った。「おそらく、パンティーを」

「違うと思います」

「息子はとてもいたずら好きなんです」彼女がぼんやりとした声で言った。「もし息子が悪ふざけの一部をやったのだとしたら――やっていないと信じていますが――責められてしかるべきでしょう。ですが――わたしはとても愚かなのかもしれませんが――アレン警部。あなたは、なぜそこまで悪ふざけにこだわるのですか？」

「それらが、このたびの出来事と無関係ならこだわりませんが……」

「きっと」とミラマントが言った。そして、しばらくしてから続けた。「あなたは奥さまの影響を受けているのでしょう。あなたの奥さまは、パンティーは無実だと言っていました」

「私がこのように考えるのは」とアレン警部が言った。「サー・セドリックとミス・オリンコートの供述によるものです」

ミラマントが向き直って警部を見た。上半身をこわばらせていた。初めて、彼女が警戒しているさまを見せた。彼女が気色《けしき》ばんだ声を発した。「セドリックですって？　そして、あの女の供述？　なぜ二人をそのように一緒に話すのですか？」

「二人で悪ふざけを企《くわだ》てたからです」

「信じられません。あの女があなたにそう話したのですね。でも、今わかりました」ミラマントが声を張りあげた。「わたしが愚かでした」

「何がわかったのですか、ミセス・アンクレッド？」

「あの女がすべてを企《たくら》んだんです。そして、実行したんです。パンティーがヘンリー卿のお気に入りなのを、あの女は知っています。それで、彼女は計画を立ててパンティーをおとしめ、ヘンリー卿が遺言を書き換えてから、卿を殺したんです。そして、パンティーもろとも息子の足も引っ張ろうとしているんです。わたしはあの女を見張っていました。あの女は悪魔のようにずる賢い女です。ですから、息子を罠にかけようとしているんです。息子は寛大で疑うことを知りません。そして、優しいんです。息子は優しすぎるんです。息子は彼女の言いなりになって、うまく利用されているんですわ」ミラマントは甲高い声を張りあげ、両手を震わせた。

ミラマントのこのような荒々しい態度を目の当たりにするとともに、セドリックの供述を思い出して、アレン警部は返答に窮していた。警部が口を開く前に、ミラマントがいくらか落ち着きを取り戻した。「これではっきりしました」と彼女が硬い顔つきで言った。「息子とあの女がちょくちょく会っては、ばかげたおしゃべりをするのをできる限り干渉しないできました。おそらく、二人は間違ったことはしないと思って、彼らに任せてきました。あの女が気の毒とさえ思ったんです。もう、あの女に情けなどかけません。この件をはっきりさせるためなら、喜んで警部の助けになります」

「それはありがたい！」とアレン警部が言った。「では、さっそくですが、匿名の手紙を誰が書いたのか、心当たりはありませんか？」

「あります」予想に反して、ミラマントがすぐさま答えた。

「あるんですか？」

「匿名の手紙は、すべて子どもたちが使う紙に書かれています。以前、わたしが村へ行くとき、その人が追加で注文するようわたしに頼みました。キャロライン・エイブルです。ですから、キャロライン・エイブルが匿名の手紙を書いたんです」

アレン警部がミラマントの言葉をまだ理解しているあいだに、彼女がさらに言葉を継いだ。

「あるいは、トーマスです。二人はいい仲なんです。トーマスは、自分の時間の半分を子どもたちの学校に費やしています」

第十四章　精神医学と教会付属の墓地

ミリー・アンクレッドには、少し下品なところがあった。ポーリーンやデズデモーナや、そしてセドリックによる振る舞いのあとでは、そのことはいたしかたない。そのことは、彼女のかっちりとした体つきや、丈夫そうな手や、ぼんやりとした声や、そして、選ぶ言葉に含まれていた。家柄や家系といったものに飽き飽きしていた故ヘンリー・アーヴィング・アンクレッドがミラマントを妻に選んだのは、彼女のこのような気取らない気質だったのかもしれない。だが、溺愛する息子に対しても平常心でいられるだろうか、とアレン警部は思った。

「ですが、人間の行動というものは、ときとして常軌を逸するものです」とアレン警部が言った。

「私やフォックス警部補よりも、このことはよくご存じなのでは？」

アレン警部は型どおりの質問を尋ねていった。つまり、どのような事件にも出てくる、捜査官がうんざりするような質問の数々《かずかず》だ。温かい飲み物については、以前に聞いたことを追認することになったが、ミリーは自分がミス・オリンコートに取って代わられたことを憤慨していた。アレン警部は薬について話を進めた。薬瓶は新しいものだった。ドクター・ウィザーズは薬を変えることにして、薬屋に処方箋を置いていった。子どもたちの薬を取りにいく日に、ミス・オリンコートがミスター・ジュニパーの店で薬を受け取った。そして、ミリー自身がイザベルに薬をへンリー卿の部屋へ持っていかせた。ヘンリー卿は発作がひどいときだけ薬を服用していて、その晩は薬を飲まなかった。

「イザベルが薬に何かを入れたとは思えません」とミリーが言った。「ヘンリー卿が薬を飲むかどうか、彼女には前もってわからないのですから。卿は薬が嫌いでしたから、本当に具合が悪いときにしか薬を飲みませんでした。どちらにしても、薬はあまり効かなかったようです。わたしはドクター・ウィザーズを信用していません」

「信用していない？」

「ドクター・ウィザーズは注意がおろそかだと思います。あのときは、わたしの義理の父の死について、もっと疑問を持つべきでした。彼は競馬とトランプのブリッジ遊びに夢中で、患者をおろそかにしています。ですが」短く笑って、彼女は続けた。「なぜかヘンリー卿は、自分の身内よりも彼に多くを託すほど彼がお気に入りでした」

「薬についてはいかがですか？」アレン警部がすぐに尋ねた。

「あの女は薬――薬瓶――には、手を出さなかったでしょう。彼女自身が温かい飲み物のための魔法瓶を持っているのですから、なぜ薬瓶を使う必要があるのでしょう？」

「ミス・オリンコートが殺鼠剤の缶をどこで見つけたのか、心当たりはありますか？」

「ここへ最初に来たときから、あの女はネズミについて文句を言っていました。わたしがバーカーに毒を仕かけるように頼み、物置に殺鼠剤の缶があることを告げました。すると、あの女は毒物が怖いと、大騒ぎをしたんです」

アレン警部がフォックス警部補をちらっと見た。警部補は平然としているように見えた。

「それで」とミリーが続けた。「ネズミの罠を仕かけるようにバーカーに言いました。しかし、数週間後にブレイスガードルの部屋で殺鼠剤を使おうと思ったとき、殺鼠剤の缶がなくなっていたんです。わたしが覚えている限り、まだ缶の蓋は開いていませんでした。何年も物置に置きっぱなしだったからです」

「おそらく、そうだったのでしょう」とアレン警部が同意した。「今日《こんにち》では、ヒ素の殺鼠剤はあまり使われません」

アレン警部が立ち上がると、フォックス警部補も立ち上がった。「以上です」とアレン警部が言った。

「いいえ」とミラマントが強い口調で言った。「まだ終わっていません。あの女が息子について言ったことを知りたいです」

「ミス・オリンコートとセドリックは悪ふざけの仲間だと彼女が言い、セドリックも認めました」

「注意してください」初めてミラマントの声が乱れた。「警告しておきます。あの女は息子を犠牲にするつもりです。息子の優しさと人のよさと楽しむことが好きなことに、あの女はつけこんでいるんです。警告します……」

応接間の遠いほうのドアが開いて、セドリックがなかを覗いた。ミラマントは背中をセドリックのほうへ向けていたので彼に気づかず、話し続けた。ミラマントは、息子はあの女の犠牲にされたと震える声で繰り返した。セドリックの視線が、母親からアレン警部へ移った。警部はセドリックを見つめていた。セドリックは顔をしかめると、とがめるように、そして、悲しそうにアレン警部を見たが、唇は色をなくしてゆがんでいた。セドリックはなかへ入ると、慎重にドアを閉めた。そして、おそらくミス・オリンコートのものと思われるスーツケースを運んできて、アレン警部にさらに顔をしかめると、椅子の後ろに置いた。それから、絨毯の上を気どって歩いてきた。

「母さん」とセドリックが声をかけた。そして、手を母親の肩に添えた。彼女は驚いて、声をあげた。「驚かせて、すみません」とセドリックが言った。

ミラマントがセドリックの手を握りしめた。母親の絶えることのない所有欲の感触に身を委ねるように、セドリックはじっとしていた。「何の話ですか、母さん?」と彼が尋ねた。「誰が僕を犠牲にしているのですか?　ソニアですか?」

「おお、セドリック!」

「僕がばかでした。僕はきちんと話をするために来たんです」と彼が気分が悪くなるような声で言った。そして、床の上の慣れ親しんだ自分の場所に座り込んで、母親の膝に寄りかかった。ミラマントが息子を強く抱きしめた。

「アレン警部」セドリックが大きく目を見開いて、話し始めた。「ポーリーンおばさんのあとを追って飛び出していったことを、とても後悔しています。ばかなことをしました。ですが、人は自分なりのやり方でしか物事を伝えられません。そして、僕がとても恐ろしい内輪の秘密を隠そうとしているかのように、母はそこで激しい息づかいをしています」

アレン警部は黙って、次の言葉を待った。

「母さん、このことは母さんには気を失うほどのショックでしょう。でも、心配しないでください。アレン警部、ソニアと僕とのあいだには――何と言ったらいいか――ある種の理解のようなものがありました。そして、それは最近になってさらに強くなりました。ミセス・アレンがここへやって来てからです。おそらく、ミセス・アレンも、そのことに気づいていたでしょう」

「いいや」とアレン警部が言った。「トロイは気づいていなかったでしょう」

「本当ですか?」

「あなたの祖父であるヘンリー卿が亡くなった夜、なぜあなたはミス・オリンコートの部屋を訪れたのか話してもらえませんか?」

「どうやら」セドリックがいら立ったように呟いた。「ポーリーンおばさんがしゃべったあとでは、ちなみに、おばさんは夜な夜なあちこち訪れて、情報を探り出すのに余念がなかったようですが、胸のなかのものをすっかり吐き出してしまうしかないようですね」

「セドリック」とミラマントが口を挟んだ。「あの女はおまえに何をしたの?」

「母さん、何もされてないよ。これから説明するから。見てのとおり、ソニアはものすごい美人だと思いませんか、アレン警部? 母さんがあの女を嫌っているのは知っています。そして、それはもっともだと思います。だけど、僕は彼女にとても興味をそそられるんです。彼女はとても飽き飽きしていました。そして、そのことは、ほんのちっぽけな動揺にすぎません。僕は自分の部屋へ行く途中で彼女の部屋に立ち寄り、彼女とくすくす笑いながらいけないことをいろいろ話し合っただけです」

「ついでに言えば」とアレン警部が言った。「ヘンリー卿の遺言についての最新情報を聞けるかもしれないと思った」

「それもあります。空飛ぶウシはいたずらを繰り返しているうちに、ついまたやってしまったといった類《たぐい》のものではないと思いました。ソニアが晩餐会の前に描きました。そして、その後の晩餐会のときにヘンリー卿が発表した遺言は、ソニアと僕の双方が満足できる内容で、いまいましいパンティーは脱落しました。だから、ソニアが一人で立ち去ってくれたらいいのにと思いました」

「セドリック」突然、母親が口を挟んだ。「これ以上しゃべらないほうがいいわ。アレン警部は理解できないでしょう。やめなさい」

「だけど、母さん」とセドリックが言った。「すでにポーリーンおばさんが、恐ろしい疑惑の種を仕込んでいるのがわからないんですか？　それが芽を出す前に摘み取らなければ。そうでしょう、アレン警部？」

「あなたが包み隠さず話すことをお勧めします」とアレン警部が言った。

「さてと、どこまで話したっけな？　そうそう、あのいけすかないパンティーのための、水も漏らさぬようなアリバイをあの堅物《かたぶつ》のキャロライン・エイブルが作らなければ、すべてがうまくいったんです。ヘンリー卿の疑惑はわれわれ全員に等しく向けられていました。だから、卿は二通目の遺言を書いたんです。その結果、ソニア以外は全員終わった。だから、母さん、そしてアレン警部、率直に言って、ソニアが殺人犯なのかどうかを、僕はできるだけ早くはっきりさせたいんです」

「もちろん、あの女に決まってるわ」とミラマントが言った。

「だけど、確かですか？　そのことは、僕にとってとても重大です」

「どういうこと、セドリック？　理解できないわ」

「いいえ、気にしないでください」

「サー・セドリックの言わんとしていることがわかるような気がします」とアレン警部が言った。「いつの日か、あなたはミス・オリンコートとの結婚を考えているのではありませんか？」

セドリックの肩をつかんだまま、ミラマントが体を硬直させて、きっぱりと言った。「だめです！　なにをばかなことを」

「母さん。取り乱さずに、冷静になってください」ミラマントの手の下で身もだえしながら、セドリックが言った。

「ばかげています」と彼女が言った。「ばかげていると息子に言ってやってください。ばかげているにも、ほどがあるわ！」

「でも、ソニアがきっと別のことを警部に言うだろうから、何の役にも立たないよ」セドリックがアレン警部に訴えた。「おわかりでしょう？　僕が言いたいのは、ソニアが魅力的で、ある意味で、とても楽しい人であることを否定できないということです。そう思いませんか、アレン警部？」

　彼の母親が再び抗議し始めた。セドリックは腹を立ててこの場から立ち去ろうと、素早く立ちあがった。「母さん、いいかげんにしてください。隠すことに何の意味があるんですか？」

「あなたが傷つくわ」

「傷つくだって？　結局、僕は母さんと同じ立場です。僕はソニアの真実を知らない。だから、知りたいんです」セドリックは微笑みながらアレン警部のほうを向いた。「あの晩、僕がソニアに会ったとき、彼女は新しい遺言について僕に話してくれました。そのとき、ヘンリー卿が亡くなれば、僕は事実上破滅すると知ったんです、アレン警部。だから、僕はヘンリー卿を殺していません。それほどばかじゃない！」

「それほどばかじゃない」アレン警部とフォックス警部補が学校のある塔へ向かう途中、フォックス警部補が呟いた。「私も、セドリックがそれほど愚かだとは思いません。いかがですか、警部？」

「同感だ。だが、いささか冷血なところがある。祖父が亡くなり、望んでいなかった広大な地所を背負わされ、しかも維持するための収入は充分ではない。一方、祖父は極めて怪しげな婚約者に財産を残して亡くなった。経済的に困窮しているセドリックが、裕福なミス・オリンコートと結婚するよりも楽なことがあるだろうか？」とアレン警部が言った。

「これは内務大臣が扱う案件と考えます」とフォックス警部補が言った。

「おそらく、君の言うとおりだろう。確か、この通路を進んでいくと、突き当りに緑色のベーズのドアがあったな。ここで別れよう、フォックス警部補。君はイザベルについて、取るに足りないと思われるようなつまらないことでも、細大漏らさず聞き込みを頼みたい。そして、ミス・オリンコートについても同様に頼むかもしれない。それから、死んだネコのカラバをこっそり掘り起こして、箱に詰めてくれ。ところで、誰がカラバを処分したんだ？」

「バーカーが言うには」とフォックス警部補が言った。「ミスター・ジュニパーがやって来て、ネコに注射をしたそうです。おそらく、ストリキニーネ（毒物。体内摂取や皮膚接触で全身の筋肉が痙攣し、窒息死を引き起こす）でしょう」

「ストリキニーネが解剖の邪魔にならなければいいが。のちほど、二番目のテラスで落ち合おう」

緑色のベーズのドアを過ぎると、アンクレトン館の雰囲気が一変した。重厚な絨毯の代わりにコイア（ココナツの外皮の繊維。敷物やロープを作るのに用いられる）の敷物が敷かれ、通路は隙間風が通り抜け、消毒剤の臭いがした。また、ビクトリア朝時代の版画が飾られていたであろう場所には、快適ではあるがあまり望ましくない、美しいことを軽んじて描かれたような近代絵画が掛けられていた。

ミス・キャロライン・エイブルが子どもたちと組み立てるゲームをしたり、粘土細工をしたり、お絵描きをしたりする大きな部屋への行き方を、アレン警部はさんざん迷ったあげく見つけた。パンティーは秤《はかり》や重り、そして、砂袋を使ってゲームをしながら、小さな男の子と激しく言い争っているようだ。パンティーがアレン警部に気がつくと、態度が急変してわざとらしい笑い声をあげた。アレン警部が彼女に手を振ると、すぐさま、彼女はふざけて床に倒れ込み、おおげさに驚いて、そのままじっとしていた。

ミス・キャロライン・エイブルが遠く離れたグループから、アレン警部のほうへやって来た。

「子どもたちがいてここはうるさいですから、わたしのオフィスへ行きましょうか？」と彼女が歯切れよく言った。「ミス・ワトソン、子どもたちをお願いできるかしら？」

「承知しました、ミス・エイブル」年配の女性が、子どもたちの背後から立ち上がった。

「では、こちらへどうぞ」とキャロライン・エイブルが言った。

ミス・キャロライン・エイブルのオフィスはすぐ近くにあり、いろいろな図や表が貼ってあった。彼女は整頓された机に座った。黄色い罫線の紙に書かれたエッセーの山が机の上に置かれていることに、そして、紙の余白にも罫線が引かれていることに、アレン警部はすぐに気づいた。

「私が訪ねてきたことが何を意味するのか、あなたはご存じだと思います」とアレン警部が言った。

ミス・エイブルは承知していると快活に答えた。「わたしはトーマス・アンクレッドと何度も顔を合わせますから、騒動のことは聞いています」と彼女は率直に答えた。「実際、トーマスは適応力があるので、これまでのところかなり満足のいく対応ができています」

これはトーマスについての専門家の意見だ、とアレン警部は受け取った。そして、二人の恋愛は求婚へと進展したのだろうかと、アレン警部は思った。ミス・エイブルは、かわいらしい女性だ。透きとおった肌に、大きな目ときれいな歯をしている。そして、まったく正気であることを示すような威圧的な雰囲気だった。

「今回の出来事について、どう思われますか？」とアレン警部が尋ねた。

「すべてとは言わないまでも、かなり徹底的に分析してみないことには、あまり有益な意見を述べることはできそうもありません」とミス・エイブルが答えた。「明らかに、アンクレッド家の人たちと父親との関係は、満足のいくものではありませんでした。わたしはヘンリー卿の結婚について知りたいと思いました。卿には、性的不能の不安があったのではないでしょうか。いつも性的衝動を昇華《しょうか》（無意識的な性的エネルギーが、芸術的活動・宗教的活動など、社会的に価値のあるものに置き換えられること）させるというわけにもいかないでしょうし。娘たちが卿の再婚に激しく反対するのは、父親とのかなりの執着を示唆しているように思います」

「そうですか？　しかし普通に考えれば、ヘンリー卿とソニアの結婚は、適切な姻戚関係とは言えないでしょう？」とアレン警部。

「父親との関係が適切であれば、子どもはさほど不安にならないはずです」とミス・エイブルがきっぱりと言った。

「ミス・オリンコートが義理の母となり、遺言の中心的な受益者になりそうだということであれば、なおさら適切な関係など築けないのでは？」とアレン警部が思いきって言った。

「そういったことが、娘たちと卿の対立を説明する理由だったかもしれません。基本的で本質的な性的嫌悪を正当化しようとする試みなのかもしれません」

「なんと！」

「ですから、先ほど申しあげたとおり」彼女が遠慮なく笑って続けた。「単なる観察だけで意見を述べるべきではないのです。入念な分析によって、もっと複雑な事態が明らかになるかもしれません」

「あなたはご存じでしょう」アレン警部がパイプを取り出して、手のなかでもてあそびながら言った。「あなたと私は捜査の二つの側面を代表していることを。行動はある種の符号や記号のようなものであり、無知な人物からは病的な真実を隠すけれど、専門家には明らかにすると、あなたの専門的な訓練では教えられているのでしょう。私の場合は、行動は事後に限りなく変化するものであり、しばしば事実とは相反《あいはん》するものだと考えています。警官は行動を観察しますが、その推理はあなたから見れば表面的なものに思えるでしょう」警部が手を開いた。「男が火のついていないパイプを、手のなかでもてあそんでいるとします。彼は無意識にたばこを吸いたがっているのでしょう」

「気づかずに申し訳ありません。吸っていただいてかまいません」とミス・エイブルが言った。「よくわかりました。男性がパイプをもてあそんでいるのを見て、とてもよく知られているフェティシズム（異性の髪の毛や指といった身体の一部、および衣類、装身具、声などに異常に愛着すること）を認識しました」

「それが何かは言わないでください」とアレン警部は慌てて言った。

ミス・エイブルが静かに笑った。

「さて、話を戻します」とアレン警部が言った。「一連の匿名の手紙について、あなたはどう思いますか？　どのように書かれ、そして、なぜあのようなものが書かれたと考えますか？」

「おそらく、何らかの効果を得ることを期待して実行され、創造的な衝動が誤ったほうへ向かってしまった何者かによるものだと思います。神秘的でありたい、そして、全知全能でありたいという願望も加わっているかもしれません。たとえば、パトリシアの場合……」

「パトリシアですって？　ああ、パンティーのことですね」

「わたしたちは彼女をニックネームで呼びません。ニックネームは決定的な効果をもたらします。ですから、とりわけ恥をかかせるようなものは、好ましくないと考えます」

「なるほど、承知しました。それでは、パトリシアの場合は？」

「彼女は、人にばかげたいたずらを行う癖があります。これは、自分に注目を集めたいという欲求です。以前は、自分のやったことを黙っていましたが、今では自慢しています。これは良い兆候です」

「そのことは、最近、彼女の祖父であるヘンリー卿に悪ふざけを行ったのは、パトリシアではないということですか？」

「そうです」

「あるいは、匿名の手紙を書いた人物でしょうか？」

「そのことは明らかだと思います」とミス・エイブルが辛抱強く答えた。

「すると、匿名の手紙を書いたのは誰だと思いますか？」

「すでに申しあげたとおり、さしたる分析もなしに答えることはできません」

「そうかたくなにならず、もう少し楽に考えることはできませんか？」とアレン警部が説得するように言った。ミス・エイブルは口をぽかんと開けて再び閉じると、いくぶん落ち着きをなくしてアレン警部を見た。そして、顔を赤らめた。「さあ！」とアレン警部が続けた。「少なくとも、パトリシアは自分を冷静な人間だとは考えていません」警部が一段と声を大きくした。「先入観なしに、彼女のような子どもではなく、大人のなかで、誰が匿名の手紙を書いたと思いますか？」警部は身を乗り出して、エイブルに微笑んだ。ミス・エイブルは、それでもためらっていた。アレン警部が繰り返した。「さあ！　誰ですか？」

「あなたは残酷な人ですね」とエイブルが言った。恥ずかしがり屋ではないにしても、彼女の態度は人間味のないものではなかった。

「匿名の手紙を書いた人物が、ひょっとすると、悪ふざけもやったとは思いませんか？」とアレン警部が畳みかけた。

「充分に考えられます」

アレン警部は腕を伸ばして、机の上の子どもたちの練習帳の紙に触った。「匿名の手紙は、この紙に書かれていました」

ミス・エイブルの顔が紅潮した。そして、思いもよらないことに、両手で紙を隠した。「わたしはあなたを信用していません」と彼女が言った。

「その紙を見せてもらえませんか？」アレン警部は彼女の手の下から紙を引っ張り出すと、明かりにかざした。「これです」と警部が言った。「かなり余白のある珍しい種類です。同じ透かし模様が入っています」

「彼はやっていません」

「彼ですって?」

「トムです」と彼女が言った。小柄な彼女がトーマスに新たな光を投げかけた。「彼には不可能です」

「それなら」とアレン警部が言った。「なぜ彼の名前を持ち出したのですか?」

「パトリシアが」エイブルがさらに顔を赤らめて言った。「この練習帳の紙をどこかよそへ持っていったに違いありません。あるいは……」彼女は中断して、顔をしかめた。

「あるいは、何ですか?」

「彼女の母親がここへよくやって来ます。しょっちゅうです。子どもたちに対して、彼女はあまり思慮深くありません」

「紙はどこに保管されていますか?」

「あそこの戸棚のなかです。一番上の棚です。子どもたちは手が届きません」

「あなたが鍵をかけているのですか?」

ミス・エイブルがすばやくアレン警部のほうを向いた。「まさか、わたしが匿名の手紙を書いたとは思っていないですよね? このわたしが?」

「ですが、あなたが鍵をかけているんですよね?」とアレン警部が言った。

「確かに、そうです」

「そして、鍵はどこに？」

「わたしのキーホルダーにつけて、ポケットに入れて持ち歩いています」

「戸棚の鍵が開いたままということはありませんか？　あるいは、鍵があなたのポケットのなかにないときなどは？」

「ありません」

「紙は村のお店で購入するんですよね？」

「もちろんです。ですから、誰でも購入できます」

「つまり、アンクレッド家の人たちも買えるわけですね」とアレン警部が陽気に同意した。「そして、そのことについてはわれわれのほうで調べられます。あなたをこれ以上怒らせるつもりはありません」

「腹を立てたりなどしません」とミス・エイブルが言い張った。

「それはよかった！　ところで、子どもたちが服用しているこの薬についてですが、薬の行方を辿《たど》りたいのです。子どもたちのなかでの動きではなく、子どもたちへ行き着くまでを知りたいのです」

「なぜ、そのようなことをお知りになりたいのですか？」

「説明しましょう。同じ時期に、ヘンリー卿の薬瓶が登場しています。従って、薬が子どもたちへ行き着くまでの過程は、両方の薬と関係していると考えられます。手を貸してもらえませんか？」

ミス・エイブルは驚いてアレン警部を不思議そうに見つめた。それでも、ようやく少しは寛大に微笑んだ。

「できると思います。ミス・オリンコートとミセス・アレンが……」

おなじみの間《ま》が生じ、必然的にその説明が始まった。「想像してみてください！」とミス・エイブルが言った。「薬についてですか？」とアレン警部が尋ねた。

「わたしは、本当にミス・オリンコートに腹を立てていました。彼女はミセス・アレンに馬車を厩舎のほうへ回すように頼んで、自分で薬を持ち込んだようです。そして、玄関広間に置いたり、わたしのところへ持ってきたりする代わりに、花の部屋に置いてきてしまいました。ヘンリー卿が温室からいくつかの花を彼女に贈ったようです。それなのに、彼女はそれらをそこに置いてきてしまいました。彼女はとにかく自己中心的なんです。わたしは薬を待ち続けていましたが、しびれを切らして午後七時頃薬について尋ね始めました。そして、ミラマントと家中を探しました。ようやくフェネーラが、どこにあるのか教えてくれました」

「ヘンリー卿の薬は、子どもたちの薬と一緒でしたか？」

「ええ、ミラマントがすぐに持っていきました」

「似たような瓶ではありませんでしたか？」

「ご心配にはおよびません。わたしたちは間違えたりしません。どちらも同じような瓶ですが、子どもたちのはもっと大きな瓶ですし、どちらの薬瓶にも、それぞれはっきりとラベルが貼られています。それに、子どもたちの薬瓶には使用説明書が添付されています。ですが、使用説明書は不要でした。それというのも、あの晩、ドクター・ウィザーズ自身がやって来て、再度、子どもたちの体重をはかり、子どもたちの薬の量をご自分ではかり分けていましたから。ですが、わたしが子どもたちに薬を与えるようにと医師から言われたので、わたしは完璧にこなしました」

ミス・エイブルが短く笑って言った。「医師は、わたしのはかり分けを信頼できなかったのでしょう」

「医師というのは、そういうものです」とアレン警部が漠然と言った。「彼らは慎重を期すのです」

ミス・エイブルは、腑に落ちないような表情を浮かべた。「確かに」と彼女が言った。「ですが、忙しいはずのときに、なぜ医師はアンクレトン館を訪れたかったのか、まだ理解できません」

「ところで、死ぬ前に、ネコのカラバを見ましたか？」とアレン警部が尋ねた。

この話題は得意なようで、すぐさま彼女は熱弁をふるった。パトリシアがネコ好きであることと、この珍しくない関係からミス・エイブルがみごとに導き出した奇妙な推論に、アレン警部は耳を傾けた。

「パトリシアの発育において、この段階でネコとの関係が壊れてしまったことは、情緒不安定を引き起こすでしょう」

「ですが、ネコが白癬《はくせん》を患っていたとしたら……」アレン警部が思いきって言ってみた。

「白癬ではありませんでした」とミス・エイブルがきっぱりと言った。「疥癬《かいせん》（動物の毛が抜ける皮膚病）だったかもしれません」

それを聞いて、迷いながらも、アレン警部はミス・エイブルとの面談を終了した。彼女はしっかりと握手した。けれど、アレン警部がドアまで来たとき、何やら物音が聞こえたので振り向くと、エイブルが心配そうに警部を見ていた。

「何かほかにも？」とアレン警部が尋ねた。

「トム・アンクレッドのことが心配なんです。この家の人たちは彼を巻き込んで、彼にいわゆる汚い仕事をやらせるんです。彼はこの家の人たちとは、まったく違います。彼は人がよすぎるんです。そのことで、彼が苦しまなければいいのですが」

そして、かなり苦労して専門家としての態度を取り戻した。「心理的にという意味で」とミス・エイブルが言った。

「わかります」とアレン警部が言った。そして、ミス・エイブルと別れた。

アレン警部は、彼を待っていたフォックス警部補と二番目のテラスで合流した。フォックス警部補は厚地のロングコートに身を包み、眼鏡をかけて階段に座っていた。アレン警部が列車のなかで貸した毒物に関する手引書を、警部補は読んでいた。警部補のそばには、スーツケースが二つ置いてあった。一つは、ミス・ソニア・オリンコートのものだとわかった。もう一つは、おそらくイザベルのものだろう。そして、そのそばには紐で縛った箱があった。アレン警部がフォックス警部補のほうへかがんだとき、不快な臭いに気がついた。

「ネコのカラバか？」足で箱をどかしながら、アレン警部が尋ねた。

フォックス警部補が頷いた。「自問していたんです」そう言って、警部補はがっしりとした指で活字を指した。アレン警部が警部補の肩越しに、声に出して読んだ。「ヒ素による症状：進行性の悪液質（内分泌疾患などが進行中で、とくに末期に現れる機能低下や衰弱状態）。痩せて、毛が抜ける……」

フォックス警部補は顔を上げると、親指で箱を指さした。

「毛が抜ける」とフォックス警部補が言った。「死んだカラバを調べるまで、結論を待ちましょう」

「君もわかっていると思うが、フォックス警部補」村へ戻る途中、アレン警部が話しかけた。「もしトーマス・アンクレッドが彼のもっとも軽い心配を子どもじみた不適切な行為と言われても我慢できるなら、彼とミス・エイブルは、おそらく一緒にとてもうまくやっていけるだろう。明らかに、ミス・エイブルとトーマス・アンクレッドは恋仲だ。そして、トーマスとの関係において、彼女は彼の求めに応じようとしている」

「トーマスからの求婚ですか？」

「そう思う。フォックス警部補、君には残ってもらいたい。私は牧師に死体の発掘を伝えるつもりだ」とアレン警部が言った。「君は午前中にアンクレトン館へ行き、連中に指紋を採取されることに異議があるかどうか尋ねてくれ。頭がおかしくなければ、何も文句を言わないはずだ。ベイリー巡査部長が朝の列車でやって来るから、家中を捜索してもらって、関連する指紋を照合してもらってくれ。おそらく、まったく役に立たないだろうが、やらないよりましだ。私はロンドン警視庁へ戻って、モーティマーとロームの両氏の死体防腐処理の方法について調べてくる。検視の命令を得たらすぐにこちらへ戻ってきて、君と合流しよう。今晩の列車がある。パブで食事を済ませよう。それから、私は今晩の列車に乗る。もう一度ドクター・ウィザーズと話をするつもりだが、細かい話はもう少しあとのほうがいいだろう。とにかく、薬瓶を入手したい。そして、ネコのカラバをロンドンへ送り届けたい」

「賭けは何ですか、アレン警部？　薬に、ヒ素が混入していたかどうかですか？」とフォックス警部補が尋ねた。

「私は入っていないかったに賭ける」

「お決まりの仕事ですね。何も見つからなければ、厄介なことになりそうですね。魔法瓶はあまり期待できないでしょう」とフォックス警部補。

「おそらくな」

二人は黙って歩いた。日が暮れてきて霜が降り、彼らの足元の地面を固くしていった。薪《まき》の燃える心地よい匂いが漂い、アンクレトンの森からは、はばたく音が聞こえてきた。

「なんて仕事だ！」突然、アレン警部が声をあげた。

「われわれの仕事ですか？」

「そうだ、われわれの仕事だ。死んだネコが入った箱をぶら下げて歩き、死体を墓から掘り出すなんて」

「誰かがやらなければなりません」

「確かに。だが、作業自体は決して気持ちのいいもんじゃない」

「殺人事件の疑いの余地はないのでは？」

「疑いの余地はなさそうだ」とアレン警部が言った。

「目下のところ」とフォックス警部補が言った。間を置いてから「証拠はすべて一つの方向を示しています。多くの容疑者を片づけなければならないような、おかしな事件ではありません」

「しかし、なぜヘンリー卿を殺すんだ」とアレン警部が言った。「ミス・オリンコートは、遺言が彼女に有利であることを知っていた。彼女はアンクレッド夫人になりたがっていた。そして、卿があまり長くないこともわかっていた。だから、彼女はヘンリー卿と結婚して、おとなしく待っているだけですべてを手に入れることができたのに、なぜ危険を冒す必要があったんだ？」

「ヘンリー卿はちょくちょく遺言を変えています。彼女は、卿がまた書き換えるかもしれないと思ったのではありませんか？」

「彼女は、ヘンリー卿をかなり自分の思いどおりに動かしていたようだが……」

「むしろ、今の准男爵であるサー・セドリックのほうにご執心なのでしょうか？」

「いや、そうではない」とアレン警部が言った。「そうではないよ」

「いずれにしても想像の域を出ません。ミス・オリンコートがわれわれの追っている犯人ではなく、それでいて、ヘンリー卿は殺されたのだとすると、誰が残っていますか？　サー・セドリックではありません。彼は二通目の遺言を知っていましたから」

「彼が、相続人のミス・オリンコートと結婚することに賭けるのでなければな」とアレン警部が言った。

「なるほど、確かに。しかし、あの財産があれば、彼女はもっとよくなることを望むことができたと思いませんか?」

「私に言わせれば、彼女はこれ以上悪くなることはないと考えたのではないだろうか」

「かもしれません」とフォックス警部補が言った。ミス・オリンコートとセドリックの二人を外して、残りの人たちを検討してみましょう」

「あまり気が進まないが」とアレン警部が言った。「遺言はヘンリー卿の誕生日の晩餐会の席上で公表された、とこの家の人たちは考えている。デズデモーナ、ミラマント、ドクター・ウィザーズ、そして使用人たちは、妥当な内容を期待していた。トーマスの期待はつつましいものだった。ケンティッシュ家やクロード・アンクレッド家は、なにも得るものがなかった。〝持っている人たち〟の動機は、さらなる物欲や金銭欲であり、〝持っていない人たち〟のほうは、復讐や恨みだ」

「機会についてはどうですか?」とフォックス警部補が尋ねた。

「薬瓶の分析から何も出なかったら、魔法瓶が残された手がかりだが、すでに殺菌されてしまっている。殺菌したのは、おそらくミス・オリンコートだろう。あるいは、執事のバーカーが、イセエビにヒ素を入れたかもしれないと考えられないだろうか?」

「ご冗談でしょう、アレン警部?」

「ミス・エイブルとのやりとりを聞くべきだったな」とアレン警部が言った。「かなり不気味な話だ」

「そして、死体発掘の日ですが」しばらく沈黙が続いてから、フォックス警部補が思いを巡らせて言った。「いつですか？」

「命令を受けたらすぐにだ。ドクター・カーティスが手配している。ところで、アンクレトン教会は村の上のほうにある。まだ日があるうちに、教会の墓地を見ておこう」

夕闇が次第に濃くなっていくなかを、二人はゆるやかな坂道を上っていった。そして、屋根付き門を押し開いて、教会の墓地へ足を踏み入れた。

壮大だが、どことなく不気味な領主の館《やかた》をあとにして、古風で静かなたたずまいながら、堅牢な造りの教会の周りを巡るのは心地よかった。砂利を敷きつめた小道を、二人は音を立てて進んでいった。生け垣からは、眠るように静かな小鳥のかすかなさえずりが聞こえてくる。芝生はきちんと手入れされていた。墓石と十字架の静かな集落へ来ると、こちらも手入れの行き届いた盛り土と区画が広がっている。薄れゆく光のなかで、碑文を読むことができた。この教区のスーザン・ガスコイン。彼女の生涯において、必ずしも善行を重ねてきたわけではないが、ここに眠る。マイルズ・チティ・ブリームを記憶に残すために。五十年にわたってこの墓地の世話をし、今では彼が誠実に仕えた人々と共に眠る。二人はアンクレッド家の墓所へやって来た。ヘンリー・ゲーズブルーク・アンクレトン・アンクレッド、四代目准男爵。そして、マーガレット・ミラベル、その妻。パーシバル・ゲーズブルーク・アンクレッド。そして、ほかにも多くの人たちがきちんと丁寧に埋葬されていた。だが、このような簡素なものは古くからのもので、この地味な石造りの一団の上にそびえ立つように、三人の天使を頂点とする大理石の墓が建っていた。ヘンリー卿の先代、その妻、息子のヘンリー・アーヴィング・アンクレッド、そして、ヘンリー卿自身が、金の碑文で不朽の名声を与えられて眠っている。墓はヘンリー卿によって建てられた、とアレン警部が読みあげた。墓所にはチーク材と鉄でできたドアがあり、大きな鍵穴が付いている。そして、アンクレッド家の紋章が飾られていた。

「医者が入れるだけの余裕がありませんし、明かりもありません。厚手の布で囲うしかないでしょうね、警部」とフォックス警部補が言った。

「そうだな」

フォックス警部補の大きな銀色の腕時計が鳴った。「午後五時です、警部」と警部補が言った。「パブで食事をして、今晩の列車に乗られるなら、そろそろ時間です」

「よし、わかった。一緒に来たまえ」アレン警部が静かに言うと、二人は村への道を引き返していった。

第十五章　新たな展開

アレン警部の帰りを待ちながら、トロイは夫との短い再会の日々に思いを巡らせていた。ある出来事を思い出しては別の出来事を、また、ある言葉や仕草や感情なども次々と思い出した。そのたびに、夫を待ちわびている自分に気づいて驚いたりした。彼女は求められ、愛され、そして、彼女も夫を愛した。この先に危険が待ちうけていることは間違いないけれど、とりあえず今は順調に思えて、くつろぐことができた。

だが、トロイの幸福のなかには粗い繊維のような不完全な質感があって、探《さぐ》る指のように、彼女は不本意ながらも、絶えずそれを探し求めていた。アレン警部は彼の仕事にトロイが関与することを拒んだ。それは、二人が出会った頃、恐ろしい出来事に遭遇したときのトロイの態度から、アレン警部が決断したのだった。当時、アレン警部の職務に対して、トロイは委縮していたし、死刑に対しては恐怖を表していた。

このような反応はトロイの本質的で潜在的なものだとアレン警部が受け入れてくれたことを、トロイはよく知っていた。愛とは無関係の倫理が愛を妨げることはないなどと彼が信じていないことを、トロイは知っていた。一方、警察の仕事がときとして殺人犯を処刑に追い込むのであれば、トロイにとって、彼は絞首刑執行人の仲間に思えるだろう、とアレン警部は思った。ただ愛によってのみ、トロイは彼女の嫌悪感を克服したのだ。

しかし、彼女がどうすることもできずに自分に言いきかせるように、彼女の考えは、彼女の感情からはかけ離れているというのが、偽らざる事実だった。「わたしは彼が思っているほど繊細じゃない」と彼女が言った。「彼が何をやっているかは重要ではないわ。わたしは彼を愛しているもの」トロイはこのような一般論が嫌いだったけれど、すぐさま言葉を継いだ。「だって、わたしは女ですもの」

このようなわだかまりがある以上、二人は完全に幸せではないように、トロイには思えた。「おそらく、今回のアンクレッド家の出来事がすべてを変えそうだわ。きっとひどく不快な実体験になるわね。わたしも何らかの影響を受けるでしょう。彼も、その影響からわたしを完全に遠ざけておくことはできないでしょうし。わたしは、殺人事件に巻き込まれたのよ」そして、トロイが肖像画を描いたヘンリー卿はやはり殺されたのだと、改めて認識した。

アレン警部が帰宅してトロイの目の前に立ったとき、トロイは自分が間違っていなかったことを痛感した。「お帰りなさい、ローリー」近づきながら、トロイが言った。「どうやら、わたしたちは窮地に陥っているようね？」

「まあ、そんなところだ」慌ただしく言うと、アレン警部はトロイを通りすぎた。「明日の朝、警視監に会うつもりだ。ほかの者に引き継ぐように、警視監は言うだろう。そのほうがいい」

「警視監に会ってはだめよ」とトロイが言ったので、アレン警部は素早く振り向いて、彼女を見た。トロイは今まで意識していなかった、二人の身長の差に気づいた。（彼が調書をとっている

ときの顔つきだわ。そして、神経質になっている）

「だめだって？」とアレン警部が言った。「なぜだめなんだ？」

「なんだか、大げさですもの」

「すまない」

「わたしは、この事件を」とトロイが言った。そして、いつものように聞こえることを望んで続けた。「一種のテストだと考えています。おそらく、神の行為のようにわれわれに悟らせるために遣《つか》わされたのかもしれません。地震や高波を神の仕業と言って、豊かな収穫や、レオナルド・ダ・ヴィンチ（イタリアのルネサンス期の画家・建築家・彫刻家）や、ポール・セザンヌ（フランスの後期印象派の画家）のような人たちをそうは言わないのは公正を欠いていませんか？」

「おまえは何の話をしているんだ？」アレン警部が穏やかな声で尋ねた。

「わたしに当たらないでください」とトロイが言った。

アレン警部はすぐさまトロイのほうへ向かった。「違うんだ。聞いてくれ。警視監の許しが出たら、おまえにもこの事件を手伝ってもらおうと考えていたんだ。今回ばかりは私と行動を共にしてもらいたい。私と君の仕事について、われわれは混乱状態に陥っている。君が仕事をすることはかまわないと私が言うと、君は私が本心を明かしていないと考える。そして、もし私が君にこの種の事件についていろいろ尋ねたりすると、私は誰にも負けないほど勇敢で、つらい仕事を我慢してやっていると君は考える」

トロイは、夫が思わず口元をゆがめて笑うのを見た。

「わたしは違うわ」とトロイがすぐさま答えた。「わたしたちの求愛が殺人とごちゃまぜにされるのが嫌だったし、人が人を絞首刑にするべきではないと思っています。だけど、あなたは警察官です。あなたが何をしようとしているのかわたしはよく知っていて、正直に言って、そのことを聞きたくてたまらないときに、ちっぽけな窃盗犯を捕まえるようなふりをしてはぐらかそうとするのはよくないわ」

「それはちょっと違うんじゃないかな、最後のほうは？」

「そのことについては、大いに話したいわ。一人で漠然とした不安を抱えているよりも、あなたと一緒にショックを受けたり、動揺したりするほうがよっぽどましよ」

アレン警部が手を差し出した。そして、トロイは警部に近づいた。「それで、この事件をおまえにも手伝ってもらおうと思ったんだ」とアレン警部が言った。「トロイ。正反対の立場の人に、何て言うのが最良なのか知っているかい？」

「いいえ」

「君に任せる、だよ」

「まあ！」

「君に任せるよ、トロイ」

「てっきり、わたしがでしゃばらないことを、あなたは望んでいると思っていました」

「実際のところ、私はとんでもない愚か者であり、おまえにはふさわしくないだろうな」

「ふさわしいかどうかの話はやめましょう」とトロイが言った。

「言い訳は一つしかない」とアレン警部が言った。「だが、論理的に考えれば言い訳にならないだろう。ロンドン警視庁犯罪捜査部についての規則によれば、われわれにとって殺人犯を追いつめることは、普通の巡査がすりを捕まえるようにただの仕事なんだ。だが、そうではない。その終わり方のせいで、この仕事はほかのどんな仕事とも違う。二十二歳のとき、私はそのことを理解して引き受けた。しかし、その意味を完全に理解したのはさらに十五年経ってからだ。私がおまえをもっとも深く愛したときだ」

「わたしも、その意味を理解していたけれど、今度のアンクレッド家の出来事ですっかり理解したわ。あなたが帰ってくる前から、ひょっとすると、わたしの記憶のなかに、何か手がかりになるような重要な情報があったら、わたしもかかわることがわたしたち二人にとってよいほうへ作用するんじゃないかと思っていたの」

「何かありそうなのか？」

「ええ、奇妙なことに」トロイが指で髪の毛を掻き上げながら言った。「記憶のどこかにそのことがあって、よみがえるのを待っているという、驚くほどの確信があるのよ」

「ヘンリー卿が鏡へのいたずら書きや、ネコのひげに塗られたドーランに気がついたあとの、おまえとヘンリー卿の会話を思い出せる範囲でかまわないから、もう一度話してくれないか」とアレン警部が言った。「でも、ある段階でどうなってしまったか忘れてしまったときは、そう言ってくれ。だが、あまり詳細に語らないでくれ。いいね？」

「わかったわ。とにかく、ヘンリー卿はパンティーをかわいがっていたの」

「彼はくせのあるセドリックを疑ってはいなかったか？」とアレン警部が尋ねた。

「いいえ。セドリックがやったの？」

「悪ふざけについては、彼がやったんだ。自白したよ」

「それで、彼の指の爪にドーランがついていたのね」とトロイが言った。

「そして、ヘンリー卿は？」

「彼は自分がどれだけパンティーを溺愛しているかを、それなのに、パンティーがどれだけ自分を悲しませるかを話したわ。悪ふざけをやったのはパンティーではないことを、わたしはヘンリー卿に説明して説得しようとしたの。だけど、彼の家族のごたごたをわたしにぶつけただけよ」

「なるほど」

「最初、ヘンリー卿はいとこ同士の結婚について話し、それをどのように反対したかについて話し始めたわ。そしてすぐに」トロイは息をのむと、すぐさま続けた。「死後、彼がどのように防腐処理されるのかについての話になったの」とトロイが言った。「わたしたちは防腐処理の本について話したわ。それから、相続人であるセドリックをこばかにしていたわ。そして、彼には子どもができないだろう。それから、トーマスは結婚しないだろうと言ったわ」

「そこで間違っていたのだろう」

「誰が？」

「ミス・エイブルのこと？」

「彼女は、ヘンリー卿が性的衝動などを昇華させることで満足できると考えていた」

「そうね！　死んだときのことについてヘンリー卿が話し続けるものだから、わたしは彼を元気づけようとして、少しはうまくいったわ。彼はなんだか謎めいてきて、これから驚くべきことがみんなに待ちうけていると言っていたの。そこへソニア・オリンコートが飛び込んできて、みんなが彼女に対抗して計画を企てていると言って、彼女は怯えていたわ」

「それで、全部かい？」少し間を置いてから、アレン警部が言った。

「いいえ、まだよ。ヘンリー卿はほかにも何か言っていたわ、ローリー。でも、何だったか思い出せないの。確かに、何かほかにも言ったのよ」

「十七日の土曜日のことかい？」

「ええと、わたしは十一月十六日にアンクレトン館に着いたの。そうよ、次の日よ。だけど」とトロイがゆっくり言った。「そのときヘンリー卿が話したことを思い出せたら」

「無理に思い出そうとしなくていいよ。突然、思い出すこともあるから」

「たぶん、ミス・エイブルなら思い出させてくれるかも」にっこりと笑いながら、トロイが言った。「ともかく、今日はもうこれくらいにしましょう」

　二人が立ち去るとき、トロイは自分の腕をアレン警部の腕に回した。「初めてにしては、上出来だったでしょう？」

「精神科医だっけ？」

「上出来だ。助かったよ」

「あなたの好きなところの一つは」とトロイが言った。「お世辞でも礼儀を心得ているところよ」

とトロイが言った。


翌日は忙しかった。警視監はアレン警部との短い面談のあと、発掘と検視の許可の申請を行うことを決断した。「早いほうがいいだろう。昨日、内務大臣と話して、われわれは彼の意向に沿っていることを伝えた。すぐ準備に取りかかってくれ」

「できれば、明日にでも」とアレン警部が応じた。「ドクター・カーティスに会うことにします」

「頼むぞ」と警視監が言った。アレン警部が立ち去りかけたとき、「だが、ローリー。ミセス・アレンにとっては……」

「お気遣い、ありがとうございます。ですが、妻は冷静に受けとめています」

「素晴らしい。奥さんにも、よろしく伝えてくれ」

「承知しました」そう言って、アレン警部は事務弁護士のミスター・ラッティスボンを訪れるため、警視監の部屋をあとにした。

ストランド街のミスター・ラッティスボンの事務所は、大空襲からも逃れていた。アレン警部が戦前に初めて正式に訪れたときに覚えていたように、事務所はチャールズ・ディケンズ（一八一二～七〇年。イギリスの小説家）の様式を慎重に再現したものであり、ミスター・ラッティスボンの性格が表れているかのようだった。ゆっくりと頭を持ち上げて、訪問者をぼんやりと見る、同じ事務員がいた。今にも壊れそうな階段や、古めかしい匂いも昔のままだった。そして、皮革とニスの匂いに包まれて、ミスター・ラッティスボンが机に座っていた。

「これはこれは、アレン警部」アレン警部に気がついたミスター・ラッティスボンが、声をかけた。「ようこそ、お越しくださいました。お座りください。お会いできて光栄です！」そしてアレン警部が座ったとき、ラッティスボンはとがったペン先のような鋭い一瞥《いちべつ》をアレン警部に投げかけた。「何か問題でも？」とラッティスボン尋ねた。

「残念なことに」とアレン警部が応じた。「私が訪れるときは、なにかしらの面倒が起こったときなのです」

ミスター・ラッティスボンはすぐさま身がまえるように背中を丸めると、両肘を机について、顎の前で指先を合わせた。

「故ヘンリー卿の遺言――複数あるかもしれませんが――について、少しお尋ねしたいのですが」とアレン警部が言った。

これを聞いて動揺したのを冷静になろうとするかのように、ミスター・ラッティスボンは唇のあいだで舌先を震わせたが、結局、何も言わなかった。

「単刀直入に申しあげます」とアレン警部が続けた。「われわれは発掘して検視を行うことを、あなたにお伝えしなければなりません」

しばらく考えてから、ミスター・ラッティスボンが口を開いた。「これはまた驚いた」

「私がこれから話そうとしている話をわれわれのところへ持ってくる代わりに、ヘンリー卿の後継者は事務弁護士に相談するのが適切だと思ったかもしれません」

「それは、どうも」

「あなたが彼らにどのような助言をしたのかはわかりませんが、遅かれ早かれ、われわれはあなたを訪れたでしょう。話はこうです」

二十分後、ミスター・ラッティスボンは椅子の背もたれに身を任せて、天井をにらんでいた。

「尋常なことではないですね」

「この騒動には、二つの要素が絡んでいるのがおわかりでしょう。一つは、サー・ヘンリー・アンクレッドが防腐処理されるのは、彼の家の常識でした。もう一つは、卿は繰り返し遺言を変更していて、彼の死の前日に、数時間前の彼の発表に反して、彼の家族の多くを除外し、彼の意中の人物を妻として有利になるように変更したと思われることです。あなたに助けてもらいたいのは、ここです」

「私は」とミスター・ラッティスボンが言った。「曖昧なというよりは、異例な立場です。ご指摘のとおり、家族の、とりわけサー・セドリックの正しい手順は、この事務所に相談することでした。彼はそうしないことを選んだ。刑事訴訟になれば、われわれに相談しないわけにはいかないでしょう。遺族の意図は、もっとも利益を得る人物をおとしめて、さらに彼女に対して刑事告訴も辞さないことをほのめかせることのようです。彼女というのは、ミス・グラディス・クラークのことです」

「誰ですって？」

「職業上の名前としては、ミス・ソニア・オリンコートとして知られています」

「あのソニアの本名は、グラディス・クラークですか」とアレン警部が考えこんだ様子で言った。

「事務弁護士として、私はこの件に関与しています。考えるに、あなたの要求に応じて、このような情報を提供することを、私は拒みません。むしろ職務上、私の義務だと考えます」

「そう言ってもらえると、ありがたい」とアレン警部が言った。ミスター・ラッティスボンが多少の時間はかかっても、このような決定に間違いなく辿り着く、と警部は確信していた。「われわれがもっとも知りたいのは、ヘンリー卿が亡くなった前日、彼が誕生日パーティーから退席したあと、最後の遺言を作成したかどうかです」

「いいえ、そのようなことはありません。ヘンリー卿の指示で、遺言は木曜日に、二通目の文書と一緒にこの事務所で作成しました。十一月二十二日のことです。二通目の文書というのは、卿の最後の遺言として誕生日の晩餐会で引用されたものです」

「かなり奇異に感じられますね」とアレン警部が言った。

ミスター・ラッティスボンは人さし指で鼻の頭を掻いた。「確かに、珍しい手続きだと、その時点では、あえてそのように申したのです」と彼が言った。「ですが、アンクレッド家の指示に基づいて行ったのです。十一月二十日の火曜日、サー・ヘンリー・アンクレッドが私にすぐ彼を訪ねてもらいたがっているという電話が、ミラマントからありました。その日は都合が悪かったのですが、翌日、私はアンクレトン館を訪れました。お会いしたとき、ヘンリー卿は劇の衣装を着て、かなり興奮していました。肖像画のためのモデルを務めていたのだろうと思いました。あなたの奥さまがアンクレトン館にいらっしゃったのに」ミスター・ラッティスボンが頭をちょっと下げて言った。「このときはお会いできませんでした。ですが、後日、お会いすることができました」

「トロイから聞きました」

「身に余る光栄でした。話を元に戻します。十一月二十一日水曜日の最初の訪問で、サー・ヘンリー・アンクレッドは二通の遺言の草案を私に提示しました。ちょっと待ってください」

　素早く移動して、ファイリング・キャビネットから、ラッティスボンは二つの書類の束を取り出してきた。そして、アレン警部に渡した。「それらは草案です」とミスター・ラッティスボンが言った。「それらの草案に基づいて遺言を二通作るよう、ヘンリー卿は私に指示しました。このような手続きは普通ではないことを申しあげました。彼は近親者の優劣を決めることができず、同時に再婚を考えていると言いました。私見を申せば、前の遺言はまともなものでした。ですが、ヘンリー卿がすでに破棄していました。そして、新たに作成した二通の遺言を、彼の誕生日パーティーに持ってくるよう私に命じました。一通目のものは晩餐会の前に私の立ち会いのもと署名され、晩餐会で彼の最後の遺言として引用されました。ですが、その晩遅くに破棄されました。ですから、二通目のものが、現在、有効な遺言です。その日の深夜、午前零時二十分にサー・ヘンリー・アンクレッドの部屋で、私が本気で抗議したにもかかわらず、署名されました」

「これら二通の遺言でもって」とアレン警部が言った。「ヘンリー卿は最後にするつもりでしたか？」

「おそらくは。ヘンリー卿は、自分の健康がきわめて危ういことをご存じでした。そして、とくに非難することもなく、彼の家族の何人かは互いに牽制《けんせい》し合ったり、あるいは、共謀したりするだろうとほのめかしていました。あなたのとても明快な説明を考慮して」ミスター・ラッティスボンが再び頭をちょっと下げた。「ヘンリー卿は一連の悪ふざけを気にしていました。ミセス・アレンから、ヘンリー卿の肖像画への悪ふざけについてお聞きになったでしょう。称賛に値する肖像画です。そして、ヘンリー卿がどれほど激怒して小劇場を去ったかお聞きになったでしょう」

「ええ」

「その後、ヘンリー卿の部屋で待っているようにという卿からの伝言を、執事が私へ伝えにきました。ヘンリー卿が現れたときは、ひどく動揺していました。そして、私の目の前で、ヘンリー卿は二通の草案のうちのよりまともなほうを引き裂くと、暖炉の火のなかへ投げ込みました。キャンディー夫妻が招き入れられ、夫妻の立ち会いのもと、ヘンリー卿が二通目の書類に署名しました。そして、一週間後にミス・ソニア・オリンコートに結婚を申し込むので、婚姻継承財産設定を作成するように私に命じました。この件については朝まで待ってもらいたいと彼を説得して、私はアンクレトン館を辞去しました。ヘンリー卿は相変わらず動揺していて、腹を立てていました。私の話は以上です」

「大いに役に立ちました」とアレン警部が言った。「もう一つお伺いしたいのですが、ヘンリー卿の二通の草案には、日付がありませんでした。ひょっとして、彼はいつ草案を書いたのか、あなたに話さなかったのではないですか？」

「話しませんでした。この点について、ヘンリー卿の行動は奇妙でした。二通の遺言が私の事務所で作成されるまで、一瞬たりとも気が休まらないと言っていました。十一月二十日火曜日より前に草案はできていたと申しあげる以外には、お役に立てそうもありません」

「それらは保管されて、誰も触れてはいないですね？」

「もちろんです」とラッティスボンはかなり動揺して言った。「当然でしょう」

アレン警部は二通の草案をミスター・ラッティスボンへ返した。

アレン警部が立ち上がると、事務弁護士は生き生きし始めた。彼はアレン警部と一緒にドアまで行くと握手を交わし、別れの言葉を発した。「不安にさせます。根拠はありませんが、それにもかかわらず、不安を掻き立てます。常にあなたの分別にかかっています。いろいろな意味で、あの人たちは不可解な一家です。カウンセリングが必要なのは間違いありません。それでは、ごきげんよう。ミセス・アレンによろしく」

だが、アレン警部が立ち去りかけると、ミスター・ラッティスボンは警部の腕に爪を立てて握りしめた。「あの晩のヘンリー卿を忘れないでしょう」と事務弁護士が言った。「私がドアに辿り着いたとき、ヘンリー卿は私を呼び止めました。振り向いて彼を見ると、彼はガウンの裾《すそ》を広げて、ベッドに背筋を伸ばして座っていました。ヘンリー卿は整った顔立ちをしていましたけれど、彼の様子を見てとまどいました。そして、卿はおかしなことを言ったんです。『将来的には、多くの人たちに参加してもらえることを期待しているんだ、ラッティスボン。私の結婚への反対は、場合によっては、あんたが思っているほど強烈ではないかもしれないよ。では、おやすみ』あれが最後でした。私がヘンリー卿を見たのは、あれが最後でした」

ジェネッタはチェルシー（ロンドン南西部のケンジントン・アンド・チェルシー区にある町）に小さな家を持っていた。住居としてはアンクレトン館とは驚くほど対照的で、ここはすべてが軽やかであり、簡素だった。アレン警部は白い応接間へ通された。現代風の造りだ。端のほうの壁には大きな窓があり、川を見渡すことができる。カーテンは淡い黄色で、銀色の星が散りばめられている。そして、鮮やかなサクランボ色を伴って、この色は部屋のいたるところに見受けられた。壁には、マティス（アンリ・マティス。一八六九～一九五四年。フランスの画家）、クリストファー・ウッド（一九〇一～三〇年。イギリスの画家）、そして、アレン警部にとって喜ばしいことに、アガサ・トロイの絵が飾られていた。アレン警部がアガサ・トロイの絵を見ていたとき、ジェネッタが入ってきた。

知的な女性だ、とアレン警部は思った。まるで普通の訪問客に対するように、ジェネッタはアレン警部に挨拶すると、警部が見ていた絵をちらっと見た。「わたしたちには、共通のお友だちがいますね」そう言って、ジェネッタはトロイのことや、アンクレトン館でトロイと会ったときの話を始めた。

ジェネッタの態度には、いくらか、そして、繰り返し皮肉が含まれることに、アレン警部は気がついた。まるで、何事も主張したり、強調したりしてはいけません。何事も実際には重要ではありません。誇張することは愚かで不快です、と言っているかのようだ。緊張から解放してくれるような歯切れのよい彼女の声や目や唇から、このような印象を受けるのだろう。このことが、彼女の会話の率直さを半ば失わせるような障壁を絶えず築いているようだ。彼女は絵画について知的に話した。だが、どこか自分を卑下しているような雰囲気があった。このようなとりとめのない話を続けて、彼女は面談を避けようとしていることに、アレン警部は気づいた。

ついにアレン警部が話を遮った。「なぜ私が訪ねてきたのかおわかりでしょう?」

「昨夜、トーマスがやって来て、あなたと会ったことを、そして、あなたがアンクレトン館を訪れたことを話しました。このことは、きわめて不愉快な展開です」とジェネッタが言った。

「あなたの意見を伺いたいのですが」

「わたしの?」嫌悪するかのように、ジェネッタが言った。「あの人たちはなんの助けにもならないでしょう。そして、わたしはアンクレトン館では、まったくの傍観者です。傍観者が試合の多くを見ているなどと言わないでください。わたしの場合は、ほとんど見ていませんので」

「ですが、思うところはあるでしょう?」とアレン警部が陽気に尋ねた。

ジェネッタは、しばらく警部の後ろの大きな窓を見ていた。「たわいない嘘であることは、ほぼ間違いないと思います。すべての話がです」と彼女が呟いた。

「そのことを、われわれに納得させてくれませんか?」とアレン警部が言った。

「姻戚関係ですが、あの人たちはあまりにもばかげています。あの人たちには魅了されますが、まともではありません」彼女の声が次第に小さくなった。しばらく考えてから、彼女が続けた。

「ですが、ミセス・アレンがあの人たちと会いました。ですから、ミセス・アレンからすでにお聞きでしょう」

「少しは」

「ポーリーンは、小柄なオーストリア人の医師――ドクター・ウィザーズです――を疑いました。医師は、大きな診療所でとても重要な仕事に従事しています。そして、あのときは、子どもたちの手伝いもしていました。それで、ポーリーンは、そのことが気がかりだと言っていました。その後、ミス・エイブルはパンティーへの影響力を次第に弱めていきました。ポーリーンは芝居がかった気質ですから、何らかの手段を講じなければならないと思ったのかもしれません。誰もが、そのようなことをしています。当然のことながら、あの人たちはミス・オリンコートを腹立たしく思っています。そして、恨《うら》みや疑惑は、アンクレッド家と切り離すことができません」

「ミス・オリンコートについて、どう思われますか？」

「わたしが？　彼女は見たとおりかわいいでしょう？　彼女らしいやり方で、非の打ちどころがありません」

「彼女の容姿以外には？」

「ほかにこれといったものがないような気がします。かなり下品であることを除いては」

「しかし、ポーリーンのほうは、そのように客観的に考えているでしょうか？」とアレン警部が言った。「ポーリーンの娘のパトリシア――ここではパンティーと呼びます――はソニア・オリンコートを通じて大きな損失を被《こうむ》ることになります。それなのに、冷静さを保つことができるでしょうか？　ところで、チーズ料理のなかから死体防腐処理の本が現れたとき、あなたはその場にいましたね？」

「ええ、いました」ジェネッタが少し顔をしかめた。

「誰がチーズ料理のなかにそのような本を入れたか、心当たりはありませんか？」

「セドリックではないかと思います。ですが、そのようなことをやりそうな人物が、ほかに思い当たらないというだけの理由からですが……」

「そして、匿名の手紙についてはいかがですか？」

「おそらく、同一人物の仕業だと思います。アンクレッド家の誰かを想像することはできません。結局、あの人たちではありません」

自分の言葉に自信がないかのように、彼女の声が次第に小さくなっていった。彼女は殺人というものを自分から遠ざけているように、アレン警部は感じた。それは恐ろしさからというよりも、むしろ嫌悪からのようだった。

「ミス・オリンコートに対するアンクレッド家の人たちの疑いは事実無根で、ヘンリー卿の死は自然死だったと思いますか？」とアレン警部が尋ねた。

「そうです。わたしは、すべてが作り物だと思っています。あの人たちは、それが真実だと思っていますけど」

「ですが、ミス・オリンコートのスーツケースから殺鼠剤の缶が見つかったことは、どう説明するのですか？」

「きっと、何かほかの説明があるはずです」とジェネッタ。

「あの殺鼠剤の缶は意図的に彼女のスーツケースのなかに仕込まれたように、私には思えるのです」とアレン警部が言った。「そこでお尋ねしたいのですが、殺人の疑惑を無実の人間に抱かせるために仕組まれたとは考えられませんか？」

「いいえ、違います」ジェネッタが声を荒らげた。「あなたは、アンクレッド家の人間をわかっていません。あの人たちは、自分たちが作りあげる想像の世界へ没入するんです。そのことによって、どのような結果が生じるかなど考えもせずに。あのいまわしい殺鼠剤の缶は、女中がスーツケースのなかに入れたか、あるいは、奇妙な偶然によるものに違いありません。何年も屋根裏部屋にあったかもしれません。あの人たちの警告には、何の意味もありません。アレン警部、すべてばかげた出来事として忘れていただけませんか？　確かに、危険な出来事です。ですが、まったくもってばかげた出来事です」

ジェネッタが身を乗り出した。両手を強く握りしめている。今までの彼女とは違った、見たことのないような鬼気迫る雰囲気が漂っていた。

「たとえばかげた出来事だとしても」とアレン警部が言った。「害悪を及ぼすものです」

「ばかげています」とジェネッタが言い張った。「そして、悪意もあります。ですが、とにかく子どもじみています」

「それ以上のものではないとわかれば、安心できますが」

「でも、あなたはそうは思っていないのでしょう？」

「ええ。まあ、確信があります」とアレン警部が陽気に言った。

「あなたを納得させることができるかしら！」とジェネッタが言った。

「あなたは、少なくともいくつかの隙間を埋めることができると思います。たとえば、あなた方全員が小劇場から戻ってきたとき、応接間で何かありませんでしたか？　何が起こりましたか？」

率直に答える代わりに初めの頃の態度に戻って、彼女が言った。「しつこいようですが、お許しください。自分の信念を他人に押しつけようとするのは愚かなことです。あの人たちは単に騒ぎすぎていると感じているだけです。わたしはアンクレッド家の人たちを知っています」

「ですが、私も仕事柄、お尋ねしないわけにはいきません。誕生日パーティーのあとは、どのようでしたか？」

「地主と牧師は、玄関広間で辞去の挨拶を交わしました。ミス・オリンコートは、すでに自分の部屋へ引きあげていました。ミセス・アレンが、ポールとフェネーラと一緒に小劇場に残っていました。残りの人たちは応接間へ移動したんです。そして、いつもの家族同士の言い合いが始まりました。今回はヘンリー卿の肖像画への悪ふざけについてでした。しばらくして、ポールとフェネーラがやって来て、肖像画は無事に修復されたことを伝えました。とにかく、肖像画への悪ふざけについては、誰もが腹を立てていました。娘のフェネーラは英雄崇拝の状態から完全には抜け出せていませんが、あなたの奥さんをとても尊敬しています。ポールとフェネーラは愚かにも探偵の真似事《まねごと》のようなことを計画しました。ミセス・アレンはあなたに何か話しましたか？」

トロイはアレン警部にいろいろ話していた。しかし、警部は、絵筆と指紋の話をもう一度ジェネッタから聞いた。ときには警部の笑いを誘ったり、ときには些細な出来事を少し誇張したりして、彼女はこのことについてかなり長々と話した。応接間でのやりとりについてアレン警部がさらに詳しいことを尋ねたとき、彼女の話が曖昧になってきた。晩餐会での、ヘンリー卿の激しい怒りや、無分別な言動について話していたとのことだ。

事務弁護士のミスター・ラッティスボンが、ヘンリー卿に呼ばれていた。「果てしなく続く、感情的な集まりだったわ」とジェネッタが言った。「ヘンリー卿が晩餐会で発表した遺言のせいで、セドリックとミリーを除いた誰もがひどく傷つき、気持ちが高ぶっていたから」

「誰もがですって？　あなたの娘のフェネーラとポール・アンクレッドもですか？」

彼女はあまりにも軽々しく言った。「フェネーラはアンクレッド家の気質を少しは受け継いでいますけど、多くはないのが救いです。ポールのほうは、そのことから免《まぬか》れているように思えます。それはとても良いことです。彼はわたしの義理の息子になるようなので」

「この口論を通じて、アンクレッド家の人たちのなかに、ミス・オリンコートに対して並外れた敵愾心《てきがいしん》を抱いている人はいますか？」

「彼女については、誰もが抱いていますよ。セドリックを除いて。でも、あの人たちは、それこそ月に何十回も誰かに怒りをぶつけています。ですから、何の意味もありません」

「ミセス・アンクレッド」とアレン警部が言った。「突然、かなりの財産を奪われたとしたら、その怒りは無意味なものではないでしょう。あなた自身、娘さんの立場を少しは腹立たしく思っているに違いありません」

「いいえ」とジェネッタがすぐに答えた。「ポールとの結婚の話を娘から聞いたとき、ヘンリー卿がこの結婚は認めないだろうと、わたしにはわかっていました。いとこ同士の結婚は、彼の悩みの種でしたから。ですから、彼がこの結婚を認めないことはわかっていました。卿は悪意のある年寄りです。おまけに、娘はミス・オリンコートへの嫌悪を隠そうとはしませんでした。だから……」ジェネッタが口をつぐんだ。アレン警部は、彼女の手が痙攣《けいれん》を起こしたように震えているのを見た。

「続けてください」

「娘は、思ったことをはっきり口に出してしまうんです。交際は娘の内面を悪くしました。以上です」

「匿名の手紙など、この出来事の全体について、フェネーラはどう考えていますか？」

「娘の考えはわたしと同じです」

「この話は、この一家のなかでもとくに想像力豊かな人たちによる、空想の産物だとでも？」

「そうです」

「娘さんにお会いしてもいいですか？」

お互いを探るような気まずい沈黙が訪れたが、アレン警部はその沈黙のなかに一筋の光明を見いだした。ジェネッタは予想していた問いにひるんだが、それに対処するための態勢を整えたからだ。彼女は身を乗り出すと、率直に訴えかけた。

「アレン警部」と彼女が言った。「どうか娘のフェネーラはそっとしておいていただけませんか？

娘は気持ちが張りつめているうえに、傷つきやすいので。本当に傷つきやすいんです。アンクレッド家の人たちのように、偽の傷つきやすさではありません。娘の婚約についてのごたごたや、祖父のヘンリー卿の死など、とにかく、緊張を強いられてきました。この面談のために、あなたがわたしに電話してきたとき、娘は立ち聞きしてしまったんです。それで、娘は動揺してしまって。ですから、どうか娘はそっとしておいてください」

このような申し出をどのように拒めばよいか、そして、もしかすると、すでに話したこと以上に重大なことを彼女は隠しているかもしれない、とアレン警部は思案した。

「わたしを信じてください」と彼女が言った。「フェネーラはあなたのお役には立てません」とジェネッタが言った。

アレン警部が答える前に、フェネーラ自身が応接間へ入ってきた。そのあとに、ポールが続いた。「お母さん、ごめんなさい」フェネーラが甲高い声で、早口に言った。「わたしに来てほしくないことはわかっています。でも、わたしは来ないわけにはいかないの。だって、アレン警部が知らないことがあるのよ。わたしはそのことを話さなければなりません」

第十六章　ヘンリー卿、最後の姿

フェネーラが応接間へ入ってきたときのジェネッタの機転の良さについて、のちほどアレン警部はトロイに話した。明らかに、フェネーラの登場はジェネッタの予想外の出来事であり、ジェネッタを落胆させた。それでも、ジェネッタがうろたえることはなかったし、彼女の態度や言葉遣いに垣間見える皮肉も健在だった。

「まあ、ちょうどいいところに来たわね」とジェネッタが言った。「アレン警部、娘のフェネーラです。そして、こちらが甥のポール・アンクレッドです」

「突然、押しかけてきてごめんなさい」とフェネーラが言った。「はじめまして。あなたとお話ししてもかまいませんか、アレン警部？」フェネーラが手を差し出した。

「今はだめよ」とジェネッタが言った。「アレン警部はわたしとお話し中だから。いいわね？」

アレン警部の手を握っていたフェネーラの手がこわばった。「お願いします」とフェネーラが囁《ささや》いた。

「何の話なのか、聞くだけ聞いてもかまいませんか、ミセス・アンクレッド？」とアレン警部が言った。

「お母さん、大事なことなの。本当よ」

「落ち着きなさい、フェネーラ」とジェネッタが言った。「ポールがびっくりしてるじゃないの」

「僕も重要だと思います、ジェネッタおばさん」とポールが言った。

「あなたたちはわかっていません……」

「いいえ、ジェネッタおばさん。僕たちはわかっています。僕たちはそのことを冷静に話し合いました。僕たちが話そうとしていることが、この家に風評やスキャンダルをもたらすかもしれないこともわかっています」ポールはにがいものでも嚙みつぶすように言った。「僕たちは先のことを楽しんでいるわけではありません。ですが、やはり正直に話す以外にはないと思います」

「わたしたちは法の保護を受けられます」とフェネーラがかなり大きな声で言った。「家族の面目を保つために正義を避けようとするのは筋が通らないし、不誠実だわ。わたしたちがかなり恐ろしいことに直面しているのはわかっています。だけど、わたしたちは責任を負うでしょう？　ねえ、ポール？」

「まさしく」とポールが言った。「嫌だけど、仕方ないよ」

「なんてことなの」とジェネッタが猛然と声を張りあげた。「お願いだから、英雄ぶるのはやめてちょうだい！　二人とも、そんなことをして、何になるの！」

「お母さん、わたしたちは英雄になろうとしているわけじゃないわ」とフェネーラが言った。「わたしたちが何を話そうとしているのか、お母さんは知らないでしょう？　劇場のことじゃないわ。道理のことよ。そして、あえて言うなら、犠牲についてよ」

「実際、あなたたち二人は犠牲になったし、高潔じゃないの。アレン警部」ジェネッタがアレン警部のほうを向いた。「あなたとわたしは同じ言語を話します。この子たちが何を言おうと、ばかげた話だと受けとめてくださるよう切にお願いします」

「お母さん、大事なことなのよ」

「それでは、伺いましょう」とアレン警部が言った。

アレン警部が期待していたとおり、ジェネッタがようやく受け入れた。「それじゃあ、まず、二人とも座ったらどうなの。そうすれば、アレン警部も座れるわ」

フェネーラがアンクレッド家の女性特有の優雅な動きで座った。トロイが話していたとおり、生き生きとした女性だ、とアレン警部は思った。母親のはかなさをうちに秘めながらも、目を見張るようなアンクレッド家の美しさを受け継ぎ、それに繊細さが加わったようだ。そして、誰にも劣らず、彼女は格好よく登場する、とアレン警部は思った。

「ポールとわたしは」すぐさま、フェネーラがとても早口で話し始めた。「このことについて何度も話し合いました。匿名の手紙が来てからでさえも。まず初めに申しておきたいのは、わたしもポールも、このことにかかわっていません。あのような手紙を書いた人はすべてを超越しているようですし、この家のなかにあのようなことができる人がいると思うと、けだもののような気持ちになりました。ですから、手紙に書かれていることは、いやらしい、悪意のある嘘だと思います」

「まさにそのことです」とジェネッタが感情を交えずに言った。「わたしがアレン警部と話していたのは。だから、わたしが言ったように……」

「ですが、すべて嘘というわけではありません」フェネーラが母親を遮って強く言った。「恐ろしいと言うのに、肩をすくめることはできません。こう言ってさしつかえないなら、それはあなた方の世代です、ママ。思考が混濁しているんです。その意味では、戦争につながる態度です。とにかく、ポールとわたしはそう考えています。そうでしょう、ポール？」

ポールが顔を真っ赤にして、決然たる表情で言った。「フェネーラが言おうとしているのはこういうことです、ジェネッタおばさん。もしソニア・オリンコートがヘンリー卿を毒殺していないのであれば、やってもいないことで彼女を絞首刑にしようとしている人物がこの家のなかにいるということになり、そのことは、この家の誰かが殺人犯であるということになります」ポールがアレン警部のほうを向いた。「そうでしょう、警部？」

「必ずしも正しくありません」とアレン警部が答えた。「虚偽の告発が、善意で行われる場合もあります」

「ですが」とフェネーラが異議を唱えた。「匿名の手紙を書くような人は、そのような人物ではないと思います。いずれにしても、たとえ善意であったとしても、虚偽の告発であることに変わりありません。ですから、現実に行うべきことは、そのように言って、そして、そして、……」彼女は口ごもって、腹立たしげに頭を振った。そして、子どものようにたどたどしい口調で締めくくった。「その人物に認めさせ、罰を受けさせることです」

「順番に考えてみましょうか？」とアレン警部が言った。「あなたは匿名の手紙に書かれていることは虚偽だと言いましたが、なぜそう思うのですか？」

フェネーラはポールをわが意を得たりとちらっと見てからアレン警部のほうを向いて、はやる気持ちで再び話し始めた。

「ソニアとミセス・アレンが薬屋へ行って、子どもたちの薬を買ってきた夜です。セドリックとポールとポーリーンおばさんは外食しました。わたしは風邪をひいたので、辞退したんです。わたしはミリーおばさんのために、応接間の花を活けていました。そして、花瓶がしまってある部屋で片づけをしていました。その部屋は、玄関広間から図書室までの通路を少し進んだところにあります。ヘンリー卿がソニアのために蘭の花を送ってもらっていましたので、ソニアが取りにきました。彼女はかわいらしく見えました。顔を覆うように毛皮を身にまとっていて、輝いて見えました。彼女は堂々と入ってくると、あの不気味な声で彼女の花束を要求しました。彼女が蘭の花を見たとき、それは本当に素晴らしい蘭の花束でしたのに『ずいぶんと小さいのね？　花束とは呼べないわ』と言ったんです。彼女がアンクレッド家で言ったことややったことすべてが、彼女からにじみ出ているようでした。そして、彼女についてわたしが今まで抱いていた感情の堪忍袋の緒が切れたんです。わたしは風邪をひいていて、少し寒気がしていたこともあって、ぞっとしました。わたしはかんかんに怒っていました。ごく普通の金目当ての人であっても、感謝する礼儀くらいわきまえているものです。わが家におけるソニアの存在自体がわたしたちの恥だと思いました。さらに、ヘンリー卿を上手に言いくるめて結婚してからは、卿が亡くなって彼女にお金を残すまで、ほかのボーイフレンドと戯《たわむ》れているつもりじゃないのかと思いました。ええ、ママ、わかってるわ。恐ろしい考えよ。でも、この考えが湯気を出すように吹き出てきて、止められないの」

「おお、フェン！　なんてことなの」とジェネッタが言った。

「大事なのは彼女の受けとめ方です」フェネーラがアレン警部を見つめたまま続けた。「わたしは、彼女がとても上手であることを認めなければなりません。わたしは話すのが上手だけれど、仕事でうまくいく見込みがなく、ほとんど文無しなのがどういうことか知らない、と彼女はとても冷静に話しました。ショーガール（ミュージカルショーに出演して、歌ったり踊ったりする女性）以外では、舞台で大したことはないことを、そして、長くは続かないことを知っている、と彼女は言いました。わたしは、ソニアがこう言ったのを覚えています。『皆さんが何を考えているのかわかっています。あたしがノッディーをそそのかして、何かを得ようとしていると思っているのね。あたしたちが結婚したら、あたしはいかがわしいことを始めるつもりだと。いいですか、あたしはすべてを持っています。そして、自分の立場がどうなるか、誰よりもよくわかっているつもりです』そして、自分はいわゆる玉の輿に乗る人間だと言ったのよ。そして、アンクレッド夫人になることがどんなことか、わたしには理解できないでしょうとも言ったわ。そのことについて、驚くほど子どもじみていて、はっきりとものを言うの。お店の人に自分の名前や住所を伝えたときに、『かしこまりました、奥さま』と呼ばれるのを想像しながら、よくベッドに横になっていたそうよ。『う～ん、なんてすてきな響きかしら！』と彼女は言ったわ。わたしがいることなど忘れているみたいだった。だけど不思議と、もはや彼女に怒りは感じなかったの。彼女は、わたしにどちらが先なのかしつこいくらい尋ねたわ。晩餐会のとき、ボームステイン夫人より先に、彼女が部屋に入るかどうかを。夫のベニー・ボームステインは、サンシャイン・サーキット劇団を所有しています。彼女は、そこの三番手の踊り子の一人だったの。わたしが部屋に入る順番を伝えると、『やったぁ～』と彼女は声をあげたわ。とてもおぞましかったけれど、あまりにも現実味を帯びていたので、ある意味で、尊敬の念を抱いたほどよ。彼女は自分の話すアクセントがあまり格好よくないことを知っていると言っていました。だから、〝ノッディー〟にもっと上品な話し方を教えてもらうそうよ」フェネーラは母親からポールへ視線を移して、力なく首を左右に振った。「だめだったわ」とフェネーラが言った。「負けたわ。恐ろしいうえに滑稽だし、なによりも、心から哀れだと思ったわ」フェネーラがアレン警部のほうを向いた。「あなたが信じるかどうかはわかりませんけれど」と彼女が言った。

「私がソニアに会ったとき、彼女は身がまえていて、なおかつ腹を立てていました。しかし同時に、しなやかで強く、純粋さや誠実さなどが、すべて一つになっているように感じました。そして、絶えず相手の敵意を和らげています」とアレン警部が言った。

「そして、奇妙なことに」とフェネーラが言った。「ソニアは正直で、ある意味で基準を持っているように感じました。ヘンリー卿との結婚を考えるのは嫌でしたけれど、彼女の性格からすると、彼女は正々堂々と振る舞うだろうと思いました。そして、もっとも重要なのは、彼女はお金よりも称号のほうが大事なんだと感じたことです。ヘンリー卿はソニアに称号を与えようとしていたわけですから、彼女はそのことに感謝し、ヘンリー卿にも愛情を注ぎ、卿がそうするのを妨げるようなことは決してしなかったでしょう。わたしがぽかんと口を開けて彼女を見ていると、彼女はわたしの腕を取って、まるで女学生みたいに一緒に階上へ行きました。彼女の誘いを受けて、わたしは彼女の部屋に入りました。わたしはベッドに腰かけて、そのあいだに彼女は香水を振りかけ、お化粧を直して晩餐会用のドレスに着替えました。それから、今度は彼女がわたしの部屋へ一緒に来て、わたしが着替えるあいだ、彼女はわたしのベッドに座っていました。彼女はおしゃべりをやめなかったので、わたしは放心したように聞き入っていました。わたしたちは一緒に階下へ下りていきました。ミリーおばさんがいて、子どもたちに声をあげていました。そして、ヘンリー卿の薬を探していました。わたしたちは薬を花の部屋に置いてきてしまいました。そして、もっとも奇妙なことは」フェネーラがゆっくりといら立ち始めた。「ヘンリー卿と彼女との関係について相変わらず悲観的な見方をしていましたが、わたしは彼女を単純に嫌い続けることができなくなりました。アレン警部、ソニアはヘンリー卿を傷つけるようなことはしていないと断言できます。わたしの言うことを信じられますか？　ポールとわたしが考えているように、このことは重要だと思いますか？」

ジェネッタのこわばっていた手の力が抜けて、顔色が元に戻ってきたのを見ていたアレン警部が立ち上がって言った。「非常に重要かもしれません。あなたは自分の気持ちの整理をつけたのかもしれません」

「気持ちの整理ですって？」と彼女が繰り返した。「どういう意味ですか？」

「ほかに何かありますか？」

「もう一つは、ポールに関係することです。ポール、話してちょうだい」

「ポール」何度も繰り返して発してきた警告のように、ジェネッタが凄みのある声で言った。「あなたは、もう自分の言いたいことは話したと思いませんか？　まだしゃべらなければならないの？」

「ええ、ママ。そうよ」とフェネーラが言った。「さあ、ポール」

ポールが少し堅苦しい感じで弁解するように話し始めた。「今回の出来事はすべてきわめて明白で、おそらく、少し大げさだと思います。フェンと僕は、このことを何度も話し合いました。その結果、はっきりした結論に達しました。匿名の手紙がソニア・オリンコートを示唆しているのは、最初から明らかでした。匿名の手紙を受け取っていないのは彼女だけですし、ヘンリー卿が亡くなって、もっとも利益を得るのも彼女一人だからです。しかし、匿名の手紙が書かれたのは、彼女のスーツケースのなかから殺鼠剤の缶が見つかる前でした。言い換えれば、彼女に対する証拠が見つかる前です。もしソニアが無実なら――フェネーラと僕はそう思っていますが――このことは二つのことを意味します。つまり、匿名の手紙を書いた人物は、われわれの誰もが知らないような、ソニアを怪しいと思う根拠のようなことを知っていたか、あるいは、歯に衣着《きぬ》せずに言えば、悪意を持ってソニアをおとしいれるつもりで書いたのかのどちらかでしょう。もしそうであるなら、殺鼠剤の缶は仕組まれたもののように思われます。そして、同じ人物が死体防腐処理の本をチーズ料理のなかに入れたのです。なぜなら、ヒ素のことを誰も覚えていないのではないかと恐れて、思いついたもっとも衝撃的な方法でわれわれの目の前に突きつけたのです」

ポールは話を中断して、神経質そうにアレン警部を見た。「なるほど、筋は通っています」とアレン警部が言った。

「ですから、次の点が重要だと思うのです」とポールがすぐさま続けた。「殺鼠剤の缶はチーズ料理のなかに入っていた本と同じようにばかげた出来事であり、そのことについて、いとこのセドリックに疑いを向けても差し支えないと思うのです。実際、われわれが正しければ、セドリックを殺人未遂で訴える責任に直面します」

「ポール！」

「ごめんなさい、ジェンおばさん。でも、僕たちは決心したんだ」

「もしあなたたちが正しいとして――わたしは、あなたたちが間違っていると思っているけど――あとのことは考えたの？　新聞沙汰になり、醜聞にまみれるわ。なによりセドリックを溺愛する母親のミリーのことを？」

「ごめんなさい」ポールは執拗に繰り返した。

「あなたは人でなしね」そう言って、ジェネッタはお手上げだという仕草を両手で行った。

「それでは、昼食会についても検討してみましょう」とアレン警部が静かに言った。「死体防腐処理の本が現れる前まで、皆さんはどうしていましたか？」

　これを聞いて、誰もが戸惑った。そして、フェネーラがようやく口を開いた。「みんな、静かに座っていました。誰かがこの沈黙を破ってくれないかと思いながら。アンクレトン館では、ミリーおばさんが女主人を務めます。ですが、ポーリーンおばさん――ポールのお母さんです――がいるときは、自分が務めるべきだと思っています。こういう言い方をするのを許してね、ポール。ポーリーンおばさんはそのことについて文句を言っていて、ミリーおばさんが立ちあがるように何かしらの合図するのをあえて待っていました。でも、ミリーおばさんは、わざとわたしたちを座ったままにしていたのかもしれません。とにかく、わたしたちはじっと座っていました」

「ソニアがそわそわしだしたんです」とポールが言った。「そして、大声を出したんです」

「洪水が引いたあとの村の池のような昼食の料理から逃げ出すいい機会だ、とデッシーおばさんが言いました。そのことはミリーおばさんにとって、腹立たしいことでした。そして、デッシーはアンクレトン館に残る義務はない、とミリーおばさんが短く笑って言ったんです」

「今度はデズデモーナが」とポールが続けた。「ミリーとポーリーンは魚のシラスの缶をいくつか隠していると言いました」

「みんながおしゃべりを始めると、ソニアが『すみません、コーラスはどうなっていますか?』と言いました。すると、セドリックが忍び笑いをして立ち上がり、チーズ料理のほうへ行きました」

「ここなんですが、警部」とポールが意を決したように口を挟んだ。「セドリックはチーズ料理のところへ行って本を持って戻ってくると、僕の母親のポーリーンの肩越しに母のお皿へ本を落としたんです。母のショックがどれほどだったか、おわかりでしょう?」

「ポーリーンおばさんは悲鳴をあげると、実際に気が遠くなりました」とフェネーラが付け加えた。

「母は葬式でだいぶ神経がまいっていたんです」とポールが浮かない顔をして言った。「母はショックのあまり、本当に気を失ったんです、ジェンおばさん」

「知っています」

「母は怖がっていました」とポールが言った。

「当然のことながら」とアレン警部が呟いた。「死体防腐処理に関する本が、チーズ料理から普通は出てきませんからね」

「誰もが」とポールが続けた。「セドリックに気をとられて、本自体には注意を向けていませんでした。人を怖がらせることはそれほど面白くないし、そのことで彼が怪しい、とみんながほのめかしたんです」

「そのとき、わたしはセドリックを見ていました」とフェネーラが言った。「どことなく奇妙でした。彼はソニアから目をそらしていました。そして、みんなでポーリーンおばさんを部屋から連れ出そうとしていたとき、セドリックが甲高い声をあげて、本に書かれていたことを思い出したと言ったんです。彼は本に駆け寄ると、ヒ素について読み始めました」

「そして、ソニアがその本を見ていた、と誰かが言ったんです」

「誓って言いますけど」とフェネーラが口を挟んだ。「セドリックが何を言おうとしているのか、ソニアにはわかっていませんでした。彼女が本の中身を理解していたとは思えません。デッシーおばさんがうめき声をあげて、言いました。『いいかげんにしなさい！　もう我慢できないわ！』すると、セドリックが満足そうに言ったんです。『おかしなことを言うね、デッシー。僕が何か言ったかい？　ソニアが婚約者の来たるべき死体防腐処理について、なぜ読んじゃいけないんだ?』それを聞いて、ソニアは泣きだし、この家の人たちはみんなであたしを悪者にしようとしているると言って、部屋を飛び出していきました」

「問題は、警部、もしセドリックがあのような行動をとらなければ、あの本と匿名の手紙に書かれていた内容を、誰も結びつけなかったでしょう。そうでしょう?」

「確かに、重要な点だ」とアレン警部が言った。

「ほかにもあります」ポールが満足そうな口調で付け加えた。「なぜセドリックはチーズ料理のなかを覗《のぞ》いたのでしょう?」

「チーズがほしかったからですか?」

「いいえ!」とポールが勝ち誇ったように言った。「だから、彼が怪しいと思うのです。セドリックは決してチーズに触りません。彼はチーズが大の苦手です」

「死体防腐処理の本を、彼がチーズ料理に入れておいたからです」とフェネーラが言った。


アレン警部が辞去するとき、ポールはアレン警部を玄関広間まで見送った。そしていくらかためらってから、少し一緒に歩いてもかまわないかと尋ねた。吹きすさぶ風のなかを、二人は頭を低くして、チェーン・ウオークという名の通りを一緒に歩いた。ちぎれた雲が飛ぶように空を流れていく。そして、川を行き交う船の音が、彼らの凍えた耳にとぎれとぎれ聞こえてきた。ポールは杖を使って、足を引きずりながら懸命に歩いた。そのあいだは、黙っていた。

ようやく、ポールが口を開いた。「あなたは、あなたの遺伝から逃れられないでしょう」そして、アレン警部がポールを見るために顔を向けたとき、ポールがゆっくり続けた。「僕は、あなたに先ほどの話をまったく違うかたちで伝えるつもりでした。根回しなしに。フェンも同様です。ですが、どういうわけか、僕たちが動き始めたとき、何かが僕たち二人に起こったんです。たぶん、ジェンおばさんが反対したからでしょう。あるいは、危機的な状況に直面すれば、傍観者ではいられません。あの場で、同じようなことをしている自分自身を聞きました」ポールは力なく頭を東のほうへ持ち上げた。「僕たちは、自分たちのやり方をジェンおばさんに誇示したんです」

「あなたは要点をきちんと整理していました」とアレン警部が言った。

「見せびらかすようなまねはしたくありませんからね」とポールは苦笑いして言った。「だからこそ、毒についての出来事は、セドリックが遺言を覆《くつがえ》そうとして仕組んだものだと正直に言おうと思ったんです。そして、セドリックを逃がしてしまうのは、かなりまずいことだと思うのです。あらゆる点で」

アレン警部がすぐに答えなかったので、ポールが神経質そうに続けた。「僕たちの考えが正しいかどうかお尋ねするのは、おこがましいかもしれませんが」

「そのようなことは気にしなくてけっこうです」とアレン警部が言った。「ですが、言外の意味というものを、あなたは理解していないかもしれません。あなたのおばさんも」

「わかっています。ジェンおばさんは、かなり気難しいんです。彼女は、人前での内輪の恥を嫌います」

「それなりの理由があって」とアレン警部が言った。

「われわれ全員が、我慢しなければならないでしょう。いずれにしても、僕がお尋ねしたいのは、僕たちの考えが正しいかどうかです」

「お答えしなければならないでしょうね」とアレン警部が言った。「ですが、今はまだ差し控えておきます。私が間違っているかもしれません。ですが、これまでに得られた証拠に基づけば、あなたの推論は巧妙ですが、ほとんど間違っていると言わざるをえません」

一陣の風がアレン警部の声をかき消してしまった。

「なんですって?」ポールが冷ややかな声をあげた。そして、力なく言った。「よく聞こえませんでした」

「間違っています」とアレン警部が強く繰り返した。「私の判断では、あなたの考えは間違っています」

ポールは立ち止まり、頭をちょっと下げて風を受けると、がっかりはしていないものの、疑わしそうな表情でアレン警部を見つめた。あたかも、警部がまだ誤解していると思っているかのように。

「ですが、すべてがつながっています……」

「孤立した事実の集まりとしては、そうなのかもしれません」

二人は再び歩きだした。「説明してもらえませんか?」とポールがいらいらして言った。そして、少し間《ま》を置いてから、ポールが心配そうにアレン警部を覗き込んだ。「おそらく、できないと思いますが」と彼が付け加えた。

アレン警部は少し考えると、ポールの肘をとって脇道へ導いて風を避けた。「強風のなかで、大声で叫び合っているわけにもいかないでしょう」と警部が言った。「そして、このことは話しても差し支えないと思いますが、ヘンリー卿の死後、このような騒動が起こらなければ、ミス・オリンコートはアンクレッド夫人になっていたかもしれません」

「どういうことですか？」とポールが言った。

「わかりませんか？」

「まさか」ポールが突然、唸り声をあげた。「セドリックとのことを言っているのではないでしょうね？」

「サー・セドリックは」とアレン警部が冷ややかに言った。「彼女との結婚を真剣に考えていると言いました」

長い沈黙のあと、ポールがゆっくり話した。「もちろん、二人はとても親しい間柄です。しかし、いくらなんでも……」

「セドリックが話をでっちあげたのでなければ」

「彼の痕跡を隠すために」とポールがすぐさま言った。

「きわめて複雑です。そして、ソニアは否定するでしょうね。実際のところ、彼女の態度からすると、二人のあいだには、ある種の合意があるように思われます」

ポールは固く握りしめた手を口に当てて、息を吹きかけた。「もしセドリックがソニアを疑っていて、それを確かめようとしていたら？」と言った。

「その場合は、まったく別の話になるでしょう」

「それがあなたの見解ですか、アレン警部？」

「見解ですって？」とアレン警部が漠然と繰り返した。「見解ではありません。私はまだ整理できていません。寒いところでの長話もなんでしょうから、そろそろおいとまします」アレン警部が手を差し出した。ポールの手は氷のように冷たかった。「ごきげんよう」とアレン警部が言った。

「ちょっと待ってください、警部。このことだけ教えてください。これ以上はお尋ねしないことを約束します。僕の祖父であるヘンリー卿は、殺されたのですか？」

「そうです」とアレン警部が答えた。「お気の毒ですが、間違いありません。ヘンリー卿は殺されたのです」

アレン警部はポールを残して、去っていった。ポールは凍えた手に息を吹きかけながら、じっとアレン警部を見つめていた。


キャンバス生地の壁がかすかに明るかった。ロープで柱にくくりつけられ、暗闇で光を放っていた。風防付きのランプが吊り下げられている。これらのランプの一つが、キャンバス生地の壁に触れていたに違いない。外で任務に就いていた村の巡査が、針金の影と正確な光源をはっきりと見分けることができたのだから。

短い袖なしのマントを着て、じっとしているロンドンからの警官を巡査は不安そうに見ると、声をかけた。「ひどく寒いですね」

「まさしく」

「長くかかりますか？」

「なんとも言えない」

巡査は散歩を楽しんだだろう。彼は倫理学者であり、哲学者だった。政治家の日頃の行いについて公言し、宗教の問題において独自の見解を述べることで、彼はアンクレトンの地でよく知られていた。しかし、彼の仲間が無口なうえに、彼がしゃべることはなんでもキャンバス生地の向こう側に聞こえてしまうという気まずい思いが、会話に水を差す。巡査は一、二度足を踏みならし、足の下の砂利がしっかりしていることがわかって安心した。囲いのなかでは、話し声や鈍い物音がしていた。突き当りの頭上では、夜間に吊り下げられているかのように、そして、下からは芝居がかって照らされているかのように、三人の天使の像が跪《ひざまず》いていた。「長い夜警のあいだ、汝《なんじ》の天使がその白い翼を広げて、私の頭上を見守ってくれますように」と巡査は独り言を言った。

囲いのなかから、しかも、巡査のすぐそばから、ロンドン警視庁の警部の「準備はいいか、カーティス」という声が聞こえた。キャンバス生地の壁に突然、人影がぼんやりと現れた。「準備万端です」と別の人物が言った。「それでは、鍵をお借りしていいですか、ミスター・アンクレッド？」「どうぞ」とトーマス・アンクレッドが答えた。

巡査は聞くつもりはなかったものの、次のはっきりとした一連の物音に耳を傾けた。彼はそれを以前にも聞いたことがあった。葬儀の日に、いとこの墓守《はかもり》が準備をしているあいだ、様子を見るために早く来たときにも聞いたのだ。とても重い錠前だった。潤滑油が必要だ。錠前はほとんど使われていないのだから。甲高い声が冷たい空気を切り裂くような音を聞いて、巡査は思わず飛びあがった。「蝶番《ちょうつがい》が錆《さ》びているんだ」と巡査は思った。明かりが消え、声も聞こえなくなったけれど、まだ物音が聞こえる。しかし、今はうつろに響いた。生け垣の向こうの暗闇で、マッチが燃えていた。おそらく、車道で待機している長い黒塗りの車の運転手だろう。巡査もパイプを吸ってもかまわないだろう。

アレン警部の声が石の壁に反響して、はっきりと聞こえた。「アセチレンランプをつけてくれ、ベイリー巡査部長」「承知しました」巡査のすぐそばから声が返ってきたので、巡査は再び驚いた。キャンバス生地の後ろでは、耳障りな音とともに、新たな明かりがキャンバス生地の後ろで生じた。墓地の木々のあいだから、見慣れないゆがんだ影がいくつか飛び出した。

すると、巡査が不思議と楽しみにしていた音が聞こえてきた。石の上を木材が引きずられる音に続いて、乱れた長靴の音や、激しい息づかいが聞こえてきた。巡査は咳ばらいをして、彼の仲間を盗み見るようにちらっと見た。

囲いのなかが、再び男たちの人影で一杯になった。「架台の上にまっすぐ置くんだ。もう少し右だ」木のきしむ音がして、静かになった。

巡査は両手をポケットに深く差し入れて、星空に浮かんだ三人の天使の像と、聖スティーブンの尖塔を見上げた。「鐘楼《しょうろう》には、コウモリがいるだろう」と彼は思った。「考えもなしに、こんなことを言うのはおかしいな」と巡査が言った。フクロウが、アンクレトン館の森で鳴いた。

キャンバス生地の向こう側では、動きがあった。軽い口調の声がたどたどしく聞こえてきた。

「差し支えなければ、僕は外で待っています。近くにいますから、何かあれば呼んでください」

「承知しました」

キャンバス生地が引き寄せられると草の上に光が漏れきて、男が現れた。男は厚手のオーバーコートを着て、マフラーをしていた。そして、顔が隠れるほど帽子を深くかぶっている。だが、巡査はその男の声に聞き覚えがあり、不安そうに移動した。

「あなたでしたか、ブリーム」とトーマス・アンクレッドが言った。

「ええ、そうです。ミスター・トーマス」

「寒いですね？」

「夜明け前がもっとも寒いですからね、ミスター・トーマス」

彼らの頭上で、教会の時計が午前二時を告げた。

「このようなことはあまり好きではありません、ブリーム」

「ええ、私も動揺しています」

「とても動揺します」

「それでも」ブリーム巡査が説教くさく言った。「正しく考慮するなら、ここに眠っているのは、人を怖がらせるようなものではないと考えています。あなたが尊敬する父親ではありません。今頃はもう、彼は報いを受けることから解放されていますし、あなたが見るように言われたものは無害なものです。失礼ですが、脱ぎ捨てられた服のようなものです。まさにこの教会で、われわれの魂に繰り返し説かれてきたように」

「そう言ってもらえると、気が休まるよ」とトーマスが言った。

トーマスは砂利道を去っていった。ロンドンからの警官が向きを変えて、彼を見守った。トーマスは明かりが届く範囲にとどまっている。彼は頭を垂れて墓石のそばにたたずむと、両手をこすり合わせているようだ。

「寒いうえに、神経が張りつめている。気の毒に」とブリーム巡査が呟いた。

「ここを離れる前に」とアレン警部が再び言った。「正式な検査をしますか、ミスター・モーティマー？　そして、銘板の識別と、状態が葬儀のときのままであることを保証してもらいたい」

咳ばらいをしてから少し間を置いて、くぐもった声がした。「承知しました。完璧に準備できています。お任せください、アレン警部。棺おけと銘板に間違いはありません」

「ありがとう。よし、トンプソン」

金属のカチッという音と、ねじを外すときのかすかなこすれる音。ブリーム巡査にとって、これらが気の遠くなるほど長く続くように思えた。誰も何もしゃべらなかった。彼の、そして、ロンドンの巡査の口や鼻からも小さな息が流れ出ると、凍った空気でたちまち白くなった。ロンドンの巡査が懐中電灯のスイッチをつけると、光がトーマス・アンクレッドを照らし出し、トーマスは顔を上げてまばたきした。

「ここにいますよ」とトーマスが言った。「この場を離れたりしませんから」

「よろしくお願いします」

「さて」囲いのなかから声が聞こえた。「準備はいいか？　よし！」

「少し緩めてくれ。そうすればぴったり合うだろう。それでいい。横にずらしてくれ」

「おやおや！」とブリーム巡査が独り言を言った。

　木々がざわめき、そのあと、静まり返った静寂が訪れた。トーマス・アンクレッドが芝生から離れ、砂利道をあてどなく行ったり来たりした。

「カーティス。ドクター・ウィザーズと一緒にやりますか？」

「ええ、そうしましょう。その照明をもう少しこちらへお願いします、トンプソン巡査部長。それではご一緒しましょうか、ドクター・ウィザーズ？」

「承知しました。一連の作業はきわめて満足できるものだと思いませんか、ドクター・カーティス？　短時間ですが、劣化はないと断言できます」

「本当ですか？　それはよかった」

「満足しています」

「よろしければ、その包帯をとりましょう。フォックス警部補、こちらの準備は整ったとトーマスに伝えてください」

　ずんぐりしたフォックス警部補が急いでトーマスのほうへ向かうのを、ブリーム巡査は見ていた。もう少しでトーマスに辿り着くというとき、囲いのなかで、突然、叫び声があがった。「こ、これを見てください、い、い、いい！」フォックス警部補が立ち止まった。すぐさま、緊迫したようなアレン警部の声が聞こえた。「静かに。ドクター・ウィザーズ、お願いします」そして、慌ただしく囁《ささや》く声が続いた。

フォックス警部補がトーマスのところに辿り着いた。「こちらへお願いします、ミスター・アンクレッド」「もちろんです。すぐに行きます！」とトーマスが甲高い声で言った。そして、フォックス警部補のあとについて囲いのほうへ向かった。もう少し動けば、囲いのキャンバス生地を開けたとき、なかを見られるのだが、とブリーム巡査は思った。けれど、巡査は動かなかった。ロンドンの巡査がキャンバス生地を持ち上げて、支えた。そして、元どおり下ろす前に、無意識になかをちらっと見た。話し声が再び聞こえてきた。

「これは大した厄介事《やっかいごと》にはならないでしょう、ミスター・アンクレッド」

「そうですか？　それは助かる」

「さあ、どうぞ……」

ブリーム巡査は、トーマスが動くのを聞いた。「ご覧ください。とても穏やかです」

「間違いありません。父です」

「承知しました。これにて終了です」

「ちょっと待ってください」とトーマスが興奮したような声を発した。「終了ではありません。変です。パパには、立派な髪の毛がありました。そうでしょう、ドクター・ウィザーズ？　パパはそのことを自慢していました。そして、口ひげも。ですが、こちらは禿げ頭です。髪の毛はど、ど、どうなったんですか、か？」

「落ち着いてください！　大丈夫です。フォックス警部補、そのブランデーをこちらにくれ。しまった。トーマスが気を失ってしまった」

「さて、ドクター・カーティス」アレン警部が口を開いた。警部の乗った車は、眠りについている家々を走り抜けていた。「はっきりしたことを何か教えてもらいたいのだが」

「私も、そう願っています」ドクター・カーティスがあくびを噛み殺して言った。

「一つお尋ねしたいのですが、ドクター」とフォックス警部補が言った。「致死量のヒ素を摂取すれば、あのようなことが起こるのでしょうか？」

「あのようなこと？　ああ、髪の毛のことですか。いいえ、起こらないでしょう。あれは、むしろ慢性的な中毒によるものでしょう」

「われわれは混乱に陥っていませんか？」とフォックス警部補がぶつぶつ言った。「容疑者の範囲が広がり、ミス・オリンコートは濡れ衣を着せられている可能性が出てきました」

「だが、慢性中毒には異論がある、フォックス警部補」とアレン警部が言った。「毒殺者に不利な遺言を作成したときに、ヘンリー卿が死ぬかもしれないし、さらに、あの禿げ頭も、死後に突然起こったのではなく、徐々に髪の毛が抜けていったのではないかな？　そうですね、ドクター・カーティス？」

「そのとおりです」

「それでは、死体防腐処理についてはどうですか？」とフォックス警部補が食いさがった。「それで説明がつきますか？」

「いいえ、説明できません」とミスター・モーティマーが口を挟んだ。「私はアレン警部にわれわれの独自の処方を渡しました。通常の手順と異なりますが、この状況では望ましいと考えます。ドクター・カーティスが充分に説明してくれるでしょう」

「どれどれ、見せてください。なるほど」とドクター・カーティスが呟いた。「ホルマリン、グリセリン、ホウ酸、メントール、硝酸カリウム、クエン酸ナトリウム、丁子油《ちょうじあぶら》（ちょうじのつぼみや葉を水蒸気蒸留して採取する精油）、水」

「まさしく」

「ちょっと待ってください」とフォックス警部補が言った。「ヒ素がないじゃないですか」

「最新の状況から遅れているようですね、フォックス警部補。ヒ素は少し前から使用されていません。そうですね、ミスター・モーティマー？」とドクター・カーティス。

「そのとおりです」とミスター・モーティマーが横柄な態度で同意した。「ホルマリンのほうがはるかに優れています」

「これで少しははっきりしたんじゃないですか、アレン警部？」とフォックス警部補が大いに満足そうに言った。「死体防腐処理の薬剤としてヒ素を使うことを当てにしていた人物は、大きな間違いを犯しました。これでは陪審員も混乱しないでしょう。ミスター・モーティマーの証拠で決着がつきます」

「ミスター・モーティマー。ヘンリー卿は、用いられる死体防腐処理の方法について知っていたのでしょうか?」とアレン警部が尋ねた。

アレン警部にヤマネの声を思い出させるような眠そうな声で、ミスター・モーティマーが答えた。「確かに奇妙でした、アレン警部。亡くなったヘンリー卿は私を呼んで、埋葬の手配について話し合ったのです。二年前にです」

「なんと」

「そのこと自体は、それほど奇妙ではありません」とミスター・モーティマーが言った。「彼のような立場の人間は、ときどき詳細な指示を出します。ですが、ヘンリー卿の場合は変わっていました」とミスター・モーティマーが少し咳き込んで言った。「彼は死体防腐処理について少し講義を行いました。彼は小さな本を持っていました。とても古いうえに、かなり風変わりな小さな本でした。彼の先祖は、この本に書かれているような時代遅れの方法で防腐処理されていたようです。概要がこの小さな一冊にまとめられていました。ヘンリー卿は、われわれの方法が類似のものであるかどうか確認したかったのです。私がその本は時代遅れであることを思い切って申しあげると、とても腹を立てられて、気まずい雰囲気になりました。とても気まずい雰囲気に。彼は本に書かれている方法にこだわりました。そして、私にその方法でやるように命じました」

「ですが、あなたは同意しなかった」

「正直に申し上げます、警部。とても気まずい雰囲気になりました。ヘンリー卿が激怒して、手がつけられなくなることを恐れました。ですから、妥協せざるをえなかったのです」

「つまり、同意したのですか?」

「私は依頼を断ろうとしました。ですが、ヘンリー卿はいやとは言わせなかったのです。卿は、私にその本を無理やり持っていかせました。私は感謝の気持ちを添えて、何も言わずに書留郵便で送り返しました。そのときが来たら、彼の指示を私は理解するようになると返事がありました。そのときがやって来ました。そして……」

「あなたはご自分の方法で行ったのでしょう？　そして、そのことを誰にも話さなかった」

「そうするしかないと思いました。それ以外の方法は技術的に不可能でした。なんともばかげたやり方です！　想像できないでしょう」とミスター・モーティマーが答えた。

「つまり、あなたが証言すれば」とフォックス警部補が言った。「ヒ素は使われなかったということですね。そうでしょう、アレン警部？」

「一つお断りしておきたいのですが」とミスター・モーティマーが言った。「このような事件で、証拠を提出したり証言したりというのは、差し控えさせてもらいます、警部。われわれの方法は繊細で独自なものです。この種のことを公にすることは、望ましくありません」

「結局のところ、あなたは召喚されないかもしれませんよ」とアレン警部が言った。

「召喚されないですって？　ですが、先ほどフォックス警部補が……」

「どうなるかわかりません。元気を出してください、ミスター・モーティマー」

ミスター・モーティマーはやるせなさそうに呟くと、まどろみ始めた。

「ネコのほうはいかがですか？」とフォックス警部補が尋ねた。「そして、薬瓶のほうは？」

「報告がまだです」

「われわれは忙しいんです」とドクター・カーティスが不平を言った。「あなた方のネコですよ！ネコの報告書は、今日中にできるでしょう。そもそも、ネコって何ですか？」

「気にしないでください」とアレン警部が言った。「あなたは、マーシュ試験（マーシューベルツリウス試験とも言う。イギリスの化学者ジェームス・マーシュ、一七九四～一八四六年、によって創案されたヒ素の検出方法）を偏見を持たずにやってください。そしてそのあと、フレゼニウス（カール・レメギウス・フレゼニウス。一八一八～九七年。ドイツの化学者。分析化学の研究で知られた）の検査をお願いします」

ドクター・カーティスはパイプに火をつけるのを中断して言った。「フレゼニウスの検査ですか？」

「そうです。そして、塩化アンモニウム、ヨウ化カリウム、ブンゼン火炎、そして、白金線もお願いします。そして、手がかりを探してください」

長い沈黙のあと、ドクター・カーティスが言った。「そういうことなんですね？」そして、ミスター・モーティマーをちらっと見た。

「そうかもしれません」

「一般的な埋葬を考慮してですか？」

「それがわれわれの仕事の責任です」

突然、フォックス警部補が尋ねた。「ヘンリー卿が埋葬されたとき、彼は禿げ頭でしたか？」

「いいえ、禿げていませんでした。ミラマントとポーリーンが立ち会いました。二人とも、そのことに気づいています。そして、髪の毛は見つかりました、フォックス警部補。あなたがトーマスを手助けしているあいだに、髪の毛を集めました」とドクター・カーティスが答えた。

「なんと！」そう言って、フォックス警部補はしばらく考えこんだ。そして突然大声をあげた。

「ミスター・モーティマー！　ミスター・モーティマー！」

「何ですか？」

「あなたがヘンリー卿に防腐処理を行っているとき、ヘンリー卿の髪の毛はどうでしたか？」

「えっ、何ですって？　ええ、ありました」ミスター・モーティマーは慌てて答えたけれど、眠そうな声だった。「確かに、立派な髪の毛がありました。間違いありません」彼は大きなあくびをした。「立派な髪の毛がありました」と繰り返した。

アレン警部がドクター・カーティスを見た。「一致しましたね？」と警部が尋ねた。

「そのようですね」

「どういうことですか？」ミスター・モーティマーが心配そうに言った。

「何でもありません、ミスター・モーティマー。われわれはロンドンへ戻ります。あなたは夜が明ける前にベッドに入って、お休みください」

第十七章　ミス・オリンコートの逃避

「今回の事件はまるで雪の玉のようだよ、トロイ」朝食の席で、アレン警部が言った。

「集まってきて、どんどん大きくなるってこと？」

「曖昧なことの塊《かたまり》だ。おまけに、下劣で、多くは老廃物のようなものだ。中間報告を聞きたいかい？」

「あなたがそうしたいなら、どうぞ。だけど、時間はあるの？」

「実は、あまりないんだ。けれど、手短な質問なら、一つや二つは答えられそうだ」

「アンクレッド家の人たちは、どうなるの？」

「ヘンリー卿は殺されたのか？　そう思う。ソニア・オリンコートが殺したのか？　今はわからない。だが、わかるだろう。報告書ができあがってくれば」

「もしヒ素が見つかったら？」

「もしヒ素が一ヵ所で見つかったなら、ソニア・オリンコートが怪しい。複数の場所で見つかったら、ソニアか、もしくは、別の人物が関与している。見つからなければ、別の薬物だろう。確信はないがね」

「別の人物ということは？」

「複数の人物を疑うよりも、一人のほうがましだろう」

「むしろ、教えてもらえるとありがたいわ」

「そうだな」そう言って、アレン警部はトロイに教えた。

長い沈黙のあと、トロイが口を開いた。「だけど、現実とは思えないわ。とても信じられない」

「アンクレトン館で起こった出来事で、非現実的でないことがあったかい？」

「それはそうだけど。でも、目立ちたがり屋や気分屋の人たちのもとで、こんなことが起こっていたなんて、わたしには想像できないわ。アンクレッド家の人たちのなかで……あの人だなんて！」

「もちろん、私が間違っているかもしれない」

「でも、あなたは間違えないでしょう？」

「そんなことはないよ。フォックス警部補に訊いてみろ。だが、トロイ。このことは君にとってつらいことかい？」

「そうではないけど」とトロイが言った。「ただ、ちょっとびっくりしちゃって。アンクレトン館で、わたしは何の愛着も抱かなかったわ。だから、個人的な意見を述べることはできないわ」

「神のご加護を！」そう言って、アレン警部はロンドン警視庁へ向かった。

ロンドン警視庁では、フォックス警部補が殺鼠剤《さっそざい》の缶を持って待っていた。「アンクレトン館での、その後の君の捜査について聞いていなかったな、フォックス警部補。ミスター・モーティマーの存在が、昨夜のわれわれのやり方をかなり窮屈《きゅうくつ》なものにしたが、何か収穫はあったか？」

「かなりうまくいきました。問題なく、指紋を採取しました。問題なくと言いましたが、実は、予想どおりあの家族のなかで少しごたごたが起こりました。ミス・オリンコートが指紋の採取に抵抗したんです。なんとか説得しましたけど。ほかの連中はとくに抵抗しませんでしたが、指紋採取のやり方で、ポーリーンとデズデモーナは自分たちが死刑囚の監房へ入るように言われたのかと思ったほどです。ベイリー巡査部長が早朝の列車に乗って、警部に頼まれた指紋に関する仕事に取りかかっています。ミセス・アレンがいた塔の壁の絵の具は、かなりいい物証になるかもしれません。ミス・オリンコートの指紋は、死体防腐処理の本から出ました。もちろん、ほかの人たちのものも。表紙のあちこちに指紋がついていますが、その本がチーズ料理から出てきたあとで見たときについたのでしょう。匿名の手紙のほうも調べましたが、そちらには目ぼしいものはありませんでした。彼らは手紙を回し合っていますから、複数の指紋がついています。花の部屋も同じです。掃除が不行き届きなようで、あちこちに指紋が残っています。花屋の箱の色付きの紐、葉や茎、封印用の蝋《ろう》のかけら、おしゃれな包装紙などです。何かあったときのために、すべて保管してあります。機会を見て、ミス・オリンコートの部屋へ忍び込みました。神経質そうな文学作品と、ヘンリー卿と付き合う前の男たちからの何通かの手紙のほかには、何もありません。最近になって、若い女性からの手紙がありました。文面を覚えています。『親愛なるソニアへ。よかったわね。手放さないようにしなさいよ。でも、アンクレッド夫人になっても、昔の友だちを忘れないでね。ボーイフレンドはあたしの仕事を手伝ってくれるかしら？　神のみぞ知るだけど、あたしはこのシェークスピアの仕事にそれほど興味はないのよね。でも、彼はほかの経営陣を知っているに違いないわ。それでは。クラリーより』」

「セドリックについては、何も触れていないのか?」

「一言も触れていません。われわれはミス・エイブルの戸棚を見ました――彼女の指紋だけでした。ミスター・ジュニパーの店を訪れました。例の紙の最後の商品は、店のほかのものと一緒に二週間前に処分したそうです。ヘンリー卿の部屋の呼び鈴の押しボタンに二組の指紋がありました――一つはヘンリー卿のもので、もう一つは執事のバーカーのものです。ヘンリー卿は押しボタンをつかんで、使おうとして、引きずったようです」

「われわれが考えたとおりだ」

「ミスター・ジュニパーは、こちらの質問に対して気さくに答えてくれました。そして、彼の台帳を見せてくれました。受け渡す商品について、彼はいつも二度確認していると言いました。ドクター・ウィザーズが細かいことにうるさいので、医師の品物についてはとくに気をつけているとのことです。ジュニパーとドクター・ウィザーズは少しやり合ったようです。医師が言うには、子ども用の薬が間違っていたとのことです。ジュニパーはそれを侮辱と受け取りました。医師のほうが間違えたんだ。医師は自分の体面を守るために、難癖をつけたんだ、とジュニパーは言っています。ドクター・ウィザーズは賭け事が好きで、そして、かなり負けがこんでいるため、そのことが気がかりで、子どもたちの体重をはかり間違えたのではないか、とジュニパーは考えています。しかし、このことはヘンリー卿の薬には当てはまりません。なぜなら、そちらのほうは従来どおり調合されていたからです。しかも、その時点ではジュニパーはヒ素を切らしていて、まだ入手できていませんでした」

「ミスター・ジュニパーにとっては、好都合だったな」とアレン警部が冷ややかに言った。

「それで、この缶に辿り着きました」そう言って、フォックス警部補が机の上の缶のそばに大きな手を置いた。「ベイリー巡査部長が缶の指紋を調べました。それなりの収穫がありました。この缶には、いくつかの指紋が付着しています。いくつかは、捜査の人間のものです。あとで照合できるよう、ベイリー巡査部長が写真を撮りました。そして、ポーリーンの指紋も付着しています。彼女はこの缶に触ったに違いありません。そして、デズデモーナは缶の縁をつまんだと思われます。トーマスはかなりしっかりと握っています。そして、鞄から取り出したとき、再び触っています。ミラマントは缶の底を支えるようにして持っています。セドリックの指紋は、あちこちについていています。そして、開けようとしたときの跡が蓋の周囲に残っています」

「決定的な証拠ではないな」

「違います。ですが、要点は……」とフォックス警部補が言った。

「缶を使ったのは、ソニアではないということか？」

「ソニアではないと思われます。彼女の痕跡はありません」

「それは確かに要点だ、フォックス警部補。さて、ベイリー巡査部長の作業が終わったので、これで缶を開けられる」

　缶の蓋はしっかりしていたが、慎重にこじ開けた。中身が蓋に付着していた。中身は三層になっていて、灰色がかったペースト状のものには、それをすくい取った道具の跡が残っていた。

「この写真を撮ろう」とアレン警部が言った。

「もしソニアが殺人犯なら、われわれは缶を弁護側に渡さなければならないでしょうね、警部?」

「そして、専門家の意見を聞かなければならないだろう、フォックス警部補。ドクター・カーティスの助手たちが今手がけている仕事が片づいたら、答えてくれるだろう。君がいつも唱えているおまじないで、祈り続けてくれたまえ」

「セドリックの部屋も調べました。督促状や弁護士からの手紙、そして、株式仲買人からの手紙などが見つかりました。セドリックは、かなり経済的に苦しい状況にあると言わざるをえないでしょう。主な債権者の名前を控えました」

「捜索令状のない警察官にしては、ずいぶんと大胆に立ち回ったようだな」

「イザベルが手を貸してくれました。彼女は捜査に興味津々です。見張り役を引き受けてくれました」

「女中を使って、たいしたものだ」とアレン警部。

「昨日の午後、ドクター・ウィザーズを訪れて、警部が死体の発掘を行うことを伝えました」

「医師の反応はどうだった?」

「医師は多くを語りませんでした。しかし、顔色が変わりましたが。まあ、当然です。彼らはそのようなことが決して好きではありません。そして、しばらく考えてから、今のままにしておくほうが望ましいと言いました。われわれもそれを望んでいる、と答えました。そして、私が帰ろうとしたとき呼びとめて、慌ててこう言いました。自分が愚かなことをしているかもしれないという確信がないかのように。『ジュニパーが、あなた方に言ったことを真に受けないでもらいたい。あの男は愚か者だ』と。医師と別れるなり、私は一言も漏らさずに書き留めました」とフォックス警部補が言った。

「昨晩、われわれが墓地での作業を終えてから、ドクター・カーティスがドクター・ウィザーズに処方箋を見せてもらえるかどうか尋ねていた。そして、ウィザーズは同意した。死体防腐処理を施《ほどこ》した者は、髪の毛が抜ける作用のものを使用したに違いない、とドクター・カーティスは考えている。そして、ミスター・モーティマーはカーティスの鋭い感覚に感心していた」とアレン警部。

「弁護側が好きそうな台詞ですね」とフォックス警部補が憂鬱そうに言った。そのとき電話が鳴って、フォックス警部補が電話に出た。

「ミスター・モーティマーからです」とフォックス警部補が言った。

「悪いが、聞いておいてくれないか、フォックス警部補」

「警部は今、取り込み中ですので、代わりにご用件を伺います、ミスター・モーティマー」

電話の話が長々と続いた。そして驚いたように、フォックス警部補がアレン警部を見た。

「ちょっと待ってください。えっ、どういうことですか？　意味がわかりません。アレン警部には、秘書はいません」

「どうしたんだ？」とアレン警部が鋭く尋ねた。

フォックス警部補が受話器を手で覆った。「ミスター・モーティマーの話では、警部の秘書が彼の事務所に三十分ほど前に電話してきて、死体防腐処理の方法を確認したいと言ってきたそうです。彼の同僚のミスター・ロームが応対したそうです。それで、ミスター・モーティマーが確認の電話をしてきました」

「ミスター・ロームは教えたのか？」

「ええ」

「なんてことだ」アレン警部が語気を荒らげて言った。「まったくのでたらめだと彼に伝えろ。そして、電話を切れ」

「わかりました。アレン警部に伝えます」そう言って、フォックス警部補は電話を切った。アレン警部が受話器に手を伸ばして、自分のほうへ引き寄せた。

「アンクレトン館へつないでくれ」とアレン警部が言った。「大至急だ」そして、待っているあいだに告げた。「フォックス警部補、すぐに車の用意をしてくれ。トンプソン巡査部長を一緒に連れていく。そして、捜索令状も必要だ」フォックス警部補は隣の部屋へ行って、電話をかけた。フォックス警部補が戻ってきたとき、アレン警部は電話中だった。「ミス・オリンコートをお願いできますか？　外出中……いつ頃、戻られますか？　なるほど。それでは、ミス・エイブルか、バーカーをお願いできますか？　こちらはロンドン警視庁です」アレン警部がフォックス警部補を見た。「出かけるぞ」と警部が言った。「昨晩、ソニアがロンドンへ向かったそうだ。そして、昼食には戻るらしい。なぜ内務省はあの報告書を公表しないんだ？　今、必要なのに。まいったな。今、何時だ？」

「正午十分前です、警部」

「ソニアの列車は正午に着く。もしもし、ミス・エイブルですか？　こちらはアレンです。はい、か、いいえ、だけで答えてください。あなたに急いでやってもらいたいことがあります。重要なことです。ミス・オリンコートが正午に着く列車で戻ってきます。彼女に会おうと、出かけた人物がいないか調べてください。いなければ、あなた自身が二輪馬車に乗って出かける言い訳を作ってください。いえ、それでは遅すぎます。ソニアが家に着く前に会う必要があるんです。そして、彼女をあなたのそばにかくまってください。私がそう言ったと伝えて、いやとは言わせないでください。急を要します。彼女があなたのそばを離れないようにしてください。わかりましたか？　そうです。よろしくお願いします」

アレン警部が電話を切ると、フォックス警部補が警部のオーバーコートと帽子を持って待っていた。「もう少し待ってくれ。もう一本電話をかけたい」そう言って、アレン警部は再び受話器を手に取った。「キャンバー・クロス署へつないでくれ。あそこの警察署が、アンクレトン館にもっとも近いだろう、フォックス警部補？」あとのほうの言葉はフォックス警部補に向かって言った。

「三マイルほどです。アンクレトン行政区に、地元の巡査が一人住んでいます。昨晩は勤務に就いています」とフォックス警部補が答えた。

「彼だ、ブリーム巡査だ。もしもし、ロンドン警視庁のアレン警部です。キャンバー・クロス署ですか？　ブリーム巡査はいますか？　彼を見つけられますか？　アンクレトンのパブにいる。

よかった！　電話をしていただけたら、ありがたいのですが。すぐにアンクレトン館駅へ行くように伝えてください。ミス・オリンコートが正午に着く列車から降りてきて、アンクレトン館へ向かいます。彼女を捕まえてそのパブへ連れていき、そこで私を待つように伝えてください。そうです。よろしく」

「ブリーム巡査はうまくやれるでしょうか？」とフォックス警部補が尋ねた。

「彼はパブで食事をとっている。それに、自転車を持っている。一マイル半（約二・五キロメートル）ほどだ。なんとか、間に合うだろう。さあ、行くぞ、フォックス警部補。ときは熟した。ところで、偽の秘書は何と言ったんだっけ？」

「警部に死体防腐処理の方法を確認するように言われたと。市外電話でした。ですから、ロームは警部がアンクレトン館へ戻ったと思ったでしょう」

「そうであれば、ロームはアンクレッド家の殺人犯に死体防腐処理にヒ素が使われなかったことを話しただろう。そして、われわれの偽装を台無しにしてくれた。ミス・オリンコートなら、こう言うだろう。なんて仲間なのかしら！　私の鞄はどこだ？　さあ、行こう」

だが、二人がドアに辿り着いたとき、再び電話が鳴った。

「出てくれ」とアレン警部が言った。「ドクター・カーティスだろう」

まさしく、ドクター・カーティスだった。「おたくがこのことを好むかどうかわからないが、ネコと薬とヘンリー卿についての内務省の報告だ。最初の分析は完了した。いずれからも、ヒ素は見つからなかった」

「よし！」とアレン警部が言った。「酢酸タリウムを調べるよう伝えてくれ。そして、見つかったら、アンクレトン館へ電話してくれるよう頼んでくれ」

アレン警部とフォックス警部補が待機している車のところへ来ると、トーマスが蒼白なうえにやつれた顔をして立っていた。

「アレン警部。ぜひともお会いしたいと思っていたんです」とトーマスが言った。

「重要なことですか？」とアレン警部が尋ねた。

「僕にとっては」トーマスが思いつめたように言った。「何にもまして重要なことです。それで、わざわざ早朝の列車でやって来ました。今、お話しする必要があります。僕は今夜の列車でロンドンへ戻ります」

「われわれは、今からアンクレトン館へ向かうところです」

「本当ですか？」

「あなたを一緒にお連れすることができます」少し間を置いて、アレン警部が言った。

「それは、ありがたい」嬉しそうに言って、トーマスは後部座席に乗り込んだ。トンプソン巡査部長がすでに運転席に座っていた。走りだしても長く沈黙が続いたので、結局、トーマスは何もしゃべらないつもりか、とアレン警部が思い始めた。しかし、トーマスは突然ぶっきらぼうに話し始めて、同乗者を驚かせた。

「初めに」トーマスが大きな声で口を開いた。「昨晩はあのようなことになってしまい、大変ご迷惑をおかけしました。気を失うとは！　あのようなことは、ポーリーンだけかと思っていました。皆さんがとてもよくしてくれました。お医者さんも、あなたも」そう言って、フォックス警部補に弱々しく微笑んだ。「家まで送っていただき、何から何までお恥ずかしい限りです」

「気になさらないでください」とフォックス警部補が気前よく言った。「かなりのショックを受けられたのですから」

「確かに、とても怖かったです。最悪の事態です。忘れられません。床に就いても、生々しく思い出しました。悪夢です。そして、今朝は、家族のみんながいろいろと尋ねてくるんです」

「もちろん、あなたは何もしゃべらなかった」とアレン警部が言った。

「警部がしゃべらないように言いました。ですから、僕は何もしゃべりませんでした。しかし、彼らはそのことをとても悪いほうに受け取りました。セドリックは激怒しました。ポーリーンには、僕が家族と敵対していると言われました。正直に言って、警部、これ以上は耐えられません。こんなのは、僕らしくありません」とトーマスが言った。「結局、僕は起伏の激しい気性なんでしょう。想像してください！」

「どのようなことで、われわれに会いたかったのですか？」

「とにかく、知りたいのです。全体が曖昧で、はっきりしません。なぜパパの髪の毛がなくなったのか知りたいのです。パパは毒殺されたのか、そして、それはソニアがやったことなのか知りたいのです。僕は慎重な人間です。あなたが教えてくれたら、他言はしないという厳粛な誓いを立てます。たとえキャロライン・エイブルにさえも。あえて言うなら、僕がなぜそれほどまでに知りたがっているのか、彼女は説明できると言いましたが、それでもしゃべりません。僕は本当のことを知りたいんです」

「初めからすべてをですか？」

「そうです。よろしければ、お願いします」

「難しい注文ですね。われわれも、まだすべてがわかっていません。現在、鋭意、捜査中です。ですが、全体像をつかみかけています。あなたのお父さんは毒殺されました、と申しあげます」

トーマスは運転席へ身を乗り出すようにして、両手をこすり合わせた。「それは間違いありませんか？　身の毛もよだつ」

「ヘンリー卿の部屋の呼び鈴の押しボタンが、鳴らないように細工されていました。針金の一本が外されていたんです。押しボタンはもう一本の針金で吊るされていて、ヘンリー卿が押しボタンを握ると、木製の端の部分が卿の手のなかで外れたのです。われわれはそこから始めました」

「ずいぶんと簡単なことのようですね」

「もっと複雑なことがたくさんあります。あなたのお父さんは遺言を二通作りました。そして、誕生日パーティーの日まで、どちらにも署名しなかった。ヘンリー卿があなたに話したと思いますが、晩餐会の前に、卿は最初の遺言に署名しました。二通目――そして、こちらが有効になりますが――には、その日の夜遅くに署名しました。そして、このことを知ることができたのは、事務弁護士を除いて、ミス・オリンコートとあなたの甥のセドリックだけでしょう。有効な遺言によって、彼女は莫大な富を手にします。そして、セドリックのほうは大きく失います」

「それなら、なぜソニアはセドリックを巻き込むのですか？」とトーマスがすぐさま尋ねた。

「一つには、セドリックとミス・オリンコートは悪ふざけを企てました」

「やっぱり！　ですが、パパの死は悪ふざけとは関係ないでしょう？　それとも、あるのですか？」

「間接的には、原因となった可能性があります。最後の悪ふざけは、ヘンリー卿の肖像画に描かれた空飛ぶウシでした。そのことで、ヘンリー卿は二通目の遺言を作る決意をしたと考えます」

「そのことのついては何とも言えませんし、理解できません」とトーマスが憂鬱そうに言った。

「僕が知りたかったのは、ソニアがパパを殺したのかどうかです」

「われわれは、まだ確証を得るに至っていません。事件が未解決な状態で容疑者の名前を明かすことは、われわれのもっとも厳格な規律の一つに反するでしょう」

「規律の範囲内で話すことはできませんか？　何かヒントのようなものを、一つか二つ教えてもらえませんか？」

アレン警部が眉を上げて、フォックス警部補をちらっと見た。「申し訳ないが」と警部が言った。「たとえヒントであっても、全容が解明されていない状態で話せば、誤った方向へ導く恐れがあります」

「なんてことだ！　家の誰かに聞いたほうがいいかもしれない。このような中途半端な状況で気を揉むよりは、どんなことでもましです。僕はばかではないと思っています。僕は劇の演出家です。人の性格を分析したり状況を見る目は、それなりに養ってきたつもりです。殺人のお芝居の台本を読んで、いつも誰が犯人なのかわかります」

「なるほど」アレン警部が半信半疑で言った。「ここでは、参考までにいくつかの事実を紹介しましょう。押しボタン。子どもたちの白癬《はくせん》。匿名の手紙は、子どもたちの練習帳の紙に書かれていたこと。あなたのお父さんが二通目の遺言に署名したことを、サー・セドリックとミス・オリンコートだけが知っていたこと。死体防腐処理の本。ヒ素の毒性。そして、ヘンリー卿の体内や、彼の薬や、ネコの死体のいずれからも、ヒ素は見つからなかったという事実です」

「ネコのカラバのことですか？　ネコも関係してくるのですか？　驚きです。続けてください」

「ネコの毛が抜け落ちました。白癬にかかっていたと見なされ、殺処分されました。ですが、ネコは白癬にかかっていませんでした。子どもたちはかかっていました。子どもたちは脱毛作用のある薬を投与されましたが、毛は抜けませんでした。ヘンリー卿が亡くなった晩、ネコのカラバは、卿と同じ部屋にいました」

「そして、パパはいつものようにホットミルクを少しネコに与えました」とトーマスが言った。

「残ったミルクは捨てられ、魔法瓶は消毒されています。そして、その後も使用されています。ですから、分析は不可能でしょう。一方、殺鼠剤の缶ですが、中身が蓋に付着して密閉されていました。そして、缶は長いあいだ開けられていませんでした」

「すると、ソニアはヒ素を魔法瓶に入れなかったのですね？」

「少なくとも、殺鼠剤の缶からは……」

「そうであれば、ソニアではないでしょう……」

「そのように思われます」

「パパが、ドクター・ウィザーズの白癬の薬を飲んだとは考えられませんか？」

「もしヘンリー卿が白癬の薬を飲んだのであれば、そのような分析結果が示されるでしょう。しかし、まだわかりません」

「ですが」とトーマスが言った。「ソニアは白癬の薬を薬屋から持ち帰りました。そのことについて聞いたのを覚えています」

「ソニアは、ヘンリー卿の薬と一緒に白癬の薬を持ち帰りました。ソニアはそれらの薬瓶を花の部屋へ持っていきました。そこには、ミス・フェネーラがいました。そして、フェネーラはソニアと一緒に花の部屋を去りました」

「そしてあの晩、ドクター・ウィザーズがやって来て、子どもたちに薬を与えました」子どもが話を続けるように、トーマスが言った。「キャロラインがずいぶんと腹を立てていました。彼女でも子どもたちに薬を与えられる、と医師が言ったからです。それでも」トーマスが考え込んだ様子で言った。「彼女は自分ならできると感じていました。しかし、結局、医師は自分で投与すると言い張って、彼女には触らせませんでした。ですが、ご存じのとおり、薬は作用しませんでした。子どもたちは卵のように禿げているはずなのに、禿げていません。そして、卵のように禿げていたのは」トーマスが身震いして言った。「パパのほうでした」

トーマスは背筋を伸ばし、両手を膝の上に置いて座っていた。車がロンドンを出発してから、かれこれ二十分が経っていた。周囲が凍った景色に変わってきた。アレン警部は事件をよく考えながら、辿り直した。トロイの長くて詳細な説明や、アンクレッド家の人たちの大げさな供述や、ドクター・ウィザーズを訪れたことや、教会の墓地での出来事を。（トロイが忘れてしまったけれど、重要だと思っていたことは、何だったのだろう？）

　トーマスがまごついたように長い沈黙をやぶって、口を開いた。

「僕が思うに」トーマスが不意に甲高い声で話し始めた。「ソニアがヘンリー卿に子どもたちの薬を与えた、とあなたは考えているのではありませんか？　あるいは、われわれのなかの誰かが。ですが、われわれは殺意のある人間ではありません。それでも、デュッセルドルフの怪人のように、多くの殺人者はほかの点ではとても素晴らしく、とても静かな人たちだった、とあなたは言うでしょう。動機についてはいかがですか？　セドリックは自分が遺産の相続者から外されている遺言にパパが署名したことを知っていた、とあなたはおっしゃいました。そうすると、セドリックには、ヘンリー卿を殺す動機がありません。一方、ミリーは父が二通目の遺言に署名したことを知りませんから、一通目の遺言を快く思っています。そうすると、彼女にも動機がありません。このことは、デッシーにも当てはまります。一通目の遺言は、彼女にとって最善ではありませんが、悪くもないといったところですから。ポーリーンはポールとパンティーと、そして自分自身について心を痛めていたかもしれません。しかし、パパが言ったことは事実です。彼女の夫はとてもきれいに彼女のもとを去りましたので、ポーリーンは仕返ししようなどと思っていません。デッシーやミリーや僕は、必死にお金をほしがっているわけではありませんし、ポーリーンやパンティーやフェネーラ（フェネーラとジェンを忘れていました）は復讐心に満ちた人間ではありません。ましてや、執事のバーカーや女中を疑っているわけではないでしょう？」

「もちろん、疑っていません」とアレン警部が言った。

「そうであれば、お金をどうしてもほしい人物を、そして、一通目の遺言でいくらかの利益を得る人物を疑うべきでしょう。そして当然、パパのことなど気にかけていません。セドリックだけが、これに当てはまります」

控えめながら核心を突く言葉を発してから、トーマスはアレン警部のほうを向いて、探るような目で見つめた。

「なかなか説得力のある解説ですね」とアレン警部が言った。

「彼に違いありません！」とトーマスが気色ばんだ。それから横目で見ながら、付け加えた。

「しかし、あなたはまだ話していない情報をいろいろお持ちなんでしょうね」

「まだ話すべきときではない情報です」とアレン警部が応じた。「あの丘の上のほうにアンクレトン館の森があります。パブのところで、車を止めましょう」

ブリーム巡査がパブの外で立っていた。そして、車が止まると、車のドアを開けるために前へ進み出た。彼の顔は赤らんでいた。

「ブリーム巡査。仕事は片づいたかね？」とアレン警部が尋ねた。

「ある意味では、いいえ、です。警部」とブリーム巡査が言った。「こんにちは、ミスター・トーマス」

車から降りかけて、アレン警部が尋ねた。「何だって？　彼女はいないのか？」

「仕方がなかったんです」ブリーム巡査が口ごもりながら言って、パブの壁に立てかけてある自転車を指した。前輪の空気が抜けていた。

「彼女はどこにいる？」

「到着してすぐに、一マイル（約二キロメートル）と四分の一走りました」

「ソニアはどこにいるんだ？」

「はい、アンクレトン館です」とブリーム巡査が情けなさそうに答えた。

「すぐ車に乗れ。そして、道中、話してくれ」

ブリーム巡査が上げ起こし式の座席に座ると、運転手が車を始動し始めた。「できるだけ急いでくれ」とアレン警部が言った。「さて、ブリーム巡査。話を聞こうか」

「キャンバー・クロス署の署長から電話で指示を受けました。パブで食事を食べ終わったら、自転車で午前十一時五十分までにアンクレトン館駅へ行くようにと」とブリーム巡査が言った。

「そのとおりだ」とフォックス警部補が言った。「そして、君の自転車のタイヤがパンクした」

「十一時五十一分に、自転車に不具合が発生しました。私は不具合の状態を調べました。自転車は使えないと判断しました。それで、私は走ったんです」

「見たところ、あまり速くは走れなさそうだな。日頃の鍛錬を怠っていたんじゃないのか？」とフォックス警部補が厳しく言った。

「十分で一マイル走れる速度で走りました」とブリーム巡査が威厳を持って言った。「アンクレトン館駅に着いたのが十二時四分でした。列車は十二時一分に出発しました。二輪馬車に乗った女性たちがアンクレトン館へ向かうのが、まだ見えました」

「女性たちだって?」とアレン警部が尋ねた。

「女性が二人乗っていました。声を張りあげて、彼女たちの注意を引こうとしました。ですが、うまくいきませんでした。それで、壊れた自転車を押して、パブへ戻ってきたんです」

フォックス警部補が独り言を呟いた。

「電話でこのことを署長に報告しました」ブリーム巡査が続けた。「署長は雷を落としました。それで、署長がアンクレトン館へ電話して、問題の女性に折り返し電話をするように伝えてほしいと依頼しました。まだ、電話はかかってきていません」

「ということは」とアレン警部が言った。「先に、ソニアがその人物と出会いそうだな」

車はアンクレトン館の大きな入り口にさしかかり、森を抜けていった。私道を半分ほど進んだところで、ミス・キャロライン・エイブルの助手が率いて歌いながら行進している生徒の一団と出くわした。すると、生徒たちは道の端によけて、車を通してくれた。生徒の一団のなかにパンティーがいないことに、アレン警部は気がついた。

「生徒たちが散歩するいつもの時間とは違うなあ」とトーマスが言った。

車は大きな屋敷の影に入って、止まった。

「ほかに何か不測の事態が起こったのでなければ、彼女は学校にいるんじゃないかな?」とアレン警部が言った。

「キャロライン・エイブルのことを言っているんですか?」とトーマスが驚いて大きな声をあげ

た。

「違います。とにかく、われわれは学校へ行ってみよう。少し離れて別の入り口があるから、そちらを使おう。あなたは、家のこの部分へ行ってもらえませんか？　それから、われわれの到着を、誰にも話さないでください、ミスター・トーマス」

「承知しました」とトーマスが答えた。「話したくても、話しようがありません」

「かなり複雑です。さあ、あなたは行ってください」

トーマスがゆっくりと階段を上っていくのを、アレン警部たちが見守った。トーマスは大きなドアを押し開けたまま、薄暗い玄関広間にしばらく立ち止まっていたが、やがて奥へ進むと、ドアがゆっくりと閉まった。

「さて、フォックス警部補。君と私で学校へ行こう。われわれとしては、彼女に一緒にロンドンへ同行してもらって、供述してもらいたいものだ。彼女は拒むかもしれないが、協力してくれたら、われわれとしては、次の段階へ進まなければならない。建物の端へ、車を移動してくれ」

車が再び動きだして、西の塔の小さなドアの前に止まった。

「トンプソン巡査部長とブリーム巡査は、車のなかで待機していてくれ。君たちが必要なときは、知らせる。さあ行くぞ、フォックス警部補」

アレン警部とフォックス警部補が車から降りた。車がその場を離れた。二人が戸口へ向かったとき、アレン警部は自分の名前を呼ばれたことに気づいた。トーマスが正面玄関の前の階段を下りてくると、二人に駆け寄った。コートがはためいていて、手を振っている。

「アレン警部、アレン警部、待ってください！」

「どうしたんだ？」とアレン警部が尋ねた。

二人に辿り着くと、トーマスは息を切らせていた。トーマスがアレン警部のコートの袖をつかんだ。トーマスの顔は蒼白で、唇は震えていた。「来ていただきたいのです」とトーマスが言った。「恐ろしいことが、恐ろしいことが起こりました。ソニアがいます。とても具合が悪いのです。ドクター・ウィザーズの話では、彼女は毒を盛られて、おそらく助からないだろうとのことです」

第十八章　ミス・オリンコート、最後の姿

ソニアは、学校のなかの小さな寝室に運ばれていた。

トーマスに連れられて、アレン警部とフォックス警部補はドアまで行き、何も告げずに部屋に入ると、ドクター・ウィザーズがポーリーンとデズデモーナを部屋から追い出そうとしていた。ポーリーンはまさに半狂乱だった。

「あなた方二人は、部屋から出ていってください。今すぐに。ミセス・ミラマントと私で、すぐに必要な手当てを行います。ミス・エイブル、手を貸してください」

「呪いよ。きっと、そうよ。この家は、呪われているのよ。そうでしょう、デッシー」

「とにかく、出ていってください。ミス・デズデモーナ、私の診療所へ電話をしてください。そして、車が着いたら、私がわかりやすく書いたこのメモを見ながら、すぐに必要な物を車に積んで送るように伝えてください。あなたのお兄さんは、私の車の運転ができますか？　よかった」

「運転手と車なら外にいます」とアレン警部が言った。「フォックス警部補、そのメモを受け取って、電話してくれ」

医師の前をドアのほうへ退いていたポーリーンとデズデモーナが声を聞いてアレン警部のほうを振り向くと、言葉にならない声を発しながら警部の前を通りすぎて、廊下へ飛び出していった。

フォックス警部補がメモを手にすると、二人のあとに続いた。

「あなた方はここで、いったい何をしているんですか！」ドクター・ウィザーズが怒声を発した。

「出ていきなさい！」医師はアレン警部をにらみつけると、ベッドのほうへ引き返した。ミラマント・アンクレッドとキャロライン・エイブルがベッドの上にかがんで、奮闘していた。容易ではないようで、ときおりいらいらしたような声が発せられ、悪臭が漂った。

「服を脱がせましょう。ですが、ベッドカバーを彼女にかぶせましょう。できるだけ覆うようにするんです。それでけっこう。私の上着を持っていてください、ミセス・ミラマント。上着を着ていては、処置ができません。もう一度、嘔吐《おうと》させてみましょう。気をつけて！　ガラスを割らないようにしないと」

ミス・エイブルがソニアの衣服を腕に抱えて、その場を離れた。ミラマントは少し下がって、医師の上着を持っていた。彼女の手はそわそわと落ち着かなかった。

鮮やかな色のベッドカバーをかけられて、子ども用のベッドに横になっているソニア・オリンコートは体をこわばらせ、必死に抵抗するかのように美しい体を歪《ゆが》め、苦痛で顔からも美しさが失われていた。アレン警部がソニアを見たとき、ソニアが体を起こして警部を見たように思えた。彼女の目は充血していて、片方のまぶたは垂れ下がり、痙攣し、そして、まばたきした。片方の腕は機械仕かけのおもちゃのように繰り返し片手を彼女の額へと持っていき、まるでイスラム教国の額手《ぬかで》の礼を何度も行っているようだ。

アレン警部は部屋の隅へ退いて、見守っていた。ドクター・ウィザーズは、警部のことなど忘れてしまったかのようだ。二人の女性もちらっと警部のほうを見ると、各自の役割に戻った。いらいらした声や緊張と苦悶が、耐えがたいような激しさで高まっていった。

「二本目の注射を打とう。腕を抑えてくれ。それでいい。そして、ベッドカバーをどけてくれ」

ドアがほんの少し開いた。アレン警部がドアへ向かうと、フォックス警部補が滑り込むように入ってきた。

「警官がすぐに医師の道具一式を持って、戻ってきます」とフォックス警部補が言った。

「ドクター・カーティスへは電話したか？」

「今、こちらへ向かっています」

「トンプソン巡査部長とブリーム巡査は、まだ車のなかにいるのか？」

「ええ、います」

「家のなかへ入って、使用人たちを自分たちの部屋から出さないように、彼らに伝えてくれ。ソニアがここへ着いてから入った部屋をすべて封鎖するんだ。そして、家族を一ヵ所に集めてくれ」

「家族はすでに集まっています、警部。応接間にいます」

「よし。私はまだソニアから離れたくない」

フォックス警部補が親指を立てた。「何か供述でも？」

「見たところでは、今は無理だろう。君のほうで、何かあるか？」

フォックス警部補がアレン警部のそばへ近づくと、感情を込めずに素早く呟いた。「ソニアと医師とエイブルは、エイブルの部屋で一緒にお茶を飲んでいます。医師は子どもたちの様子を見にきたようです。エイブルがパンティーを遣わせて、お茶を依頼しました。教室のお茶は好きではないようです。食堂には、家族全員分のお茶が用意されていました。一人分のお茶を載せた別のトレイを、バーカーがパントリーから運んできました。別のお茶はポーリーンが応接間で淹れて、デズデモーナがビスケットをトレイに載せました。ミラマントがトレイをパンティーに渡しました。パンティーがそれをこちらへ運んできました。ほかの二人が何も手をつけないうちに、ソニアは気分が悪くなりました。パンティーはその場にいて、すべてを見ていました」

「お茶のもろもろのものは入手したか?」

「トンプソン巡査部長が入手しました。ミラマントが冷静でいてくれて、それらのものを保管しましょうと言ってくれました。しかし、ソニアを連れ出すことに慌てて、トレイをひっくり返してしまいました。ミラマントはポーリーンに託しましたが、ポーリーンがヒステリーを起したので、イザベルが後片づけをしました。お茶とお湯と割れた陶器がいたるところに散乱しています。何かできることがあれば、調べるべきでしょう。あのパンティーって子は、確かに鋭いです」

アレン警部がフォックス警部補の腕にすばやく手を置いた。部屋のなかの雑音が、大きな声の赤ちゃん言葉に取って代わった——バ、バ、バ、バ。そして、いきなり静かになった。そのとき、制服を着た運転手が、小さな箱を持って廊下の端に現れた。アレン警部が応対して、運転手から箱を受け取った。そして、フォックス警部補に運転手のあとを追うよう身ぶりで指示すると、再び部屋のなかへ入った。

「ドクター・ウィザーズ、お待ちかねの道具一式です」

「承知した。そこへ置いてください。あなた方がここを出たとき、彼女にご家族がいれば連絡するように、先ほどのご婦人方に伝えてください。彼女に会いたいなら、急ぐようにと」

「フォックス警部補、頼めるかな？」

フォックス警部補がすぐさま出ていった。

「あなた方がここを出たときと言いましたが」とドクター・ウィザーズが怒気を込めて繰り返した。

「申し訳ないが、私は残らなければなりません。警察の職務です、ドクター・ウィザーズ」とアレン警部が言った。

「私は何が起こったのか、充分理解しています。私の職務は患者を救うことです。そのためには、部屋がそれに適した状態になっていなければなりません」

「もし彼女が意識を取り戻したら……」半分目と口を開けているひどい顔を見ながら、アレン警部が言った。

「彼女が意識を取り戻したら――おそらく、ないでしょうが――私がお知らせします」ドクター・ウィザーズは箱を開けると、アレン警部をちらっと見て激しく言った。「もしあなたが出ていかないなら、警察署長に連絡します」

アレン警部がすぐさま言葉を返した。「それは意味を成さないでしょう。われわれは二人とも、それぞれの職務遂行のために、この場にいるのです。患者は酢酸《さくさん》タリウムを飲まされています。

どうかこのまま治療を続けてください、ドクター・ウィザーズ」

キャロル・エイブルが悲鳴をあげた。「それは白癬の薬じゃないの！　なんてことなの！」と
ミラマントが言った。

「なんだって、そんなばかな……」とドクター・ウィザーズが話し始めて、口を閉じた。「すみません、取り乱して。わかりました。このまま治療を続けましょう。ミセス・ミラマント。手伝ってください。患者を寝かせてください」

四十分後、意識を回復することなく、ソニア・オリンコートが亡くなった。

「部屋は先ほどのままにしておきます」とアレン警部が言った。「警察医がこちらへ向かっています。代わりに引き継ぐことになります。ですから、先生は応接間のほかの家族の人たちと一緒にいてください。ミセス・ミラマントとミス・エイブルはフォックス警部補とご同行願えますか？」

「少なくとも、警部」上着を着ながら、ドクター・ウィザーズが言った。「われわれの手を洗わせてください」

「承知しました。お供しましょう」

ミラマントとキャロライン・エイブルが視線を交わし合ってから、小さく悲鳴をあげた。「どういうことですか？」とドクター・ウィザーズが抗議した。

「この部屋を出たら、ご説明します」とアレン警部。

アレン警部を先頭にして、一同が黙ってあとに続いた。フォックス警部補が最後に部屋を出て、廊下にいたブリーム巡査に頷いて厳《おごそ》かに合図を送ると、巡査は歩き始めて、ある部屋の前で止まった。

「皆さん、おわかりいただけているでしょうが、これは警察が扱う事件です」とアレン警部が言った。「ミス・ソニア・オリンコートは毒殺されました。彼女が自分で毒を飲むとは考えられません。家中を捜索しなければならないかもしれません。そして、同じようにこの家の人たちも。捜索令状なら、ここにあります。各人の捜査が終了するまで、どなたも一人にならないでください。女性の警官もロンドンからこちらへ車で向かっています。女性の方々は、お望みであれば、女性の警官の到着をお待ちください」

アレン警部は三人の顔を見た。三人とも、疲労の色が濃かった。そして、アレン警部に憤りを示した。その後、長い沈黙が訪れた。

「わたしは」ようやくミラマントが口を開いた。「あ、あ、あなたでもかまいませんよ」と短く笑って言った。「ただ、座っていてもかまいませんか？　疲れてしまって」

「わたしはちょっと……」とキャロライン・エイブルが言いかけた。

「ちょっと待ってください！」とドクター・ウィザーズが口を挟んだ。「これがあなたのやり方ですか？　私はここにいるご婦人方の医師です。まず、私を調べてください。それから、私の見ている前で、ご婦人方にお互いに調べ合ってもらいましょう。いかがですか？」

「それでけっこうです。この部屋は空いています。フォックス警部補、ドクター・ウィザーズをなかへお連れしてくれ」さらなる騒ぎを起こすことなく、医師は踵《きびす》を巡らすと、自分でドアを開けて、部屋のなかへ入っていった。フォックス警部補があとに続き、ドアを閉めた。

アレン警部が二人の女性のほうを向いた。「長くはかからないでしょう」と警部が言った。「ですが、そのあいだ、ほかの人たちと一緒にいたいなら、お連れしますが」

「ほかの人たちは、どこですか?」とミラマントが尋ねた。

「応接間です」

「個人的には」とミラマントが言った。「わたしは誰に調べられてもかまいません」ブリーム巡査が思わず咳をした。「子どもの遊び部屋が空いているはずですから、あなたとミス・エイブルが気にしなければ、そちらのほうが、ありがたいのですが……」

「わたしはかまいません。確かに、そちらのほうがよさそうです。警部が反対されないのなら」

とエイブルが応じた。

「けっこうです」とアレン警部が言った。「そちらへ行きましょう」

子どもの遊び部屋には、イタリアの大昔の絵が貼られた衝立《ついたて》があった。アレン警部の勧めで、二人の女性は衝立の後ろへ向かった。最初にミラマントの実用的な衣服が一つ一つ放り投げられ、それをアレン警部が調べていった。調べ終わった衣服を、エイブルが集めた。そして、次にエイブルの衣服について、同様のことが繰り返された。だが、何も見つからなかった。その後、アレン警部は二人の女性を伴って浴室へ向かった。二人の女性が服を整えると、緑色のベーズのドアから玄関広間を通り抜けて、応接間へ向かった。

応接間には、トンプソン巡査部長が見守るなかで、デズデモーナ、ポーリーン、パンティー、トーマス、そしてセドリックがいた。ポーリーンとデズデモーナは泣いていた。ポーリーンは人目もはばからずに泣いていた。ポーリーンの控えめなお化粧に、涙がカタツムリの進んだような跡を残していた。彼女は目を赤く腫らして、怯えているようだった。デズデモーナも目に涙をためて痛ましそうだったけれど、相変わらず美しかった。トーマスは、これ以上は上がらないというほど眉を吊り上げて座っていた。髪の毛は逆立ち、目はうつろで、何も見えていないようだった。アレン警部が到着したとき、蒼白で驚いたような顔をしてセドリックは、部屋のなかを歩き回っていたようだ。彼の手からペーパーナイフが落ち、キュリオ・キャビネット（小さな収集品を陳列するための小ぶりの棚）のガラスの天井面にぶつかって、音を立てた。

パンティーが口を開いた。「こんにちは！　ソニアは死んだんですか？　どうして？」

「しー。静かにしなさい」とポーリーンがたしなめた。そして、娘を腕でしっかり抱きしめようとした。けれど、パンティーは部屋の真ん中へ進み出ると、アレン警部と対峙した。そして、大きな声で言った。「ソニアは殺されたって、セドリックが言ってたわ」とパンティーが大きな声で言った。「そうなの？　ソニアは殺されたの？　どうなの、ミス・エイブル？」

「いい子だから」キャロライン・エイブルが落ち着きのない声で言った。「口に出すのもばからしいことなのよ。ねっ、いい子だから、パトリシア」

トンプソン巡査部長がすぐさまパンティーに歩みより、彼女の両肩に手を置いた。

「そうなの、アレン警部？」パンティーが食いさがった。

「やめなさい。心配しなくていいから」とアレン警部が言った。「ところで、皆さん、お腹が空いていませんか？」

「そうだな」と誰かが答えた。

「バーカーに頼んで、何か食べ物を持ってきてもらいましょう。食べ終わったら、皆さんコートを着て、皆さんがちゃんと戻ってくるか確かめてください。よろしいですね、ミセス・ポーリーン？」

ポーリーンが手を振って、承知したと合図した。アレン警部はキャロライン・エイブルのほうを向いた。

「素晴らしい考えです」とミス・エイブルが力強く言った。トーマスの手はエイブルの肩に置かれたままだった。

アレン警部がパンティーをドアのほうへ連れていった。「あたしは行かないわよ」とパンティーが言った。「ソニアが死んだかどうか、あなたが言うまでは」

「ソニアは亡くなったわ」アレン警部の背後から、複数の声が聞こえた。

「カラバみたいに？」とパンティーが尋ねた。

「いいえ！」とパンティーのおばのミラマントが強く言った。そして、付け加えた。「ポーリーン、自分の娘をちゃんとしつけなさいよ」

「カラバもソニアも、遠くへ行ってしまったんだ」とアレン警部が言った。「だから、もう心配しないで」

「心配なんかしてないもん」とパンティーが言った。「カラバもソニアも、天国にいるわ。そして、お母さんが子ネコを飼ってくれるって。だけど、人は知りたがるの」そう言って、彼女は出ていった。

アレン警部が振り向くと、トーマスと顔を合わせた。

トーマスの後ろには、ミラマントの上に覆いかぶさるようにしているキャロライン・エイブルがいた。ミラマントはしゃがんですすり泣きながら、息を乱していた。一方、セドリックは爪を噛んで、その様子を眺めていた。「ごめんなさい、取り乱しちゃって」とミラマントが口ごもった。「ありがとう、ミス・エイブル」

「今までずっと、素晴らしかったです、ミセス・アンクレッド」

「まあ、ミリー！」とポーリーンがうめき声をあげた。「あなたでさえも！　あなたのような強い精神の持ち主でも、取り乱すのね」

「やれやれ、こういった光景にはうんざりだ」とセドリックが嫌悪するように言った。

「言うわね」とデズデモーナが言って、辛辣《しんらつ》に笑った。「悲劇的というよりも、むしろ滑稽ね、セドリック」

「どうかみんな、やめてくれ！」

トーマスが毅然《きぜん》と声をあげた。非難したりいらいらしたりする声が、にわかに静まった。

「みんな、気が動転しているんだ」とトーマスが言った。「キャロラインも、もちろん、僕も。誰が冷静でいられるっていうんだ？　だからといって、投げやりになっていいはずがない。腹立たしいし、何の解決にもならない。だからみんな、静かにしてくれ。それというのも、僕はアレン警部に話したいことがあるんだ。もし僕が正しいなら、そして、警部が、僕が正しいと言うなら、みんなはヒステリーを起こすだろう。けれど、この大事な場面でなんとかやっていけるはずだ。だから、僕は知らなければならない」

トーマスが話を中断した。相変わらずアレン警部を真正面に見据えている。彼の声と態度から、アレン警部は先ほどの『人は知りたがるの』というパンティーの言葉を思い出した。

「さっき、キャロラインが僕に話してくれました」とトーマスが続けた。「ドクター・ウィザーズが子どもたちに処方した薬を、何者かがソニアに投与した、とあなたは考えていると、アレン警部。キャロラインの話では、ソニアは彼女と一緒にお茶を飲んでいました。ということは、何者かは、キャロラインを気にしなければならないはずです。まさしく、僕がその何者かです。僕は彼女と結婚するつもりです。みんなを驚かせるつもりでした。ですが、それはそれとして、どうか誰も何も言わないでくれ」

唖然としている家族を背にしたまま、トーマスは驚いた顔をしたものの、すぐに決然とした顔つきで彼のコートの襟をつかんで続けた。「アレン警部。パパは子どもたちに処方された薬で殺された、とあなたは言いました。そして、同一人物がソニアも殺した、とあなたは考えているのでしょう。子どもたちの薬を注文して、キャロラインに触らせない人物が、一人います。そして、その人物はパパの薬を注文し、かなりの借金を抱えていて、パパから多くの財産を残され、ソニアと一緒にお茶を飲んでいました。その人物は、今、この部屋にいません。ですから、その人物がどこにいるのか知りたいのです。そして、その人物が殺人犯なのかどうかも。以上です」

アレン警部が口を開く前に、ドアをノックする音がして、トンプソン巡査部長が入ってきた。

「ロンドンから警部に電話です。こちらで出ますか?」

アレン警部が部屋を出ていった。トンプソン巡査部長が一同を見張った。アンクレッド家の人たちは、相変わらず呆然としていた。アレン警部は玄関広間の隅に小さな電話室を見つけて、受話器を手に取った。ロンドン警視庁からの声が聞こえると思っていたので、トロイの声が聞こえてきて驚いた。

「重要じゃないかもしれないから、このことは話さなかったの」二〇マイル離れたトロイの声が聞こえた。「ロンドン警視庁へ電話したら、あなたはアンクレトン館だと聞いて」

「どうしたんだ?」

「あの日の朝、ヘンリー卿が言ったことを思い出したの。鏡にいたずら書きされたのを見つけたときに、彼が言ったことを」

「何と言ったんだ?」

「彼はとりわけ腹を立てていたわ。それというのも、パンティー——ヘンリー卿はパンティーの仕業だと言い張っていたわ——が、彼の化粧台の上に置いてあった二通の大事な書類を触ったと言っていたのよ。そして、こう続けたの。もし彼女がこの書類の中身を理解できたら、これらが彼女と深くかかわることがわかっただろうにと。このことを伝えようと思って。役に立ちそう?」

「大いに役に立つよ」

「もっと早く思い出せなくてごめんなさい、ローリー」

「なあに、気にするな。これで、今夜は家に帰れそうだ。愛してるよ」

「じゃあね」

「じゃあね。のちほど、また」

アレン警部が玄関広間に戻ってきたとき、フォックス警部補がそこで警部を待っていた。

「私はかなりの時間、医師と一緒にいました」とフォックス警部補が言った。「ブリーム巡査とうちの警官が、今も医師と一緒にいます。あなたにお知らせしておいたほうがいいと思ったので、アレン警部」

「どうしたんだ？」

「医師の身体検査しているとき、彼の左側のポケットから、こんなものを見つけました」フォックス警部補は玄関広間のテーブルの上にハンカチを置いて、開いた。ねじ蓋付きの小さな瓶が現れた。瓶の中身は、ほとんど空っぽだった。少量の無色の液体が、底のほうに残っている。

「こんなもの見たことがない、と医師は言っています。ですが、彼のものに間違いないでしょう」

しばらく、アレン警部はその小瓶を見つめていた。「これで、どうやら解決だと思う、フォックス警部補。少しばかり、危険を冒さなければならないだろうが」

「ロンドン警視庁に応援を要請しますか？」

「そうしよう。そして、この液体の分析が終わるまで、待機してもらうんだ。だが、中身は、おそらく酢酸タリウムだと思う」

「これで逮捕にまでこぎつけますね。それが現実です」とフォックス警部補が厳かに言った。

だが、アレン警部は答えなかった。少し間を置いてから、フォックス警部補は応接間のほうを見た。

「見てきましょうか？」

「頼む」

フォックス警部補が応接間へ向かった。アレン警部は玄関広間で待っていた。大きなステンドグラスの窓から太陽の光が差し込んで、玄関広間の壁に降り注いでいた。ヘンリー卿の肖像画が掛けられるはずだった壁には、ステンドグラスのさまざまな色が映し出されていた。階上へ続く階段は影に隠れて見えなくなるが、踊り場で時計が時を刻んでいた。大きな暖炉の上のほうには、五代目准男爵が土砂降りの雨に向かって満足そうに剣を突き出している絵が掛けられていて、暖炉前では、薪《まき》が静かに燃えている。そして、遠くの使用人たちの部屋から声があがり、穏やかに答えが返ってきた。

応接間のドアが開いた。しっかりとした足取りとうつろな笑みを浮かべて、ミラマント・アンクレッドが出てきた。そして、玄関広間を通って、アレン警部のほうへ近づいてきた。

「わたしをお探しでしょう」とミラマントが言った。

第十九章　幕が下りて

ロンドンの自宅で、アレン警部はトロイと向き合っていた。フォックス警部補も同席している。

「最初にわたしが混乱したのは、こまごまとしたことの多さね」とトロイがゆっくり言った。

「だから、悪ふざけを一つの型にあてはめようとしたんだけれど、だめだったわ」

「悪ふざけはあてはまったよ」とアレン警部が答えた。「事《こと》が起こってから、彼女はそれらを使ったのだから」

「要点を整理してもらえると助かるんだけど、ローリー」

「やってみよう。今回は、母親の強迫観念による事件と言えるだろう。どちらかと言えば、冷たくて厳しい母親とその息子。そして、母親は息子を溺愛《できあい》している。ミス・エイブルがそのことをすっかり話しただろう。息子は贅沢を好み、多額の借金があった。だが、彼は親族のあいだですこぶる評判が悪い。そのことで、母親は親族を恨むようになる。ある日、彼女の日常の務めとして義理の父――ヘンリー卿だ――の部屋へ行ったところ、二通の遺言の原稿が化粧台の上に置いてあるのを見つけた。一通は、義理の父の相続人である彼女の息子に、通常よりも多くの財産が譲渡され、准男爵の爵位と地所も与えられるというもの。もう一通は、息子には、必要最小限の財産しか残されないというものだった。そして鏡には、何者かが『祖父は血も涙もないばか者だ』と殴り書きしてあった。彼女が鏡のそばに立っていると、原稿を整える前に、義理の父が部屋へ入ってきた。鏡のいたずら書きについて、彼はすぐに悪ふざけの噂の絶えない孫娘の仕業だと思い、ミラマントもそのことに同調してけしかけただろう。ミラマントはヘンリー卿の身の回りの世話をしているのだから、ヘンリー卿は彼女がこのようなばかげたいたずらをしたとは思わない。ましてや、彼女の息子のセドリック・アンクレッドを疑ってなどいない。しかし、セドリックはヘンリー卿のお気に入りのパンティーをおとしめるために、これが彼自身とソニア・オリンコートで仕組んだ一連の悪ふざけの一つであることを認めている。

「ミラマント・アンクレッドは、二通の遺言の内容をしっかりと記憶して部屋を出た。ミラマントは、ヘンリー卿が怒りを爆発させるたびに遺言を変更することを知っていた。すでにセドリックの評判は悪い。ヘンリー卿の誕生日パーティーの晩餐会で、遺言は公表されることになっている。徐々に、しかし確実に、ある考えがミラマントに生まれてきた。〈セドリックに有利なほうの遺言が読まれて、ヘンリー卿の気が変わる前に死んだとしたら、なんてすばらしいことでしょう！　もし晩餐会が豪華で、彼が無分別に食べたり飲んだりしたら――大いにありえるけど――彼が発作を起こして、その晩に死ぬ可能性は高いかしら？　イセエビの缶詰を食べたら、どうなるかしら？〉ミラマントはイセエビの缶詰を注文した」

「期待しているだけでしょう？」

「おそらく、それ以上のことはないと思う。君はどう思う、フォックス警部補？」

フォックス警部補は両手を膝に置いて火のそばに座っていたが、口を開いた。「イザベルの話では、誕生日パーティーの晩餐会の話をしていた前日の日曜日に、ミラマントはイセエビの缶詰を注文したとのことです」

「鏡での出来事があった翌日だ。そして、翌日の月曜日は誕生日パーティーの前日だが、この日の夕方、セドリックとポールの母親のポーリーンが外出しているとき、ミラマントは花の部屋へ行って、学校の子どもたち用の〝毒物〟と書かれた大きな薬瓶と、ヘンリー卿のための小さな瓶を見つけた。両方の瓶は、ソニア・オリンコートがベンチに置き忘れていったものだ。ソニアは花の部屋でフェネーラと一緒になって、その後、二人で階上へ向かった。従って、ソニアは花の部屋で、一人ではなかった」

「そして、わたしは」とトロイが言った。「軽二輪馬車を片づけて、東の塔のドアから入ったの。もしソニアに馬車を片づけさせて、学校へ薬を持っていかせていたら……」

「失礼して口を挟ませてもらいますが、ミセス・アレン」とフォックス警部補が言った。「われわれの経験では、女性が毒殺者になる決意をした場合、何ものも彼女を止められないでしょう」

「警部補の言うとおりだ、トロイ」

「そうね」とトロイ。「続けてちょうだい」

「コルクを引き抜く前に、ミラマントは薬屋の封蝋《ふうろう》を削り取らなければならなかった。フォックス警部補が、削り取られた屑《くず》を床の上で発見した。そして、マッチの燃えかすも。彼女の目的のためには、別の瓶が必要だ。ミラマントはヘンリー卿の薬瓶を空っぽにすると、酢酸タリウムで満たした。そして、失敗したときに備えて、残りを彼女自身の小瓶に入れた。それから、子ども用の瓶に水を入れて再びコルクの栓をして、ジュニパー薬屋からの両方の瓶に封蝋し直した。ミス・エイブルが子ども用の薬を求めてやって来たとき、エイブルとミラマントはあちこちを探し回った。そして、フェネーラが階下へ下りてきて、ようやく見つかった。ソニアがうっかり薬瓶を花の部屋に置き忘れていったことを知ったミラマントは、さぞかし驚いただろう」

「だけど、もし」とトロイが言った。「ミラマントが遺言について知る前に、ヘンリー卿が薬を飲みたがったら？」

「ヘンリー卿の古い薬瓶には、まだ少量の薬が残っていたから、ミラマントは誕生日パーティーのあいだのどこかで、それを持ち去っただろう。そして、もしセドリックに好ましくないほうの遺言が公表されたら、その瓶は元に戻されていただろう。そして、もう一つのほうは、もっと効果的に使う機会までとっておいただろう。ところが実際は、誕生日パーティーの晩餐会から翌朝まで、彼女は一人にならないように気をつけた。彼女がデズデモーナと相部屋になった部屋のドアをバーカーがノックしたが、ミラマントは午前三時までデズデモーナと話をしていたと言った。ヘンリー卿の死後だ。彼女は細心の注意を払って急遽、アリバイ工作を講じたんだが、ある意味で、これが彼女の失敗につながった。あの晩、もしミラマントが一人でセドリックの部屋を訪れていたら、間違いなく、彼女はヘンリー卿が二通目の遺言に署名したのをセドリックから聞いただろう。そして、ヘンリー卿が彼の薬を飲むのを、必死に止めようとしただろう」

「そのときは、ミラマントはソニアを疑っていなかったのかしら？」

「疑っていなかった。ヘンリー卿の死は、彼が無分別に食べたり飲んだりしたことと、腹を立てたことによる当然の結果のように思えただろう。ヘンリー卿の最後の遺言の内容が明らかになって初めて、彼女はもう一つの考えを思いついた」

「残忍な考えを？」

「そう言えるだろう。彼女の性格的なものもあるだろうが。ソニアはセドリックとお金のあいだで揺れていた。ソニアは決めなければならない。そして、二通目の遺言も取っておかなければならない。ミラマントは、ソニアが二通目の遺言を読んでいることを思い出した。さらに、ヒ素の毒に対する解毒の方法が記された殺鼠剤を思い出した。それで、子どもたちの練習帳の紙に書かれた匿名の手紙――もっとも利益を得る人物が怪しいという内容で、ミラマントが村から出したものだ――が朝食のテーブルに現れた。その後、ミラマントが意図していることを誰も理解していないようなので、死体防腐処理の本がチーズ料理から出てきたりして、最後には、殺鼠剤の缶がソニアのスーツケースから見つかった。しかしこの頃、彼女はひどく動揺していた」

「ネコですね？」とフォックス警部補が言った。

「カラバだわ！」とトロイ。

「ネコのカラバがヘンリー卿の部屋にいた。彼はネコにミルクを与えた。だが、薬の瓶が受け皿にひっくり返ってしまい、それを飲んだネコの毛が抜け始めた。ネコは酢酸タリウムを舐めたんだ。ミラマントは、家の周りでネコを見ることに耐えられなかった。鉄のような神経を持ってさえもきつかった。それで、ネコが白癬にかかったことにして、パンティー以外の人たちの同意を得ると、ミラマントはネコを処分した。

「ミラマントは事の成り行きを見守っていた。そして、出しゃばらずに流れに乗っていった。ミラマントはソニア・オリンコートのスーツケースにヒ素を含んだ殺鼠剤の缶を入れると、それを探すほかの人たちと合流した。そして、殺鼠剤の缶には、中身が満杯に詰まっていたと供述した。だが、使用人たちが異議を唱えた」

「だけど、死体防腐処理業者がヒ素を使うことを見越して、ミラマントはあらゆる危険を冒して、すべてを計画したのね！」とトロイが大声で言った。

「ヘンリー卿は死体防腐処理業者のモーティマーとロームにヒ素を使うように命じた。そして、モーティマーは、指示どおりにやるとヘンリー卿に思わせた。だが、ヘンリー卿の死体を掘り出してから、ミラマントは不安になってきた。ミラマントは、死体防腐処理業者へ私の秘書だと名乗って電話した。ローム——彼は言葉で言い表せないくらいばかなことをしてくれたが——は、死体防腐処理を彼らのやり方で行ったと彼女に答えた。ミラマントにとって、はらわたが煮えくり返る瞬間だったに違いない。セドリックの経済的な破滅を救うには、ミラマントが嫌っているソニアと結婚するしかなく、ミラマントが企てたソニアへの濡れ衣もうまくいかないとわかった。だが、われわれは毒物は酢酸タリウムだと考え、それを探していることを、彼女は知らなかった。ミラマントはヘンリー卿の薬瓶に入りきらなかった残りの酢酸タリウムで、機会をうかがっていた。ソニアを亡き者にすれば、まだセドリックが財産を得るチャンスはあると考えて」

「彼女はまさに、気がふれていたのね」

「そんなもんですよ、ミセス・アレン」とフォックス警部補が言った。「女性の毒殺者はそのように行動します。機会があれば、必ず二度ならず、三度でも、四度でもやるものです」

「そして、ミラマントの最後の企ては」とアレン警部が言った。「嫌疑をドクター・ウィザーズに向けることだった。どちらの遺言においても、医師はかなりの利益を得るからだ。ソニアと医師とエイブルが一緒にお茶を飲むと知って、お茶のトレイがミス・エイブルに渡るとき、ミラマントは酢酸タリウムをミルクに入れた。ミルクを飲むのはソニアだけだと知っていたからだ。その後、ミラマントは、酢酸タリウムが残っている瓶をドクター・ウィザーズの上着のポケットへしのばせた。ソニアが死ねば、財産はセドリックが手にするようになると考えて」

「なんてたちの悪い」とフォックス警部補が控えめに言った。「極めて悪質な事件ですね」

「恐ろしいわね」とトロイが小声で言った。

「それなのに」とフォックス警部補が続けた。「彼女は無期刑囚になるのがおちでしょう。どう思います、警部？」

「確かに」アレン警部はトロイを見て言った。「無罪放免にならなければ、そうなるだろう」

「だけど、間違いなく……」とトロイが話し始めた。

「事件に決着をつけるだけの確たる証拠となる目撃証人がいないのですよ、ミセス・アレン。一人も」フォックス警部補がゆっくりと立ち上がった。「よろしければ、これで失礼させてもらいます。お疲れさまでした」

アレン警部がフォックス警部補を見送った。警部が戻ってくると、トロイは暖炉の前の敷物のいつもの場所にいた。アレン警部も座ると、トロイが彼に寄りかかって、腕を彼の膝の上に置いた。

「何も」と彼女が言った。「ねえ、そうでしょう？」

「自分の考えということになると」とトロイが言った。「はっきりしたことは何もないわ、何も」

アレン警部は続きを待っていた。「でも、わたしたちは一緒よ」と彼女が言った。「ねえ、そうでしょう？」

「当りまえじゃないか」とアレン警部が応じた。

訳者あとがき

松本　真一

ナイオ・マーシュ（*Ngaio Marsh, 1895～1982*）の『幕が下りて』（原題 *"FINAL CURTAIN"*）をご紹介させていただきます。

ナイオ・マーシュはニュージーランド出身の女性劇作家であり、推理作家であり、そして、演出家でもあります。母方の祖父は、ヨーロッパからニュージーランドへ移住してきた初期開拓民の一人でした。両親は演劇を通じて結婚したという、まさに演劇一家です。

ニュージーランド大学カンタベリー・カレッジ美術学院（現在のカンタベリー大学美術学部）へ進学して、絵画、演劇を学びます。当初は美術の道を志しますが、大学時代に執筆した戯曲が劇団主催者の目にとまり、劇団に参加することになります。そして、マーシュは女優として、また演出家として劇団で過ごしました。その後、イギリスのロンドンへ渡り、母親の病気を理由にニュージーランドへ帰国します。

本作（一九四七年）の前の二作品 *"Colour Scheme"*（一九四三年）、および *"Died in the Wool"*

（一九四五年）では、アレン警部はニュージーランドへ派遣されていて、当地での活動に従事します。本作では、そのアレン警部がニュージーランドからイギリス、ロンドンへ帰国し、久しぶりに妻との再会を果たすところから物語が始まります。

さらに、本作では、アレン警部の妻で、画家のアガサ・トロイ・アレンが思いきって前面に出されていることも、特徴の一つと言えるでしょう。夫がニュージーランドから帰国しようという矢先、シェークスピアの劇で有名な老俳優ヘンリー・アンクレッド卿の肖像画を描くよう、トロイは依頼されます。

ヘンリー卿の肖像画を描くために、卿の自宅であるアンクレトン館《やかた》にトロイが滞在しているあいだに、さまざまな悪ふざけが起こります。そして、その悪ふざけは、トロイが描きあげたヘンリー卿の肖像画にまで及びます。激怒したヘンリー卿は、日頃からいたずら好きの噂が絶えない孫娘の仕業と思い込み、彼の遺言に重大な変化が起こります。ところが、その後、ヘンリー卿は自室で死体となって発見されます。

本作は、演劇一家のなかで育ったマーシュらしい演劇へのこだわりがふんだんに盛り込まれた作品の一つです。たとえば、トロイが肖像画を描くために滞在するアンクレトン館の各部屋には、とくにシェークスピアの劇に大きな影響を与えたり功績を残したりした、往年の名優や名女優の名前が付けられています。小説を読み進むうえで邪魔になることも否《いな》めませんが、できる限り注をつけました。

アレン警部やロンドン警視庁の面々が本格的に登場してくるのは物語の半ばからで、前半はトロイの視点で、物語の舞台となるアンクレトン館の様子や、ヘンリー卿の一家であるアンクレッド家の人々、そして、悪ふざけなどの推移が描かれていますので、これまでの著者の作品とは違った視点での物語の描写や進行を楽しめるのではないでしょうか。このように、事件への緊張を醸しだしながら物語が展開していきます。

マーシュの演劇的手法による作品とも言える本作は登場人物も多く、一族が次々と登場してきて、それぞれに怪しげな雰囲気をまとっていますので煙に巻かれたりもしますが、アンクレトン館の一角で営まれている学校のような施設の子どもたちや、ヘンリー卿がかわいがっていたネコが事件解決の重要な手がかりになっているところなど、小粒のネタをピリッと効かせていて小気味よい作品だと思います。

上述しましたように、トロイが滞在するアンクレトン館の各部屋には、シェークスピアの劇に大きな影響を与えたり功績を残したりした、往年の名優や名女優の名前が付けられたり、肖像画を描いてもらうヘンリー卿は『マクベス』に扮したりと、この物語はシェークスピアを強く意識しています。そのようななかで、ヘンリー卿の毒殺を企てた殺人犯の計画には、運命にもてあそばれるような箇所がいくつもありますが、運命にもてあそばれるというのは、シェークスピアの悲劇によく見られるものです。その意味で、本作は「現代を舞台にした、シェークスピアの悲劇」とも言えるかもしれません。

著　者

ナイオ・マーシュ（Ngaio Marsh、1895～1982）

ニュージーランド出身の女性劇作家、演出家、推理作家。1934年に出版した長編推理小説『アレン警部登場』で作家デビュー。1967年には、大英帝国勲章を授与され、デイム(大英帝国勲章を得た女性に対する尊称）の称号を得た。1978年にはアメリカ探偵作家クラブの巨匠賞を受賞。ナイオ・マーシュは英米ではアガサ・クリスティーやドロシー・L・セイヤーズ、マージェリー・アリンガムとともに英国女流推理作家「ビッグ4」と称される当時を代表する本格推理作家の一人である。本作品「FINAL CURTAIN」はマーシュのベストとの呼び声も高い傑作。

訳　者

松本 真一（まつもと・しんいち）

1957年生まれ。上智大学文学部卒業。英米文学翻訳家。訳書に、ジョン・ブラックバーン『壊れた偶像』、ドロシー・ボワーズ『命取りの追伸』、ハーマン・ランドン『怪奇な屋敷』、ドロシー・B・ヒューズ『青い玉の秘密』、ミニオン・G・エバハート『嵐の館』（いずれも論創海外ミステリ)、デラノ・エームズ『死を招く女』（ぶんしん出版)、ドロシー・ボワーズ『謎解きのスケッチ』、E・C・R・ロラック『殺されたのは誰だ』、デラノ・エームズ『殺人者は一族のなかに』、ナイオ・マーシュ『裁きの鱗』（いずれも風詠社）がある。

幕が下りて

2023年7月12日　第1刷発行
2024年2月26日　第2刷発行

著　者　ナイオ・マーシュ
訳　者　松本真一
発行人　大杉　剛
発行所　株式会社 風詠社
〒553-0001　大阪市福島区海老江5-2-2
大拓ビル5 - 710
TEL 06（6136）8657　https://fueisha.com/
発売元　株式会社 星雲社
（共同出版社・流通責任出版社）
〒112-0005 東京都文京区水道1-3-30
TEL 03（3868）3275
装幀　2DAY
印刷・製本　小野高速印刷株式会社

ISBN978-4-434-32248-8 C0097